ULLSTEIN

DAS BUCH

Nicht einmal Andrew Grainger, der Assistent des British Resident Commissioner auf den Neuen Hebriden, ahnt, was auf ihn zukommt, als er dem Schoner *Queensland Pearl* die Genehmigung für eine Tauchexpedition erteilt. Doch Major Blair scheint von Anfang an ein Garant für unkalkulierbare Schwierigkeiten zu sein. Zwanzig Jahre lang jagte er allen Informationen nach, die ein noch so trübes Licht auf das Verschwinden eines kleinen Passagierschiffes namens *Sigli* warfen. Mit Hilfe dieses Seelenverkäufers hatte er erfolglos versucht, während des britischen Rückzugs aus Singapur seine Familie zu retten, bevor die Japaner durchbrachen. Und nun setzt er also wieder einmal Himmel und Hölle in Bewegung, um das Wrack der *Sigli* zu finden. Dabei hätte er gut daran getan, mit den unzivilisierten Gewohnheiten eines wilden Eingeborenenstammes zu rechnen, die ihre Vergangenheit als Kopfjäger und Kannibalen noch nicht gänzlich vergessen haben. Ganz besonders nicht, wenn junge Frauen mit goldfarbenen Haaren an ihren Strand segeln …

DER AUTOR

Alexander Kent kämpfte im Zweiten Weltkrieg als Marineoffizier im Atlantik und erwarb sich danach einen weltweiten Ruf als Verfasser spannender Seekriegsromane. Seine marinehistorischen Romanserien um Richard Bolitho und die Blackwood-Saga machten ihn zum meistgelesenen Autor dieses Genres neben C. S. Forester. Seit 1958 sein erstes Buch erschien *(Schnellbootpatrouille)*, hat er über 50 Titel veröffentlicht, von denen die meisten bei Ullstein vorliegen. Sie erreichten bisher eine Gesamtauflage von über 30 Millionen und wurden in 14 Sprachen übersetzt. Alexander Kent, dessen wirklicher Name Douglas Reeman lautet, ist Mitglied der Royal Navy Sailing Association und Governor der Fregatte *Foudroyant* in Portsmouth, des ältesten noch schwimmenden Kriegsschiffs.

Die deutschsprachigen Taschenbuchausgaben der Werke Alexander Kents sind exklusiv bei Ullstein versammelt.

Alexander Kent

Dem Mutigen gehört die See

Roman

Aus dem Englischen
von Uwe D. Minge

Ullstein

Der Ullstein Taschenbuchverlag ist ein Unternehmen der Econ Ullstein List Verlag GmbH & Co. KG, München
Deutsche Erstausgabe
1. Auflage 2001

Titel der englischen Originalausgabe: The Hostile Shore (Arrow, London)
Übersetzung: Uwe D. Minge
Umschlaggestaltung: Hansbernd Lindemann, Grafikdesign, Berlin
Titelabbildung: Der Verlag hat sich bemüht, den Rechteinhaber der Abbildung ausfindig zu machen. Sollten Ansprüche bestehen, bitten wir um freundliche Nachricht.
Satz: Pinkuin Satz und Datentechnik, Berlin
Druck und Bindearbeiten: Ebner Ulm
Printed in Germany
ISBN 3-548-25206-0

Für meine Mutter und meinen Vater.

Ich danke den Mitarbeitern im Büro des British Resident Commissioner in Port Vila/ Neue Hebriden für ihre Hilfsbereitschaft und die gute Zusammenarbeit.

1

Andrew Grainger, der Assistent des British Resident Commissioner auf den Neuen Hebriden, tupfte sich mit seinem Taschentuch müde das Kinn ab und trat an das im Schatten liegende Fenster, um auf den Naturhafen der Insel hinunterzublicken, der sich wie ein großer bunter Wandteppich vor ihm ausbreitete. Im grellen Sonnenlicht des Vormittags schien das Verwaltungszentrum der Inselgruppe sich träge im Halbschlaf zu wiegen. Sogar die üppige Vegetation des Dschungels hinter der Stadt verschwamm im Dunst der grausamen, alles durchdringenden Hitze.

Die Barkasse, die vom Hafenarzt und dem Zoll gemeinsam genutzt wurde, stampfte wichtigtuerisch durch den Hafen. Die beiden weißen Wellen, die sich von ihrem Bug lösten, liefen über die blaue Wasserfläche und versetzten die vermurten Schoner und Lugger in rollende und stampfende Bewegungen und ließen sie unruhig an ihren Ankern zerren, außerdem jagten sie die dösenden Wasservögel auf, die deprimiert auf den Bojen und den schlaffen Festmachern saßen.

Grainger blinzelte und wandte sich wieder in den verhältnismäßig dunklen Raum der Residenz. An der niedrigen Decke drehte sich ein Ventilator mit einem ungleichmäßigen, quietschenden Geräusch, und Grainger machte sich eine Gedankennotiz, daß das repariert werden mußte. Er vergaß den Ventilator aber sofort wieder, als sein Blick auf die junge Frau fiel, die auf dem Korbsessel vor seinem Schreibtisch saß.

Sie trug eine korallenfarbene Hose und eine weiße ärmellose Bluse, durch die man ihren Büstenhalter erkennen konnte, der sich von ihrer gebräunten Haut abhob. Sie zündete sich gerade eine Zigarette an; dabei hatte es den Anschein, daß sie ihn über den Rand ihrer Sonnenbrille mißbilligend anschaute, als sie ihr kurzgeschnittenes blondes Haar aus der Stirn strich. Gillian Bligh war eine weitgereiste Journalistin und arbeitete für *American Forecast*. Jetzt legte sie lässig ein Bein über die Armlehne des Sessels und trat mit dem anderen nach ihrem abgenutzten Aktenkoffer, der auf dem Boden lag.

Das leise Dröhnen von Flugzeugmotoren klang von weit her, und das Mädchen sah fragend auf.

Grainger nickte. »Absolut pünktlich. Das ist das Flugboot, das Major Blair von Cairns zurückbringt.«

Gillian blies den Rauch langsam aus, als würde es ihr schwerfallen, sich von ihm zu trennen. »Bei Gott, was für ein Ort! Es ist so verdammt heiß, daß ich ein Gefühl habe, als würde ich jeden Augenblick platzen!«

Grainger lächelte sanft. Er lebte seit so langer Zeit in den Tropen, daß er keine Energie mehr dafür übrig hatte, sich über das Klima zu streiten. Statt dessen starrte er Gillian Bligh an. Sie war höchstpersönlich in seinem Büro! Das konnte er kaum glauben, aber schließlich kam ihm diese ganze Angelegenheit kaum glaubhaft vor. Er hatte ihre Artikel oft in dieser Hochglanzillustrierten aus New York gelesen, die er regelmäßig mit einem Monat Verspätung erhielt. »Gillian Bligh trifft sich mit dem Papst« oder »Unser weltreisendes Mädchen beobachtet den britischen Rückzug in Zypern« – manches war ihm ziemlich geschmacklos vorgekommen, aber jedenfalls war sie ein außergewöhnlich angenehmer Anblick. Sie hatte eine sehr gute Figur, die von ihrer dünnen Bekleidung betont wurde, die feucht vom Schweiß an ihrer Haut klebte, ganz gleich, wie sie ihren Körper bewegte. Ihr Mund war ziemlich groß und schien, anders als auf den Photographien, selten zu lächeln, er verlieh ihr vielmehr den Ausdruck äußerster Anspannung. Aber die Frisur war genauso, wie Andrew Grainger es sich immer vorgestellt hatte: kurz und scheinbar nachlässig. Aber er vermutete, daß dieser Schnitt sehr teuer gewesen war. Das Haar war so hellblond, daß es gegen ihre tief gebräunte Haut fast weiß aussah. Er schätzte Gillians Alter auf zwei- oder dreiunddreißig Jahre.

Er setzte sich wieder hinter seinen Schreibtisch. »Sie haben mir immer noch nicht erzählt, wie Sie in diese Geschichte verwickelt worden sind, Miss Bligh.« Seine Stimme war ruhig und höflich. »Schließlich paßt das alles nicht mit Ihren sonst eher … äh … politischen Unternehmungen zusammen!«

Sie lächelte leicht und lehnte sich in dem harten Sessel zurück, so daß sich ihre Bluse stramm über ihrer feuchten Haut spannte, und sie bemerkte natürlich, daß die Augen des Mannes eine winzige Sekunde darauf ruhten. Aber sie war zu erschöpft, um sich darum zu kümmern.

»Kurz gesagt, verhält es sich wie folgt«, ihre Stimme war sanft, aber gelangweilt: »Wie Sie wissen, ist dieser *Major* Blair ein ziemlich wichtiger Mann in England. Er ist der Chef einer der größten Brückenbaugesellschaften in Europa, und er verfügt über Beziehungen in alle Richtungen.« Sie griff nach ihrem ledernen Notizbuch auf dem Schreibtisch und schlug die entsprechende Seite auf. »Er ist neununddreißig Jahre alt, verheiratet, wurde in Eton und Sandhurst ausgebildet. Danach hat er in einem angesehenen englischen Regiment gedient.«

Nach der Art, wie sie das betonte, hätte er auch im Gefängnis einsitzen können, dachte Grainger, verkniff sich aber jede Bemerkung.

»Er wurde von den Japanern in Burma geschnappt und ziemlich übel behandelt. Seitdem leidet er unter einem deformierten rechten Fuß, ist aber sonst in einem guten Zustand. Jedenfalls erklärt die Verletzung, warum er den Dienst in der Armee quittierte. Aber da er aus dem ›richtigen Stall‹ kam, schien sein Weg in die Zukunft vorgezeichnet zu sein. Können Sie mir folgen?« Sie studierte Graingers gequälten Gesichtsausdruck durch den Schutz ihrer dunklen Brillengläser. »Mein Boss hat ihm vor ein paar Monaten, als er drüben in den Staaten war, ein paar Informationen geliefert. Informationen, denen der Major ungefähr zwanzig Jahre nachgejagt ist.« Sie blies einen feinen Rauchstrahl in den Ventilator und schüttelte dann den Kopf. »Ist das zu glauben? Zwanzig Jahre! Das macht Ihnen deutlich, was für eine Sorte dieser Kerl ist, mit dem wir es hier zu tun haben!«

»Ich vermute, daß die Sache mit seiner Familie zu tun hat?« soufflierte Grainger vorsichtig.

»Ja. Während des britischen Rückzugs aus Singapur«, sie sah Grainger zusammenzucken, »war Blair mit seinem Regiment dort stationiert, das, rein zufällig, von seinem alten Herrn, seinem Vater, kommandiert wurde.« Sie zuckte mit den Schultern. »Nun, Sie wissen, wie es ausging. Die Hölle war los, die Briten versuchten, die Frauen und Kinder zu evakuieren, bevor die Japaner durchbrachen.« Ihre Stimme wurde etwas sanfter. »Es gab da ein altes kleines Passagierschiff mit dem Namen *Sigli*, das als eines der letzten Schiffe auslief, und Blair schaffte es, seine Familie darauf unterzubringen.« Sie zählte an ihren schlanken Fingern ab: »Da war sein alter Herr, er war in den Kämpfen verwundet worden, dazu kamen Blairs Mutter und seine Schwester. Das Mädchen war kaum älter als zwei Jahre, nehme ich an. Dann waren da noch ein paar andere Frauen und eine Handvoll verwundeter Soldaten.«

Langsam nahm sie ihre Sonnenbrille ab, und Grainger sah die großen grauen Augen, die ihn müde musterten.

»Nun? Was ist dann geschehen?«

»*Sigli* ist verschwunden. Sie wurde nie wieder gesehen. Major Blair setzte Himmel und Hölle in Bewegung, um sie zu finden. Alle sagten ihm, daß er seine Zeit verschwenden würde oder daß er verrückt wäre. Wahrscheinlich litt er unter einer Art Schuldkomplex. Nennen Sie es, wie Sie wollen, er hat jedenfalls niemals aufgegeben. Als er in New York war, traf er meinen Boss. Der war in der Lage, ihm einen Angestellten zu präsentieren, der während des Krieges Pilot einer Luftfahrtgesellschaft auf der Singapur-Route gewesen war.« Sie beugte sich vor, etwas von ihrer eignen Verwunderung spiegelte sich in ihrer Stimme wider: »Und der hatte dieses kleine Schiff tatsächlich gesehen, als es gerade von japanischen Trägerflugzeugen angegriffen wurde – genau hier im Gebiet der Neuen Hebriden. Natürlich ein paar hundert Meilen weiter. Das Schiff sollte nach Neuguinea laufen und befand sich quasi schon in Sicherheit, als es von den Japanern entdeckt worden war. Damit aber nicht genug, lief *Sigli* dann auf ein Riff und verschwand. Endgültig!«

Grainger warf einen Blick auf die große Wandkarte. »Dann traf Blair zwanzig Jahre später auf den Mann, der das alles mit angesehen hat? Wirklich verblüffend!«

»Sie wissen ja, wie das so ist. Damals wurden Hunderte von Schiffen zusammengeschossen, und die Leute hatten andere Sorgen, als sich um die kleine *Sigli* zu kümmern. Es war reiner Zufall, daß der Pilot sie vorher schon öfter gesehen hatte und eine genaue Position des Wracks feststellen konnte, bevor er selbst abgeschossen wurde. Von da an hatte er genug andere Dinge im Kopf!«

Sie stand auf und löste den Stoff der Bluse von ihrer schweißklebenden Haut ab. Durch das Fenster erblickte sie das tiefe Blau des Pazifiks, der wie eine große unbewegte Glasscheibe vor ihren Augen lag. Mit einer leichten Drehung des Kopfes konnte sie gerade noch das weiße Band der Brecher erkennen, die an dem langen geschwungenen Ufer der Insel aufliefen und bis an die Füße der sich sanft wiegenden Palmen heranzulekken schienen, die bis unmittelbar an die Wasserlinie hinunterwuchsen. Es war ein wunderschönes Bild, und irgendwie rührte es sie an.

Sie war vor zwei Tagen angekommen und von dem überschwenglichen Eifer der Inselbevölkerung, sie willkommen zu heißen, fast zum Wahnsinn getrieben worden. Die Händler, Plantagenbesitzer und ein paar der alten Perlenfischer schienen alle von einer unglaublichen Gier nach Neuigkeiten besessen zu sein. Die Engländer fragten nach dem Wetter, die Australier nach Pferderennen. Die Franzosen blickten einfach nur ernst drein und stellten Fragen nach »zu Hause«. Alle lebten offensichtlich schon viele Jahre auf den Neuen Hebriden, aber trotzdem schien keiner von ihnen die Inseln als maßgebenden Teil seines Lebens akzeptiert zu haben.

Sie beobachtete das Wasserflugzeug der Quantas Airline, das sich zielbewußt auf seine Muringbojen zu bewegte, dann bemerkte sie die Flotte der Barkassen und Eingeborenenboote, die alle aufgeregt in der Nähe herummanövrierten. Ihre Besatzungen winkten und schrien unbeeinträchtigt von der Hitze. Gillian selbst hatte das Gefühl, jeglicher Energie beraubt zu sein. Gleichzeitig war ihr völlig klar, daß das nur zum Teil an der Hitze lag.

Sie beobachtete träge, wie die dunkelhäutigen Einheimischen auf der staubigen Straße zwischen den Wellblechdächern der niedrigen Häuser und den hohen Schuppen, die nach ranziger Kopra stanken, zum Hafen rannten. Ihr trainierter Verstand prägte sich diese Szene genauso ein wie all die anderen wichtigen Szenen in der Vergangenheit. Afrika, Japan, Indien, was machte das schon für einen Unterschied? Überall gab es die von ihrer Wichtigkeit überzeugten kleinen Beamten, die erbärmlichen Eingeborenen und die gierigen Männer, die sich hinter ihrem Hilfsangebot oder den Masken der Freundschaft verbargen. Sie kramte nach einer Zigarette, änderte aber dann ihre Meinung. Sie hatte gesehen, wie Grainger nach seinem Feuerzeug griff, und seine hilfreiche Geste würde zwangsläufig eine größere körperliche Nähe mit sich bringen. Sie hatte das Gefühl, in kreischenden Wahnsinn zu verfallen, wenn sie nicht bald aus diesem Ort wegkam.

Mißmutig betrachtete sie die Schoner, die mit ihren sich verjüngenden Masten in der Heckwelle des Wasserflugzeugs rollten. Einer mußte die *Queensland Pearl* sein, vermutete sie. Sie war von diesem Major Blair gechartert worden, um nach dem Wrack der *Sigli* zu suchen. Hier ergab sich die Chance für eine Abwechslung. Sie konnte die notwendige Zeit gewinnen, darüber nachzudenken, was sie mit dem Rest ihres Lebens anfangen wollte. Die Tage der berühmten schreibenden Journalistin waren vorbei, darüber machte sie sich keine Illusionen. Die Leute wollten ihre Artikel nicht mehr. Sie holten sich alles, was sie an Informationen brauchten, aus dem Fernsehen. Dort agierten nette, freundliche, bekannte Personen, die keine Notwendigkeit sahen, über ihre Meldungen nachzudenken oder gar eine Meinung zu formulieren. Sie biß sich auf die Lippe und spürte die stechenden Nadeln hinter ihren Augen. Es geht wieder los, dachte sie. Ich muß mich auf diese Aufgabe konzentrieren. Nur auf diese. Und was dann … Ärgerlich schüttelte sie ihren Kopf. Und dann … was?

Sie dachte an ihren Boss. Sigmund Meissberg. Klein, dunkel und vital thronte er hinter seinem großen Schreibtisch in der Madison Avenue. Bring mir eine Story, in der es menschelt, hatte er telegrafiert. Eine Geschichte, in der es menschelt! Sein professioneller Zynismus hatte ihn so deformiert, daß es höchst unwahrscheinlich war, daß er eine solche Geschichte erkennen würde, wenn sie vor ihm auf dem Tisch lag. Aber sie wußte, was er gemeint hatte. »Du mußt in deinem Job erstklassig bleiben oder…«

Grainger ließ sich wieder vernehmen. »Ich glaube,

daß Sie sich an Bord des Schoners wohl fühlen werden. Der Skipper ist ein netter Bursche. Ein Australier, aber in Ordnung. Ich habe ihm seine Anweisungen bezüglich der Insel gegeben, zu der Sie segeln werden. Vanua Santo, ein reizender Name für einen so schrecklichen Ort. In der Tat ist es eine der wenigen Inseln hier, bei denen wir uns gezwungen sehen, für die Personen, die dort an Land zu gehen wünschen, Erlaubnisse auszustellen.« Er lächelte. »Sogar auf unserer Insel hier hat es noch vor fünfzig oder sechzig Jahren Kannibalen gegeben, daher ist es nicht sonderlich überraschend, daß man auf den abgelegenen und weniger nutzbringenden Inseln heute noch etwas hinter der Zeit herhinkt.«

»Sie meinen, diese Inseln bringen nicht soviel Profit wie die anderen?« Sie hob ihre Hand, als sie sah, daß er die Stirn runzelte. »Vergessen Sie es. Ich bin dieser Fassade der Rechtschaffenheit nur etwas überdrüssig, die bei allen Kolonialregierungen herrscht.« Schnell sprach sie weiter. »Sind die Eingeborenen dort wirklich noch ein wenig unzivilisiert?«

Er ging steif zu der Karte hinüber. Die Inseln verteilten sich darauf von einer Ecke zur anderen wie ein Korallenhalsband. Sein Finger verharrte auf einer winzigen Insel weit oben am Rand der Inselgruppe. »Ein ziemlich wüster Ort. Ohne jeden vernünftigen Ankerplatz, und entlang der gesamten Südseite liegt das Phalarope-Riff. Es ist die meiste Zeit nicht zu sehen und eines der gefährlichsten, das ich kenne. Es ist mit ziemlicher Sicherheit der Ort, wo die *Sigli* gestrandet ist!« Er blickte sie direkt an. »Ich will nicht damit hinter dem Berg halten, Miss Bligh, daß ich sehr überrascht bin, daß der Commissioner dieses Unternehmen gestattet hat. Wir haben stets vorsichtig versucht, freundschaftliche Beziehungen zu allen Stämmen auf den Inseln aufzubauen. Missionsstationen wurden gegründet, Handelsstützpunkte, Krankenhäuser. Aber es gibt fünfundvierzigtausend Eingeborene in diesem Archipel, und wir sind weniger als achthundert Beamte. Wir können uns einfach keinen Ärger leisten. Sie müssen verstehen, daß in abgelegenen Gegenden – wie Vanua Santo – die Einheimischen wirklich noch Wilde sind, und außer ein paar sorgfältig vorbereiteten Besuchen in einem Handelsposten sollte man sie zur Zeit besser sich selbst überlassen. Vielleicht ändert sich die Situation eines Tages, wenn wir besser ausgerüstet sind.« Er hob die Arme und spreizte die Hände. »Ich hoffe, daß Sie die Gründe für mein Erstaunen verstehen?«

»Sie unterstellen doch nicht etwa, daß Major Blair dort oben einen Privatkrieg anzetteln wird?« Ihre Mundwinkel wanderten amüsiert in die Höhe.

»Natürlich nicht. Aber falls Ihnen etwas passieren sollte, dann wäre die Regierung Ihrer Majestät gezwungen, etwas zu unternehmen. Vielleicht eine Strafexpedition... und dann wären die vorsichtig aufgebauten Beziehungen über Nacht zerstört.«

Sie blickte zu dem fernen Flugboot hinüber. Noch war es nicht zu spät, ihren Entschluß zu ändern. Sie konnte schnell an Bord des Flugzeugs gehen und über das einladende Wasser davonschweben, bevor ihr Zeit blieb, ihre Entscheidung zu bereuen. Sie zitterte leicht und hob ihren Koffer vom Boden auf.

Grainger beobachtete sie ängstlich. »Fühlen Sie sich gut?«

»Ja. Nur etwas müde. Ich möchte jetzt an Bord des Schiffes gehen, wenn es Ihnen nichts ausmacht ...«

»Sie wollen also nicht auf Blair warten? Ich bin sicher, daß er in Kürze vom Flugboot herüberkommen wird. Die Einreiseformalitäten sind ziemlich kurz.«

Sie schwenkte ihren Koffer unbestimmt in der Luft herum. »Nein. Mir reicht das hier für den Augenblick.«

Grainger hatte plötzlich das Gefühl, daß er sie nicht gehen lassen sollte. Irgendwie konnte er sich dieses schlanke, nervös aussehende Mädchen nicht an Bord des Schoners zusammen mit Vic Fraser und Blair vorstellen, nicht zu reden von den Gefahren, die sich bei einem solchen verrückten Unternehmen ergeben konnten. »Könnten Sie Ihre Story nicht von hier aus schreiben?« fragte er ziemlich lahm. »Auf dem Schoner könnte es etwas rauh zugehen.«

Sie richtete sich steif auf. »Und Sie würden sich um mich kümmern, ist es das? Machen Sie sich keine Gedanken, mein Freund. Ich bin mit größeren Schwierigkeiten klargekommen und habe überlebt!« Sie studierte den komischen Ausdruck des Unbehagens auf dem Gesicht des Mannes. »Kopf hoch, junger Mann! Ich werde etwas wirklich Nettes über Sie und Ihre Wilden schreiben!«

Ohne ihm einen weiteren Blick zu gönnen, ging sie aus der Tür und schien irgendwie kleiner zu werden, als das grelle Licht der Sonne sie einhüllte.

Die stark motorisierte Barkasse schnaubte durch den Hafen, ihre Motoren dröhnten vertrauenerweckend und ließen die geputzten Beschläge im langen, offenen Cockpit klappern und vibrieren. Am kurzen Mast wehten der Union Jack und die französische Trikolore nebeneinander. Am Bug und am Heck starrten eingeborene Seeleute drohend auf jedes einheimische Boot, dessen Skipper dumm genug war, sich dem scharfen Bug der Barkasse zu weit zu nähern.

Die blauen Lederpolster im Cockpit fühlten sich wie rotglühendes Eisen an, und Rupert Blair schob sich etwas näher an das kleine Spritzverdeck, welches den vorderen Teil abdeckte. Seine gutgeschnittene Khakiuniform war von der Hitze schon zerknautscht. Er starrte nach vorne auf den schlanken Rumpf des vermurten Schoners, als ob er hier seine letzte Möglichkeit sähe, Erlösung zu finden. Seine straffen Gesichtszüge waren klar geschnitten, zeigten aber eine Spur Arroganz, und wäre da nicht dieser harte Zug um den Mund gewesen, hätte man ihn als gutaussehend bezeichnen können. Sein dunkelbraunes, mit grauen Strähnen durchsetztes Haar war dicht und korrekt geschnitten, was den jugendlichen Eindruck wieder unterstrich, den der ärgerliche Gesichtsausdruck zu zerstören versuchte.

Er betrachtete den Schoner aus schmalen Augenschlitzen. Die *Queensland Pearl* lag ein wenig abseits von den anderen Schiffen und schien etwas größer zu sein. Sie war kurz vor dem Ausbruch des Ersten Weltkriegs zur Blütezeit des Freihandels zwischen den Inseln gebaut worden, hatte aber mit den Jahren nichts von ihren stolzen Linien verloren, obwohl ihr weißer Rumpf die Spuren eines siebenundvierzigjährigen fast ständigen Einsatzes aufwies. Die Länge betrug hundertzehn Fuß über alles, der elegante hochaufragende Bug war an beiden Seiten mit großen geschnitzten Austernschalen verziert, darüber ragte der lange Finger des sich verjüngenden Klüverbaums nach vorne heraus. Als die Barkasse in einem Bogen um den Rumpf herumglitt, konnte Blair auch das gleichermaßen hohe Spiegelheck und die beiden hochaufragenden eleganten Masten erkennen, die einen deutlichen Fall nach achtern aufwiesen. Er blinzelte, um seine Augenlider von Schweiß zu befreien, und wandte sich dann an seinen Begleiter.

»Nun, Myers, was halten Sie von ihr? Ein ganz hübsches Museumsstück, oder?«

George Myers grinste und zeigte seine kleinen Zähne. Er war rundlich, untersetzt und völlig kahl, dadurch fiel es den meisten Menschen schwer, sich vorzustellen, daß er Tiefseetaucher war. Er war erfreut über die Möglichkeit eines kostenlosen Urlaubs auf See gewesen, ganz besonders im Hinblick darauf, welche Abwechslung es von seiner üblichen Arbeit bedeutete, Brückenfundamente unter Wasser zu inspizieren oder Wracks zu sprengen und was da sonst noch anfiel. Er blinzelte glücklich. »Ich hätte nie gedacht, daß ich so etwas je zu Gesicht bekommen würde, Sir. Warten Sie nur ab, was ich meiner Alten darüber schreiben werde!«

In diesem Augenblick tauchte Grainger aus dem kleinen Salon der Barkasse auf und überreichte Blair einen dicken Umschlag. »Ihre Papiere, Major. Nicht, daß Sie sie wirklich benötigen würden, aber wir müssen uns an die Vorschriften halten – sogar hier draußen.«

Blair nickte kurz und stopfte den Umschlag nachlässig in eine offene Reisetasche. »Noch mehr verdammte Vorschriften, vermute ich! Es ist ein reines Glück, daß Sie für die Regierung arbeiten, denn wenn unser Vorhaben seine Kosten selbst einspielen müßte, dann wäre es inzwischen schon erledigt, möchte ich annehmen.«

Myers begann lautlos zu pfeifen und gab vor, nicht zuzuhören.

»Ich muß doch sehr bitten«, antwortete Grainger ärgerlich, »ich kann nicht glauben, daß derartige Bemerkungen angebracht sind, schließlich...« Er riß sich zusammen, als sich Blairs kalte blaue Augen ihm zuwandten. Es sind unbarmherzige Augen, dachte er, ohne eine Spur von Mitleid.

»Ich habe Ihnen schon meine Abmachungen erklärt, Grainger, sowohl die mit Ihrem Chef als auch die mit den entsprechenden Leuten zu Hause. Ich beabsichtige nicht, meine privaten Angelegenheiten mit jedem hergelaufenen Bürokraten zu diskutieren, der sich mir in den Weg stellt.« Er lächelte kalt. »Wie Sie wissen, habe ich vor, am Phalarope-Riff einen Taucher zum Wrack hinunter zu schicken, um es zu begutachten. Ich habe lange Zeit auf diesen Moment gewartet, und ich denke nicht daran, mich durch wilde Geschichten von wilden Eingeborenenstämmen, haiverseuchten Gewässern und was es noch so an Unsinn gibt, abbringen zu lassen. Wir befinden uns im 20. Jahrhundert, denken Sie dran.«

Grainger seufzte. Blairs Haltung war seit dem Zeitpunkt, als er ihn vom Wasserflugzeug abgeholt hatte, unverändert. Kompromißlos, fast verzweifelt. Er versuchte sich vorzustellen, wie er diesen Blair später seiner Frau schildern könnte, und nickte. Verbohrt. Das war der Ausdruck, der perfekt auf den Mann zutraf. Verbohrt in diese seltsame Mission, während alles andere in den Hintergrund zu treten schien.

»Noch ein Wort zu der amerikanischen Journalistin«, begann Grainger nochmals vorsichtig, »ich hoffe, daß sie weiß, worauf sie sich da einläßt. Das hier fällt nicht unter ihre üblichen Aufträge.«

Blair lächelte bitter. »Das ist mir klar. Ich habe ein paar ihrer Artikel gelesen.« Er drehte sich mit einer plötzlichen unerwarteten Intensität zu Grainger um. »Sie repräsentiert meiner Meinung nach den allerschlimmsten Typ des wohlmeinenden Kolonialismusexperten! Leute wie diese Bligh haben unglaublichen Schaden angerichtet, indem sie all den Niggern und gierigen Habenichtsen erzählt haben, daß **Freiheit** – geschrieben mit fett gedruckten Lettern – ein gutes Recht sei und nicht ein Privileg. Es erstaunt mich wirklich, daß Sie sie in Ihr kleines Königreich hineingelassen haben, Grainger!«

»Sie scheint im Prinzip ein sehr vernünftiges Mädchen zu sein«, antwortete dieser ernsthaft.

Aber Blair lachte nur. »Ich sehe schon die nächste Überschrift in ihrem von Werbung überquellenden Hochglanzmachwerk vor mir. ›Gillian Bligh entdeckt steinzeitliche Regierung unter dem Union Jack! Kopfjäger sind süß, sagt sie!‹« Er lachte wieder. »Wenn es nicht eine Art von Schuldentilgung gewesen wäre, hätte ich sie ganz gewiß nicht auf diese Unternehmung mitgenommen. Darauf können Sie Gift nehmen!«

Die Barkasse stieß mit einem sanften Bums gegen die Bordwand, und zwei einheimische Matrosen sprangen von Bord, um die Vor- und Achterleinen zu übernehmen.

Blair erhob sich und stand schwankend auf dem schmalen Deck. Unter dem Umschlag des einen Hosenbeins schien ihn der häßliche, obwohl sorgfältig gearbeitete medizinische Schuh zu behindern. Mit einer abrupten, ärgerlich wirkenden Handbewegung wischte er Graingers stützende Hand zur Seite. »Ich schaffe das alleine!« Dann schien er etwas milder gestimmt zu sein. »Es war angenehm, Ihre Bekanntschaft gemacht zu haben. Ich werde dem Commissioner schreiben und ihm mitteilen, wie hilfsbereit Sie waren.« Unerwartet streckte er seine Hand aus. »Vielen Dank, daß Sie mich so gut ins Bild gesetzt haben. Sie waren mir von größerem Nutzen, als Sie es selbst einschätzen können.«

Dann schob er die einheimischen Seeleute zur Seite und schwang sich über die niedrige Verschanzung des Schoners.

Myers zwinkerte dem perplex dastehenden Grainger zu. Es war nur eine kleine Geste, aber Grainger, der noch immer im Cockpit der Barkasse stand, während sie sich von der Bordwand des alten weißen Schiffes löste, erklärte sie eine ganze Menge.

Über das Poopdeck des Schoners hatte man ein kleines Sonnensegel gespannt, um eine viereckige Schattenoase zu erzeugen, in deren Mitte Vic Fraser, der Kapitän, in einem ausgeblichen Deckstuhl thronte. Bis auf seine Shorts war er völlig nackt und runzelte konzentriert die Stirn, während er einen langen ölgetränkten Lappen durch den Lauf eines alten britischen Armeegewehrs zog. Eine zweite gleichartige Waffe und zwei schwere Revolver glänzten auf einem Stück Segeltuch. Mit einem abschließenden zufriedenen Grunzen legte er die Waffe neben die anderen. Die Gewehre wurden an Deck gebraucht, wenn sich Haie um das Schiff herumtrieben, während Taucher unter Wasser arbeiteten, aber die Revolver dienten nur seiner ganz persönlichen Zufriedenheit.

Sogar im Sitzen erweckte Fraser den Eindruck, daß er ein großer Mann war. Er hatte breite Schultern und einen großen Brustkorb, seine Haut war so von der Sonne verbrannt, daß es die Farbe des hölzernen Schandekkels der Poopreling angenommen hatte. Um seine Augen hatte sich eine Vielzahl kleiner Krähenfüße gebildet, sie waren der Tribut vieler Monate auf See und des ständigen Starrens in die Sonne auf der Hut vor einem Riff. Normalerweise führte Fraser ein völlig unkompliziertes Leben. Unkompliziert nach seinen Maßstäben, und er liebte es, so wie es war. Aber in letzter Zeit waren die Dinge etwas schwierig geworden. Der Handel war rückläufig, und erst kürzlich war der örtliche Muschelfang verboten worden, weil die Gewässer »überfischt« waren. Man hatte zwar ausdrücklich verkündet, daß es sich nur um eine temporäre Maßnahme handeln würde, aber er war in dieser Hinsicht nicht sonderlich zuversichtlich.

So war ihm die Charter, für die ihm Rupert Blairs Agent eine riesige Geldsumme geboten hatte, als ein Geschenk des Himmels erschienen. Mit dem Geld konnte er alle überfälligen Reparaturen am Schoner vornehmen lassen und einen Grundstock für den Handel der nächsten Saison anlegen. Er war nur deshalb bereit gewesen, das Ziel zu akzeptieren. Hog Island oder Vanua Santo, wie es von den Eingeborenen wegen seiner Form bezeichnet wurde, die an ein Schwein erinnerte, war als ein wirklich übler Ort bekannt, und Fraser hatte nicht die Absicht herauszufinden, wie übel er wirklich war. Sie würden zum Riff fahren, ein paar

Tauchgänge durchführen und dann wieder nach Hause segeln. So einfach hatte alles für ihn ausgesehen.

Aber dann war das amerikanische Mädchen an Bord gekommen und hatte verlangt, in ihre Kabine gebracht zu werden. Sie war bis jetzt nicht wieder erschienen. Nachdenklich rieb er sich die Brust. Es war eine sehr, sehr lange Zeit her, daß er zum letzten Mal eine so tolle Frau gesehen hatte, denn die einzigen weiblichen Passagiere, die er in der Vergangenheit befördert hatte, waren die selbstbewußten Ehefrauen von Missionaren gewesen. Er ließ seinen Blick mißmutig über die makellos sauberen Decks gleiten. Die gesamte Besatzung des Schoners hielt sich unnötigerweise in den kleinen Schattenfleckchen auf, die vom Rigg und den gelaschten Booten des Schoners erzeugt wurden, als ob sie auf das Eintreffen der übrigen Passagiere warten würden. Das Mädchen war unglaublich gewesen. Der Gedanke daran ließ Fraser grinsen. Die Jungs hatten sich lautstark schnatternd um sie geschart, um auf ihre goldenen Haare zu starren. Sie hatte alle sofort völlig für sich eingenommen, vielleicht lag es besonders an ihrer Haarfarbe. Er blickte mit einem Anflug von Zuneigung zu seiner Crew. Außer Watute, dem Kabinenjungen und Assistenztaucher, der mit seinen dreizehn Jahren der Jüngste an Bord war, hatte er alle Männer zusammen mit dem Schiff geerbt. Sein Vater, der zu seiner Zeit ein erfolgreicher Perlentaucher gewesen war, hatte alle seine Besitztümer mit Ausnahme des Schiffs und der Crew verschleudert. Als Fraser aus dem Krieg zurückgekommen war, hatte der Vater ihm alles feierlich übergeben, dann war er in der gleichen praktischen Art, in der er sein ganzes ereignisreiches Leben gemeistert hatte, zum letzten Mal an Land gegangen und gestorben.

Da war Old Buka, der Bestmann*. Er war klein, grauhaarig und hatte nur ein Auge. Sein furchteinflößendes Äußeres, das besonders von seiner Augenklappe aus Palmenrinde erzeugt wurde, erhielt seinen letzten Schliff durch seine spitz angefeilten Zähne. Wabu und Yalla waren die beiden Taucher von den Torres-Inseln. Sie waren jung und in bester Verfassung, so konnten sie achtzig Fuß tief auf der Suche nach Trochusmuscheln tauchen und dabei die ständig lauernde Gefahr in Gestalt von Haien und Seeschlangen ignorieren.

Kari, ein vierschrötiger Matrose voller Narben, und Dinkila, der malaiische Koch, auf dessen flachem Gesicht stets ein breites Grinsen lag, vervollständigten seine Crew. Dazu kam allerdings noch Frasers Steuermann, Maschinist und rechte Hand in einer Person, Michel Tarrou.

Ein guter Teil von Frasers Befürchtungen und seines Ärgers verflog, als er an Tarrou dachte. Er hatte den Mann am Strand aufgegabelt, weil ihm sein Eifer und seine offensichtliche Intelligenz aufgefallen waren, und hatte ihn ausgebildet, ihm bei der Führung des Schoners zu helfen. Er übersah dabei großzügig die Eitelkeit und schreckliche Eingebildetheit des Mannes, der sich einredete, daß er ein weißer Franzose sei und etwas Besseres als einer der vielen hergelaufenen Mischlinge auf diesen Inseln. Sein Vater war vermutlich ein Franzose gewesen, obwohl sich niemand an ihn erinnern konnte.

* Bestmann: erfahrenster Matrose an Bord (Anm. d. Ü.)

Aber seine Mutter war eine dicke Torres-Insulanerin, die an einer obskuren Krankheit gestorben war, obwohl die Alten jedoch steif und fest behaupteten, daß die Todesursache ein gebrochenes Herz war.

Gerade jetzt kam Tarrou in Frasers Blickfeld. Er kletterte über das Süll der kleinen Maschinenraumluke, blieb einen Augenblick stehen und blinzelte in das Sonnenlicht. Dann blickte er sich schnell um und zog einen weißen Plastikkamm durch sein glattes schwarzes Haar und strich die Pracht zurecht. Dann zog er eine schneidige Khakiuniformjacke an und legte seine weiße Mütze in Griffweite.

»Ist sie wieder an Deck gekommen, Vic?« Seine tiefgründigen schwarzen Augen blickten interessiert, ja sogar ein wenig nervös.

»Nee! Sie muß von dir gehört haben, Sportsfreund!« Fraser grinste fröhlich.

Tarrou lächelte automatisch. Er hatte Frasers grobe Späße schließlich verstehen gelernt und war zufrieden mit seinem Los. Er wischte einen Flecken Schmiere von seinem Jackett, dabei runzelte er wie immer in voller Konzentration die Stirn. Er hatte eine breite, flache Nase und ziemlich wulstige, aufgeworfene Lippen, was den vorteilhaften Eindruck wieder zunichte machte, den ihm die Farbe seiner Haut verschaffte, denn die war nicht dunkler als Frasers.

»Ist diese Reise gefährlich, Vic?«

»Nee! Solange wir den Kriegern des Mota-Stammes aus dem Weg gehen und uns vom Riff freihalten, sollte alles klar laufen. Ich mache mir nur um die Passagiere Sorgen.« Er rieb sich die Hände. »So ein Sahnestückchen von einem Mädchen und dazu noch eine Horde von Limeybastarden*. Ich kann nur hoffen, daß wir uns nicht alle gegenseitig an die Kehlen gehen, denn ich brauche das Geld für die Charter!«

Tarrou lächelte sanft. In seinen Augen machte Fraser keine Fehler. Er hatte ihn aus einem erbarmungswürdigen Leben gerettet und ihn zu jemandem gemacht, der von einiger Wichtigkeit war. Zu einem Schiffsoffizier! Tarrou schob eine billige Sonnenbrille auf die Nase und faltete die Arme vor der Brust, eine Geste, die er bei Fraser gesehen hatte. Es würde auf jeden Fall eine schöne Abwechslung sein, einmal andere Menschen an Bord zu haben. Die Unterhaltungen mit Fraser bezogen sich immer nur entweder auf technische Probleme oder waren ziemlich deftig. Tarrou freute sich darauf, das amerikanische Mädchen wiederzusehen, und auch darauf, sich mit einem so gebildeten Gentleman wie diesem Major Blair unterhalten zu können. Es war schon ein Wunder, daß ihm das alles widerfuhr.

Fraser erstarrte. »Da kommt die Barkasse! Das wird Blair sein!« Er deutete auf die Waffen, dann nahm er einen kleinen Schlüssel von einem Band um den Hals. »Geh und schließe sie ein, Michel. Ich möchte den armen Burschen nicht zu Tode erschrecken!« Er trat mit ausgestreckter Hand vor, um einen Passagier zu begrüßen. »Sie müssen Major Blair sein. Willkommen an Bord.« Er nickte dem zweiten Mann zu, der über die Verschanzung kletterte. Das mußte der Taucher sein. Ein typischer Limey, dachte er.

Blair musterte ihn ruhig. »Sind Sie bereit zum Aus-

* Limey: Spottname für Engländer. Gegen Skorbut gab es auf britischen Schiffen Limonensaft (*limejuice*) zu trinken … (Anm. d. Ü).

laufen, wie ich es angeordnet habe?« Seine Stimme war gleichmütig, aber es schwang ein leicht ungeduldiger Unterton darin mit. »Sobald ich den Rest meines Gepäcks verstaut habe, möchte ich los.«

»Bereit und scharf darauf, Major! Je früher wir lossegeln, desto eher werden wir zurück sein!«

Blair ignorierte ihn. Er schaute das Mädchen an, das unbemerkt an Deck gekommen war.

»Miss Bligh, glaube ich? Ich hoffe nur, daß Sie Ihre Meinung über diese Reise nicht ändern werden, nachdem wir losgesegelt sind? Es könnte für eine Frau etwas haarig werden.«

Ihre Augen waren hinter der Sonnenbrille unsichtbar, aber der Ausdruck um ihren Mund verspottete ihn offensichtlich. »Genauso habe ich mir immer einen Willkommensgruß vorgestellt!«

Er zog die Schultern leicht nach vorne, um eine entschuldigende Verbeugung anzudeuten. »Ach ja natürlich, ich vergaß, daß Sie an derartige Unternehmen gewöhnt sind.«

Tarrou tauchte an seiner Seite auf, sein Gesicht strahlte. »Major Blair, Sir, das ist eine große Ehre! Es ist sehr schön, hier draußen einen weiteren Europäer zu treffen!«

Blair starrte in das breite grinsende Gesicht und auf die ausgestreckte Hand mit den purpurroten Nägeln. »Einen weiteren Europäer?« Seine Stimme klang kalt, und er machte keine Anstalten, die Hand zu schütteln. »Ich hätte angenommen …«

Fraser drängte sich zwischen die Männer, seine Stimme war plötzlich hart. »Das ist Michel. Er ist Franzose!«

Blair schaute den drohend blickenden Australier amüsiert an. »Meinetwegen kann er ein buddhistischer Mönch sein. Auf geht es!«

Fraser legte eine Hand auf die Schulter des Halbbluts. »Starte die Maschine, Michel, und laß die Männer vorne den Anker hieven!«

Das Mädchen ging näher auf Blair zu, der sie fragend ansah. Langsam zündete sie sich eine Zigarette an und stieß den Rauch in die Luft. »Ich wollte immer schon einen englischen Gentleman aus der Nähe studieren«, bemerkte sie ruhig, »und bis jetzt war es wirklich ein beeindruckendes Erlebnis.«

Die Insulaner an der Pier und auf den Hängen hinter der Stadt beobachteten, wie der Anker des Schoners aus dem Grund brach und dann schwarz und tropfend am Bug schaukelte. Dann ertönte ein hustendes Röcheln des alten Dieselmotors, und eine blaue Rauchwolke schwebte kurzzeitig hinter dem Heck davon, aber gleich darauf schäumte das weiße Heckwasser auf, das der nicht sichtbare Propeller aufwirbelte.

Grainger seufzte, als das Schiff im glatten Wasser Fahrt aufnahm und sich an der grünen Masse des Iririki Islet vorbei hinaus in Richtung der offenen See schob.

Im geheimen wünschte er sich, daß er trotz all seiner Vorbehalte mitgefahren wäre.

In Frasers Kabine, die ihm für die Dauer dieser Reise zur Verfügung gestellt worden war, saß Blair müde in einem Segeltuchstuhl, sein ermatteter Körper schwankte im Takt der leichten Rollbewegungen des Schiffes, das sich über die lange pazifische Dünung schob.

Er fühlte sich ausgelaugt, trotzdem war er einem Gefühl völliger Zufriedenheit näher, als er es sich jemals zuvor hatte vorstellen können. Er blickte auf den ungefügen orthopädischen Schuh und dachte an seine Frau. Auf Grund ihrer ständigen dringenden Bitten hatte er mehrere qualvolle Operationen an seinem Fuß durchlitten, aber alle waren erfolglos geblieben. Die japanischen Gewehrkolben hatten ihre Arbeit nur zu gut erledigt. Marcia war groß gewachsen und schien beim Gehen zu schweben. Sie war halb ärgerlich und halb abweisend gewesen, als er ihr von der beabsichtigten Reise erzählt hatte. Er hatte beobachtet, wie sich ihr Gesicht im Spiegel ihrer Frisierkommode veränderte.

»Warum gibst du diese verrückte Idee nicht auf? Niemand interessiert sich dafür, was vor zwanzig Jahren passiert ist, Rupert. Ich für meinen Teil bin mir jedenfalls sicher, daß es mich *nicht* interessiert!«

Er hatte auf ihren weichen, weißen Nacken gestarrt und versucht, sich selbst davon abzuhalten, sie zu hassen. Tief in seinem Herzen wußte er, daß alles vielleicht anders gekommen wäre, wenn sie nicht erwartet hätte, daß derselbe junge, sorglose Offizier, der er vor dem Krieg gewesen war, zu ihr zurückkommen würde, als er damals aus dem Gefangenlager entlassen wurde. Ihr Bild, das er sich in den Monaten seiner Haft und Leiden lebendig erhalten hatte, hatte sich als genausowenig haltbar erwiesen wie die Befestigungen von Singapur, wo er seine Familie an Bord des leckenden Bootes voller Menschen gebracht hatte, die alle in panischer Angst gewesen waren. Es war eine Ironie des Schicksals gewesen, daß er und eine Handvoll seiner Männer wenige Minuten vor der schmachvollen Kapitulation von einem Minenräumboot gerettet wurden. Er schloß die

Augen und sah wieder die große schwarze Rauchwolke über der sterbenden Stadt. Der junge Kommandant des Minenräumers hatte sie durch die gesunkenen Wracks und die schreienden Überlebenden gesteuert, er hatte mit der Bitterkeit seiner Generation gelacht, als Blair sagte: »Gott helfe denen, die wir zurücklassen!«

Er hatte geantwortet: »Er kümmert sich nicht mehr um uns!«

Blair warf sich auf die Koje und versuchte, sich zu entspannen. Jetzt endlich, nach allem, was geschehen war, würde er erfahren, was mit seiner Familie passiert war. Das konnte ihn vielleicht auf eine unerklärliche Weise für alle seine anderen Enttäuschungen entschädigen.

2

Gillian Bligh erwachte aus einem Schlaf der Erschöpfung. Eine ganze Weile blieb sie still, aber wachsam liegen, ihr Körper war angespannt, und ihre Augen fixierten einen Punkt auf dem weißen Schott am Fußende der Koje. In ihrem schmerzenden Kopf überschlugen sich die Gedanken, und ein Gefühl der Unsicherheit machte sich breit, während sie versuchte, sich an ihre Umgebung zu erinnern und festzustellen, was sich verändert hatte. Die kleine Kabine knarrte um sie herum, und dann erkannte sie das beruhigende, angenehme Plätschern des Wassers an der hölzernen Bordwand nur ein paar Zoll von ihrem Kopf entfernt. Plötzlich realisierte sie, daß die Maschine ihr unaufhörliches Dröhnen eingestellt hatte.

Sie tastete suchend hinter ihrem Kopf herum, bis ihre schlanken Finger die Zigaretten auf dem schmalen Brett gefunden hatten. Als sie automatisch das Feuerzeug anschnippte, stützte sie sich auf die Ellenbogen und blickte prüfend auf das gestapelte Gepäck und ihre unordentlich in der Kabine herumliegende Kleidung. Dann fiel ihr ein, wie sie erschöpft auf die Koje gefallen war, verzweifelt nach dem Schlaf suchend, der ihr in letzter Zeit so häufig versagt geblieben war. Die Pyjamajacke hing offen über ihrem Körper, und obwohl sie sich an nichts erinnern konnte, waren die Bettücher zerknautscht und zerwühlt, ein stiller Beweis für eine weitere unruhig verbrachte Nacht.

Es klopfte leise an der Tür. Sie zog die Pyjamajacke

vor dem Körper zusammen und rief: »Okay! Sie können hereinkommen!«

Fraser hatte angekündigt, daß der Steward Watute ihr am Morgen Kaffee bringen würde. Allerdings zeigte ihr ein Blick auf die Uhr, daß es erst knapp sechs Uhr war.

Watute schlängelte sich durch die Tür, seine dunklen Augen huschten aufmerksam in der Kabine herum, dabei legte sich langsam ein breites Grinsen auf sein Gesicht.

»Guten Morgen, Missy! Kaffee kommt genau zur richtigen Zeit!«

Er stellte die Tasse vorsichtig auf den kleinen Schrank neben der Koje ab und starrte das Mädchen scheu an. Genau wie der Rest der Jungs schien er von ihrem blonden Haar fasziniert zu sein. Gillian lächelte in sein kleines, mopsartiges Gesicht.

»Die Maschine läuft nicht mehr«, sagte sie, »was passiert jetzt?«

Er beobachtete aufmerksam ihren Mund, so wie es ein Gehörloser machen würde. »Segel sind alle gesetzt, Missy.« Er machte eine unbestimmte Handbewegung, um den Wind anzudeuten, und blies seine Backen auf. »Puff! Wir fliegen durch See!«

Er trug ein langes Hemd, das er vermutlich von Fraser geerbt hatte, und der Saum hing um seine dünnen Beine wie eine flatternde Schürze. Gillian registrierte den süßlichen, ekelhaften Geruch, der den Jungen wie die Ausdünstungen eines wilden Tieres umgab. Sie sah auch das völlige Fehlen von Heimtücke auf seinem Gesicht, aber um genau zu sein, konnte sie überhaupt keine Gefühlsregung auf dem dunklen Gesicht erkennen.

Sie nickte ihm zu. »In Ordnung, Watute. Ich werde in Kürze an Deck kommen.«

Er zog sich zur Tür zurück. »Werden du Frau vom Kapitän?«

Sie lachte kurz auf. »Zur Hölle, nein! Ich bin eine Schreiberin.« Sie zuckte hilflos mit den Schultern. »Verstehst du? Ich schreibe Geschichten!«

Er nickte, sein Gesicht war plötzlich völlig ernst. »Ich verstehe.« Aber seine Augen signalisierten ganz offensichtliches Unverständnis. Als er sich umdrehte, um zu gehen, setzte er vorsichtig hinzu: »Kapitän sagt, daß du gute Frau für einen Burschen abgeben würdest!«

Sie ließ sich völlig entkräftet nach hinten sinken. Sie wußte nicht, ob sie lachen oder dieser neuerlichen unverschämten Frechheit erlauben sollte, ihre Spannung weiter aufzubauen. Sie drückte die Zigarette aus und schwang ihre langen Beine über den Rand der Koje. Sofort nahm sie die schwachen Rollbewegungen unter ihren bloßen Füßen wahr, dann sah sie ihr zerzaustes Bild im Spiegel. »Eine gute Frau, nicht wahr? Wieder so ein verdammter Großkotz, wie es scheint!«

Sie zog ein ärmelloses Hemd und Drillichhosen an. Nach einem letzten Blick in den Spiegel war sie wieder darauf vorbereitet, der Welt da draußen zu begegnen. Unmittelbar nachdem der Schoner den Anker gehievt hatte, hatte sie sich in ihre Kabine zurückgezogen. Dann hatte sie einen vergeblichen Versuch gemacht, ihre Notizen und Anweisungen durchzulesen, war dann aber in ihre Koje eingetörnt. Sie trat auf den schmalen Flur hinaus und ging unsicher in Richtung der steilen Treppe an seinem Ende. Dort legte sie eine Pause ein und blickte zum blauen Rechteck des Himmels empor.

Direkt über der offenen Luke erblickte sie die gespreizten Beine des alten Seemannes mit dem Namen Buka. Sein gebeugter, muskulöser Rücken glänzte im ruhigen morgendlichen Sonnenlicht, während er die Speichen des Ruders durch seine dicken Finger gleiten ließ. Als sie die Treppe hinaufstieg, erstarrte er, und ohne sich umzudrehen, neigte er seinen struppigen Kopf und begrüßte sie mit seiner fremdartigen, kratzenden Stimme.

»Morjen, Missy. Wirklich ein schöner Tag, nicht wahr?«

Sie trat vorsichtig auf das Deck und stellte fest, daß es schon gespült worden war. Dunkle feuchte Flecken zeigten sich noch auf den blendend weißen Planken. Ungläubig blickte sie zu den fremdartigen Wölbungen der riesigen Segel empor, die, von den beiden Bäumen gehalten, über der Leereling wie die gespreizten Flügel einer riesigen Fledermaus standen.

Der Skipper lag auf seinem Feldbett und beobachtete sie, ein faules Lächeln spielte um seine Lippen. Sie bemerkte, daß sein dichtes Haar naß an seinem Kopf klebte und daß eine sehr neue Badehose tropfnaß an der Luke des Niedergangs hing. Ganz ohne Zweifel hat er sie extra wegen meiner Anwesenheit gekauft, dachte sie.

»Gut geschlafen?« Fraser richtete sich langsam auf und kratzte sich die Brust. »Ich hätte nie geglaubt, daß ich je einen so entzückenden Anblick an Bord der alten *Pearl* würde bewundern können!«

In seiner Stimme schwang wieder so etwas wie versteckter Spott mit, oder war es eher etwas Abweisendes? Sie blickte ihn einen Augenblick lang an, dann gestattete sie sich ein Lächeln.

»Ich habe geschlafen wie ein Mehlsack.« Sie machte eine Handbewegung in Richtung der Segel. »Können uns diese Dinger richtig vorwärts bringen?«

Fraser stand auf und schüttete seine Tasse über die Reling hinweg aus. »Wie einen Vogel. Lauschen Sie einfach den Geräuschen.«

Er legte den Kopf auf die Seite, und Gillian hörte, wie die warme Brise über das sich wölbende Segeltuch strich und dabei vom Knarren der Spieren und Ächzen des steifen Tauwerks begleitet wurde.

Sie blickte das Deck entlang bis nach vorne zu den Tauchern, die mit gekreuzten Beinen dasaßen und einen großen Berg Tauwerk aufdröselten.

»Sagen Sie, wo sind die anderen? Bin ich die erste? Warum haben Sie mich so früh wecken lassen?«

Sie sah, daß Frasers Lächeln etwas dünner wurde. Aber er zwang sich ein tiefes Lachen ab und deutete über den Steuerbug voraus. »Ich dachte mir, daß Sie vielleicht ein wenig von den Inseln sehen wollen.«

Sie folgte mit den Augen der Richtung, in die sein ausgestreckter Arm wies, und sah eine dünne tiefgrüne Linie, die sich gegen die schimmernde blaue See abzeichnete. Eine Menge Dinge gingen ihr in diesem Augenblick durch den Kopf. Sie war froh, auf dem Schiff zu sein, und einen kurzen Moment lang wünschte sie sich, daß es immer so weitergehen würde. Sie gab sich nicht oft solch verschwommenen Gedanken hin, und sie fühlte sich deshalb unbehaglich dabei, aber der Anblick des fernen Landes, eines jeden Landes, machte aus dem Schiff mehr als ein simples Beförderungsmittel, nämlich einen Ort der Zuflucht, und sie war auf einmal froh, daß sie diesen Job übernommen hatte. Sie war sich auch klar darüber, daß Fraser sie scharf beobachtete, seine Augen blickten verwundert. »Danke, aber ich ziehe Ihr Schiff vor.« Sie sah, daß er wie ein kleiner Junge grinste. »Übrigens, was hat Sie denn nach hier draußen verschlagen?«

Fraser legte nachdenklich die Stirn in Falten und stützte sich schwer auf die Reling, seine Schulter berührte ihre. »Fragen Sie mich nicht. Ich vermute, daß ich und die alte *Pearl* einfach zu nichts anderem zu gebrauchen sind.« Er drehte sich plötzlich ganz zu ihr um, seine Augen starrten sie forschend an. »Und was ist mit Ihnen?«

»Ich mache meine Arbeit.« Es klang reichlich dünn, und sie spürte, wie die gewohnte Vorsicht wieder in ihr hochkroch.

»Sicher, sicher. Ich hatte eher das Gefühl, daß Sie vor etwas weglaufen.«

Die Geräusche des Schiffes schienen plötzlich zu verstummen, sie war sich des Geräuschs ihrer eigenen Atemzüge bewußt. Weglaufen? Sie war immer weggelaufen. Aber da mußte erst ein großer, ungehobelter Australier kommen, um ihr das direkt ins Gesicht zu sagen.

Sie wandte sich ärgerlich zu ihm um. »Wissen Sie, was Sie da gesagt haben? Glauben Sie, daß ich irgendwelche persönlichen Gefühle mit mir herumschleppe, wenn ich einen solch armseligen Job wie diesen hier übernehme? Was wissen Sie denn schon?«

Er hob beschwichtigend eine Hand in die Höhe. »Nur die Ruhe! Es war ja nur so ein Gefühl.«

»Schön, behalten Sie es für sich. Nur weil ich hier der einzig zivilisierte Mensch bin, heißt das nicht, daß ich etwas Besonderes bin!«

»Vergessen Sie es!« Er entschuldigte sich nicht, statt dessen drehte er sich zu dem alten Buka um.

»Bring das Schiff auf Nordwestkurs, verdammt sollst du sein!«

Der einäugige Rudergänger grinste und wirbelte die Speichen des Ruders mit lässiger Leichtigkeit herum.

»Reden Sie immer so mit Ihren Männern?«

»Mit wem, den Kanaken?« Fraser blickte sie erstaunt an.

»So nennen Sie sie also.« Sie hatte ihre Fassung wiedergewonnen und hielt seinem Blick ruhig stand. »In nicht allzu langer Zeit werden sich Old Buka und seinesgleichen wahrscheinlich in einer Position befinden, in denen sie *Sie* mit Schimpfnamen belegen werden können!«

»Zum Teufel! Ich verstehe Sie nicht ganz. Old Buka ist ein guter Bursche, aber ich würde ihn nicht gerade zivilisiert nennen!« Fraser blickte voller Sympathie zu dem Eingeborenen hinüber.

»Und was ist mit Ihnen? Was haben denn Sie aus Ihrem Leben gemacht?« Es war immer verblüffend, wie selbstsicher sie sich aufführte, sobald sie die Kontrolle über das Gespräch gewonnen hatte. Warum mußte jeder immer alles kaputt machen?

»Vermutlich nicht viel, fürchte ich. Ich habe das Boot von meinem alten Herren übernommen, als er starb. Danach habe ich den Handel weitergeführt, und wenn sich die Gelegenheit ergab, habe ich mich etwas mit Perlentauchen beschäftigt.«

»Sie sind niemals von hier fort gewesen, vermute ich?«

Fraser dachte nach. »Nur während des Krieges. Als

der ausbrach, bin ich nach England gefahren und habe mich freiwillig gemeldet.« Er lachte, als hätte er einen tollen Witz gerissen.

»Warum? Was schulden Sie England?«

Seine Augen wurden schmal. »Ich schulde niemandem etwas. Aber ich fuhr rüber, weil ich Australier bin, und das sollte als Begründung reichen, sogar für einen Yankee!«

Er wurde plötzlich hart und packte ihren Arm. Einen Augenblick lang dachte sie, daß er sie schlagen würde, aber sein Gesichtsausdruck war von etwas anderem völlig gefesselt.

Er deutete über die Reling auf die Stelle, wo die Heckwelle unter dem Spiegel emporquoll. »Schauen Sie sich den da an!«

Sie blickte in das klare Wasser hinab, eine Zeitlang konnte sie nichts außer dem Schatten des Rumpfes und das tiefe Blau sehen, das den Eindruck erweckte, daß die See bodenlos war. Dann schob sich ein Schatten träge dicht unter die Oberfläche, und unwillkürlich zuckte sie zurück. Der Hai war lang und graubraun mit seltsamen dunklen Streifen auf dem Körper. Er sah riesig und gefährlich aus.

Sie hörte, wie Fraser flüsterte: »Dieser verdammte Narr, Blair, sollte hiersein und sich das ansehen.«

»Was ist das?«

»Das ist ein Tigerhai, Miss Bligh.« Er lächelte, aber seine Augen blickten hart. »Es ist der erste, den ich diesen Monat sehe. Blair scheint zu glauben, daß ich keine Ahnung habe, wovon ich rede, aber, bei Gott, ich kenne das Verhalten dieser Biester in- und auswendig!«

Schweigend beobachteten sie, wie der Raubfisch voller geschmeidiger Eleganz im Dunkel des Schattens, den der Schoner warf, verschwand. Das Tier war achtzehn oder zwanzig Fuß lang, schätzte Gillian, und jeder Schlag des kräftigen Schwanzes drehte den stromlinienförmigen Körper leicht, so daß sie die kleinen kalten Augen durch die Wasseroberfläche glitzern sehen konnte.

Fraser erzitterte. »Jesus, und ich war heute morgen da draußen schwimmen!«

Er sah so erschrocken aus, daß das Mädchen lachen mußte.

Fraser blickte sie überrascht an. »Also fürchten Sie sich doch vor etwas! Ich glaube, daß Sie anfangen, mir zu gefallen.«

Sie lehnte sich wieder gegen die Reling und meinte, die Augen des Hais auf ihrem Rücken zu spüren. »Angenommen, ich würde ins Wasser fallen, Kapitän. Was würden Sie machen?«

Fraser rieb sich mit der Hand über das Kinn und blickte sie abschätzend an. »Ich vermute, daß ich über die Kante jumpen und dem armen Tigerhai helfen würde!«

Blair, der sich in seiner Kabine rasierte, legte den Kopf etwas schief, als er das Lachen an Deck hörte. So blieb er nachdenklich stehen, bis er sein Gesicht, das halb mit Rasierschaum bedeckt war, wieder im Spiegel wahrnahm und daraufhin mit seiner Rasur weitermachte. Dabei studierten seine Augen den angespannten Ausdruck um seinen Mund.

Er hatte zum ersten Mal seit langer Zeit sehr gut geschlafen, und als er seinen hageren, harten Körper abfrottierte, hatte er endlich wieder das Gefühl, daß sein Leben etwas Sinn bekommen hatte.

Watute betrat die Kabine und nahm die Tasse, die neben der Koje stand. »Skipper sagt, Tigerhai längsseits.« Er grinste breit. »Denkt vielleicht, Sie ihn an Bord gebracht haben wollen!« Er kicherte und griff zu, um ein paar von Blairs Kleidern zu ordnen.

Ob es der unausgesprochene Spott in Frasers Nachricht oder ob es eine alte schmerzliche Erinnerung war, die von Watutes schwarzem Wollkopf, der über seine Sachen gebeugt war, hervorgerufen wurde – jedenfalls nahm sich Blair nicht die Zeit nachzudenken. Er wirbelte den Jungen so heftig herum, daß die Tasse klappernd auf die Planken fiel. Er sah, wie sich die unterschiedlichsten Gefühle auf dem Gesicht des Jungen abwechselten. Überraschung, Angst und dann das bittere Aufleuchten eines abgrundtiefen Abscheus, den er schon auf dem Gesicht der Bauern in Burma gesehen hatte, die ihn vor vielen Jahren verraten hatten.

»Laß deine Pfoten von meinen Sachen, verstehst du!« Er schüttelte die knochige Schulter, um seinen Worten Nachdruck zu verleihen. »Wenn ich deine Hilfe brauche, werde ich es dir sagen. Nun raus mit dir!«

Mit einem Aufschluchzen floh Watute, und Blair zwang sich, ruhig zu überlegen, was Fraser mit seiner Nachricht gemeint haben könnte. Ein Hai war in der Nähe, aber was bedeutete das? Er zog ein sauberes Hemd an und kämmte sich nachlässig. Die Taucher waren an dieses Risiko gewöhnt, und auch Myers war ein erfahrener Mann. Aber auf alle Fälle würde er sich nicht mit diesem Problem belasten. Er zog seine Karten heraus und studierte sie sorgfältig, obwohl er sie schon wie alte Freunde kannte. Er versuchte sich vorzustellen, wie das Wrack auf dem Riff lag. Nach all den langen Jahren kam er hierher, um etwas zurechtzurücken und um ein für alle Mal die Ängste und Verdächtigungen loszuwerden. Er humpelte den Korridor entlang und kletterte hinauf in das Sonnenlicht. Er sog die frische Seeluft tief in sich hinein und straffte die Schultern. Plötzlich war es gut, am Leben zu sein.

Er begrüßte Fraser und das Mädchen und deutete auf die Inseln. »Wo sind wir?«

»Die Shepard-Gruppe.« Fraser zog an seiner geschwärzten Pfeife. »Noch hundertzwanzig Meilen bis zu Ihrem Riff.«

Blair ging hinüber zur Reling und sah auf den Hai hinunter. Die kalten Augen schauten ihn verzerrt und ohne zu zwinkern an, wenn das Untier in der Heckwelle des Schoners auf- und abtauchte.

»Ist er das?« Seine Stimme klang unwillkürlich erregt.

Fraser war von der Bildfläche verschwunden, aber das Mädchen stand da.

»Schöne Linien.« Blair sah, daß die Rückenfinne einen Augenblick lang die Oberfläche durchbrach. »Kraftvoll und völlig unabhängig.«

»Sie beide sollten sich zusammentun«, bemerkte Gillian trocken.

Fraser kam zurück, er hatte einen seiner Karabiner in der Hand. »Ich werde Ihnen zeigen, wie diese Burschen arbeiten«, sagte er flach. »Yalla! Wirf ein paar Köder über Bord!«

Der Taucher schleuderte einen aufgeschlitzten Fisch

über Bord und zeigte seine weißen Zähne, als Fraser das Gewehr an die Wange legte.

Als der Fischköder auf die Wasseroberfläche aufklatschte, machte der Hai förmlich einen Satz vorwärts, und sein Körper schien mit dem Rumpf des Schoners kollidieren zu müssen. In diesem Augenblick krachte das Gewehr, und der Tigerhai wurde vollständig auf den Rücken geworfen.

Gillian keuchte, als sie den riesigen, halbmondförmigen Rachen sah – und die Zahnreihen, die Hahnenkämmen ähnlich sahen und jetzt vor Schmerz oder Wut gebleckt waren, während der Tigerhai wild in die Luft biß.

Die See, die leer gewesen war, füllte sich plötzlich mit einem wilden Getümmel grauer Schatten, als aus dem Nichts die Haie über ihren blutenden Kameraden herfielen. Das Wasser verfärbte sich erst rosa, dann tiefrot. Die Beobachter an Deck sahen das schaurige, furchteinflößende Ballett aus mächtigen Rachen und zusammenprallenden, ins Wasser zurückfallenden Körpern.

Gleichmütig erklärte Fraser: »Das ist ein Walhai.« Oder ein anderes Mal: »Achten Sie auf den, das ist auch ein Tigerhai!« Er kommentierte wie ein Fußballreporter.

Der Schoner lief weiter, und die Gruppe an seiner Heckreling beobachtete mit schweigendem Staunen, wie die gierig zuschnappenden Haie in der Ferne kleiner wurden.

Gillian schwankte und faßte sich an die Kehle. »Mußten Sie das tun?« Sie fühlte Übelkeit in sich aufsteigen.

Blairs Gesicht war hart. »Ich glaube, daß ich weiß,

was er versucht hat, uns zu sagen, Miss Bligh. Er wollte uns zeigen, womit wir es zu tun haben werden.«

Fraser zog den Verschlußbolzen zurück und ließ die leere Patronenhülse über die Reling springen.

»Nicht ›wir‹, Major. Die dort!« Er deutete auf die zwei Taucher, die zu ihrer Arbeit zurückgekehrt waren. »Wollen Sie immer noch damit weitermachen?«

Myers, der leise zu ihnen getreten war, wischte sich mit finsterer Entschlossenheit über das Gesicht. »Nun, was mich angeht, so werde ich einen Anzug tragen!« Er blickte immer noch düster auf das kochende Wasser achteraus, dann fügte er leise hinzu: »Ich hoffe nur, daß diese Luder seinen Geschmack nicht mögen!« Er lächelte etwas ängstlich über seinen dünnen Witz, aber niemand schien ihm zugehört zu haben.

Gillian blickte von einem zum anderen, sie wagte nichts zu sagen. Jeder der Männer schien mit den anderen darin zu wetteifern, etwas zu beweisen. Liegt das an mir, fragte sie sich. Würde es anders ablaufen, wenn sie auf Graingers Rat gehört hätte und an Land geblieben wäre?

Fraser klemmte sich das Gewehr unter den Arm und begann umständlich, seine Pfeife wieder anzuzünden. Über das Mundstück hinweg sagte er langsam: »Schließlich können wir ja auch Glück haben, nicht wahr?«

Blair sah, wie die Schultern des Mädchen herabsanken, und er fragte sich, was das Mädchen bewogen haben mochte, eine in der Welt herumreisende Reporterin zu werden. Sie sah mitgenommen aus, und einen kurzen Augenblick lang spürte er das Verlangen, sie zu trösten, aber etwas in ihren weit aufgerissenen Augen verhinderte, daß er die richtigen Worte fand. Statt dessen brummte er nur: »Wollen wir hoffen, daß wir von dieser Sorte nicht noch mehr zu sehen bekommen.«

Ein unterwürfiger Watute stellte Stühle um den Tisch auf der Poop und kündigte an, daß das Frühstück fertig wäre.

Nachdem Fraser auf den Kompaß geblickt hatte, winkte er ihnen ernst zu. »Frühstück, Leute, wem es danach ist.«

Blair suchte die Augen des Mädchens. »Kommen Sie. Setzen Sie sich. Sie werden sich nach dem Essen besser fühlen.«

Als er seine Hand ausstreckte, um ihren Arm zu stützen, wich sie zurück, und er spürte die alten Schmerzen wieder in seinem Fuß pochen. Ihre Bewegung erinnerte ihn an Marcia.

Gillian mußte ihre Hände fest falten, um ihre heftigen Gefühle zu kontrollieren, denn der Ton in Blairs Stimme hatte sie fast die Beherrschung verlieren lassen. Aber nachdem sie automatisch ihren Arm aus seiner Reichweite zurückgezogen hatte, hatte sie gesehen, wie hinter seinen Augen eine Blende gefallen war, und sie hatte gewußt, daß sie wieder allein war.

Blair zog seinen Segeltuchstuhl an den Tisch heran und roch den Kaffee. »Sie versorgen uns gut, Kapitän.« Er verzehrte das dünn geschnittene Essen. Das schien ihn offensichtlich völlig in Beschlag zu nehmen, aber seine Augen wanderten langsam über die kleine Gruppe, und seine Gedanken waren hellwach und bei der Arbeit.

Die Reise hatte schlecht begonnen, und er war der Meinung, daß das wahrscheinlich sein Fehler gewesen war. Das mußte sofort bereinigt werden. Er sah zu dem Mädchen hinüber, das lustlos im Essen herumstocherte. Die Augen waren hinter den dunklen Brillengläsern versteckt. Gillian schien ziemlich fertig zu sein, und das paßte eigentlich nicht zu ihr. Er blickte hinauf in das hohe mächtige Großsegel.

»Ich vermute, daß Sie das alles in ein paar gut gewählte Zeilen gießen werden, Miss Bligh?« Er sprach gleichmütig, aber seine blauen Augen waren ernst und freundlich zugleich. »Ich würde allerdings meinen, daß der Kapitän hier eine interessantere Geschichte anzubieten hätte, als es die meine ist.«

Sie spielte nervös mit ihrer Gabel, die schwarzen Gläser ihrer Brille waren fest auf sein Gesicht gerichtet.

»Es tut mir nicht leid, daß ich mitgekommen bin, Major Bligh.« Ihre Stimme war wieder fest, sie schien ernsthaft über seine Worte nachzudenken. »Trotz alledem glaube ich, daß ich nachvollziehen kann, wie Sie sich fühlen werden, wenn Sie das Wrack finden. Allerdings kann ich mir nicht wirklich vorstellen, was Ihnen die Entdeckung tatsächlich bringen kann.«

Blair entspannte sich etwas. Myers beobachtete das Mädchen mit neuem Interesse, und da er Blair so gut kannte, wie er ihn, wußte er, daß der Mann schon wieder an andere Dinge als die Haie dachte. Auch Fraser war entspannt und lächelte, aber ein Teil seiner Aufmerksamkeit richtete sich ständig auf die Segel und das Schiff.

Watute räumte den Tisch ab. Fraser beobachtete den Jungen neugierig, ihm fiel auf, daß er plötzlich einen mürrischen Gesichtsausdruck hatte.

Blair zog die Karte unter seinem Sitz hervor und

breitete sie so aus, daß alle sie sehen konnten. Er legte auch sein Zigarettenetui so hin, daß sich alle bedienen konnten, dann beugte er sich über die Karte.

»Sehen Sie, wo ich die Markierung eingezeichnet habe? Das ist mehr oder weniger der genaue Ort, an dem das Schiff auf das Riff aufgelaufen ist. Der Pilot des Flugzeugs konnte damals eine ziemlich gute Peilung nehmen.«

Frasers spöttisches Lächeln verschwand, als er seinen Kopf nach vorne schob, um einen besseren Blick auf die Position werfen zu können. Sie konnten sein tiefes Luftholen hören, als ihm klar wurde, was er da sah.

»Nun?« Blair beobachtete seine Reaktion mit schmalen Augen. »Wie lautet das Urteil?« Er sah das erwachte professionelle Interesse in den Gesichtszügen des Australiers und spürte ein Gefühl der Befriedigung. Falls Fraser je das Gefühl bekommen sollte, daß man seine Fähigkeiten in Frage stellte, dann konnte er es sicherlich einrichten, das Wrack niemals zu finden. Sogar der in Aussicht gestellte Bonusbetrag konnte einen solchen Mann nicht beeinflussen.

»Sie hätten an keinem übleren Punkt auflaufen können«, sagte er gedehnt.

Blair zügelte seine Ungeduld. »Können Sie dort ankern – oder doch jedenfalls in der Nähe davon?«

Fraser nickte langsam. »Es handelt sich um das östliche Ende des Riffs. In diesem Bereich der Insel gibt es einen erloschenen Vulkan, der uns dabei helfen wird, unsere Position sehr genau zu bestimmen.« Er nickte wieder, als wäre er zufrieden.

Das Mädchen stützte sich mit den Ellenbogen auf die Karte, und Blair ertappte sich dabei, daß er in den Ausschnitt der Bluse schaute. Gillian hob ihren Kopf leicht, und er blickte schnell zur Seite.

»Legen wir vorher noch irgendwo anders an?« fragte sie.

Blair blickte Fraser an. »Das überlasse ich dem Skipper. Er weiß, was ich vorhabe, und er kennt die Orte, an denen wir die besten Informationen bekommen können.«

»Sicher, sicher!« Fraser grinste, er sah jetzt wie ein Pirat aus. »Es gibt nur zwei Weiße, die verrückt genug sind, um auf dieser Insel zu leben. Der eine ist ein Händler. Er heißt Jim Hogan.« Er deutete auf eine kleine Bucht im Westen der Insel. »Die Resolution Bay. Man sagt, daß Kapitän Cook dort mal an Land gegangen ist. Allerdings kann ich mir nicht vorstellen, warum. Hogan ist ein ganz brauchbarer Bursche und kann uns mit den neuesten Informationen über die Stämme der Eingeborenen versorgen.« Er warf dem Mädchen einen schnellen Blick zu. »Sie sind meist ganz in Ordnung, aber ich möchte wissen, was sie treiben, verstehen Sie? Dann ist da noch der verrückte Missionar.« Er grinste, als er ihre Überraschung sah. »Ja, den gibt es tatsächlich. Er betreibt dort etwas, was er selbst eine Missionsschule nennt.« Er zeigte auf einen Punkt am südlichen Ende der Insel, wo das Riff seinen Anfang nahm, um weiträumig die südliche Ansteuerung der Insel zu versperren. »Seine Name ist Ivor Spencer. Er ist natürlich völlig verrückt. Die meiste Zeit verbringt er damit, den Eingeborenenkindern Choräle beizubringen und den Zustand der Welt zu beklagen.«

Blairs Stimme war ruhig. »Aber das muß doch bedeuten, daß die Eingeborenen nicht wirklich gefährliche Wilde sein können, Fraser, ich meine, wenn sie ihre Kinder sogar in die Schule schicken.«

Fraser seufzte. »Das sind nur ein paar der örtlichen Kanaken. Es gibt ein paar vereinzelte Dörfer an der Küste, und deren Bewohner sind mehr oder weniger harmlos.« Er tippte wieder auf die Karte. »Aber sehen Sie diesen Streifen hier, der über die gesamte Länge von Hog Island vom Norden bis zum Süden verläuft? Nun, das ist das Gebiet der Mota. Sie verlassen es nur selten, weil sie das auch nicht müssen. Ich vermute, daß sie den alten Spencer einfach ignorieren. Er ist ein paar Jahre an diesem Platz gewesen – hin und wieder.«

»Wie war das während des Krieges?« Es war das Mädchen, das diese Frage stellte, und Blair blickte es überrascht an. Er hatte gerade dasselbe fragen wollen.

»Und auch während des Krieges. Obwohl er sein Lager damals ziemlich häufig verlegt hat, wie ich zu wissen meine. Er ist völlig bescheuert, daran gibt es gar keinen Zweifel. Aber es könnte uns nützen, wenn wir ihn befragen«, gab Fraser zu.

Blair starrte auf das glitzernde Wasser. Während des Krieges war der Mann auf der Insel gewesen. Er hatte vielleicht sogar die *Sigli* gesehen. »Wie weit ist die Mission von der Position des Wracks entfernt?« Seine Stimme klang ruhiger, als er es wirklich war.

Langsam schüttelte Fraser den Kopf. »Fast acht Meilen nach diesen Unterlagen. Es ist unwahrscheinlich, daß er etwas gesehen hat.«

»Es sei denn, das Boot hat vorher den Ort passiert, bevor es zum Wrack wurde.«

Gillian zupfte an ihrer Bluse, als die Sonne über das Liek des Großsegels wanderte.

»Könnte sein.« Fraser rieb sich das Kinn. »Wir werden ihn das jedenfalls fragen, aber überlassen Sie mir das Reden – bitte!«

Blair unterdrückte ein Lächeln. »Sicher. Aber wir dürfen nichts dem Zufall überlassen.«

Fraser blickte sich schnell auf dem Deck um. »Da wir gerade so unter uns sind«, begann er, und Blair merkte, daß er sich unbehaglich fühlte, »ich möchte mit Ihnen über meinen Steuermann Michel reden. Er unterscheidet sich etwas von Ihnen, und ich würde es sehr zu schätzen wissen, wenn Sie ihm nicht zu viele Flöhe über die Welt da draußen ins Ohr setzten. Das könnte ihn sonst unruhig machen«, fügte er unbeholfen hinzu.

»Ich würde nicht im Traum daran denken.« Blair entspannte sich wieder. Er hatte befürchtet, daß Fraser ein neues Problem auftischen würde. »Aber ich werde mich bemühen, in ihm keine falschen Hoffnungen im Hinblick auf die Befindlichkeit der Menschheit zu wekken.«

Gillian saß mit steifen Schultern auf ihrem Stuhl, ihr Körper schien sich in plötzlichem Zorn zu verkrampfen. »Was ist er denn? Ein armes Tier oder so etwas?«

Fraser lächelte, wie um abzuwiegeln. »Darum geht es nicht, Miss, aber hier ist er glücklich, und ich möchte nicht, daß er bitter enttäuscht wird.«

Myers wischte sich seine Hände an den Hosenbeinen ab. »Er ist in Ordnung. Ein wenig zu sehr von sich selbst überzeugt, aber das sind die Nigger schließlich alle – mehr oder weniger, nicht wahr? Ich erinnere mich, als ich damals während des Krieges in Alex* war ...«

* Alexandrien (Anm. d. Ü.)

Fraser schlug mit der Faust auf die Karte, um ihm das Wort abzuschneiden. »Er ist kein Nigger, verstehen Sie? Er ist ein guter Junge, aber ein wenig einfältig, und ich möchte nicht, daß er durcheinandergebracht wird!«

Myers grinste und zeigte dabei seine kleinen Zähne. »Das paßt mir gut in den Kram, Kumpel. Mir ist es völlig egal, was er ist.«

Blair zuckte zusammen. Das waren sinngemäß seine eigenen Worte gewesen. Er stand auf und ging an die Reling, wohin das Mädchen sofort geeilt war, nachdem Fraser Myers unterbrochen hatte. Er glich leicht die Bewegungen des Decks aus. Ihm stieg ein schwacher Hauch ihres Parfums in die Nase. Sie schien zu zittern.

»Es tut mir leid, daß Sie sich über derartige Dinge immer so aufregen«, begann er. Sie antwortete nicht, und so fuhr er schnell fort: »Aber Sie sollten nicht die ganze Zeit versuchen, die Menschen zu ändern.«

Sie antwortete, ohne dabei den Kopf zu drehen: »Wieder eine Lehrstunde, Major? Gestehen Sie mir nicht zu, daß auch ich meine Erfahrungen habe?«

»Darum geht es nicht. Ich wollte wirklich nicht, daß Sie auf dieses Schiff kommen, wie Sie bemerkt haben werden.«

»Das war offensichtlich«, erwiderte sie kurz angebunden.

Er sprach unaufgeregt weiter: »Aber da Sie jetzt hier sind, möchte ich, daß Sie sich entspannen. Ich denke, daß ich weiß, warum Sie hier sind. Ich vermute, daß Sie Ihr übliches normales Leben für eine Weile hinter sich lassen wollen, aber Ihre Arbeit und Ihre Vergangenheit holen Sie immer wieder ein und verderben Ihnen den Spaß. Habe ich recht?«

Er erwartete einen erneuten Ausbruch, aber als sie beharrlich schwieg, beschlich ihn vage ein unbehagliches Gefühl, denn er wußte, daß er die Wahrheit auf den Kopf getroffen hatte. Normalerweise wäre er darüber erfreut gewesen, hätte sich vielleicht sogar überlegen gefühlt, aber als er auf den steif emporgereckten Kopf neben sich blickte, fühlte er nur Besorgnis.

Marcia hat schließlich recht behalten, überlegte er. »Du solltest erst gar nicht damit anfangen, Frauen verstehen zu wollen«, hatte sie bei zahlreichen Gelegenheiten gesagt, »du bist zu angefüllt mit stupiden Ideen über Tradition und Ehre!« Dieser Teil des Satzes hatte für ihn keinen Sinn ergeben, aber Marcias Verhalten war für ihn immer unberechenbarer geworden, je mehr Jahre ins Land gingen, und schließlich hatte er in ihren Worten keinen Sinn mehr finden können.

Hinter ihnen waren leise Schritte auf den Planken zu hören. Michel Tarrou tippte grüßend an seine strahlend weiße Mütze.

»Verzeihen Sie, daß ich so spät komme.« Er lächelte, seine Augen klebten am Gesicht des Mädchens. »Aber es gehört zu meinen Pflichten, mich jeden Morgen um die Maschine zu kümmern.«

Gillian wandte sich um, um Blair anzuschauen, eine kleine Haarsträhne flatterte in der feuchten Brise über ihre Wange.

»Vielleicht wird Michel so freundlich sein und mir das Schiff zeigen?« Ihr Mund hob sich einladend gegen die Bräune ihrer Haut ab.

Tarrou verbeugte sich. »Ich bin entzückt! Es ist mir eine große Ehre!«

»Ich hoffe, daß Sie meine Bemerkung nicht mißverstanden haben.« Blair fluchte innerlich. Es war aussichtslos, ihr zu sagen, was ihm auf der Zunge brannte, solange dieser große grinsende Narr hier herumstand. »Ich habe es gut gemeint.«

»Vergessen Sie es, Major. Ich mache diese Geschichte für meine Illustrierte, weil man es mir befohlen hat. In meinem Vertrag steht nichts davon, daß Sie mich beschützen sollen!«

Sie drehte sich um, und Blair hatte das Gefühl, als würde ihm seine Kehle schmerzhaft zugeschnürt. Das war die Art Mädchen, die er sich immer gewünscht hatte. Vielleicht war Marcia früher so gewesen, und sie hatte sich erst im Laufe der Zeit geändert. Er fluchte wieder in sich hinein. Er selbst hatte sich auf jeden Fall verändert, und jetzt, da sein Plan endlich Konturen gewann, benahm er sich wie ein pickliger Jüngling, der kein Wort herausbekam, weil er einen Knoten in der Zunge hatte. Er wendete sich von den beiden ab, als er Tarrou großspurig sagen hörte: »Wir sollten unsere Besichtigungstour auf dem Vorschiff des Schiffes beginnen.«

Tarrou ging jenseits des hochaufragenden Vormasts zum Vorschiff voran, dorthin, wo der lang herausragende Klüverbaum sich erst hob und dann wieder dem einladenden Wasser entgegensenkte.

Er putzte seine Sonnenbrille, und nachdem er sie wieder aufgesetzt hatte, musterte er das Schiff, dann deutete er auf die beiden kauernden Taucher. »Sie werden zu dem Wrack hinuntertauchen, nachdem wir es gefunden haben«, erläuterte er. Das war nicht das gewesen, was er hatte sagen wollen, aber jetzt, nachdem er mit diesem wunderschönen Mädchen allein war, konnte er seine Gedanken nicht in die richtige Reihenfolge bringen. Er hatte dies alles hier sorgfältig geprobt, als während unten die Maschine gewartet hatte, aber so wie sie jetzt neben ihm stand, war er verwirrt.

Gillian blickte über die ganze Schiffslänge zurück nach achtern, wo Blair immer noch an der Heckreling lehnte. Für seinesgleichen war alles immer so einfach. Er war ein typischer Vertreter seiner Klasse. Wie er es doch in dieser überlegenen, irritierend herablassenden Art geschafft hatte, ihr ganzes Leben für sie in einem Satz zusammenzufassen! Was hatte er gesagt, warum sie froh war, weggekommen zu sein? Sie zog die Stirn kraus, dann wurde ihr schlagartig klar, daß Tarrou aufgehört hatte zu sprechen. Schnell lächelte sie ihn an. »Verzeihung, was haben Sie gesagt?«

Erleichterung machte sich auf seinem Gesicht breit. »Ich sagte gerade, daß wir das Schiff als Schratsegelschoner bezeichnen. Die beiden Masten mit den beiden großen Segeln an den Bäumen machen es uns leicht, es zu manövrieren. Die Jungs können alle Segel gleichzeitig ohne große Probleme bedienen.« Er leckte sich die Lippen und blickte sich, nach einer Eingebung suchend, um. »Das Schiff verdrängt einhundertdreißig Tonnen bei einer Länge von einhundertzehn Fuß*.«

Er machte wieder eine Pause, als sie eine Hand leicht auf seinen Arm legte.

»Sagen Sie mir, Michel, was halten Sie von dem ganzen Unternehmen? Glauben Sie, daß wir das Wrack finden werden?«

Tarrou starrte verwirrt auf ihre Hand. »Kapitän Vic wird es finden«, stammelte er.

* Etwa 33,5 m (Anm. d. Ü.).

Sie trat zur Seite und setzte sich auf die Verschanzung. Die Brise spielte um ihren Hals und klappte das Revers ihrer Bluse auf. Sie wußte, daß er sie anstarrte, und ein Gefühl unbehaglichen Vergnügens durchströmte sie. Sie hatte so viele von diesen Tarrous getroffen, und sie wollte immer noch glauben, daß zumindest einige von ihnen anders waren, als Leute von Blairs Schlag es sich vorstellten. Sie studierte Tarrous einfaches Gesicht und empfand ein unbestimmtes Gefühl von Mitleid für ihn. Es irritierte sie, daß sie nichts anderes als Kameradschaft für ihn empfand, aber es war eigentlich immer dasselbe, wenn sie es mit Männern zu tun hatte, die aus der gleichen Schicht wie Tarrou kamen und seinen Charakter hatten. Sie sah zu den beiden Tauchern hinüber. Es würde vielleicht besser sein, wenn man so wie sie sein könnte, dachte sie bei sich. Das Leben würde einfach und gefährlich sein, vielleicht auch öde, aber zumindest die beiden schienen normal zu sein und indifferent gegenüber Beeinflussungen durch Vorurteile. Ihre Gedanken wanderten wieder zu Blair. Er ähnelte in vielem Andy. Auch der war so selbstsicher gewesen, auf diese übertriebene Art, die Familien angeboren ist, deren Erfolg in den Dollarmillionen gemessen wird, die sie angehäuft haben.

Sie versuchte sich daran zu erinnern, wie er ausgesehen hatte, aber sie konnte sich nur seine Augen vorstellen, hell und ruhelos, sehr ähnlich denen von Major Blair. Sie hatten sich in einem heißen Sommer in Washington getroffen, gerade als sie ihre Karriere als Journalistin begonnen hatte. Es war eine ziemlich langweilige Party gewesen, die früh beendet gewesen war, und sie war mit Andy weitergezogen. Er hatte viel Charme.

Außerdem war er verlobt und wollte bald heiraten, aber das hatte sie erst später herausgefunden. Erst nach der Nacht, in der sie mit ihm geschlafen hatte. Sie erschauderte, wenn sie sich an seine sanfte, fast zarte Stimme erinnerte. »Du bist die meine, Gil. Für immer.« Es hörte sich an wie ein Zitat aus einem Lore-Roman. Aber sie hatte ihm trotzdem geglaubt. Sie hatte ihn nach einer verzweifelten, aber schließlich erfolgreichen Suche in seinem Anwesen auf Long Island gestellt. Sie hatte Gewissensbisse oder vielleicht sogar eine Bitte um Entschuldigung erwartet, aber statt dessen hatte er sie ruhig angelächelt und gefragt, wieviel sie verlangen würde. »Ich hoffe, daß du keinen Ärger machen wirst, Gil«, hatte er lässig gesagt, »es würde mir keinen Spaß machen, deinen Namen etwas durch den Dreck ziehen zu lassen.«

Sie hatte ihm eine Ohrfeige gegeben, aber – anders als in den Groschenromanen – er hatte zurückgeschlagen und hatte sie dann von seinem Chauffeur zurück in die Stadt fahren lassen, der sie nur spöttisch angeschaut hatte.

Meissberg hatte damals die Hälfte der Geschichte erraten, die andere Hälfte aus ihr herausgequetscht. Er riet ihr, die Sache zu vergessen. Als sie anfing, von ihren Rechten zu reden, hatte er ihren ersten Auslandseinsatz arrangiert. Er hatte sie persönlich zum Flugplatz gebracht. »Was hast du erwartet, Mädchen? Soll sich der Mann erschießen? Du wirst ihn vergessen. Kümmere dich um deine Karriere. Das zahlt sich besser aus.«

Meissberg. Wahrscheinlich hatte Andy ihn auch in der Tasche. Aber was sollte sie jetzt machen? Sie hatte oft wirklich geglaubt, daß es für sie eine echte Entschädigung bedeutet hätte, wenn sie die gute Journalistin geworden wäre, die zu werden sie angetreten war. Statt dessen war sie immer mehr von der Realität isoliert worden, nach der sie auf der Suche war.

Die *Queensland Pearl* stampfte durch eine lange flache Dünungswelle, das Rigg seufzte protestierend. Hoch über ihren Köpfen schwebten zwei Fregattvögel auf ihren geschwungenen Flügeln anscheinend bewegungslos vor dem Hintergrund des gleißenden Himmels.

Sie verschränkte ihre Arme vor dem Körper und zitterte trotz der Hitze.

Tarrou deutete ihr Schweigen als Zeichen des Interesses und ließ sich neben ihr auf der Verschanzung nieder. »Erzähl mir etwas über Amerika«, stammelte er, »das wirst du doch machen, Gillian?«

Sie schreckte bei der Nennung ihres Namens auf und blickte ihn ausdruckslos an. »Was willst du wissen?« Sie erkannte ihre eigene Stimme kaum wieder.

Fraser, der sie von der Poop aus beobachtete, fluchte laut und tastete nach seiner Pfeife.

Blair, der auf der Heckreling saß, sah ihnen ebenfalls zu, sein Gesicht war düster und nachdenklich. Es war wie das Strickmuster eines billigen Kitschromans. Das Schiff schien sie alle für einen vorbestimmten Zweck vereinigt zu haben, aber er konnte ihn noch nicht benennen.

Nur Myers schien unberührt von allem zu sein. Er pfiff leise vor sich hin und schärfte sein Tauchermesser.

3

Das Licht der Dämmerung des nächsten Tages fand den kleinen Schoner wie ein weißes Spielzeug auf einem blauen Spiegel vor, und obwohl der Himmel wolkenlos war und seine klare Helligkeit beibehielt, lag etwas in der Luft, das sich als zirpende Brise in den braunen Segeln äußerte oder in gelegentlichen weißen Katzenpfoten, die über die ruhige Oberfläche des Meeres huschten.

Fraser stand lässig hinter dem Ruder, er hatte seine Mütze verwegen über die Augen gezogen, während er immer wieder flüchtig auf den leuchtenden grünen Hügel der Insel voraus blickte. Ihre Silhouette war mit dem Erscheinen der Sonne aus dem Meer aufgetaucht. Sie war seitdem jedesmal scheinbar größer geworden, wenn er hinblickte, so daß man inzwischen sogar den verwaschenen Umriß des fernen Vulkans im feinen Dunst erkennen konnte.

Die Besatzung schnatterte untereinander mit der für sie typischen Aufregung, wenn ein Landfall bevorstand. Unter Bukas Anleitung begannen sie, die Segel zu bergen. Die Maschine war wieder zum Leben erwacht und pochte geduldig unter aller Füßen, während Tarrou darauf wartete, die Motorenergie zur Verfügung zu stellen, die sein Skipper benötigte.

Er blickte zwischendurch schnell zu dem Mädchen hinüber, das an der Luvreling stand. Mit einer Hand beschattete Gillian ihre Augen, mit der anderen hielt sie ihre Haare fest, die von jedem heißen Windstoß der leichten Brise sanft zum Flattern gebracht wurden. Blair stand abseits und trotzdem in ihrer Nähe, seine Augen blickten ausdruckslos, aber sein Körper war angespannt und voller Erwartung.

Fraser leckte sich über die Lippen und machte sich so seine Gedanken. Es wäre besser gewesen, Passagiere an Bord zu haben, die keine Probleme mit seltsamen Missionen hatten oder unverarbeitete Probleme mit sich herumschleppten, entschied er für sich. Der vergangene Abend war ohne jeden weiteren Zwischenfall vergangen, und es war ihm gelungen, die Spannung abzubauen, indem er Geschichten über die Inseln erzählt hatte, während alle an Deck saßen und die Kühle des Abends genossen. Dabei hatten sie Büchsenbier getrunken, und er hatte mit einem Anflug von Stolz auf die vorüberziehenden Schatten der verschiedenen Inselgruppen gezeigt, während der Schoner die fernen Riffe und die einsamen, in keiner Karte verzeichneten Felsen passierte, die scheinbar ohne jeden Grund plötzlich aus der Tiefe des dunklen Ozeans emporragten. Ihre schroffen Konturen verschwanden hinter Gischtwolken und glitzerten von tausend und abertausend Wasserbächen, während sie ihren nie enden wollenden Kampf mit der See ausfochten.

Langsam schob sich der Schoner um die Spitze von Hog Island herum, an einer Stelle befand er sich in einem Abstand von ungefähr einer Meile von einer hoch aufragenden, senkrecht abfallenden Steilwand, die so aussah, als ob sie durch die Hand eines Riesen abgehackt worden wäre. Die zersplitterten Bruchstücke bildeten an ihrem Fuß einen makabren Gürtel aus Felstrümmern. Eine schmale, spinnenbeinartige Landungsbrücke ragte aus einer kleinen geschützten Bucht heraus, die sich hinter den steilen Klippen auftat, und hinter einem schmalen weißen Sandstrand konnte Fraser die ihm bekannte, unordentliche Ansammlung von Hütten erkennen, die Jim Hogans Handelsposten darstellte. Ein paar mit Palmenblättern gedeckte Hütten lagen verstreut am Rande des sich beständig vordrängenden Dschungels, davor bewegten sich braune Gestalten, die wie Käfer auf die wacklige Pier zueilten.

Gillian wandte sich kurz zu ihm um. »Diese Pier sieht nicht allzu sicher aus, Vic. Warum baut sich jemand so ein Ding?«

Frasers Lachen hatte einen tiefen freundlichen Klang. »Old Jim flickt sie von Zeit zu Zeit ein wenig zusammen. Ich komme mit der *Pearl* so alle zwei bis drei Monate her, und außer seinem eigenen Kutter«, er deutete auf ein hübsches weißes Boot, das am äußersten Ende der Pier vertäut lag, »erwartet er nicht allzu viele Besucher.«

Langsam schüttelte sie ihren Kopf. »Er muß sehr einsam sein. Was bringt einen Mann dazu, sich so abzusondern?«

Fraser dachte über diese Frage nach. Was bringt uns alle dazu, das zu tun, was wir tun? Jim Hogan war ein Aussie, ein Mann in seinen späten mittleren Jahren, ein schwerer Alkoholiker, der es zuließ, daß sein Leben an ihm vorbeilief. Er nahm an, daß das so war, weil für Hogan das Leben aus Schnaps, Unabhängigkeit und Frauen bestand. Sein Handel mit den örtlichen Eingeborenen brachte ihm die ersten beiden Punkte ein, und Fraser wußte, daß er auch nie Mangel an ein oder zwei

Lubras* hatte. Hogan hatte mit einem der örtlichen Häuptlinge eine Art Abkommen geschlossen, was zum Ergebnis hatte, daß er sich immer der Dienste eines zarten dunkelhäutigen Mädchens für seine Bedürfnisse sicher sein konnte.

Fraser sah bedächtig zu Gillian hinüber und grinste verstohlen. »Vermutlich mag er einfach das Klima«, brummte er.

Die Maschine übertönte ihre nächsten Worte, während er sich darauf konzentrieren mußte, das Schiff um den Kopf der Pier herumzusteuern, dahin, wo die vielen winkenden Hände darauf warteten, die Festmacher zu packen, die an Land geworfen wurden.

Ein gedrungener Mann mit feisten Hängebacken, der mit einem schmuddeligen Hemd und einer fleckigen Leinenhose bekleidet war, schob sich gewichtig durch die schnatternden Eingeborenen, auf seinem ziegelroten Gesicht lag ein breites Grinsen, und seine Augen waren nach oben verdreht, um die Besucher zu mustern. Mit überraschender Leichtigkeit jumpte er über die Reling und schüttelte Fraser die Hand. Während seine blassen Augen auf dem Mädchen ruhten, lachte er schallend. »Verdammt, Vic, ich traue meinen Augen nicht! Du bist wirklich immer für eine Überraschung gut! Du bist doch eigentlich hier erst wieder in einem guten Monat fällig, oder irre ich mich?«

Er hörte zu, als ihm Fraser seine Aufgabe erklärte, dabei kniff er seine Augen vor Überraschung zusammen.

* Lubra: Bezeichnung für eine Frau in der Sprache der Aboriginals (Anm. d. Ü.).

»Wie lange bleibst du hier?« erkundigte er sich, nachdem Fraser geendet hatte.

Blair nickte in Richtung des Kaps. »Nur heute nacht. Ich dachte, daß Sie mir vielleicht behilflich sein könnten.«

Hogan schüttelte sein ergrautes Haupt. »Nee. Vic kennt sich mit den örtlichen Gegebenheiten hier mindestens genauso gut aus wie ich. Was er nicht weiß, das ist auch nicht von Bedeutung.«

»Was ist mit diesem Burschen Spencer? Könnte er uns von irgendeinem Nutzen sein, was meinen Sie?«

Hogan gab Fraser einen Stoß in die Rippen. »Der redet wie ein echter Limey, nicht wahr?« Er grinste entwaffnend, als er sah, daß der andere Mann erstarrte. »Sie müssen mir schon verzeihen, Kumpel. Ich habe einfach keine Manieren, verstehen Sie? Nee, mit Spencer ist es seit der Zeit, als er noch über die Insel lief und jeden Abo*, den er in Sicht bekam, mit flammenden Gesängen beglückte, viel schlimmer geworden. Jetzt hockt er mit den Leuten von da oben in seiner verdammten Mission und verflucht alles und jeden!« Er lachte, als hätte er einen tollen Witz gerissen. »Na ja, es erfordert eine Menge Mut, sich auf der Türschwelle der Mota niederzulassen.« Er deutete mit einem schwieligen Daumen auf die grüne Mauer des Dschungels. »Sie haben letzte Woche ein paar Abos aus diesem Dorf getötet. Zwei junge Leute sind losgegangen, um ein wenig zu jagen, am nächsten Tag hat man sie tot aufgefunden.« Er riß sich den ausgeleierten Filzhut vom Kopf und fuhr sich mit den Fingern durch das kurze, rotblonde Haar.

* Hier: Abkürzung für Aboriginals (Anm. d. Ü.).

Fraser hörte aufmerksam zu. »Steht fest, daß es die Mota waren?«

Hogan grunzte verächtlich: »Klar doch! Ihre Köpfe waren weg und außerdem noch einige andere Körperteile, wenn du verstehst, was ich meine!«

Gillian mischte sich zum erstenmal ein. »Ist das alles, was sich ereignet hat? Kann nicht etwas unternommen werden, um derartige Vorkommnisse zu unterbinden?« Sie ging an die Reling und starrte in die grinsenden unwissenden Gesichter, die ihrerseits zu ihr heraufstarrten. »Warum, zum Teufel, übernimmt Ihre Regierung die Verantwortung hier, wenn sie die Ordnung nicht aufrechterhalten kann oder will, um die Bevölkerung zu schützen?«

Hogan grinste sie voller Bewunderung an. »Hört! Hört! Das hätte aus einem Schulbuch der Yankees stammen können! Macht mit ihnen, was wir mit den Rothäuten gemacht haben, du weißt ja«, er zwinkerte Fraser zu, »bringt diese Hundesöhne einfach um!«

Fraser klopfte ihm auf seine breiten Schultern. »Jim, du bist ein riesiger Dummkopf, wenn ich denn je einen getroffen habe. Jetzt mach deinen Jungs Beine, damit sie deinen Schnaps aus der Ladeluke holen können, und halte die Klappe!« Zu dem Mädchen gewandt fügte er hinzu: »Gehen Sie nicht zu hart mit ihm ins Gericht. Er ist schon so lange hier draußen, daß sein Verstand weggewaschen wurde.«

Hogan seufzte. »Er hat recht, Miss. Vergessen Sie es. Man kann diesen armen Teufeln nicht sonderlich viel helfen. Das kann niemand, außer sie selbst, aber sic hassen sich gegenseitig inbrünstig, wenn sie einander nur zu Gesicht bekommen.«

Fraser ging mit ihm zur offenen Luke über dem dunklen Laderaum hinüber. »Was hältst du vom Wetter, Jim?«

»Machst du dir Sorgen?«

»Ich bin zu dieser Jahreszeit nicht gerne in der Nähe dieses verdammten Riffs, Jim.« Er schüttelte den Kopf. »Ich bin für die Leute auf dem Schiff verantwortlich, der alte Grainger wird mich für alles zur Verantwortung ziehen, falls etwas schiefläuft.«

»Machst du dir etwa deshalb Sorgen? Sie machen einen etwas verrückten Eindruck auf mich!«

»Ich muß an meine Lizenz denken. Jedenfalls ist das Mädchen ein starkes Stück Frau, oder nicht?«

Hogan studierte Gillians Figur, während sie so neben Myers stand und sich über die Reling beugte. »Nur zu wahr. Du kannst sie hier lassen, wenn du abfährst!«

Gillian beugte sich vor, um Myers etwas zu zeigen, und gegen die Helligkeit der Sonne und des Wassers konnten sie deutlich den Umriß ihrer Brust erkennen.

Hogan pfiff und nickte wieder. »Verdammt, die ist heiß wie eine Ratte auf der glühenden Herdplatte!«

Fraser lächelte nur halbherzig. Er war an Männer von Hogans Sorte gewöhnt. »Du hast ihnen angst mit dem Gerede von den Kopfjägern und so gemacht. Bist du wirklich beunruhigt?«

Diesmal grinste Hogan nicht. »Ja, ein wenig. Ich bin schon zu lange in dem Geschäft für solche Kapriolen. Nur noch ein Jahr, dann schmeiße ich den Laden hier hin und haue ab.«

Fraser stieß eine Rauchwolke aus seiner Pfeife, was bewirkte, daß man seine braunen Augen nicht sehen konnte. Er hatte Hogan noch nie so erlebt, und das machte ihm Sorgen. Er spottete: »Du bist wie alle anderen auch! Du wirst Cairns nie wiedersehen!«

Hogan suchte nach einer Zigarette. »Das ist eine Tatsache, Vic. Ich haue ab, solange ich das noch kann. Siehst du meinen Kutter dort an der Pier? Er ist verproviantiert, und die Treibstofftanks sind voll. Ich kann abhauen, wann immer ich will. Ich kann in einem knappen Wimpernschlag in Port Vila sein.«

»Ach hör auf! Die Kanaken werden dir nichts tun, Jim! Sie brauchen den Laden hier, auch wenn das der einzige Grund sein sollte.«

Hogan deutete auf die freie Fläche hinter dem Handelsposten. »Siehst du das? Ich habe alle Bäume bis zum Rand des dichten Dschungels roden lassen! Wenn ich Ärger bekomme, dann will ich freies Schußfeld haben!« Er lachte nervös. »Sogar meine süßen Lubras sind nach Hause abgehauen!«

Blairs Schatten fiel über sie, Hogan zwang sich zu lächeln. »Ah, Major, ich hoffe, daß Sie heute abend zur Station auf einen Drink kommen, bevor Sie sich wieder auf den Weg machen?«

Blair sah Fraser an und bemerkte das kaum merkliche Nicken des Kopfes. »Sehr gerne«, erwiderte er ruhig, »ich würde mir gerne die Beine vertreten.«

Hogan blickte auf den verkrüppelten Fuß und stieß einen leisen Pfiff aus. »Verdammt will ich sein, Major, aber das sieht fast so aus, als ob das irgendein Bursche schon für Sie besorgt hat!«

Gillian drehte sich herum und sah den unverhohlenen Schmerz auf Blairs Gesicht. Sie wartete auf eine Antwort, aber er entgegnete nur sehr kontrolliert: »Ich werde trotzdem kommen.«

Hogan grinste: »Gut für Sie, Major.«

Fraser zuckte hilflos mit den Schultern, als Blair forthumpelte. »Sie sind ebenfalls eingeladen, Miss Bligh.«

Gillian sah Blairs gekrümmte Schultern im Niedergang verschwinden, auf ihrer Stirn waren nachdenkliche senkrechte Falten eingegraben. Es war das erste Mal, daß sie miterlebt hatte, wie Blairs Selbstbeherrschung zusammengebrochen war, und das Ergebnis unterschied sich sehr von dem, was sie erwartet hatte. Oder war es nur anders gewesen als das, was sie sich erhofft hatte? Mitleid gemischt mit Zorn brachte ihre Gedanken nur noch mehr durcheinander. Sie schüttelte sich, um sich von ihnen zu befreien. »Natürlich werde ich kommen, ich will schließlich auch was zu lachen haben«, antwortete sie trocken.

Hogan ging seinen Jungs voran an Land, und Fraser stampfte in seine Kabine unter Deck. »Verzeihen Sie, daß ich Sie störe, Major. Ich wollte nicht mit Ihnen sprechen, solange die anderen dabeistanden.«

Blair saß müde an seinem kleinen Tisch, die Karten lagen unbeachtet unter seinen Ellenbogen. »Nun, was gibt es? Ich vermute, daß Hogan Ihnen etwas erzählt hat.«

Fraser lehnte sich gegen den Türpfosten. Er war über die Abgestumpftheit in Blairs Stimme erstaunt.

»Er schien ein wenig besorgt über das Verhalten der Mota. Er hat praktisch seinen Handelsposten in eine Festung verwandelt.«

»Das wird uns da, wo wir hinwollen, doch wohl nicht betreffen, nicht wahr?« Die blauen Augen starrten abwesend ins Leere.

»Schwer zu sagen, Major. Wenn wir uns von der Küste fernhalten und scharf Ausguck halten, dann könnten wir klar kommen.« Sein braunes Gesicht verzog sich nachdenklich. »Nehmen Sie Jim nicht ganz ernst. Er ist in Ordnung, nur ein wenig beschwipst.«

Blair gähnte und reckte seine Arme über den Kopf. »Ich habe viele Männer gekannt, die sich so wie er verhalten haben.«

Fraser lächelte, verstand aber den Sinn der Worte nicht. »Was meinen Sie damit, Major?«

»Bevor sie getötet wurden.« Die Worte fielen wie Steine in einen ruhigen Teich. Blair studierte Frasers verblüfftes Gesicht. »Aber lassen Sie uns erst mal unsere erste Nacht hier draußen genießen.«

Die Sonne senkte sich tiefer zur Insel herab und spannte ihren goldenen abendlichen Bogen über einen großen purpurfarbenen Hügel. Im schnell erlöschenden Tageslicht liefen die Brecher frisch und sauber auf den verlassenen Strand, sie hoben sich gegen das tiefe Nachtblau der See ab. Am Ende der wackligen Landungsbrücke rieben sich der kleine weiße Kutter und der Schoner quietschend an den verrottenden Planken und leuchteten unheimlich vor dem dunklen Hintergrund.

Der Handelsposten schien aus zwei großen Räumen zu bestehen, an die sich ein paar kleine zellenartige Räume anschlossen. Um das Haupthaus herum befanden sich ein paar roh zusammengezimmerte Hütten für die Waren, die für Ameisen, Krabben und Eingeborene mit langen Fingern unzugänglich waren. Im Hauptgebäude waren Hogans wertvollere Waren vom Boden bis zum Wellblechdach aufgestapelt. Große durchhängende Ballen mit billiger Bekleidung, deren aufgedruckte Blumenmuster und knallbunte Farben schon von den Sonnenstrahlen ausgeblichen waren. Dazu kamen unordentliche Haufen aus Äxten und Hacken, einige galvanisierte Eimer, und lange Perlenketten wetteiferten mit den Spinnennetzen, die von jedem Sparren hingen.

Hogans privates Zimmer war keineswegs ordentlicher, wies aber zumindest Anzeichen eines gewissen Komforts auf. Blair ließ sich in einen großen Sessel sinken, dessen Zustand erahnen ließ, daß er um die halbe Welt geschleift worden war, bevor er auf dieser gottverlassenen Insel landete, um hier sein Leben unter Hogans schwerem Körper zu beenden oder durch Insekten zerstört zu werden. Blair blickte sich scheinbar gelangweilt um, registrierte aber genau die beiden Reihen Stacheldraht vor der offenen Veranda und auch die beiden großkalibrigen Schrotflinten, die neben dem blasigen Sideboard standen. Haufen alter Magazine und Zeitungen lagen herum, aber keine Bücher. An der Bretterwand hing ein Kalender, der schon seit zwei Jahren veraltet war, er wurde von einem nackten Mädchen geschmückt, das für eine Bierfirma in Sydney Werbung machte. Hogan hatte nicht aufgehört zu reden, seit sie eingetroffen waren, und war damit beschäftigt, riesige Portionen von Whisky oder Gin in ein Sortiment von Gläsern zu verteilen.

Eine kleine chinesische Frau, deren altes Gesicht voller Falten, aber völlig ausdruckslos war, huschte bekleidet mit einer Männerpyjamajacke und ausgeblichenen blauen Hosen herum. Sie verteilte leise auf dem Tisch Platten mit Büchsenspeisen und etwas, das für Blair wie alte Brötchen aussah. Er nippte an dem Whisky und erschauerte. Es war insgesamt eine völlig unwirkliche Atmosphäre, und dieser Eindruck wurde von Hogan und Fraser noch durch eine ernsthafte Diskussion über australische Angelegenheiten verstärkt. Zwischendurch brachen sie in ein schallendes Gelächter über einen Witz aus, dessen Pointe nur sie kannten, in das die anderen also nicht einstimmen konnten.

Gillian hatte sich umgezogen und trug jetzt einen cremefarbigen Rock und eine blaßblaue Bluse. Blair stellte fest, daß sie sich von ihrer Sonnenbrille getrennt hatte. Ihre Augen leuchteten hell im harten Licht der mit Petroleum betriebenen Starklichtlampe. Er bemerkte, daß er sie intensiv beobachtete und sie buchstäblich in einem anderen Licht sah als an Bord des Schiffes. Er sah ihre Beine, die nicht länger von den Hosen verhüllt wurden, die sie seit ihrer Ankunft in Port Vila getragen hatte. Sie waren schlank und gut geformt, die nackte Haut leuchtete golden im Lampenlicht.

Er schluckte schwer und goß den Whisky mit dem Anflug eines Gefühls hinunter, das etwas mit Angst zu tun hatte. Sofort durchquerte Hogan den Raum, in seiner Hand die Flasche parat.

»Nehmen Sie noch einen, Major.« Er sah schon ziemlich mitgenommen aus, und es war nur wahrscheinlich, daß er vor ihrem Eintreffen schon kräftig in die Flasche hineingeleuchtet hatte. »Verdammt guter Stoff, das! Wirklich guter echter Höllensaft!«

Gillian legte ihre Hand über ihr Glas, als er sie von oben herab anstierte. »Im Augenblick nichts mehr, danke. Es überrascht mich, daß Sie uns nicht das lokale Gebräu anbieten. Es scheint mir eine Schande zu sein, hier draußen Scotch zu trinken.« Sie machte eine unbestimmte Handbewegung in Richtung der Fenster, und sie hörten das gleichmäßige Grollen der Brandung.

Hogan füllte sein eigenes Glas. Von seiner Stirn tropfte der Schweiß, obwohl es jetzt merklich kühler geworden war. »Nee, das ist der richtige Stoff für dich, meine Liebe!« Er beugte sich vor und tätschelte ihr das Knie. »Kava ist das reine Gift, aber die Kanaken lieben es. Jesus Christus! Das Zeug zieht dir das verdammte Blut aus den Beinen, und das tut mir nicht gut!«

Gillian fühlte den heißen Druck seiner Finger an ihrem Knie und wollte sich am liebsten zurückziehen. Sie erinnerte sich plötzlich an ein Erlebnis ihrer Kindheit, als sie gesehen hatte, wie ein kleiner Junge im Zirkus von einem Affen angesprungen worden war. Der Dompteur hatte auf den Jungen eingesprochen und ihn angefleht, ganz still zu halten, und sie hatte sein weißes, vor Schreck ganz erstarrtes Gesicht gesehen, es war aber ganz unbewegt geblieben, während der Affe an seinem Körper herumgefummelt hatte. Der Dompteur hatte sich von hinten angeschlichen und das Tier mit einer Eisenstange zu Boden gestreckt. Sie zwang ihren Körper dazu, entspannt zu bleiben, und blickte genau in die Augen des Händlers.

»Nun, ein Schluck nur für Sie, Jim Hogan!« Sie hob ruckartig ihr Glas und spürte, daß seine Hand widerwillig ihr Bein freigab, um nach seinem Glas zu greifen.

Blair atmete langsam aus. Bei Gott, dieser Ort macht mich langsam fertig, jede Spannung, jede Drohung wurde hier multipliziert und verzerrt, dachte er. Er hatte die Augen des Mädchens gesehen und Hogans Hand beobachtet. Es war nicht schwer zu erraten gewesen, was in Hogans Kopf vorgegangen war. Sein Blick fiel auf Tarrou, der sich unbeholfen auf einen kleinen Stuhl hinter das Mädchen gesetzt hatte. Sein Gesicht schien eine Spur bleicher geworden zu sein, und seine Nasenlöcher hatten nervös wie die Nüstern eines Tieres gebebt. Eine Welle von Empörung stieg in Blair auf. Es wäre es fast wert gewesen, einfach zuzusehen, dachte er bösartig, wie Hogan diesem Tarrou eine Abreibung verpaßt. Der schien sich in der Vorstellung zu gefallen, daß er der persönliche Leibwächter des Mädchens war – und vielleicht noch etwas mehr. Es konnte ihr noch leid tun, wenn sie diesen verdammten Nigger weiter ermutigte.

Fraser kippte noch etwas Whisky in sein Glas, das ein halbes Pint* faßte, und trank mit ganz offensichtlicher Befriedigung. Er grinste Myers an, der leicht besoffen eine Banane schälte.

»Was halten Sie von den Inseln? Sie unterscheiden sich etwas von *merry old England*, nicht wahr?« Fraser grinste schief, und sein für gewöhnlich fester Blick war leicht umwölkt und unstet.

Myers grunzte. »Ich wäre lieber in Southend«, antwortete er fröhlich.

Fraser ließ sich neben Blair fallen, sein Gesicht war plötzlich traurig. »Wie ist es mit Ihnen, Major? Warum vergessen Sie das gottverdammte Wrack nicht einfach und genießen ganz unkompliziert das Leben?« Er blickte unsicher in Blairs Gesicht, als ob er darin die Antwort auf seine Frage ablesen könnte.

Blair seufzte. Er spürte, wie der pure Whisky in seinem Blut wie Feuer arbeitete, und Frasers dunkles Gesicht hing über ihm wie ein Stück geschnitztes Holz.

* Pint (engl. Maß): ca 0,3 Liter (Anm. d. Ü.).

Über Frasers Schulter hinweg sah er Tarrou mit dem Mädchen flüstern. Gillian hatte ihren Kopf geneigt, um ihm zuzuhören, ihre Lippen hoben sich scharlachrot von Tarrous weißem Hemd ab. Er sah auch das wilde, fast verrückte Feuer in den Augen des Mischlings, der aufmerksam auf ihren Nacken, das Haar und ihre nackten Arme starrte.

Blair schüttelte den Kopf und versuchte, sich zu konzentrieren. »Was ist denn los? Können Sie das Wrack nicht für mich finden?« Seine Stimme klang unnatürlich laut, und er sah, daß die klaren grauen Augen des Mädchens ihn beobachteten. Das schien ihn auf seltsame Weise zu erfreuen, daher wiederholte er seine Frage.

Hogan, der auf einem Stapel alter Zeitungen saß, rülpste und lachte laut. »Der kann keinen Leichenwagen in einem verdammten Fingerhut finden!« Er stieß wieder auf und starrte wieder auf die Beine des Mädchens.

Fraser kicherte. »Zur Hölle mit dir, Kumpel.« Er wandte sich wieder Blair zu und fügte in einem konspirativen Tonfall hinzu: »Er ist sauer, weil ihn seine kleine Lubra verlassen hat.«

Er taumelte quer durch den Raum, um seinen Streit fortzuführen, und Blair ließ sich schlapp in den nachgebenden Sessel zurückfallen. Er sah, daß die kleine Chinesin hinter ihm erschien, um sein Glas wieder zu füllen, und lächelte sie von unten herauf an. »Ich danke Ihnen«, prononcierte er sorgfältig.

Ihr zerknittertes Gesicht zeigte etwas, was wohl ein Lächeln sein sollte, dabei konnte er ihre schwarzen lakkierten Zähne sehen. Dann war sie verschwunden. Er blickte auf seine Uhr.

Hogan schien zu spüren, daß die Party so gut wie vorbei war, und stand schwankend auf, dabei griff er wahllos nach den vielen herumstehenden Flaschen, um sie auf ihren Inhalt hin zu überprüfen. »Wir haben noch jede Menge Zeit, Leute. Die Party hat gerade erst begonnen!« Mit krampfhafter Eile kramte er ein altes Grammophon hervor, und als die Klänge des *Anniversary Waltz* durch den verqualmten Raum fluteten, flog ein Ausdruck kindlicher Freude über sein schwitzendes Gesicht. »Kommen Sie, meine Liebe«, grinste er, »lassen Sie uns ein kleines Tänzchen wagen!« Er packte Gillian grob am Handgelenk und zog sie auf die Füße. Gegen seinen faßähnlichen Körper wirkte sie winzig, und mit einem weiteren Lachen begann Hogan sie auf dem schmutzigen Boden in einer Art Tanz herumzuschwenken.

Myers war eingeschlafen, aber beim Einsetzen der Musik begann er mit einer hohen, völlig unmelodischen Stimme mitzusingen. Mit großer Anstrengung hielt er seine Augen einen Schlitz breit offen.

Blair sah zu, wie Fraser sich erhob und unsicher hinter dem sich in der Mitte des Raumes drehenden Paar herzutanzen begann. Dabei hatte er seinen zottigen Kopf voller Konzentration gesenkt. Nur Tarrou blieb still und gespannt auf seinem Platz sitzen, sein Gesicht war leer und drückte ein Gefühl des Verlusts aus. Blair fühlte sich ruhig und resigniert. Es würde eine Schlägerei geben. Ein Abend dieser Art endete immer so. Er erinnerte sich vage daran, daß sich damals in Singapur ein paar seiner Soldaten einen Tag vor der japanischen Invasion um ein malaiisches Tanzmädchen geprügelt hatten. Am nächsten Tag waren sie alle getötet worden. Er beobachtete Hogan. Auch er agierte mit derselben wilden Verzweiflung.

Gillian hielt ihre Augen starr auf die Schulter vor ihren Augen fixiert und versuchte, sich auf die Takte des Walzers zu konzentrieren. Es war ihr sehr bewußt, daß sich Hogans Körper fest gegen den ihren drückte und daß sich seine Hand feucht auf ihrer Taille anfühlte. Der Druck wurde stärker, und sie konnte die wilde Erregung in seinem stoßartig gehenden Atem spüren. Sie war bisher immer gut mit Betrunkenen fertiggeworden, aber diese Situation war doch anders. Sie hatte es kaum für möglich gehalten, daß Fraser, Myers und sogar Blair plötzlich ihren Emotionen erlegen waren und völlig den Schutz ignorierten, den ihr ihr Geschlecht in der Vergangenheit bisher geboten hatte. Hogan starrte sie an, seine Lippen waren feucht.

»Es tut mir gut, mal wieder eine richtige Frau zu sehen, das kann ich dir sagen«, sagte er mit belegter Stimme. »Du und ich werden uns später ein paar schöne Stunden machen.«

Ihre Bluse war oben aus dem Bund ihres Rocks gezogen worden, und sie spürte seine Hand, die suchend über die Haut an ihrer Wirbelsäule strich. Sie sah ein Gesicht über Hogans Schulter, und Blairs kühle Stimme sagte ruhig: »Jetzt bin ich mal an der Reihe, denke ich?«

Die Musik hatte aufgehört, und Gillian wand sich aus den Armen des Mannes, während Blair sie stumpf ansah. Das Blut schoß ihr in den Kopf, als sie sich der Verachtung bewußt wurde, die in seiner Stimme mitgeschwungen hatte. Mit einem Aufschluchzen drehte sie sich halbblind zu Tarrous weißem Hemd um. »Ich …

ich denke, daß ich zum Schiff zurückgehen werde.« Mit großer Anstrengung bekam sie ihre Stimme wieder unter Kontrolle. »Es war eine tolle Party, aber jetzt bin ich etwas müde.«

Fraser erstickte Hogans Protest mit einem gespielten Ausbruch lauter Fröhlichkeit. »Bring mir einen Drink, du geiler Buschmann, und wisch dir diesen idiotischen Ausdruck aus dem Gesicht!«

Myers war wieder, den Kopf auf seine Armen gelegt, eingeschlafen, und Blair stand mit erhobenen Händen unsicher in der Mitte des Raums.

Gillian zog ihre Bluse wieder zurecht und lächelte schnell Tarrou an. »Vielleicht könnten Sie mich begleiten?«

Er schluckte erregt, dann nickte er. Er war völlig sprachlos.

Blair trat heran. »Ich werde Sie bringen.« Er sagte es ruhig, seine Augen waren kalt. »Ich glaube, daß das so besser ist.«

Sie blickte sich schnell in dem Zimmer um, registrierte die hingestreckten Gestalten, die leeren Flaschen und das verschlissene Mobiliar. »Nein danke, Major. Ich glaube, daß ich selbst auf mich aufpassen kann.« Im selben Augenblick bereute sie, was sie gesagt hatte, als sie sah, daß Blair von ihr zurücktrat. Er sah aus, als ob er eine Ohrfeige bekommen hätte, aber plötzlich zuckte er die Schultern und sah Tarrou kalt an. Die alte Arroganz spiegelte sich noch ganz deutlich in seinen Augen wider, und mit plötzlicher Fröhlichkeit sagte Gillian: »Komm, Michel, überlassen wir den *Gentlemen* das Feld für ihre Feier!«

Hogan rülpste ärgerlich. »Ich hab's dir ja gesagt,

Vic, die ist heiß wie eine Ratte auf ´ner glühenden Herdplatte!« Dann lehnte er sich zurück und schloß die Augen.

Blair starrte noch immer in Richtung der offenen Tür, obwohl Tarrou und das Mädchen schon längst verschwunden waren. Diese Nutte! Diese verdammte, starrsinnige Nutte, fluchte er in Gedanken. Aber als er so alleine in dem nun stillen Raum stand, fühlte er sich so einsam wie noch nie zuvor in seinem Leben.

Der Mond breitete einen durchgehenden silbernen Teppich über dem Strand aus. Dort, wo er den Rand der Palmen am Ende der Lichtung erreichte, bemalte er die Hütten mit breiten Streifen und verzerrte ihre schiefen Formen in seinem kühlen Licht. Eine Brise ließ die Wedel in der Dunkelheit rascheln, und der ganze Dschungel schien mit Knistern und Bewegung erfüllt zu sein. Gelegentlich konnte man einen verrückten, ungehemmten Schrei eines fernen Tieres vernehmen, dem sofort ein Chor aus Grunzen, Schreien und Heulen der anderen Tiere folgte. Dann kam das Tollhaus wieder so schnell zur Ruhe, wie es aufgeschrien hattc, und das Rascheln wurde wieder zum beherrschenden Geräusch.

Gillian erzitterte und blickte zurück zu der leuchtenden Tür und den Fenstern des Handelspostens. Auf der Veranda konnte sie das rote Glühen einer Zigarette sehen, wo die chinesische Dienerin alles beobachtete und wartete. Der Sand unter Gillians Füßen war feucht, und sie konnte seine Kühle durch ihre dünnen Sandalen spüren. Ihr Atem ging noch immer ungleichmäßig, und sie wurde sich der ungewohnten Unruhe in ihrem Kopf bewußt. Sie stieß einen kleinen Schrei aus, als zwei

Schatten an ihr vorbeiflitzten und sofort im Sand verschwanden.

Tarrou lachte nervös. »Krebse«, erklärte er, »sie sind immer nur in der Nacht aktiv, um Begegnungen mit Pelikanen aus dem Weg zu gehen.«

Sie nickte. Immer jagte jemand irgend etwas oder irgend jemanden, und sogar die stille Schönheit der Insel im Mondlicht war nur eine Tarnung für eine wilde gnadenlose Jagd.

Sie konnte die kleinen Hütten mit ihren unsicher wirkenden Wänden und den mit Palmenwedeln gedeckten Dächern sehen. Hier und da leuchteten ein paar flakkernde Feuer, und dunkle Schatten hockten vor den niedrigen Eingängen. Ohne nachzudenken, drehte sie der See den Rücken zu und breitete die Arme aus, als wollte sie die ganze Insel umarmen. Sie fühlte sich seltsam irritiert und gleichzeitig ermutigt und war sich sehr der kühlen Brise bewusst, die ihren Körper streichelte. Sie hatte außerdem das Gefühl, daß sie eigentlich kein Teil dessen war, was sie sah, und sie lachte, wie um das Gefühl der Unwirklichkeit zu verbergen. Sie hatte Tarrou völlig vergessen, der seine Hand ausstreckte, um ihren Arm zu berühren.

»Was ist denn los?« fragte er, seine Stimme klang heiser.

Sie schüttelte den Kopf. »Ich weiß es nicht. Es ist diese ganze Umgebung, vermute ich. Haben Sie nicht manchmal auch das Gefühl, direkt am Rande eines Abgrundes zu leben?«

Er leckte sich die Lippen und starrte Gillian schweigend an. Sie konnte sehen, daß seine Augen wie zwei Feuer glimmten, und merkte, daß seine Hand auf ihrem

Arm feucht war. Armer Michel, dachte sie, er ist der einzige zwischen den anderen, der hier zufrieden und glücklich sein sollte, und dennoch mangelte es ihm völlig am Sinn für das richtige Ziel, es sei denn, daß es sich um etwas oder jemanden handelte, das oder der sich außerhalb seiner Möglichkeiten befand. Sie schleuderte ihre Sandalen weg und grub ihre Zehen in den weichen Sand. »Möchtest du nicht irgend jemand anderer sein, Michel?«

Er verstand diese Art von Konversation nicht, und auf jeden Fall war sein Herz zu voll, um sich darum zu kümmern. Nur der Klang ihrer Stimme und der Schimmer ihrer Figur gegen die Schwärze der See waren wichtig. Oder doch nicht? Was wollte sie ihm mitteilen? Weil sie so perfekt und rein war, wollte sie ihm deshalb auf diese Weise zeigen, daß sie ihn brauchte, so wie er sie begehrte? Sein Puls klopfte schmerzhaft in seiner Schläfe, und er fühlte, wie die aufsteigenden Emotionen gnadenlos an seinen Verteidigungslinien nagten. Sie blickte ihn an, ihre Augen standen groß in ihrem blassen Gesicht. Er bückte sich, um ihre Sandalen aufzusammeln, dabei war er sich der Wärme ihrer Hand sehr wohl bewußt. Er konnte, nein, er durfte mit seiner Unbeholfenheit jetzt nicht alles verderben.

»Lassen Sie uns zurück zum Schiff gehen«, sagte er endlich, besorgt, daß sie das Zittern in seiner Stimme hören könnte. »Das ist ein schlechter Ort, um sich des Nachts hier aufzuhalten.«

Sie ging langsam an seiner Seite in Richtung der Pier. Am weit entfernten Ende konnte sie eine langsam hin und her schwingende Laterne über der Poop sehen, wo Old Buka oder einer der anderen Wache hielt.

Tarrou war voller Überraschungen, wie es schien. In der einen Minute hatte er so viele Fragen an sie, für die er fast verzweifelt eine Antwort von ihr verlangte, ohne daß die anderen es hören sollten, dann wieder, wenn er auf sich allein gestellt war, war er wortkarg wie ein Kind. Sie war verwundert. Warum in drei Gottes Namen denken wir an diese Menschen immer so, als ob wir Kinder vor uns hätten, fragte sie sich. Dennoch machten sie es einem so schwer, eine andere Haltung einzunehmen.

Auf dem Schiff war es still, und außer dem Schatten des Wachgängers war niemand zu sehen. Sie blieb an der Heckreling stehen. Plötzlich fühlte sie sich müde.

»Verdammt! Ich bin völlig fertig! Entweder liegt das am Klima, oder ich habe zuviel getrunken!«

»Es tut mir leid, daß Sie die unwürdige Behandlung durch diese Betrunkenen erdulden mußten, Gillian.«

Sie starrte ihn an, aber im Schein der Lampe konnte sie erkennen, daß sein Gesicht ganz ernsthaft war.

»Sie wissen einfach nicht, wie man eine Lady richtig behandelt!«

Sie drückte seinen Arm und lächelte. »Sicher, das kann ich mir vorstellen. Trotzdem sind Männer überall überwiegend gleich, vermute ich.« Sie stellte fest, daß er immer noch nicht lächelte, und fügte hinzu: »Natürlich sind Sie eine Ausnahme. Zumindest Sie machen kein Ausstellungsstück aus sich selbst.«

Er folgte ihr den Niedergang hinunter, seine Augen waren von jeder ihrer Bewegungen fasziniert.

»Danke für die Begleitung, Michel. Es war ein Vergnügen.«

Er blickte an ihr vorüber auf die sauber gebaute Koje

und den gefalteten Pyjama darauf. Eine frisch getrimmte Lampe schwang an der Decke, ihr goldenes Licht ließ die Kabine gediegen ausschauen. Sie lächelte ihn immer noch an, und er fühlte sich plötzlich riesig und mächtig, das Blut pochte in seinen Adern wie die alten Trommeln bei den Stammesfesten.

Er sah, daß seine dunklen Hände auf ihren schmalen Schultern lagen, und fragte sich verwirrt, was er als nächstes tun könnte. »Sind wir glücklich miteinander, Gillian?«

Sie fühlte den Druck seiner starken Hände auf ihren Schultern und bemerkte den Wandel, der sich bei ihm vollzogen hatte. Sogar seine Augen sahen anders aus, sie waren dunkel und geheimnisvoll, dabei strahlten sie gleichzeitig eine unterdrückte Wildheit aus.

»Das sind wir, Michel.« Sie gähnte gekünstelt, plötzlich wurde ihr die Stille auf dem Schiff bewußt. Sie wünschte sich, daß Fraser geräuschvoll auf das Deck poltern oder daß irgend jemand den gefährlichen Zauber brechen würde. »Nun, ich muß zu Bett. Wir sehen uns morgen früh, Michel!«

Er begann zu zittern, seine Augen begannen sich mit Tränen über seine Ungeschicklichkeit zu füllen. Sie zog sich von ihm zurück, und der Streifen Licht begann schon schmaler zu werden, als sie langsam die Tür schloß. Da fiel es ihm wie Schuppen von den Augen, und er spürte, wie sich alles um ihm drehte. Natürlich ließ sich eine Lady wie Gillian nicht wie eine billige Lubra herumstoßen. Er hatte miterlebt, wie sie einen Mann wie Blair, der mächtig und reich war, abgewiesen hatte, und wie angeekelt sie von Hogan gewesen war. Sie war sein, aber sie wollte auf sein Zeichen und auf den richtigen Moment warten. Wenn er bereit war, dann würde er sie nehmen, und die anderen Männer würden nichts mehr bedeuten. Er zwang sich zu einer Verbeugung, so daß er die Wildheit in seinem Gesicht verbergen konnte. »Unsere Zeit wird kommen, Gillian«, sagte er ernsthaft, »alles wird gut werden.«

Sie schloß die Tür und lehnte sich dagegen, plötzlich fühlte sie sich schwach. Diese verrückten Eingeborenen waren ziemlich anstrengende Verehrer. Sie betrachtete ihr Gesicht im Spiegel und rümpfte angeekelt ihre Nase. »Du!« sagte sie laut. »Vergiß bloß nicht, daß du Gillian Bligh bist, die Anwältin für die Sache der Schwachen!«

Mit einem Seufzer zog sie ihre Kleider aus und beugte sich vor, um sich wieder im Spiegel zu betrachten. Ein geschmeidiger, gut gebauter Körper, entschied sie. Und wem nützte das? Ärgerlich massierte sie ihren weichen Bauch und setzte sich auf die Koje. Angenommen, Blair würde jetzt hereinkommen? Was würde er wohl sagen? Sie lächelte, war aber nicht in der Lage, den Gedanken die witzige Wendung zu geben, die sie beabsichtigt hatte. Sie legte den Kopf auf die Seite, so wie sie es bei ihm gesehen hatte, und flüsterte leise: »Ich würde sagen, altes Mädchen, daß du nicht ganz passend angezogen bist, nicht wahr?« Sie ließ sich nach hinten auf die Koje fallen und streckte ihre Beine in die Luft. Wenn ich ihn so verabscheue, warum, verdammt noch mal, muß ich dann dauernd an ihn denken? Immer noch ärgerlich auf sich selbst, streckte sie die Hand nach der Lampe aus. Ein plötzlicher dumpfer Bums ertönte an Deck, dann hörte sie Myers *Nellie Dean* mit einer viel zu hohen Stimme und einer gehörigen Portion Selbstmitleid singen.

Diese Männer, fluchte sie. Sie können nicht trinken, ohne sich wie verdammte Tiere zu benehmen. Als ihr Kopf das Kopfkissen berührte, war sie schon eingeschlafen.

In seiner Kabine zitterte Tarrou erregt unter seinem Leinentuch. Er hatte es über seinen Kopf gezogen, so daß er nicht mit Myers sprechen mußte, der in dem beengten Raum der Kabine herumtorkelte, weil er sich mit einem Bein in seiner Hose verfangen hatte. Mit dem anderen hüpfte und stampfte er herum, dabei stieß er gegen alles und jedes, um seine Balance zu halten. Monoton murmelte und fluchte er undeutlich vor sich hin, aber Tarrou ignorierte ihn.

Bald, bald, redete er sich ein. Er würde eine Gelegenheit finden, sie an einen ruhigen Ort zu führen, wo sie allein sein würden. Er würde ihr zusehen und warten, und es würde ihr gemeinsames ureigenes Geheimnis bleiben.

Myers grunzte nochmals besonders laut und fiel auf sein Gesicht. Seine rosa Beine strampelten noch einmal durch die Luft, dann begann er zu schnarchen.

Blair humpelte die Verandastufen hinunter. Er blieb einen Augenblick stehen, um seine Augen an die Dunkelheit anzupassen, und gab dem Whisky Gelegenheit, sich an den Abfall der Temperatur zu gewöhnen. Er hatte Fraser und Hogan am Boden ausgestreckt zurückgelassen, war aber selbst weder müde noch betrunken. Er fühlte sich einerseits völlig klar im Kopf und andererseits mental ziemlich daneben. Er zündete sich eine

Zigarette an und blickte zum dichten Dschungel hinüber. Für ihn bedeutete er eine Herausforderung, und er nickte bitter zu den schwankenden Palmen hinüber. Dort drinnen könnte ich vielleicht von einigem Nutzen sein, überlegte er. Während des Feldzugs in Burma hatte er ein paar Tricks gelernt, und irgendwie verschaffte es ihm ein Gefühl der Befriedigung, daß man ihn damals nur wegen seiner Verletzung geschnappt hatte. Er trat mit dem deformierten Fuß in die Luft, und der alte Haß stieg wieder in ihm auf. Kein Wunder, daß sie mich so behandeln, überlegte er düster. Hier draußen bin ich nicht derjenige, der von jedem verdammten kleinen Emporkömmling beneidet und belästigt wird; ich bin nur der Mann mit zuviel Geld, der jedem eine Menge Unannehmlichkeiten bereitet. Er warf voller Abscheu seine Zigarette weg und ging schneller am Strand entlang, die See lief zischend und gurgelnd bis zu seinen Füßen heran. Und wenn ich zurückkehre, wie wird es dann sein? Er lächelte, als er an das runzlige Gesicht seines Partners dachte. »Ich hoffe, daß deine Reise zufriedenstellend verlaufen ist, Rupert? Ich habe mein Bestes getan, um das Fort während deiner Abwesenheit zu halten.« Armer alter Henry. Er hat sein ganzes Leben schwer gearbeitet und konnte mit seinen müden Augen nie etwas anderes sehen als Brücken, Brükken und noch mehr Brücken. Und Marcia. Sie würde in der Lage sein, seine Illusion vom Frieden innerhalb einer Stunde nach seiner Rückkehr zu zerstören. Sie würde bald erkennen, daß seine Reise nur eine Flucht in eine Vergangenheit gewesen war, die sie nie mit ihm würde teilen können, selbst wenn sie das wünschte. Und sobald er wieder in die Sielen des Alltagstrotts zurückgekehrt war, würde sie alles daran setzen, um seinen Traum zu zerstören.

Und dann war da noch Gillian Bligh. Sie warf sich diesem Idioten Tarrou an den Hals. Er verzog das Gesicht. Er war unfair, und er wußte es. Wahrscheinlich hatte sie nur dieser gräßlichen Party entfliehen wollen. Außerdem hatte sie dabei wohl sein eigenes Verhalten als etwas empfunden, das sich kaum von dem der anderen unterschied.

Er stellte fest, daß er wieder am Anfang der Pier angekommen war, und er blieb stehen, um der See zuzuhören.

Wenn er Gillian doch nur unter anderen Umständen kennengelernt hätte. Er verbot sich diesen Gedankengang sofort wieder. Es hätte keinen Unterschied gemacht. Ich bin aus einem bestimmten Grund auf diese verdammte Insel gekommen, und es hat keinen Zweck, die Dinge zu komplizieren, sagte er sich.

Der Mond glänzte still auf dem Wasser, und die Brise strich zufrieden durch die Palmen. Diese kombinierte Musik führte ihm den Selbstbetrug besonders kraß vor Augen.

4

Fraser hob sein altes Teleskop ans Auge und richtete es über die Leereling auf das steil abschüssige Vorland. Der Schoner stampfte schwer in einer steilen Welle, und Fraser taumelte mit seiner Hüfte gegen die Reling. Diese Bewegung setzte das Hammerwerk in seinem Kopf wieder in Bewegung, und er mußte mit den Zähnen knirschen, um zu vermeiden, daß er laut fluchte. Dieser verdammte Hogan.

Als der Schoner ablegte, hatte Hogan zwischen seinen Jungs auf der Pier gestanden. Sein Gesicht hatte eingefallen und unrasiert ausgesehen. Er war offensichtlich unwillig gewesen, das Schiff abfahren zu lassen. Verdammter alter Narr, dachte Fraser, während er den scharfen Umriß der Kliffs durch das Glas studierte. Vielleicht war es sogar gut, daß sie mit der Arbeit weitermachten. Es war nur schade, daß das Ziel kein Wrack voller Gold oder Perlen war, aber die Arbeit würde den Kater aus seinem Körper vertreiben. Das sagte er nach jedem Besäufnis, aber es machte keinen Unterschied. Er grinste und stöhnte auf, als ein Feuerball hinter seinen Augen explodierte.

Tarrou lief leise über das Deck und starrte mit lustlosen Augen zur Küste hinüber.

»Wir sind fast am Riff, Michel. Ich hoffe, daß sich das Wetter hält.«

»Es ist doch nichts Ungewöhnliches mit dem Wetter, oder?« Seine Stimme war ausdruckslos.

»Das Glas ist ein wenig gefallen. Aber ich wette,

daß wir es überleben werden.« Er machte eine Pause, als sich eine verschwommene Erinnerung in seinem Kopf formte. »Was, zum Teufel, hast du gestern abend noch gemacht? Ich habe dich nicht mehr gesehen, nachdem du mit dem Mädchen abgeschwirrt bist.«

»Wir haben uns unterhalten.«

Fraser grinste. »Nun, ich habe auch nicht gedacht, daß du mit ihr im Bett warst!«

Tarrous Augenlider flatterten. »Bitte, Vic.« Seine Stimme klang flehend. »So solltest *du* nicht reden. Sie ist eine wunderbare Frau. Sie ist die Frau, von der ich oft geträumt habe.«

Fraser schob das Fernglas zusammen und drehte sich ungeduldig zu ihm um. »Quatsch nicht so geschwollen, Mann! Natürlich ist sie ein tolles Mädchen. Ich mag sie auch. Aber behalte bloß das richtige Augenmaß, um Himmels willen!«

Tarrou blickte ihn unglücklich an. »Und wie soll ich das verstehen?«

»Nun, Michel, das ist schwer zu erklären.« Er machte eine unbestimmte Bewegung mit dem Teleskop. »Du weißt schon, was ich meine, also stell dich nicht so dumm an. Sie ist eine Frau, richtig? Aber in den Staaten, da ist sie *jemand*, sie *zählt*! Du glaubst doch nicht allen Ernstes, daß sie sich auch nur einen Gedanken darüber macht, was aus uns wird? Sie hat noch nicht mal für den Major ein Schimpfwort übrig. Kannst du dir also ernstlich vorstellen, daß sie etwas für einen Kerl wie dich übrig hat?«

Tarrou lächelte bloß. In seinem Inneren war er unglücklich. Es ist traurig, daß Fraser auf mich eifersüchtig ist, dachte er, aber Frasers Ansicht der Dinge hatte aufgehört, für ihn wichtig zu sein. »Ich glaube, daß du dich irrst, Vic.«

Fraser grunzte. »Du tickst so falsch wie eine Uhr für zwei Schillinge, Michel. Mach dich doch nicht unglücklich für eine Frau, um Christi willen!«

Watutes schrille Stimme klang vom Topp des Vormasts herunter. »An Deck! Riff in Sicht!«

Fraser drückte Michel mit der Schulter zur Seite. »Ich rede mit dir später noch mal darüber!« Er blickte durch das Glas und sah die feinen Spritzwasserfahnen am Fuße des Kaps aufsteigen. Er wußte, daß das Phalarope-Riff von dieser Stelle und ohne jede Unterbrechung quer über die gesamte Bucht verlief. Völlig unpassierbar bis auf zwei kleine Durchfahrten, die ihm sein Vater gezeigt hatte.

»Geh und wirf den alten Diesel an!« befahl er kurz, »ich segle hinein, aber wenn der Wind wegbleiben sollte, dann brauchen wir dich.«

Tarrou nickte, seine Augen glänzten. Ihr braucht mich alle, dachte er.

Das Mädchen kam an Deck, sie hatte eine Kamera in der Hand. »Ist es das?« fragte sie und deutete auf die schäumenden Brecher.

»Ja, das ist das Phalarope-Riff. So manch armer Kauffahrer hat sich daran seine Bilge aufgekratzt!«

Sie hob die Kamera. »Woher kommt der komische Name?«

»H.M.S. *Phalarope* hat etwa vier Meilen von hier Schiffbruch erlitten. Das war eine Fregatte. Sie ist mit Mann und Maus untergegangen.«

Das Mädchen beschattete seine Augen. Ohne die

Sonnenbrille sehen sie wie kühle graue Perlen aus, dachte er fasziniert.

Sie lächelte. »Wie lange ist das her?«

»Inzwischen ein paar hundert Jahre.« Er grinste. »Keine Angst, ich weiß, wo es liegt, Sie werden sicher durchkommen.« Er blickte sich schnell auf dem Deck um. »Hat Ihnen die Party gestern abend gefallen?«

Sie zog die Nase kraus, und er stellte fest, daß sie Sommersprossen auf der Wange hatte. »Es war ziemlich rauh!«

»Ja. Rauh ist das richtige Wort für den alten Hogan. Aber er ist in Ordnung.«

»Aber was für eine Art zu leben. Er sieht aus wie ein Mann ohne jede Hoffnung.«

Fraser zuckte die Achseln. »Vielleicht. Aber wie ist das Leben in der Welt, aus der Sie kommen? Haben dort alle Menschen Hoffnung?«

Sie lächelte, ihre Zähne waren weiß und gleichmäßig. »Das geschieht mir recht.«

»Übrigens sehen Sie viel besser aus, seit Sie an Bord gekommen sind.« Er grinste unbeholfen. »Sie verstehen schon, entspannter. Ich glaube, dieser alte Eimer bekommt Ihnen gut.«

Gillian schob sich das Haar aus den Augen und blickte zur Seite. Blair schaute über die Schulter des Rudergängers auf den Kompaß, sein Gesicht zeigte einen tief nachdenklichen Ausdruck.

»Da kommt der Boss«, sagte sie, »er sieht besorgt aus.«

»Es ist zwar *sein* Geld, aber ich glaube nicht, daß das der Grund ist.«

»Nun, ich warte auf die Neuigkeit. Heraus damit!« Sie blickte ihn mit gespieltem Ärger an.

Fraser kontrollierte den Stand der Segel und grinste verschmitzt. »Er hat Liebeskummer!«

Gillians Lächeln verschwand. »Aber er ist verheiratet und so weiter.« Im Geiste ging sie ihre Notizen durch, sie waren, wie immer, gründlich recherchiert und vollständig. Es gab darin keinerlei Hinweis auf diese Seite von Blairs Leben. »Woher wollen Sie das wissen?« Ihre Frage klang völlig ungläubig.

Fraser formte mit seinen Händen einen Trichter vor dem Mund und brüllte in Richtung der Back: »Achtung! Klar zum Bergen des Fliegers, ihr Horde von ungeschickten Affen!«

Die Matrosen grinsten mit weiß gebleckten Zähnen zurück, bevor sie sich auf den Weg nach vorne machten.

»Weil ich die Glückliche kenne, darum!« Er zwinkerte ihr triumphierend zu.

Ihr Lachen klang laut über das Deck, so daß Tarrou in der Maschine erfreut vor sich hin lächelte. »Jetzt weiß ich, daß Sie nur angeben! Nun, weiter, wer ist sie? Wie heißt sie?«

Er zog seine Mütze über die Augen und nickte dem Rudergänger zu, bevor er das Ruder übernahm. Blair blickte neugierig zu ihnen herüber, als Fraser ruhig sagte: »Sie steht in Ihren Schuhen. Ich denke schon, daß Sie ihren Namen kennen!«

Sie spürte, wie die Farbe in ihr Gesicht schoß, und sie griff verlegen nach ihrer Sonnenbrille. Sie starrte zu Blair hinüber, aber der hatte seinen Blick wieder auf die Karte und den Kompaß geheftet.

Fraser blickte sie kurz an, bevor er seine Aufmerksamkeit völlig auf das Riff konzentrierte. »Das ist eine Tatsache. Fragen Sie ihn!« Er grinste, wohl wissend, daß Blairs Unwissenheit über den Inhalt ihres Gesprächs das unmöglich machte.

Sie ballte ihre Fäuste und blickte von einem zum anderen, dann stampfte sie mit dem Fuß auf und ging schnell zum Bug.

Blair griff nach dem Fernglas und erkundigte sich: »Was ist denn los mit ihr?«

Fraser zuckte unbestimmt mit den Schultern und fühlte den Druck des Ruderblatts auf dem Steuerrad. »Sie ist verliebt, würde ich denken.«

Blair runzelte die Stirn. »Nun, das ist ihre Privatsache«, knurrte er steif. »Was haben Sie jetzt vor?« Er verdrängte die Gedanken an das Mädchen mit Gewalt aus seinem Bewußtsein, aber er ertappte sich dabei, daß er ihre nackten Beine beobachtete, die sich gegen den Himmel abzeichneten, als sie sich unter die Seeleute mischte.

»Sehen Sie diese Felsenspitze in Richtung des Strandes? Gut, das ist meine Ansteuerungsmarke. Ich halte genau darauf zu, dann reiße ich das Schiff hart herum. Wir müssen vorher ein paar Segel bergen, aber meine Jungs wissen, was zu tun ist.«

Über das Dröhnen der Leinwand und das Zischen des Wassers entlang der Leeseite hinweg konnte Blair das dumpfe Donnern der ewig anrennenden Brandung gegen das verborgene Riff hören. Von Zeit zu Zeit war eine Woge darunter, die kraftvoller und noch gewaltiger als die vorherigen war. Sie hob sich aus der Meeresoberfläche und steilte sich verärgert über dem Hindernis aus Felsen und Korallen auf, bevor sie brach und zurückfiel in ein brodelndes schäumendes Durcheinander.

Der Schoner legte sich leicht auf die Seite, und Blair mußte nach der Reling greifen, um zu verhindern, daß ihm die Füße unter dem Körper wegrutschten.

Der scharfe Steven hob sich und stieß in die starken Stromwirbel, die überall in der Ansteuerung zum Riff kreisten. Gegen das Toben der Bedrohung der unüberwindbaren Barriere unter der Oberfläche schimmerte das Wasser der Bucht blau und einladend. Er konnte sich die vom Sturm hin und her geworfene Fregatte und die arme kleine *Sigli* gut vorstellen, die die ruhige Bucht als Erlösung von ihren Leiden empfunden haben mußten.

Die Brise frischte auf und die Leinwand über den Köpfen donnerte, als wollte sie auf die Herausforderung des Riffs antworten. Blair beobachtete, wie Frasers Fäuste gegen das Schlagen des Ruders ankämpften und seine Augen kurz von den Segeln zum auf- und abtanzenden Bugspriet wanderten, der über dem bewegten Wasser Verbeugungen zu machen schien, ihm aber auch den Weg wies, den er zu steuern hatte. Er meinte, fast den Sog des Unterstroms zu spüren, dessen Kraft sich mit der Gewalt addierte, die den Kiel von einer Seite zur anderen zerrte und das straffe Rigg vor Protest aufheulen ließ. Es gab jetzt für sie alle kein Zurück mehr... Er riß seine Augen von Frasers ausdruckslosem Blick los und blickte zu den hoch auftanzenden Spritzwasserwolken am Bug.

Old Buka löste einen Belegnagel in der kräftigen Verschanzung und ließ seine Finger automatisch über die aufgeschossenen Leinen gleiten, um sich zu vergewissern, daß keine Kinken oder Törns eine gefährliche Situation heraufbeschworen, wenn es Zeit zur Kursänderung war. Blair konnte ihn etwas in einem seltsamen Gemisch aus Pidgin-Englisch und Inseldialekt vor sich hin murmeln hören, das für ihn selbst gänzlich unverständlich war.

Gillian hatte sich mit dem Rücken gegen den Vormast gelehnt. Sie schien gegen das Spritzwasser unempfindlich zu sein, das über ihr Gesicht klatschte, und auch das Knallen und Vibrieren der Taue und Brassen neben ihr schienen sie nicht zu stören. Sie hielt die Kamera wie eine Waffe und bewegte sie langsam über das vorbeiwandernde Vorland, dann zeigte das Objektiv eine Weile auf die schwatzenden Matrosen am Bug.

Blair zog sich an der Reling entlang und lehnte sich so weit vor, wie er es sich zutraute. Die See sah nicht länger still und einladend aus, sondern vermittelte ihm einen unmittelbaren Eindruck von zeitloser Grausamkeit und unendlicher Tiefe. Das Oberflächenwasser schien in alle Richtungen zugleich schäumend und kochend zu schießen. Dort, wo es an die Bugwelle brandete, vollführte es scheinbar einen wilden Tanz. Die kurzen, steilen Wellen schienen sich nach oben zu strecken, um das Schiff abzulenken und von seinem sicheren Kurs wegzudrängen.

Dann, ohne jede Vorwarnung, erblickte er das Riff. Dort, wo eben noch schwarzes Wasser und wilder Schaum gewesen waren, wurden seine Augen plötzlich von einer breiten Bank aus hellem Grün gefesselt, die, so stellte er fasziniert fest, ständig ihre Form veränderte, als das Schiff darauf zuhielt. Sein Mund war ziemlich trocken geworden, und er wollte laut rufen, um Fraser auf die Nähe des Riffs aufmerksam zu machen.

Als der Kiel durch die schmale Enge zwischen den Korallenbänken hindurchschoß, legte sich das Schiff weit auf eine Seite über, und Blair blickte genau auf die glitzernde, zerklüftete Masse, die sich, soweit er das abschätzen konnte, nur wenige Fuß unter der Wasseroberfläche befand. Während dieses kurzen Augenblicks war er sich der Größe und der zackigen Gefährlichkeit des Riffs bewußt, aber auch seiner Farbenvielfalt und grausamen Schönheit, als das gebrochene Sonnenlicht auf den schrägen Flächen spielte und grüne, rosa und gelbe Reflexionen hervorrief und die nervösen, hin- und herschießenden Fische sichtbar machte, die an den Wänden Schutz suchten.

Er vernahm vage Frasers kurze, barsche Kommandos im Hintergrund, hörte das Kreischen der Scheiben in den Blöcken, als die beiden dreißig Fuß langen Bäume über das schräge Deck geholt wurden und das Ruder in das reißende Wasser biß. Jeder Block und jede Planke schienen zu protestieren, als der alte Schoner in einem Halbkreis herumdrehte, und einen verrückten Moment lang hatte Blair den Eindruck, daß die wild schlagenden Segel ihn entmasten oder ihn zurück auf das Riff treiben lassen würden. Er schluckte schwer und blickte über das Deck nach dem Mädchen. Ihre Augen trafen sich, und er grinste Gillian an. Die Erregung, die er in sich spürte, verwandelte sein angespanntes Gesicht, so daß sie zurücklächelte und sich mit gespielter Erleichterung eine Haarsträhne aus den Augen blies.

Das Schiff war auf ebenem Kiel zur Ruhe gekommen, und während die Seeleute die Segel kürzten, fühlte er, wie der Diesel unter seinen Füßen zu arbeiten begann. Mit ruhiger Vornehmheit glitt der Schoner über die Bucht. Die Brecher tobten weiter wütend am Riff, aber hier war ihre Macht gebrochen, denn innerhalb der schützenden Barriere war die Bucht ruhig und friedvoll, die blaue unbewegte Oberfläche wurde nur hier und da von hellgrün schimmernden Flächen unterbrochen.

Fraser lachte kurz auf: »Wir sind drinnen! Gefällt es Ihnen, Major?«

Blair nickte kurz, er war sich der Anspannung in der Stimme des Mannes bewußt. Also hat auch er unter Streß gestanden, überlegte er. Irgendwie empfand er darüber eine seltsame Befriedigung. »Gut gemacht. Schon diese Passage war alles wert, alleine um das gesehen zu haben.« Er machte eine umfassende Handbewegung in Richtung der fernen Küste, deren weißer Strand vom Dunst des heißen Tages fast vernebelt war, die dunklen Reihen der Palmen und Gummibäume bildeten eine scheinbar ununterbrochene Mauer vom einen Ende der Bucht bis zum anderen, ihre Kronen wiegten sich im Südost-Passat. Jetzt konnte er den erloschenen Vulkan recht genau erkennen, er wirkte gegen den hellen Himmel wie ein purpurfarbenes Dreieck, vielleicht auch wie die Rückenflosse des Hais, wenn sie die friedliche Wasseroberfläche durchbrochen hatte.

Der Schoner lief näher an die Küste heran, bis endlich der Anker klappernd in die Tiefe rauschte und die geölte Kette hinter sich herzog, als wäre er begierig darauf, die Reise zu beenden. Als der Motor abgestellt und die Fahrt aus dem Schiff war, griff der Anker, und der Schoner törnte langsam in den Strom ein. Wie um das friedliche Bild abzurunden, reflektierten die Bordwände milde das Licht.

Fraser deutete mit dem Mundstück seiner Pfeife zum Land hinüber. »Ich denke, wir sollten zur Missionsschule hinüberfahren, um den alten Ivor Spencer zu besuchen. Paßt Ihnen das?« Er klang nicht gerade begeistert.

Blair sah zu, wie die Matrosen das schwere Dingi ausschwangen. Er legte eine Hand schützend oberhalb der Augen an die Stirn, um die Ansammlung der kleinen Gebäude auf dem Vorland zu studieren. »Es sieht ein wenig einsam aus.«

»Gewiß. Und dahinter gibt es nur Busch.« Fraser deutete auf den einladenden Strand. »Und in diesem Dschungel, also zwischen uns und dem Vulkan dort drüben, leben die fiesesten Burschen, die es auf dieser Erde gibt. Ich nehme an, daß es die letzten Menschen sind, die von der Zivilisation noch völlig unberührt blieben«, erläuterte er nüchtern.

Das Dingi klatschte neben der Bordwand ins Wasser, und als ob das ihr Zeichen zum Auftritt gewesen wäre, durchbrachen zwei Rückenflossen die Oberfläche, um als elegante Bedrohung die Seiten eines unsichtbaren Vierecks abzupatrouillieren.

Fraser grunzte. »Schon zwei dicke Brocken. Makos, vermute ich.«

Blair stellte fest, daß er ohne Angst zu ihnen hinüberblicken konnte. Fraser lebte jeden Tag seines Lebens mit diesen Gefahren, und in den Tropen schien alles größer und krasser zu sein als in der restlichen Welt. Das Riff, das Klima und auch die Eingeborenenstämme, die sich im satten Grün des Buschs versteckten, alles war überdimensional und aufgetragen mit dem dikken Pinsel eines surrealistischen Malers. So schien es irgendwie in Ordnung, daß auch diese Fische so waren, wie sie waren. Sie gehörten hierher. Er nicht. Er betrachtete die blauen Schatten, die sich dem Dingi näherten. Ihre Farbe machte es schwer, sie zu identifizieren, und er fragte sich, wie Fraser sie unterscheiden konnte.

Fraser schien Gedanken lesen zu können. »Sehen Sie die zusätzliche Rückenflosse? Sie ist sehr schmal, nicht wie die bei dem Tigerhai, den Sie gesehen haben. Auch die Farbe ist eine Hilfe.«

»Sind sie gefährlich?« Blair erinnerte sich an das unglaublich wilde Spektakel, als die Haie einander in blutige Fetzen gerissen hatten.

»Ja. Obwohl sie sich von allem fernhalten, dem sie nicht trauen. Das Problem mit den Haien ist ihre verdammte Neugierde. Sie umkreisen erst einen Taucher im Wasser, bis einer von ihnen ihm zu nahe kommt und ihn anstößt. Ihre Haut ist rauh wie grobes Sandpapier, wenn sie dir einen Stoß versetzen, dann war es das!« Er hob die Schultern. »Jedenfalls, wenn der Stoß kräftig genug war, um Blut austreten zu lassen…«

Fraser deutete auf den alten Seemann Kari mit den vielen Narben. Sein gebeugter Rücken war über und über mit weißen Narben bedeckt, die sich von seiner dunklen Haut abhoben wie die Nähte eines schlecht geflickten Kleidungsstücks.

»Haie?« Blair sah sich den Eingeborenen mit neu gewecktem Interesse an.

»Er hatte Glück. Er hat mit zwei anderen vor einigen Jahren bei Malekula getaucht. Er wurde von einem Tigerhai gepackt, schaffte es aber, sich herauszuwinden.

Er hat dem Biest die Daumen in die Augen gestochen, ob Sie es glauben oder nicht. Die anderen beiden Bastarde wurden in Stücke gerissen.« Er grinste bitter. »Das hat ihn für das Tauchen untauglich gemacht, aber er ist in vieler Hinsicht immer noch eine gute Hilfe.«

Blair zündete sich eine Zigarette an und beobachtete weiter die umherziehenden Rückenfinnen. Er versuchte, sich nicht das Bild vorzustellen, das sich geboten haben mußte, als seine Eltern und seine Schwester mit der *Sigli* auf das Riff aufgelaufen waren. Hoffentlich war für sie alles schnell vorbei gewesen.

Gillian stand über dem tanzenden Dingi an der Reling. »Wer geht an Land?« Sie blinzelte gegen die Sonne, und seinem forschenden Blick fiel auf, daß ihre gebräunte Haut feucht aussah.

Fraser fragte leise: »Möchten Sie, daß sie auch mitkommt?«

Blair ging lebhaft zur Reling. »Ich denke schon. Wahrscheinlich ist sie besser als ich darauf trainiert, Informationen herauszukitzeln. Sie könnte etwas aufschnappen, das mir vielleicht entgeht.« Er war über seine Antwort selbst erstaunt, aber als er Tarrou aus der Motorraumluke klettern sah, lächelte er bitter. Es würde Gillian für eine Weile von ihm fernhalten.

Er sah, daß Fraser einen kleinen Schlüssel von einem Band um seinen Hals abnahm und ihn dem Halbblut übergab, dann hörte er ihn sagen: »Paß gut auf die *Pearl* auf. Keine Besucher an Bord, solange wir fort sind, verstanden!«

»Wofür war der Schlüssel?«

Fraser drehte sich so, daß das Mädchen nicht sehen konnte, was er tat, dann öffnete er vorsichtig seine

Hose, und Blair sah die schwere Pistole, die sich an seinen Schenkel schmiegte. »Wie man in der Limey-Navy wohl zu sagen pflegt, war das der Schlüssel für die schwere Artillerie der *Pearl.* Wenn ich an Land gehe, nehme ich immer das hier für den Fall der Fälle mit.«

»Hätte ich das nicht besser übernehmen sollen?« Blairs Augen waren kalt.

»Auf keinen Fall!« Fraser grinste ruhig. »Das ist ein friedlicher Besuch und keine verdammte Invasion!«

Blair zuckte mit den Achseln und stieg in das Boot. Fraser hatte es wirklich fein heraus, ihn auf die Palme zu bringen, aber irgendwie hatte er das Gefühl, daß er den Mann langsam richtig einschätzen konnte. Wir werden sehen, dachte er, als er sich auf die warme Ducht im Boot setzte. Ich glaube, hier draußen wollen mir alle zeigen, daß ich die einzige nutzlose Person an Bord bin.

Gillian sprang leichtfüßig herunter und setzte sich neben ihn, der Druck ihres warmen Körpers an seinem wurde ihm schmerzhaft bewußt. Frasers massige Gestalt ließ das Boot unsicher schwanken. Als Wabu an den dicken Riemen zog, sah Blair, daß sich der Abstand zwischen den beiden Schiffen vergrößerte, und als sie gut frei vom Schoner waren, schwenkten die beiden Haie in ihr Kielwasser ein, um dem Dingi bis zum Ufer zu folgen.

Blair wischte sich die Stirn mit einem schmutzigen Taschentuch und kämpfte gegen die Ungeduld an, die ihn anscheinend immer zu überkommen schien, sobald er das Schiff verließ. Das Boot schlingerte, und er spürte den Druck des glatten Mädchenarms an seinem. Dieser Arm war warm und irgendwie angenehm, Blair merkte, daß er angespannt auf der Kante seines Sitzes hockte und sich wünschte, daß sie neben ihm sitzenbleiben würde. Sie drehte sich auf dem beengten Raum um, und er sah die winzigen Schweißperlen über ihrer Oberlippe und wie ihr feuchtes Haar an der Stirn anlag. Ohne seine Musterung zu bemerken, deutete sie in Richtung des Strandes. Ihr entgingen auch die dunklen Flecken, die ihre dünne Bluse bei jeder Bewegung eng am Körper kleben ließen.

»Ich kann Menschen sehen!« rief sie. »Das muß Ihr Freund, der Missionar, sein, Vic!«

Eine große, weiß gekleidete Gestalt stand völlig bewegungslos zwischen der gestikulierenden Gruppe aus Eingeborenen, die den steilen Abhang von der jetzt unsichtbaren Mission heruntergelaufen waren, um die Ankömmlinge am Rand des Strandes zu erwarten.

Fraser schnaubte. »Es wird Ihnen noch leid tun, daß Sie mitgekommen sind. Er ist ein verdammter religiöser Fanatiker, wenn Sie mir den Ausdruck erlauben. Dieser Ort hier ist der einzige Platz, der für ihn taugt. Sagen Sie hinterher nicht, daß ich Sie nicht gewarnt hätte!«

Blair fiel der Unterschied zwischen den eingeborenen Seeleuten des Schoners und den anderen auf, die fröhlich ins Wasser wateten, um nach dem Dollbord des Bootes zu greifen. Sie waren von kleinerer Gestalt und viel dunkler, als er erwartet hatte, ihre Gesichtszüge hatten nichts von den feinen Linien, die er bei den Menschen in Port Vila gesehen hatte, und schon diese hatte er für ziemlich plump gehalten. Ihr schwarzes buschiges Haar und die kurzen manchmal krummen Beine verliehen ihnen das Aussehen echter Buschmänner. Er hielt es für das Ergebnis von Inzucht über Hunderte von Jahren, ihren Gesichtern ermangelte es an jedem Ausdruck, den er erkennen und einschätzen konnte.

Hinter den plappernden, gestikulierenden Männern konnte er das Weibervolk der Siedlung sehen. Ebenso wie die Männer waren sie klein. Außer schmalen Bastgürteln, die mit Blättern verziert waren, waren sie nackt. Langes glanzloses Haar hing ihnen bis auf die Schultern herab, und als sie auf und ab hüpften, um die Besucher besser erblicken zu können, tanzten ihre kleinen Brüste im Gleichtakt mit verschiedenen Halsbändern aus Zähnen oder polierten Muscheln. Blair bemerkte, daß die meisten Frauen vorne eine Zahnlücke hatten, wo man ihnen offensichtlich mit Gewalt zwei Schneidezähne entfernt hatte. Fraser hatte ihm schon erzählt, daß das ein Zeichen für eine verheiratete Frau war. Ihm fiel auch sofort ihr strenger Geruch auf, aber dann konzentrierte er sich auf den großen weißen Mann in ihrer Mitte.

Ivor Spencer war nach europäischen Maßstäben ziemlich groß, aber im Vergleich mit den Eingeborenen wirkte er wie ein Riese. Es schien fast, als wäre die ganze Energie in seinem Körper für das Wachstum draufgegangen, und deshalb wäre der Rest ausgehöhlt und unfertig geblieben. Er schien keinen Brustkorb zu haben, so daß sein langer, schmaler Schädel in einem unnatürlichen Winkel vorwärtsgeneigt war wie in einer konstanten Position fragwürdiger Angriffslust. Dieser Eindruck wurde durch die tiefliegenden grauen Augen und eine schmale Nase noch verstärkt, die wie ein Raubvogelschnabel über seinen dünnen Lippen hing. Das weiße Hemd und die weißen Hosen, die ihn von

Kopf bis Fuß einhüllten, erweckten den Eindruck, als wären sie etwas aus der Mode. Als Blair ungeschickt aus dem Boot stieg und zwischen die plötzlich verstummten Eingeborenen trat, sah er, daß Spencer ein altmodisches Toupet abnahm und einen großen spitzen Kopf enthüllte, der oben völlig kahl war und seltsam unberührt von der Sonne aussah. Nur ein paar eisgraue Haarbüschel bildeten eine Art Kranz, die wie Büsche auf einem wettergepeitschten Hügel wirkten.

Spencer nickte kurz, ließ aber keinen Eifer oder gar Freude in seinen ruhelosen Augen erkennen. »Wie ich sehe, haben Sie Besucher mitgebracht, Kapitän Fraser?« Er starrte Blair kalt an, seine Stimme aber war erstaunlich tief und wohlklingend. »Was wollen sie hier?«

»Mein Name ist Blair.« Mit einer Handbewegung schnitt er Frasers Erwiderung ab. »Ich komme aus England, um das Wrack eines Schiffes mit dem Namen *Sigli* zu finden. Ich weiß, daß es auf dem Riff liegt, und beabsichtige, es zu untersuchen.« Voller Energie fügte er hinzu: »Ich frage mich, ob Sie etwas über das Wrack wissen? Ich beabsichtige, Ihren Frieden und die Ruhe hier nicht länger zu stören als unbedingt nötig.«

Spencer lächelte freudlos. »Aus England, so, so? Ich fürchte, ich bin von Botschaftern aus dem Land der Unaufrichtigkeit und des Müßiggangs nicht beeindruckt. Was ist es denn diesmal? Perlen oder Gold? Ganz ohne Zweifel sind Sie in den Geschäften von Fraser und seinesgleichen gut versiert!«

Blair entspannte sich, so wie sich eine Sprungfeder nach einer starken Beanspruchung wieder entspannt. Hier jedenfalls war ein Mann, den er einschätzen konnte. Spencers mangelnder Realitätssinn erleichterte es Blair nur, ihn in das Bild einzufügen, in dem nichts einfach oder wie gewöhnlich war.

»Ich bin weder an dem einen noch an dem anderen interessiert. Die *Sigli* erlitt während des Krieges Schiffbruch, wie Sie vielleicht wissen. Meine Familie befand sich damals an Bord, und ich möchte herausfinden, was mit ihr passiert ist.« Er beobachtete, wie der Mann diese Nachricht verdaute, dabei hatte er das Gefühl, daß er die Antworten schon kannte.

»Ich weiß gar nichts davon.« Spencer machte eine weit ausholende Bewegung mit seinem dünnen Arm über die Köpfe der zuschauenden Eingeborenen hinweg. »Wir arbeiten hier alle daran, die einfachen Dinge des Lebens perfekt zu erledigen. Diese Menschen sind meine Aufgabe auf dieser Welt. Ich möchte nicht, daß ihre einfachen Gedanken durch den Schmutz der anderen Welt durcheinandergebracht oder verletzt werden. Ihrer Welt!«

Blair ließ seine Augen über die Reihen der starrenden Gesichter mit ihrem verständnislosen Grinsen wandern. Ihm war klar, daß ihn Spencer wie ein Falke beobachtete. Meine Reaktion ist für ihn von überragender Wichtigkeit, dachte er.

»Sie haben sich eine schwere Aufgabe gesetzt«, meinte er schließlich.

Spencer streckte sein langes spitzes Kinn vor, seine Augen glühten. »Wen der HERR liebt, den straft ER!« trompetete er triumphierend. »Aber gehen Sie jetzt! Entfernen Sie Ihre Leute aus meiner Gemeinde!«

Fraser unterbrach ihn barsch: »Wir haben alles, was wir brauchen an Bord, der Major hier dachte nur ...«

»Ich *sehe*, daß Sie alles haben! Sogar eine angemalte Hure!« Er rief etwas in einem fremden, seltsam schluchzenden Dialekt, und die Eingeborenen wichen erschrocken ein paar Schritte zurück, so als ob Blair und seine Begleiter unrein wären.

Blair humpelte hinter ihnen her, sein Gesicht war vor Wut verzerrt. »Was glauben Sie, mit wem Sie sprechen?« Er hörte, daß das Mädchen hinter ihm tief Luft holte. »Sind Sie wirklich so verdammt starrsinnig? Ich will nur ein paar Informationen.«

Spencer lüftete seinen Sonnenschutz wie eine schweigende Einladung. »Und alles, was Sie bekommen haben, war die Wahrheit! Gehen Sie jetzt, und denken Sie daran: Falls Sie sich entschließen sollten, in unfreundlicher Absicht zurückzukommen«, er deutete schnell auf die kleinen Speere und die Messer mit den breiten Klingen, die von den Frauen an die Männer verteilt wurden, »werden Sie Ihre gerechte Strafe bekommen.«

Blair schwankte. Über den Eingeborenen hing – fast mit den Händen zu greifen – ein gespanntes Gefühl der Erwartung, aber sie blickten nicht zu ihm, sondern schauten auf Spencer, so, als ob sie herausfinden wollten, was sie tun sollten.

Blair dachte an den Revolver in Frasers Hose und schaute wieder auf die Masse der schweigenden braunen Körper. Er war plötzlich wütend auf sich selbst. Wieder einmal hatte er alles verdorben, und er konnte sich die Befriedigung in Frasers Augen vorstellen.

Mit einer überraschend ausdruckslosen Stimme sagte er: »Ich werde mir nicht die Mühe machen, Sie der Dame vorzustellen, Spencer. Da Sie anscheinend weder über den Verstand noch über die Intelligenz verfügen, etwas zu begreifen, was mit der Realität zu tun hat, wäre es reine Zeitverschwendung. Ich weiß nicht, was Sie diesen armen Menschen beibringen wollen, aber ich hoffe für Sie, daß sie nicht eines Tages hinter die Wahrheit kommen und es Ihnen dann heimzahlen.«

Er drehte sich auf dem Absatz um und humpelte zum Strand hinunter. Sein Rücken zog sich zusammen, so als ob er einen Schlag erwartete, aber er konnte an Frasers ärgerlicher Wachsamkeit erkennen, daß für den Augenblick alles in Ordnung war. Er ging zu dem Mädchen hinüber und nahm ihre Hand. Alle seine Handlungen schienen von einer fremden Macht geleitet zu werden, und er fühlte sich fast etwas beschwingt.

»Lassen Sie mich Ihnen in das Boot helfen.« Ohne ihr Gelegenheit zum Widerspruch zu lassen, geleitete er sie in das Wasser. Sie öffnete den Mund, wie um etwas zu sagen, dabei blickte sie über seine Schulter nach hinten, wo Spencer umgeben von seinem Hofstaat stand, aber Blair schüttelte den Kopf. »Nicht jetzt. Es könnte sonst sein, daß ich der Versuchung erliege, diesem Halbverrückten eins zwischen die Augen zu hauen!«

Wabu tauchte die Riemen ein und pullte vom Strand weg. Er war ein Torres-Insulaner und kein einfacher Buschmann. Er spürte den Druck seines Tauchermessers gegen seinen nackten Bauch und fletschte seine Zähne zu einem grausamen Lächeln. Diese Buschmänner, dachte er, werden nie auch nur irgend etwas annähernd anderes sein.

Blair merkte, daß sein lädierter Fuß wie eine Trommel pochte, und beugte sich vor, um ihn zu massieren. Er hörte damit plötzlich irritiert auf, aber als er sich aufrichtete, sah er einen Ausdruck in ihren Augen, von dem er gedacht hatte, daß er ihn schon fast vergessen hätte.

»Major, Sie sind schon ein toller Kerl«, sagte sie weich, »Sie haben es wirklich erreicht, daß ich mich wie eine Dame gefühlt habe. Stellen Sie sich das vor!«

Blair lächelte unbehaglich. »Ich fürchte, daß ich die ganze Angelegenheit ziemlich vermasselt habe. Die ganze Expedition ist damit zu einem ziemlich abrupten Halt gekommen.« Er hielt ihrem Blick stand, und sie lächelte noch immer.

Fraser seufzte tief, er schob seine Hand in die Hose und legte die Sicherung des Revolvers wieder um. »Es ist bei ihm noch schlimmer geworden, seit ich ihn das letzte Mal gesehen habe«, stellte er fest und blickte zu den kleiner werdenden Gestalten am Strand hinüber. »Er ist völlig verrückt. Ich werde es dem D. O.* erzählen, wenn ich ihn wieder sehe.« Sie antworteten ihm nicht, und Fraser blickte auf den großen lächelnden Mund des Mädchens. »Habe ich es dir nicht gesagt, Gillian?«

Er zwinkerte ihr zu, aber sie hielt seinem Blick problemlos stand.

»Sie denken immer nur an das eine.«

Blairs Lächeln erlosch, und er drehte sich absichtlich herum, um den Schoner zu betrachten. Verdammt sollen sie alle sein, dachte er, und seine alte Bitterkeit stieg wieder in ihm auf. Bestimmt haben sie irgendeine Wette über meine Reaktion abgeschlossen. Sein Blick bewölkte sich, so daß der Umriß des Schoners ver-

* D. O.: Abk. für District Officer (Anm. d. Ü.).

schwamm. Daher bemerkte er den plötzlichen Schmerz in den Augen des Mädchens nicht. Er wurde sich nur bewußt, daß ihn ein unbändiges Verlangen überkam, weiterzumachen und das Wrack zu finden. Damit er endlich mit diesem Ort hier fertig war und mit allem, was er ihm zu bedeuten begonnen hatte.

Myers räkelte sich in einem Liegestuhl auf der kleinen Poop, zwischen seinen Lippen klemmte eine unangezündete Zigarette. Er konnte fühlen, wie das Sonnenlicht auf das schattenspendende Segel über seinem Kopf brannte, und obwohl er von Zeit zu Zeit seinem rotem Gesicht mit einem Taschentuch Luft zufächelte, brachte ihm das keine Erleichterung, weil die Brise jetzt völlig eingeschlafen war, und das Deck fühlte sich wie rotglühendes Eisen unter seinen Schuhen an.

»Mein Gott, ist das heiß!« beschwerte er sich.

Als Tarrou nicht antwortete, drehte er sich stöhnend um, um nachzusehen, was der trieb. Dieser lehnte immer noch am Großmast und starrte angestrengt durch das Teleskop in Richtung des Strandes.

»Wie ein verdammtes kleines Kind!« murmelte Myers gereizt. »Steht da, als ob er eine Nachricht von der verdammten Admiralität erwartet!« Der plötzliche Ausbruch kostete ihn viel Energie, und er ließ sich in den Stuhl zurückfallen. Er kniff die Augen zusammen, damit ihm der Schweiß nicht hineinlief, der dann an jeder Seite seiner Knopfnase herunterrann.

Tarrou stand ganz ruhig da, seine Welt beschränkte sich auf seine sich überschlagenden Gedanken und das kreisrunde Bild im Fernglas. Die Fragen, die durch seinen schmerzenden Kopf rasten, würden nicht lange warten müssen, um beantwortet zu werden. Er starrte, ohne zu blinzeln, auf das Dingi, während es vom Strand ablegte und wieder auf ihn zuzukrauchen schien. Er hatte körperlichen Schmerz empfunden, als er gesehen hatte, daß Blair die Hand des Mädchens genommen hatte. Es hatte so leicht ausgesehen, so selbstsicher. Blair hatte die Hand genommen, als ob sie eines seiner Besitztümer wäre, und hatte sich keinen Deut um die Blicke der Insulaner und des Missionars gekümmert. Wie konnte es dazu kommen? Warum hatte Gillian sich nicht gesträubt? Tarrou konnte die Hitze auf seinem Rücken wie den Hauch eines offenen Feuers fühlen, aber er spürte kein Unbehagen. Was konnte er tun, um ihr zu zeigen, daß er, Michel Tarrou, bereit war, alles aufzugeben, um sie zu schützen und ihr zu dienen? Er begann wieder zu zittern und biß sich heftig in die Unterlippe, um sich dafür zu bestrafen, daß es ihm nicht möglich war, das Fernglas ruhig zu halten.

Das kleine Boot kam näher, und er behielt das Gesicht des Mädchens im Ausschnitt des Fernglases, bis er das Gefühl hatte, daß sie ihn direkt anblickte. Als sie zum Schiff aufblickte, sah er ihre nackte Kehle und die Feuchtigkeit ihrer Lippen, dann schwenkte er schnell zu Blair hinüber, um zu checken, ob der sie wieder berühren würde. Schließlich hängte er das Glas über das Ruder und ging schwankend über das Deck, um sich etwas zu beruhigen, bevor alle wieder an Bord kamen. Ein verwunderter Ausdruck lag auf seinem Gesicht, denn er hatte den Ärger in Blairs Gesicht gesehen und den kalten, harten Blick seiner Augen. Was war los? Er blickte mit plötzlicher Unruhe in Richtung des dösenden Myers, als ob der die Antwort parat hätte. Was hatte ihm Fraser gesagt? Er zwang sich, sich daran zu erinnern. »Du glaubst doch wohl nicht ernstlich, daß sie etwas für einen Kerl wie dich übrig hat.« Das war es. Er rieb sich mit der Hand über das Gesicht wie ein Mann, der aus einem schlechten Traum erwacht. Ein schrecklicher Verdacht begann in ihm heranzureifen. Nur mal angenommen, sie trieb nur ihr Spiel mit ihm? Er erlaubte dem Gedanken, sich festzusetzen, und wartete, daß die Wahrheit ihn mit all seiner Häßlichkeit zur Seite fegen würde. Es passierte nichts. Er zwang sich zu erforschen, was ihm bevorstehen könnte. Mal angenommen, sie und Major Blair genossen einen Spaß, den sie sich gemeinsam machten? Sie wußten nicht, daß er sie durch das Teleskop beobachtet hatte, und jetzt spielten sie nur ihre Rollen, um den vollen Umfang seiner Beschränktheit auszuloten … Ein heftiger Schmerz begann hinter seinen Augen zu brennen, und in seinem Elend wackelte er mit dem Kopf hin und her. Das würde bedeuten, daß auch Fraser eingeweiht war. War das möglich? Er starrte wieder zu Myers hinüber. Der wäre natürlich auch im Bunde. Alle versuchten ihm seinen Platz in ihrer Welt streitig zu machen und warfen ihm geheimnisvolle Köder zu wie einem Tier, das in der Falle saß. Er taumelte an das Ruderrad und packte die Speichen, bis es aussah, als ob gleich seine Knöchel durch die Haut treten würden. Du irrst dich, sagte er sich, das würde sie dir nicht antun, sie konnte nichts anderes als perfekt sein. Er spürte, daß eine heiße Träne auf seinen Handrücken fiel.

Das Dingi kam kratzend längsseits, und er konnte Fraser seinen Namen rufen hören und hörte, wie er den Jungs befahl, das Dingi einzusetzen. Wie ein Soldat, der gegen eine überwältigende Übermacht antreten muß, richtete sich Tarrou steif auf und schritt mit seinem wieder ausdruckslosen Gesicht zur Reling. Nur die Röte seiner Augen und ein kleiner Tick, der sich in seiner Wange festgesetzt hatte, verrieten den Aufruhr, der seine vollkommene Glückseligkeit verdrängt hatte.

Das Mädchen schwang seine Beine über die Reling, ein besorgtes Lächeln spielte um ihren Mund. Sie stand da und fummelte an der Kamera herum. Blair folgte als nächster und ging sofort an Tarrou vorbei, um mit seiner üblichen Ungeduld abzuwarten, während Fraser wieder brüllte, das Dingi an Bord zu hieven.

Blair zwang sich, die Karte zu studieren, die Fraser auf dem flachen Dach des Niedergangs befestigt hatte. Warum wirst du nicht erwachsen! Hör auf, dich wie ein Kadett in Sandhurst vor der ersten Verabredung zu benehmen. Er bemerkte plötzlich ihr Parfum und die warme Nähe ihres Körpers. Er blickte hoch und sah die Unruhe in ihren grauen Augen. Er wagte nicht, zuerst zu sprechen, spürte aber, wie der Widerstand in ihm schmolz.

»Hören Sie, Major«, ihre Stimme klang leise, aber bestimmt, »ich weiß nicht genau, was da drüben passiert ist, aber ich möchte Ihnen danken, daß Sie sich um mich gekümmert haben.«

Blair zog ein goldenes Zigarettenetui aus der Brusttasche und öffnete es zitternd. Sie drehte seinen Arm, um die Inschrift lesen zu können: *Voller Liebe für Rupert. Marcia.* Über den sorgfältig eingravierten Worten und dem Datum befand sich ein Regimentswappen, es zeigte einen stolzierenden Hirsch und gekreuzte Lanzen. »Ihre Frau wird sicher froh sein, Sie wiederzusehen, vermute ich.« Ihre Stimme klang etwas bedrückt.

Blair nickte unbestimmt und starrte durch das Etui hindurch in die Vergangenheit, als Marcia es ihm lässig in die Tasche geschoben hatte. Das war, als man ihm den Befehl über eine Kompanie gegeben und sich das Regiment auf die Einschiffung für den Feldzug in Südostasien vorbereitet hatte. Sie hatte wunderschön und verlassen ausgesehen, als sie in einem Umschlagschuppen der Hafenanlagen gestanden hatten, während draußen der Nieselregen auf die dahintrottenden Reihen in Khaki fiel und die Mannschaften im Gänsemarsch die steilen Gangways emporkletterten. Er hatte sie festhalten und nicht gehen lassen wollen. Er hatte sein Gesicht an ihrem Nacken bergen und die Geräusche der genagelten Stiefel aus der typisch englischen Hafenlandschaft verbannen wollen. Aber sie hatte ihm auf den Arm geklopft und ihn wie einen kleinen Jungen zurückgeschoben. »Reiß dich zusammen, Lady Gould beobachtet uns. Wir wollen doch keinen falschen Eindruck erwecken!« Lady Gould war die Ehefrau des Obersts. Als Blair weiter in die Vergangenheit starrte, tauchte noch ein anderes Bild auf. Da war der Oberst, der in einem vom Regen durchweichten Unterstand saß. Seine Gesichtszüge, die einem Pferd ähnelten, wiesen Falten von der Anstrengung auf, die es ihm verursachte, den nassen Brief von zu Hause zu entziffern. *»Nicht zu fassen, Rupert, mein altes Mädchen strickt für Seeleute! Was sagt man dazu! Sie hat niemals einen Handschlag gemacht, und jetzt strickt sie Windhauben für die Jungs in Blau. Verdammt phantastisch!«* Blair hatte pflichtgemäß gelächelt und sich wieder Marcias letztem Brief gewidmet. Er las ihn ein dutzend Mal, suchte nach einem warmen, mitleidvollen Wort, um das Elend in Burma zu lindern, aber der Brief war nur ein Fenster in die Welt der schrecklichen Knappheiten und irritierenden Unbequemlichkeiten Englands im Krieg. Sie hatte den Brief mit der Bemerkung beendet: *»Stell dir vor, der ganze anständige Champagner ist auf dem Schwarzen Markt gelandet, es ist wirklich eine Schande!*« Das Bataillon war aufgebrochen, und der Brief war in eine Tasche neben das Zigarettenetui gestopft worden. Als die Maschinengewehre im Dschungel zu knattern begannen, hatte Blair plötzlich laut aufgelacht, und ein Untergebener hatte seine verängstigten Augen von der Finsternis abgewendet, um seinen Major fragend anzuschauen. Blair hatte ihm beruhigend auf den Arm geklopft. »Stell dir vor, John«, hatte er gesagt, »der ganze Champagner ist auf dem Schwarzen Markt gelandet!«

Er schüttelte sich die Erinnerungen aus dem Kopf und hielt Gillian das Etui hin.

Sie bediente sich und blinzelte durch die Helligkeit. »Sie waren meilenweit entfernt. Was ist passiert?«

Er suchte nach seinem Feuerzeug. »Stimmen aus der Vergangenheit. Es ist vorbei.«

»Ich mache mir Gedanken. Weiß Ihre Frau, daß Sie eine ›angemalte Hure‹ auf dieser Reise bei sich haben?«

Er starrte sie an, seine Augen blickten prüfend. Er sah, daß ihre Lippen erst zitterten und dann lächelten. Da begann auch er in ein verrücktes Lachen auszubrechen, das seinen ganzen Körper erzittern ließ. »Um Himmels willen, nein!« Er packte verzweifelt ihr Handgelenk, als das Gelächter abebbte. »Es tut mir leid, aber ich bin so ein ungehobelter Klotz, Miss Bligh. Es tut mir aufrichtig leid, aber ich bin außerordentlich froh, daß Sie jetzt hier sind.« Er atmete schwer aus. Das war ein ziemliches Geständnis gewesen.

»Danke. Und ich weiß nicht, worüber wir im Dingi gesprochen haben, aber ich vermute, daß Sie sich auch da geirrt haben!« Sie steckte ihren Zeigefinger hinter einen Knopf seines Hemds und zog sanft. Die Berührung ihres Fingers auf seinem Bauch ließ ihn ein wenig schwach werden. Sie grinste schelmisch. »Sie könnten einen Anfang machen, indem Sie mich Gillian nennen, okay?«

Das Klappern der Ankerkette brachte ihn wieder zur Besinnung. Das alte Ankerspill klackerte schmerzvoll, als Kettenglied um Kettenglied wieder durch die Klüse rasselte. Fraser stand steifbeinig am Ruder und grinste sein lässiges Grinsen. Seht, seht, dachte er, Wunder geschehen immer wieder.

Nur Tarrou entging der Anblick des grünen Vorlands, das achteraus glitt, und dann öffnete sich der lange Bogen der Bucht vor dem Bug des Schoners. Tarrou kauerte neben der hämmernden Maschine, seine Hände umkrampften einen Balken, sein ständiger monotoner Strom von Flüchen wurde vom Tosen des riesigen Schwungrades und dem fernen Schlagen des Propellers übertönt. Major Blair hatte Gillian mit einem Zauberspruch belegt. Das war der Grund, warum er sie mit an Land genommen hatte. Tarrous Augenlider waren zusammengepreßt, und sein Körper schwankte im Zwielicht des winzigen Maschinenraums vor und zurück. Ich werde den Bann brechen. Ich werde ihr zeigen, daß nur ich derjenige bin, der sie so behandeln kann, wie sie es verdient!

Die Welle drehte sich in ihrem gefetteten Lager, das Bilgenwasser schimmerte und schwappte im Rhythmus der Motorvibrationen. Tarrou blieb in der gekrümmten Haltung hocken, als ob er betete, aber er war sich nur seiner heiligen Aufgabe bewußt und seiner Rachegelüste, die jeder zu spüren bekommen würde, der ihn bremsen wollte.

5

Das gleichmäßige Pochen des Diesels verwandelte sich in ein hustendes Stottern und erstarb dann völlig, als Fraser der *Queensland Pearl* erlaubte, scheinbar mühelos durch das klare glatte Wasser der Bucht zu gleiten. Die Sonne hatte den höchsten Punkt ihrer Bahn erreicht, und die Hitze war so groß, daß sogar das Denken eine echte Anstrengung bedeutete. Die Sonnenscheibe hatte ihren scharfen Umriß verloren, das Blau des wolkenlosen Himmels war durch die alles versengende Hitze verblaßt und von einem fahlen, schimmernden Dunstschleier überzogen, der die Wasseroberfläche in einen gleißenden Spiegel gebrochenen Lichts verwandelte und die gesamte Luft vom Deck des Schiffes zu saugen schien. Während sich der Schoner noch unter Motor vorsichtig über die Bucht bewegt hatte, war auf der einen Seite der Strand immer näher gekommen und auf der anderen Seite auch das nicht sichtbare Riff, denn die Bucht verengte sich hier immer mehr. Der rotierende Propeller brachte sie näher an ihr Ziel. Aber jetzt hob Fraser die Hand und ließ sie als Signal für die kleine Gruppe auf der Back schwungvoll niedersausen. Rumpelnd lief die Kette zuckend über den Bug aus und ließ den Anker wieder ins stille Wasser klatschen. Der Skipper trat vom Ruder weg und wischte sich seine Hände langsam an der Sitzfläche seiner Hose ab. Er nickte Blair zu, der unter dem kleinen Sonnensegel stand, das über der Poop aufgeriggt war, dann deutete er auf den vom Dunst verwaschenen Umriß des Vulkans.

»Genau in Linie. Ich denke, daß wir uns so nahe am Wrack befinden, wie wir es mit der Sicherheit des Schiffes vereinbaren können.« Er wartete auf eine Antwort, aber Blair starrte in das glitzernde Wasser, als ob er darauf wartete, daß ihm das Wrack von dort unten entgegenkommen und ihn begrüßen würde. »Wie ich sehe, macht sich Ihr Mann schon fertig, um nach unten zu gehen.«

Myers war an Deck erschienen, seine dicken Arme waren mit Ausrüstungsgegenständen und seinem Taucheranzug aus Gummi beladen.

Fraser grinste müde und wischte sich den Schweiß aus den Augen. »Er besteht darauf, diesen Froschmannanzug zu tragen. Er vermutet wohl, daß es sicherer sei, als halbnackt hinunterzugehen!«

Blair riß seine Augen vom Meeresspiegel los und beobachtete Myers, der damit beschäftigt war, seine Ausrüstung auf einem kleinen Bereich des Decks auszubreiten. Die Jungs drängten sich um ihn herum, aber sein finsterer Blick hielt sogar Old Buka davon ab, die Ausrüstung zu berühren.

Blair lächelte. »Er ist sehr eigenwillig, wenn es sich um seine Arbeit handelt. Aber davon mal abgesehen, ist er ein sehr guter Taucher.«

Fraser grunzte und ging hinaus in die Sonnenhitze. »Auf, auf, ihr nichtsnutzigen Gaffer! Setzt das Boot aus!«

Blair winkte Myers zu sich herüber, sein Gesicht war ernst. »Wollen Sie jetzt runter?«

Myers zuckte mit den Schultern und leckte sich über die Lippen. »Warum nicht gleich, Sir? Es könnte sein, daß ich das Wrack beim ersten Tauchgang finde und es markieren kann. Vielleicht kann ich mich dann noch ein wenig weiter umsehen, bevor die Nacht hereinbricht.« Er massierte seine Finger. »Ich hoffe nur, daß Sie nicht enttäuscht sein werden, Sir.«

»Enttäuscht?« Blair sah dem Mann in das schwitzende Gesicht und dachte über die Bemerkung nach. Was erwartete denn Myers, was er finden wollte? Er klopfte ihm auf die massive Schulter und deutete mit dem Daumen auf die beiden eingeborenen Taucher, die sich bereits leichtfüßig in das Dingi schwangen. Ihre dunklen, muskulösen Körper glänzten wie geöltes Mahagoni, sie bewegten sich mit der gebändigten Eleganz wilder Tiere. »Die beiden werden in der Nähe sein, solange Sie arbeiten, für den Fall, daß Sie Hilfe brauchen.«

Myers Lippen verzogen sich geringschätzig. »Die? Ich hoffe nur, daß sie mir bei der Arbeit nicht im Wege sind.« Er blickte düster zum Strand mit dem langgestreckten Verhau des wuchernden grünen Dschungels hinüber. »Nun ja, ich denke, ich werde mit der Arbeit anfangen. Außerdem ist es hier oben viel zu warm.«

Myers zog sich bis auf die Shorts aus und ließ es zu, daß ihm Blair in den enganliegenden Anzug half. Als sein dicker Körper langsam in der glänzenden schwarzen Haut verschwand, ließ seine nervöse Reizbarkeit etwas nach. Das vertraute Gefühl seines Arbeitsanzugs ließ ihn in Schweigen verfallen, während er die beiden Luftflaschen überprüfte und seinen breiten Gürtel zurechtrückte. Die Tauchgänge waren für ihn ohne große Unterschiede. Ob im Persischen Golf oder in der Themse, zuerst war da immer dieser Augenblick des Zweifels, aber sobald er mit der Arbeit begonnen hatte, kam das Gefühl des Triumphs.

Myers war ein phantasieloser Mann, der mehr oder weniger durch Zufall ein guter Taucher geworden war. Als er während des Krieges in der Marine diente, hatte man ihm die Gelegenheit zur Ausbildung geboten. Nach dem Waffenstillstand hatte er viele Monate damit verbracht, die Wracks zu bergen, die in den Häfen Deutschlands herumlagen, außerdem mußten auch die vielen anderen störenden Überreste beseitigt werden, welche die Dummheit der Menschen hinterlassen hatte. Dann hatte eine private Firma diese Aufgaben von den Marinetauchern übernommen, und man hatte ihn schließlich von der Arbeit abgezogen, um deren Tauchern zu helfen, die Wracks zu finden und zu markieren. Ziemlich plötzlich war ihm klar geworden, daß er diese Arbeit nicht aufgeben wollte, denn die Vorstellung, nach der Entlassung aus der Navy wieder seinen früheren Beruf ausüben zu müssen – er war Busschaffner in Battersea gewesen –, erfüllte ihn mit Abscheu. Er war geradewegs zum Hafenamt gegangen und hatte darum gebeten, mit dem Chef der Bergungsabteilung sprechen zu dürfen.

Seitdem hatte er nie wieder zurückgeblickt. Er war praktisch in jedem Meer und jedem wichtigen Fluß dieser Welt getaucht und hatte mitgeholfen, daß die Fundamente von Blairs Brücken an die richtige Stelle kamen oder daß Unterwasserhindernisse jeglicher Art beseitigt wurden. Nach und nach war er einer der verläßlichsten Taucher der Gesellschaft geworden.

Mit seinen Fähigkeiten und dem damit steigenden Einkommen hatte sich sein soziales und häusliches Leben verändert. Er lebte jetzt in einem hübschen Haus in einem Vorort ein gutes Stück außerhalb von London.

Und wenn ihn seine Nachbarn aus der Mittelklasse schon nicht respektierten, dann beneideten sie ihn zumindest. George Myers hatte genug Geld in der Tasche, und sein neuer Wagen parkte häufig vor den nachempfundenen Tudortüren des Royal George Hotels, wo man seine laute Cockneystimme hören konnte, die nach Drinks für Freunde rief, die ihn heimlich verachteten. Er hatte eine mollige kleine Witwe mit zwei Kindern geheiratet und hatte das Gefühl gehabt, daß alles nach seinen Wünschen lief.

Er war vor Stolz fast geplatzt, als sein Stiefsohn Henry die Schule gut abgeschlossen und auf die Universität gegangen war. Es war ihm so vorgekommen, als ob ihm das alles gar nicht widerfahren konnte. Seine Frau hatte stets darauf bestanden, von allem nur das Beste haben zu wollen, weil, so pflegte sie es auszudrücken, »es nicht gut tut, die Nachbarn auf ihren hohen Rössern zu belassen«. Obwohl sie sorgfältig darauf achtete, George nicht zu verärgern, ließ sie ihn bald spüren, daß sie eigentlich unter ihren Möglichkeiten geheiratet hatte und daß er deshalb besonders hart arbeiten müsse. Tatsächlich war sie die Tochter eines Kohlenhändlers, der sein Vermögen während des Krieges auf dem Schwarzen Markt gemacht hatte, aber diese Tatsache stellte sie nicht besonders heraus.

Jedenfalls war George fast zufrieden. Er liebte seine Arbeit und konnte von Arbeitsstelle zu Arbeitsstelle im Land herumziehen, so wie es sich ergab. Aber in letzter Zeit war er ein wenig besorgt über die Art gewesen, wie seine Ersparnisse schrumpften. In seinem Kopf konnte er – und er tat das ziemlich oft – die Liste der Statussymbole seiner Frau herunterbeten. Dazu gehörten ein neues Auto, ein riesiger Fernseher und zusätzlich noch der ständige Geldstrom für Henry auf der Universität.

Er rückte seine Schultern bequemer in seinem Anzug zurecht und fragte sich besorgt: Angenommen, er würde zu alt zum Tauchen werden, was dann? Er konnte sich keine Sekunde lang vorstellen, daß seine Frau einen tiefen Einschnitt in sein Gehalt fröhlich aufnehmen würde, mit all den Folgen, die so etwas mit sich brachte. Wenn sie doch nur etwas sparsamer sein könnte.

Blair blickte ihn ernst an. »Fertig?«

Er nickte und ging schwerfällig zur Verschanzung, dann ließ er sich vorsichtig in das längsseits auf und ab tanzende Dingi hinab.

Die Jungs keuchten voller Ehrfurcht, als er die großen Schwimmflossen über seine Füße zog und sie dann über die Bordwand des Bootes hängen ließ.

Fraser folgte ihm und rief Tarrou zu, der schweigend am Vormast stand: »Laß das andere Boot zu Wasser bringen, Steuermann! Das hier kann eine ganze Weile dauern!«

Das Boot legte ab, und Blair mußte seine Augen beschatten, um es beobachten zu können, als die Riemen langsam in das flache Wasser tauchten.

Im Bug saßen Wabu und Yalla dicht nebeneinander, während Kari an den Riemen arbeitete und sein vernarbter Rücken von dieser Anstrengung glänzte.

Fraser saß hoch aufgerichtet im Heck, er versuchte die exakte Position festzustellen, um die Markierungsboje mit der roten Fahne auszuwerfen, die über dem Dollbord neben ihm auf und ab nickte.

Myers verdrängte alles andere aus seinem Kopf und bereitete sich nur noch auf seine Aufgabe vor. Nochmals checkte er den Sitz seines schweren Messers, die wasserdichten Packungen mit Haiabwehrmittel und zu guter Letzt die Luftflaschen. Was für eine verdammte Zeitverschwendung, überlegte er. Aber das Geld kam ihm gerade recht. Er blickte finster vor sich hin und ließ diesen Gedankengang wieder fallen.

Einmal schaute er zum Schoner zurück. Der weiße Umriß wiederholte sich spiegelbildlich auf der glatten Wasseroberfläche, und die braunen Segel hingen schlaff an den schweren Bäumen. Er konnte sehen, daß gerade das zweite Dingi wie ein Spielzeug längsseits heruntergelassen wurde, und stellte gelangweilt fest, daß eine Gestalt mit langsamen Bewegungen ohne Hast in den Vortopp aufenterte.

Fraser folgte seinem Blick und nickte zustimmend. »Das ist Michel, er hält da oben Ausguck.«

Beide blickten sie ganz automatisch zu dem Gewehr hinüber, das an der Ducht lehnte.

»Kann er von da oben einen Hai ausmachen?« Myers streichelte das Metall der glänzenden Waffe, wie um sich selbst zu beruhigen.

»Wenn es ein großer an der Oberfläche ist. Aber keine Sorge, Kumpel, wir passen schon auf dich auf.«

Myers lächelte freudlos. »Ja, das will ich auch verdammt hoffen!«

Fraser ruckte mit dem Kopf. »In Ordnung! Raus mit dem Haken!«

Der kleine Anker fiel spritzend in das Wasser, und nachdem eine schier endlos lange Leine – so erschien es jedenfalls – gesteckt worden war, kam das kleine Boot zur Ruhe. Von Zeit zu Zeit kam eine lange glatte Dünungswelle unbeeindruckt vom Riff herübergelaufen und hob das kleine Boot wie einen Korken in die Höhe, die Augen der Männer verfolgten dann, wie sie in Richtung des Ufers weiterlief, wo sie ihre letzte Energie als sanftes Streicheln des weißen Sandes verbrauchte.

Myers rückte die Nasenklemme zurecht und zog die Taucherbrille auf den richtigen Platz. Ich bin froh, daß wir nicht auf der anderen Seite des Riffs arbeiten, überlegte er, als er den dumpfen Donner der Brandung auf der anderen Seite des Korallenriffs mehr spürte, als er ihn hörte.

Er klopfte Fraser auf das Knie, dann rollte er sich ohne einen weiteren Blick über das Dollbord und hielt sich noch einen Augenblick lang an der Ankerleine fest. Sein Gesicht glitzerte vom Spritzwasser, als er den Sitz des Mundstücks überprüfte und seine Atmung normalisierte. Die gut trainierten Bewegungen erfolgten fast automatisch, während er mit den Flossen Wasser trat, sehr zum Entzücken der ihn beobachtenden Jungs.

Dann, nach einem kurzen Heben des Daumens, war er verschwunden, und Fraser rückte sich auf der Heckducht zurecht, um zu warten. Seine wachsamen Augen standen unter dem Mützenschirm keinen Augenblick still.

Myers hatte sie alle schon vergessen, während er langsam abwärtsglitt, seine Hände bewegten sich an seinem schwarzen Gummianzug wie kleine Tiere. Über seinem breiten Rücken schimmerte die Wasseroberfläche wie ein goldener Spiegel, der blau eingefaßt war. Als er sich gemächlich weiter vorwärts und tiefer bewegte, war er von den herumflitzenden und pulsierenden Armeen bunter Fische fasziniert, die sich auf ihn zu bewegten, um dann bewegungslos stehenzubleiben, bevor sie abdrehten, so als ob sie sich von dieser mysteriösen schwarzen Kreatur fernhalten wollten, die in ihre ureigenste Welt eingebrochen war.

Er war angenehm überrascht von der Temperatur des Wassers. Sogar als er sich dem Riff näherte, wurde sein Körper von warmen und erst später auch kalten Strömungen träge umspült. Ein Wald von schwingendem Tang griff nach seinem sich langsam bewegenden Körper, er richtete seine Augen nach vorne, wo ihn die Schwärze des tiefen Wassers abschreckte, ihn aber gleichzeitig auch neugierig anzog.

Es gab Leute, die von George Myers zu sagen pflegten, daß er zu ungelenk und zu schwer wäre, um ein guter Taucher sein zu können. Wenn alle diese Zweifler seine leichten rhythmischen Bewegungen hätten sehen können, mit denen er sich in ruhiger Eleganz über dem Dschungel am Meeresboden bewegte, dann wären sie überrascht und beschämt gewesen.

Er berührte einen schlafenden Fisch, als er zwischen zwei sanft gerundeten Felsen hindurchglitt, und mußte lächeln, als das Tier voller Panik davonschoß. Nachdem Myers auf den Kompaß an seinem Handgelenk geschaut hatte, bewegte er sich noch langsamer auf den fahl schimmernden Abhang des Riffs zu.

Hier war eine Welt, wie er sie so noch nie gesehen hatte.

Als er an den zerklüfteten, messerscharfen schrägen Öffnungen emporschaute, entdeckte er zahllose Rinnen und Vorsprünge, deren Umrisse vom Tang verwischt und vom gefilterten Sonnenlicht verzaubert wurden und sich ständig veränderten, weil die grünen und gelben Pflanzen in den kräftigen Strömungen hin und her wallten und sich verneigten. Alles erinnerte ihn an eine versunkene Burg oder die Mauer einer vergessenen Stadt. Er erbebte und war auf der Hut, als der Druck des Stroms ihn lässig in Richtung der Gefahren des Korallenriffs schob. Er warf einen schnellen Blick auf seinen Tiefenmesser. Sechzig Fuß. Er drehte mit einiger Anstrengung seinen Körper in eine andere Richtung und schwamm jetzt parallel zur Kante des Riffs, dabei behielt er einerseits dessen Kontur im Auge und andererseits alles, was vor ihm lag.

Ein langer grauer Schatten bewegte sich langsam vom Riff weg und begann, auf einem Parallelkurs zu ihm zu schwimmen, der stromlinienförmige Körper schimmerte leicht, als ein Strahl des fernen Sonnenlichts über seine rauhe Haut spielte und die Vorderkante der Rückenflosse wie Feuer leuchten ließ. Als Myers den Hai anstarrte, verschwand dieser im Nichts, und mehrere Sekunden lang blickte Myers sich ängstlich in alle Richtungen um. Sein Verstand war plötzlich hellwach und klar. Aber der Hai schien nicht zurückzukommen, und so beschloß er, unten zu bleiben.

Er zitterte, als eine kalte Strömung ihn plötzlich einhüllte, und einen Augenblick lang kämpfte er mit dem Gefühl einer aufsteigenden Panik. Du wirst alt, Kumpel! Du fürchtest dich vor deinem eigenen Schatten! Er zwang sich dazu, wieder logisch zu denken, und schwamm ein wenig schneller, seine Füße bewegten sich in einem stetigen kräftigen Rhythmus auf und ab.

Seine Bewegungen begannen schwerer zu werden, und er merkte, daß er stoßweise atmete. Ich muß für einen Augenblick nach oben, beschloß er. Ich erlaube mir, etwas schwach zu werden. Ich brauche eine Pause.

Ein weißschwarzer Fisch hielt vor seinem Gesicht an und starrte ihn mit hervortretenden Augen verwundert an. Myers wich zur Seite aus, aber der Fisch schoß näher heran, sein kleines, gekräuseltes Maul bewegte sich im Takt mit den Kiemen.

Myers stöhnte innerlich. Hau ab, du dummes Ding! Er drohte ihm schwach mit dem Arm, dann erstarrte er, der Fisch war vergessen. Er mußte kräftig mit den Armen strampeln, sie als Paddel benutzen, während er mit weit aufgerissenen Augen auf die rostende Wand aus mit Seegras bewachsenem Metall blickte, die direkt vor ihm aufstieg. Das Schiff zeigte direkt in seine Richtung, der zerstörte Steven war in dem wogenden grünen Dschungel begraben, der Rest, halb verborgen unter Tausenden Wasserpflanzen, die sich auf jedem Punkt der verbogenen Aufbauten festgesetzt hatten, befand sich im Griff der scharfen Zähne des Riffs, die den Rumpf aufgerissen und den Meeresboden mit den Innereien des Schiffes übersät hatten. Er konnte ohne Schwierigkeit die zerbrochenen Geländer und den abgeknickten Mast ausmachen, der wie betrunken über das schräge Deck zeigte, das komplizierte Rigg war völlig mit Seegras überwuchert, dessen Bewegungen den flüchtigen Eindruck vermittelten, daß das Schiff lebte und atmete. Mit großer Vorsicht, seine Müdigkeit hatte er vergessen, bewegte Myers sich nach oben und über die Kante des Decks. Dann krampfte sich sein Magen zusammen, als ob er einen Faustschlag bekommen hätte. Es war ein kleines Schiff, wie auch immer man es betrachtete, und was über die Jahre hinweg erhalten geblieben war, hatte die See weggewaschen. Jetzt gab es nur noch verbogene Stahlplatten und das nutzlose Gerippe des Ruderhauses, dessen Vorderfront herausgefallen war. Dadurch konnte man die zersplitterte Unterseite des Peildecks und das verwaiste Ruder sehen.

Myers hielt sich an der Brückenleiter fest und vertraute seinem geübten Auge. Er war immer wieder von den Wracks, die er fand, beeindruckt, dabei spielte es keine Rolle, wie alt sie waren oder wie lange sie schon dort unten lagen. Das war in Deutschland anders gewesen, wo ihm in den gesunkenen Schiffen häufig scheußliche menschliche Überreste begegnet waren. Ein Taucher war verrückt geworden, als er ein verklemmtes Schott auf einem Flüchtlingsschiff mit Gewalt aufgebrochen hatte. Die unglücklichen gesichtslosen Insassen hatten sich in der Strömung aufgerichtet und waren auf ihren Retter zugeschwommen.

Aber hier auf dem Deck dieses kleinen verlassenen Schiffs war es anders. Myers bewegte sich auf dem schrägen Metall nach oben, seine Finger packten den verkrusteten Lauf eines Gewehrs. Es war ein Zwillingsbruder der Waffe, die Fraser oben im Dingi hatte. Er bewegte es mit einiger Anstrengung und fragte sich, was wohl mit dem Soldaten passiert war, dem es gehört hatte.

Als er die Rückseite des Ruderhauses umrundete, spürte er eine Bewegung hinter sich. Sein Herz schien stillzustehen, mit einem Grunzen riß er das Messer aus der Scheide und drehte sein Gesicht in die andere Richtung. Die Hand eines Riesen schien seine Lungen zusammenzupressen, als sich eine Gestalt durch die zerstörte Reling zu quetschen schien, ihre Zähne leuchteten weiß im Dämmerlicht. Wabu, der Taucher, machte ihm mit seinem eigenen Messer Zeichen, sein geöltes Haar umrahmte sein grinsendes Gesicht wie Seegras, dann schoß er in Richtung Oberfläche davon, sein nackter Körper wechselte die Farbe, als er in Richtung der Sonne verschwand.

Myers mußte ein paar lange Sekunden abwarten, bis sich sein Atem wieder normalisiert hatte, dann löste auch er seinen Griff und glitt nach oben. Als sein Kopf die Oberfläche durchbrach, spürte er sofort die Sonne auf seinem Gesicht und war froh darüber. Er zitterte immer noch, als das Dingi zu ihm herangepullt wurde und der Bojenstein der Markierungsboje klatschend und spritzend zu Wasser ging. Myers dicke Hände lagen auf dem warmen Holz des Dollbords des Dingis. Fraser nahm ihm die Gesichtsmaske ab, und Myers bewegte seinen vor Kälte starren Mund kraftvoll, ehe er sich in die Richtung des tropfnassen Eingeborenen im Bug umwendete.

»Na, wie war es, Sportsfreund?« Fraser schielte in das rote Gesicht unter sich. »Ich habe gehört, daß Sie es beim ersten Anlauf gefunden haben.«

Myers riß seine Augen von Wabus glattem Gesicht los. »Blöder Kerl!« knurrte er rauh. »Beinahe hätte ich ihn wie einen Fisch aufgeschlitzt!«

Fraser grinste und begann ihn in das Boot zu ziehen.

»Wie sah das verdammte Wrack aus? Ich vermute, daß die meisten der armen Teufel, die sich darauf befunden haben, sofort getötet wurden. Oder nicht?«

Myers Gesicht war in tiefe nachdenkliche Falten gelegt. »So ist es keineswegs gewesen, Vic«, antwortete er langsam. »Die Davits waren leer, und die Taljen waren weggefiert.« Er ließ die Worte einwirken, beide blickten dann in Richtung der fernen Küste, die einladend hinter dem Schoner lag.

Fraser leckte sich über die Lippen. »Sie sind in die Boote gegangen, nicht wahr? Ich frage mich, was Major Blair dazu sagen wird.«

Die Markierungsboje tanzte über der versunkenen *Sigli*, während sie schweigend zum Schoner zurückpullten.

Der Mond schien nicht, und die Sterne sahen ungewöhnlich klein aus und schienen sehr weit entfernt zu sein, ihre funkelnden Umrisse wurden von bewegungslosen Streifen dünner verschwommener Wolken verwischt, die wie Dampf über dem kleinen Schoner hingen. Sie schienen die Luft ruhig und leblos zu halten. Der Bug hob sich leicht unter jedem Roller an, der vom Riff herüberkam, dann hob sich die glänzende Ankerkette protestierend ein wenig aus dem Wasser, nur um dann wieder glucksend in das schwarze Wasser zurückzufallen, als wäre auch sie von der Hitze des Tages erschöpft.

Auf der Poop brannte ein grelles, hartes Licht, wo die Petroleum-Starklichtlampe auf einem kleinen Bambustisch zischte. Sie wurde vor den geblendeten Insekten durch lange Bahnen aus Moskitonetzen geschützt, die den kleinen Raum der Poop wie ein transparentes Zelt umgaben.

Außer dem fernen Murmeln der Brandung am Strand und einem gelegentlichen Schrei eines gejagten Tieres existierte nichts außerhalb des großen Lichtkreises, den die Lampe erzeugte, dadurch schienen die Gestalten um den Tisch herum noch enger zusammenzurücken.

Nur Blair blieb stehen, und er wanderte ruhelos zwischen der einen Seite des Decks und der anderen hin und her. Er war sich bewußt, daß die Augen der anderen auf ihm ruhten. Niemand sagte ein Wort.

Fraser saß in seinem schäbigen Deckstuhl vornübergebeugt da, hielt ein unberührtes Glas Bier in seiner großen Hand, und sein Gesicht war ausdruckslos.

Myers saß auf dem Deck, er hatte seine gebeugten Schultern gegen die Klappe des Niedergangs gelehnt, seine Finger malten ein unsichtbares Muster auf seine zerknitterten Hosen. Er sah zornig, fast feindselig aus, als Blair stehenblieb und mit einer Hand verärgert in die andere hieb.

»Versteht mich denn keiner?« begann er wieder, so als ob er durch die Wiederholung der Tatsachen das Interesse der anderen wiederbeleben konnte. »Alles erscheint jetzt in einem völlig neuen Licht.«

Er sah, daß Gillian ihr Glas Pernod vorsichtig auf den Tisch stellte und nach einer Zigarette suchte. Ihr Gesicht sah im Lampenlicht schweißnaß aus, und Blair wurde sich wieder der feuchten Luft bewußt, die über dem Schiff hing. Nichts rührte sich. Nicht einmal der kleinste Lufthauch bewegte die Netze. Blair spürte, wie ihm der Schweiß in einem stetigen Strom den Rücken hinunterlief. Er starrte die anderen an. Außer Gillian sahen sie alle aus, als ob sie aufgegeben hätten, so als ob sie nichts mehr interessierte. Er preßte die Lippen zu einem dünnen Strich zusammen. Seine Ziele hatten sie natürlich nie wirklich interessiert.

Fraser sah die anderen an und seufzte schwer. Tarrou hatte sich auf der Armlehne seines Stuhls niedergelassen, ließ einen Fuß lustlos herunterbaumeln, während sein Blick zwischen Blairs Gesicht und den Händen des Mädchens hin und her huschte, die nach einer Zigarette tasteten.

Fraser hielt sein Glas hoch in das Licht. »Nun, ich kann nur für mich sprechen, Major. Ich kann nicht sehen, daß sich die Dinge grundlegend verändert haben, zumindest nicht für Sie.« Er machte eine Pause, aber Blairs kalte Augen waren fast bewegungslos auf ihn gerichtet. »Falls George berichtet hätte, daß sich die Boote noch an Bord des Wracks befänden«, er hob die Schultern, »machen wir uns doch nichts vor, dann wären Sie zufrieden gewesen. Oder etwa nicht?« Er gestikulierte mit seinem Glas. »Wie es nun aussieht, sind die Menschen vielleicht in die Boote gegangen, und vielleicht haben sie sogar den Strand erreicht. Vielleicht. Aber was zum Teufel ändert das? Ich nehme an, daß sie genauso tot sind, als wären sie gleich hier draußen am Riff gestorben.« Er lächelte unbehaglich, als er den Schmerz in Blairs Gesicht sah. »Das soll keine Kränkung sein, Major, aber ich habe doch recht, nicht wahr?«

Blair wandte sich ab, seine Schultern waren straff gespannt. Wie konnte er das Gefühl des Verlusts beschreiben, den er gespürt hatte, als Myers mit seinen Erkenntnissen zum Schiff zurückgekehrt war? Er stieß seine Hände in die Taschen und spürte, wie sich seine Finger tief in sein Fleisch gruben. Es war genauso, wie Marcia vorhergesagt hatte. Wenn er jetzt umkehrte, so wie es Fraser allem Anschein nach wünschte, dann würde er mit einem sogar noch größeren Gefühl der Ungewißheit weiterleben müssen. Marcia hatte es gewußt, und jetzt wußten es alle anderen an Bord. Er hatte den Zorn in Myers rotem Gesicht gesehen, während er ihn mit Fragen über das Wrack bombardiert hatte. Er wußte, daß der Taucher insgeheim schon über die Heimreise und seine extravagante Frau nachdachte. Gillian hatte geschwiegen, aber auch das erschien Blair fast so gut wie eine Zustimmung zum Abbruch des gesamten Unternehmens zu sein. Er humpelte gereizt zum Tisch und goß sich ein weiteres Glas Pernod ein. Fraser begann wieder zu sprechen, und seine Worte richteten sich an alle.

»Dazu kommt, daß mich das Wetter ein wenig beunruhigt. George hat von den kalten und warmen Strömungen im tiefen Wasser berichtet, und das bestätigt nur, was ich mir schon gedacht habe.« Er rieb sich die Hand an der Hüfte und hinterließ dabei eine feuchte Spur. »Ich bin sicher, daß wir einen Sturm bekommen werden. Wir bekommen immer ein paar Willy-Willies* zu dieser Jahreszeit, und die brechen immer ohne lange Vorwarnung herein.« Er blickte zu Blair empor, sein Gesicht war ernst. »Und ich möchte wirklich nicht von einem ausgewachsenen Sturm am Riff überrascht werden.«

Gillians Stimme klang leise und kontrolliert, aber da sie so lange geschwiegen hatte, überraschte ihre Rede sowohl Blair als auch Fraser, so daß sie innehielten, um sie anzuschauen.

»Ihr Männer macht mich ganz krank!« Sie schüttelte eine Strähne ihres Haares aus dem Gesicht, dann betrachtete sie die Männer gelassen. »Sie, Vic, denken, daß der Major einfach ein Mann mit zuviel Knete ist

* Umgangssprachliche Bezeichnung für Wirbelstürme (Anm. d. Ü.).

und außerdem, was dieses Unternehmen angeht, eine Schraube locker hat, richtig?« Sie wartete die Antwort nicht ab. »Sie haben Ihr ganzes Leben hier draußen verbracht und sollten ein professioneller Seemann sein, trotzdem haben Sie die ganze Zeit Bauchweh wegen der Stürme, wegen wilder Stämme und weiß der Teufel was nicht noch …«

»Nun, hören Sie mir mal zu …«, begann Fraser, sein Kinn schob sich nach vorne.

Aber Gillian schlug mit der flachen Hand hart auf den Tisch, ihre grauen Augen blitzten. »Nein! Sie hören mir zu, Mister! Sie mögen manchmal auf eine Weltkarte sehen, dann werden Sie kaum die Neuen Hebriden darauf finden, geschweige denn dieses arme Inselchen! Warum sagen wir es nicht frei heraus? Alles, was Sie wollen, ist, in diese Stadt voller Bruchbuden zurückzukehren, die Sie Port Vila nennen, um Major Blairs Geld in einem der Schuppen zu verprassen, die Sie für den Gipfel der zivilisierten Eleganz halten!« Sie lehnte sich zurück und zog an ihrer Zigarette. »Nun, Kapitän, haben Sie endlich einmal nichts mehr zu sagen? Das macht mich froh, weil ich zuerst gar nicht an diesem Ball teilnehmen wollte, aber jetzt, da ich nun einmal dabei bin, will ich eine Story, und zwar eine gute. Verstanden?«

Fraser grinste dümmlich und fuhr sich mit den Fingern durch das Haar. »Das waren verdammt große Worte! Ich habe Sie mit Sicherheit unterschätzt.«

Sie lächelte kurz. »Da wären Sie nicht der erste.«

Sie hob ihre Augen zu Blair, der sie mit stiller Faszination betrachtete. Die Lampe beschien ihre weiche Haut und brach sich in den kleinen Schweißperlen an ihrer Oberlippe. Ihre Stimme wurde weicher. »Und nun zu Ihnen, Rupert«, sie legte ihren Kopf zur Seite. »Ich weiß nicht, was für ein Bild ich mir von Ihnen machen soll.«

Zu jeder anderen Zeit in seinem Leben wäre Blair vor Wut in die Luft gegangen, wenn ihn jemand so offen vor anderen abgeschätzt hätte. Jetzt stand er einfach ganz ruhig unter dem Netz, seine Schultern hingen leicht nach vorne, sein Gesicht sah plötzlich müde aus.

»Ich vermute, daß Sie sich so daran gewöhnt haben, Ihren Weg mit dem Bulldozer durchzuwalzen, daß Sie es verlernt haben, mit einer Situation wie dieser fertigzuwerden.« Ein kleines Insekt, das es geschafft hatte, die Verteidigungsstellungen des Netzes zu durchbrechen, landete auf der Oberseite der Lampe und verbrannte. Eine Sekunde lang beobachtete Gillian diesen Vorgang. »Ich habe keinen Scherz gemacht, Rupert. Ich will meine Story, also laßt uns die Fakten durchgehen. Okay?« Sie blickte schnell, von Myers ausdruckslosem Gesicht bis hin zu Tarrous intensivem Starren, dann wandte sie sich wieder Blair zu, der sich nicht gerührt hatte. »Morgen können wir an Land gehen, und die Jungs können diesen Teil des Strandes absuchen. Es könnte doch sein, daß sie etwas finden.«

Myers öffnete den Mund. »Was zum Beispiel?«

»Stücke der Boote vielleicht oder ein paar alte Ausrüstungsstücke.«

»Nach zwanzig Jahren?« Frasers Stimme klang verächtlich.

Sie blieb unbeeindruckt. »Haben Sie eine bessere Idee, Sie Genie? Ich hatte bisher nicht diesen Eindruck.«

Blair begann wieder auf und ab zu wandern, und Gillian entspannte sich etwas in ihrem Stuhl. Es kam ihr so vor, als ob ihre Stimme ihn bewogen hätte, wieder an die Arbeit zu gehen.

Er runzelte die Stirn, sein Verstand arbeitete. »Und wenn wir nichts finden?«

Sie lächelte. »Dieser Hogan treibt doch mit den Eingeborenen Handel. Er kann uns ein Treffen mit einem der Häuptlinge vermitteln. Sie könnten uns wahrscheinlich helfen. Vic hat uns schon erzählt, daß sonst niemand auf diese Insel kommt. Sogar der District Officer wirft hier nicht mehr als einen flüchtigen Blick um sich, wenn er mit seinem Patrouillenboot vorbeifährt.« Sie zuckte mit den Schultern. »Also, was soll es? Mir kommt es vor, daß hier zwanzig Jahre oder zwanzig Tage keinen großen Unterschied machen.«

Erregt biß sich Blair auf die Lippen. »Wie lange würde man über Land zu Hogans Lagerhaus benötigen?« Ungeduldig schnippte er mit den Fingern, als sich Fraser mit der Hand über das raspelnde Kinn fuhr.

»Ungefähr einen Tag und noch einen halben.« Er grinste breit. »Das ist schon ein tolles Mädchen, nicht wahr, Major? Sie hat es geschafft, uns alle wieder aufzuscheuchen!«

»Wir brauchten neue Ideen.« Er betrachtete ihr Gesicht so sorgfältig, als ob er Angst hätte, etwas zu übersehen.

»Wir brechen morgen früh auf«, fügte er etwas flotter hinzu. »Fraser, Sie kommen mit mir, und Sie, Myers, können auf dem Schiff bleiben.« Er gestattete sich, seinen Blick über Tarrou streifen zu lassen. »Ich vermute, daß er das Schiff führen kann, wenn es nötig werden sollte?«

Gillian blickte schnell zu Tarrous ernstem Gesicht

hinüber. »Natürlich kann er das«, lachte sie, »und falls ein Sturm losbricht, wird er uns alle retten!«

Blair blickte Fraser an. »Was halten Sie von dem Plan?«

Der Australier stöhnte: »Zur Hölle, Major, wenn Sie loslegen, dann geht es aber richtig fix los. Aber wir sind angewiesen, die Eingeborenen nicht zu belästigen, wie Sie wissen.«

»Wir haben eine guten Grund und das Recht, den Handelsposten *und* die Mission zu besuchen, falls es notwendig sein sollte. Ich beabsichtige nicht, mich jetzt von irgendwelchen unsinnigen Vorschriften aufhalten zu lassen!«

Fraser spreizte seine Hände auf dem Tisch. »Wie Sie meinen«, knurrte er kurzangebunden, »es ist Ihr Geld, und ich werde Sie morgen begleiten. Michel kann an Bord bleiben, das hat er schon viele Male gemacht.« Er warf dem Halbblut einen forschenden Blick zu. »Falls ein Willy-Willy aufkommt, kann er ihn draußen auf See abwettern.« Er grinste lässig, aber seine Augen blieben hart. »Kannst du die Passage im Riff finden, Michel? In einem Notfall, meine ich?«

Tarrou zog eine Ecke seiner Uniformjacke glatt und schob stolz sein Kinn vor. »Na klar, Vic, du hast mir die Passage gezeigt. Ich schaffe es!« Seine Stimme war unnatürlich laut, ihm wurde klar, daß ihn alle anblickten. Vor seinem geistigen Auge sah er, wie er den Schoner durch ein fürchterliches Getümmel riesiger Brecher durch das Riff führte. Er stand am Ruder, und das Mädchen klammerte sich an seiner Hüfte fest, ihre nackten Arme flehten ihn an, daß er sie retten möge. Er spürte wieder diese Erregung in seinen Hüften und schlug schnell die Augen nieder. Er versuchte seine Erregung verbergen, als er Blairs kühle Stimme sagen hörte: »Ich fürchte, daß es nicht möglich sein wird, dich mitzunehmen, Gillian. Ich glaube nicht, daß ich das verantworten könnte …« Er brach ab und schien auf ihren Protest zu warten, aber sie hob nur die Schultern und strich ihre Bluse glatt.

»Wie Sie meinen, Rupert.« Sie benutzte seinen Vornamen mit einer lässigen Geläufigkeit. »Ich werde hier bleiben und ein Auge auf die Strandtruppe werfen.«

Als Blair mit Fraser in die Details ging, beobachtete sie die beiden hinter dem Rauch ihrer Zigarette hervor. Sie mochte die Art, wie sich sein Mund wölbte, wenn er lächelte. Sie kicherte in sich hinein. Es war zu schade, daß sie ihm ihren Plan nicht anvertrauen konnte, aber er würde dann sofort irgendwelche Hindernisse errichten, um sie zurückzuhalten. Nein, so war es schon besser. Sobald er auf dem Weg zu Hogan war, konnte sie ihre eigenen Ermittlungen durchführen. In ihrem Kopf ging sie alle Möglichkeiten durch. Da gab es irgend etwas von großer Wichtigkeit, von dem sie das Gefühl hatte, daß es ihrer Aufmerksamkeit entgangen war. Sie zermarterte sich das Hirn, aber was auch immer es war, es entzog sich ihr. Der einzig feste Faktor, auf den sie stets wieder zurückkam, war der Part des Missionars Ivor Spencer in diesem Puzzle. Sie war überzeugt, daß sie bei ihm den Schlüssel finden würde.

Der Wachgänger watschelte über das Vordeck, seine nackten Füße machten kein Geräusch, als er die Kette überprüfte und über das schwarze Wasser blickte. Er drehte den Kopf herum, als Frasers Lachen über das Deck tönte.

»Ich weiß nicht, was der alte Jim Hogan sagen wird, wenn wir bei ihm hineinplatzen. Wahrscheinlich wird er uns empfehlen, uns zum Teufel zu scheren!«

Das Mädchen stand auf und streckte die Arme über den Kopf. »Ich gehe ins Bett.« Gillian gähnte ausführlich. »Ich habe so ein Gefühl, daß der morgige Tag für euch kleine Männlein ziemlich hart werden wird.«

Die vier Männer sahen zu, wie sie über das Süll kletterte und zu ihrer Kabine hinunterzusteigen begann. Als sich ihr Gesicht auf Deckshöhe befand, trat Blair schnell vor. Er lächelte. »Vielen Dank, daß Sie uns so schön klassifiziert haben. Sie waren uns eine große Hilfe.« Er blickte ihr fest in die Augen.

»Ach, schon gut, Rupert. Sie brauchten nur einen kleinen Anstoß für die Organisation.«

Nachdem sie die Kabinentür geschlossen hatte, lehnte sie sich mit dem Rücken dagegen und schloß die Augen. Sie fröstelte plötzlich und fühlte sich feucht und klebrig. Sie zitterte. Paß bloß auf, Mädchen, daß du dich nicht wieder zum Narren machst.

Ihr Mund stand offen, und sie begann müde, sich auszuziehen. Plötzlich haßte sie ihre Kameras und die getragene Kleidung, die auf dem Boden der Kabine herumlag. Sie starrte auf ihr Abbild im Spiegel und versuchte, sich so zu sehen, wie Blair sie sehen würde. Sie fluchte und streckte sich die Zunge heraus. »Wo zum Teufel bist du die ganze Zeit gewesen, Gillian Bligh?« sagte sie voller Verzweiflung.

Als das erste Dingi mit dem Bug vor dem Strand auflief, sprang Fraser leichtfüßig über das Dollbord und schob das massive kleine Boot zusammen mit Wabu auf der anderen Seite durch die Brecher hoch auf den weißen Sand, so daß es, wenn das Wasser zurücklief, wie ein kleiner gestrandeter Fisch dalag. Er half Gillian auf den Strand, dann beschattete er seine Augen und blickte schnell über den steil ansteigenden Strand zu der dichten grünen Mauer des Dschungels hinauf. Myers hievte sich über das Dollbord, dann machte er eine Pause, um über das einladende Wasser einen Blick auf den bewegungslosen Schoner zu werfen. Es war knapp sieben Uhr morgens, aber er begann bereits zu schwitzen, und die Aussicht, hier am Saum des Ufers herumzustochern, verbesserte sein Laune keineswegs. Er sah zu, wie sich das andere Dingi unruhig schwankend dem Ufer näherte. Yalla drehte seinen dunklen Kopf herum, um die Entfernung abzuschätzen und den richtigen Moment für das Einnehmen der Ruder zu berechnen. Er grinste verbindlich, als Gillian über den Strand herangerannt kam und ihre Kamera auf das sich nähernde Boot richtete. Blair wartete ab, bis der Kiel auf dem Sand knirschte, dann humpelte er zu Fraser und Myers hinüber.

»Es ist verdammt ruhig, nicht wahr?« stellte er nach einem schnellen Blick in die Runde fest. »Kein Wunder, daß sie ihn den ›schlechten Ort‹ nennen.«

»Ja. Und nicht eine verdammte Fußspur oder irgend etwas anderes!« Fraser musterte wieder die grüne Mauer.

»Bleibt so, ihr Forscher!« Sie blickten auf, als Gillians schlanke Figur sich gegen das überhängende Dikkicht aus Pflanzen der Gattung Ephedra abhob. Sie schwang ihre Kamera gekonnt hin und her, so daß sie die ganze Gruppe einfangen konnte und dabei den

Schoner im Hintergrund hatte, dann drehte sie sich um, um sich die Bäume anzuschauen. Es ist ziemlich beunruhigend, dachte sie. Kein Geräusch, keine Bewegung außer dem Nicken der Palmenwedel, die sich in einer Brise schüttelten, die sie nicht spüren konnte. Es war, als ob die Insel den Atem anhalten würde. Mit einem schnellen Blick auf die anderen trat sie vorsichtig hinter das nächste verfilzte Dickicht, das sich neben ihr auftat, und blieb still stehen. Sie bemerkte sofort, welche völlige Veränderung dieser eine Schritt mit sich gebracht hatte. Sie befand sich in einer völlig anderen Welt, und als sie sich in diesem Durcheinander aus umgestürzten Palmen, Kakteen und anderen tropischen Pflanzen umblickte, wurde ihr klar, wie weit sie sich von ihrer gewohnten Welt entfernt hatte. Sie sah, daß Blair mit einem Stück weichen Treibholz den Strand hinauf deutete, und daß sich daraufhin Wabu und Yalla in Bewegung setzten, um mit der Suche am entfernten Ende der Bucht zu beginnen, während Watute und der narbige Seemann Kari den entgegengesetzten Weg einschlugen. Sie lächelte, als Blair seinen Stock ungeduldig durch die Luft zischen ließ und den Jungs etwas zurief. Im selben Augenblick, als er festen Boden betreten hatte, hatte er ganz automatisch das Kommando übernommen, und sogar der unerschütterliche Fraser sah gegen ihn vergleichsweise unbeholfen und machtlos aus. Sie stellte auch fest, daß Fraser ein Gewehr geschultert hatte, und auch Blair trug eins.

Sie wandte der See wieder den Rücken zu und widmete sich der grünen Masse des Dschungels vor ihr. Nach den ersten paar Metern verminderten die überhängenden Zweige und Wedel die Sicht auf Null, und aus den dunklen feuchten Schatten schlug ihr der überwältigende Gestank verrottender Vegetation entgegen. Es war ein beängstigender Ort, entschied sie, und so ganz anders als alles, was sie bisher gesehen hatte. Ihm fehlt sowohl die Großartigkeit Afrikas als auch die Weite des australischen Buschs. Er wirkte irgendwie bösartig. Zur gleichen Zeit hatte sie das sehr bestimmte Gefühl, daß sie aus verschiedenen Richtungen beobachtet wurde. Mit einem plötzlichen Gefühl der Angst, das sie sich selbst nicht erklären konnte, verließ sie das Dickicht und stand wieder auf dem Strand, wo sie wohlig die Wärme in sich aufnahm und ihr pochendes Herz beruhigte.

Blair kam auf sie zugestakst. Das goldene Etui klappte auf, und eine Zeitlang rauchten sie schweigend.

Fraser und Myers arbeiteten sich am Rande des Dschungels entlang, sie stolperten über umgestürzte Palmen und fluchten lauthals, während sie in jeder nur erkennbaren Öffnung herumstocherten. Weiter entfernt, ihre Körper glänzten wie geöltes Holz, verschwanden Wabu und Yalla, die ihre Macheten eifrig schwangen, nur um dann an einer anderen Stelle erneut aufzutauchen und dem aufmerksamen Fraser zu signalisieren, daß sie nichts gefunden hatten.

Blair warf seine Zigarette in den Sand und trat sie aus, dann zog er den Riemen des Gewehrs über die Schulter. »Ich vermute, daß Sie der Meinung sind, daß ich unser aller Zeit hier vergeude? So langsam glaube ich das schon selbst.« Er klang erschöpft.

Gillian schüttelte ihren Kopf. »Bleiben Sie ruhig, Rupert. Es könnte sich noch etwas ergeben.« Sie studierte die feste Linie seines Kinns und die ruhelosen blauen Augen. »Schließlich sind wir nicht gerade ideal für eine solche Aufgabe ausgerüstet, nicht wahr?«

Er lächelte dünn. »Nein. Man hatte mir die Benutzung des Bergungsschleppers angeboten und weiß Gott was noch alles, aber ich war der Meinung, daß dieser Weg der bessere wäre.« Er suchte nach den richtigen Worten. »Mehr auf der privaten Ebene, wenn Sie verstehen, was ich meine?«

»Ich glaube schon.« Sie dachte bei sich, du bist schon ein komischer Kerl, Major, und heute voller Überraschungen.

»Jedenfalls«, er fummelte an dem Gurt herum, als wolle er zu einer Entscheidung kommen, »bin ich nicht traurig, daß es so gelaufen ist. Es verschafft mir Zeit, über viele Dinge nachzudenken und über die Art und Weise, wie ich mein Leben verplempert habe.« Er brach ängstlich ab und blickte auf ihre dunklen Brillengläser. »Ich hoffe, daß ich nicht zu pathetisch klinge?«

Sie grinste so breit, daß ihre weißen Zähne blitzten. »Nicht *zu* pathetisch, Rupert.«

»Hier draußen bekommt man einen besseren Sinn für die Perspektiven. Es ist, als ob man sein Leben aus der Perspektive eines Außenstehenden betrachtet.«

Sie nickte und erinnerte sich an das Gefühl von Isolation, das sie beschlichen hatte, als sie die Männer aus dem Dschungel heraus beobachtet hatte.

Blair fuhr mit ruhigerer Stimme fort: »Das hier ist etwas, was ich einfach tun mußte. Wäre ich älter gewesen, als ich meine Familie verlor, wäre es vielleicht etwas anderes gewesen. Oder wäre ich irgendwo anders gewesen, als sie aus dem Leben schieden.« Er schüttelte den Kopf. »Ich weiß es einfach nicht. Aber ich weiß, daß ich immer ein höchst merkwürdiges Gefühl hatte, daß ich mich in einer bestimmten Art herausgefordert fühlte, sogar schon bevor ich erfuhr, wo das Wrack liegt. Hört sich das für Sie seltsam an?«

»Ich glaube nicht. Aber ich hoffe, daß Sie sich besser fühlen werden, wenn hier alles vorbei ist.«

Impulsiv packte er sie am Handgelenk. »Das werde ich bestimmt. Der wahre Grund, daß ich froh über das alles hier bin, ist, daß ich Sie getroffen habe, Gillian.«

Seine Stimme stockte, und sie spürte, wie sich der Griff um ihren Unterarm lockerte. Sie stand ganz still. Sie hatte gewußt, daß Blair das sagen würde, gleichzeitig aber war sie auch sicher gewesen, daß er es nicht tun würde. Während er nun so offen und seltsam schutzlos vor ihr stand und sie anblickte, hätte sie ihn am liebsten umarmt, um damit die Vergangenheit und auch die Zukunft auszulöschen.

Statt dessen legte sie ihre Hand auf die seine und sagte mit leiser Stimme: »Danke, Rupert.«

Er lachte. »Ich hatte damit gerechnet, daß Sie mich stehenlassen, wenn ich Ihnen das sagen würde!« Er öffnete wieder das Etui. »Ich bin wirklich ziemlich ungeschickt in solchen Sachen.«

Sie streichelte die Rückseite seiner Hand und spürte das Gefühl der Schwäche und dann die Kraft, die leidenschaftlich in ihrem Körper aufstieg.

Ein Ruf erklang am Strand. Yalla schwang seine Machete wie ein Schwert.

»Hier haben die Burschen ihr Boot gelandet!«

Blair und Gillian starrten sich eine lange Sekunde lang an, dann grinste er nervös. »Nun, wir sollten besser nachschauen, was sie gefunden haben.«

Sie fuhr sich über die Lippen. »Ja, das sollten wir wohl.«

Sie bewegten sich immer noch nicht, als Fraser den Abhang zu ihnen nach oben gestolpert kam, sein Gesicht wandte er dabei von der Sonne ab. »Hallo! Habt ihr uns nicht gehört? Yalla hat das Wrack des Bootes gefunden.« Seine braunen Augen wanderten von den Gesichtern zu der Hand des Mädchens auf Blairs Handgelenk. »Oder interessiert euch das im Augenblick nicht?«

Sie gingen an ihm vorbei, ohne zu antworten, und er blieb verdutzt stehen, bevor er ihnen folgte.

»O Mann, das ist nicht zu glauben!« murmelte er. »Zuerst reißt er uns allen den Arsch bis zum Stehkragen auf, um Bewegung in die Sache zu bringen, und dann benimmt er sich wie ein liebeskranker Pennäler, der sich auf einer sommerlichen Kreuzfahrt befindet!« Er kratzte sich geistesabwesend den Kopf, und nach einem Blick auf sein Schiff eilte er hinter den andern her.

Blair stand schweigend da, während die beiden Taucher die Schlingpflanzen und Kakteen mit ihren Macheten abschlugen. Inzwischen benutzte Watute seine Hände als Spaten und kratzte die verrottenden Blätter und purpurfarbenen Pilze zur Seite, welche die Spalte im Dschungel wie ein Teppich füllten. Außer dem eisernen Kiel brachten ihre Bemühungen nicht viel ans Licht. Aber nachdem die Blätter beseitigt waren, konnte Blair erkennen, daß die Überreste des Bootes nur von einem der Rettungsboote der *Sigli* stammen konnten. Er drängte sich durch die Schlingpflanzen, ohne auf ihre klammernden Umschlingungen seiner Beine zu achten, und starrte auf das Wrack. Ein rostender Frischwassertank, die Spitze eines Bootshakens und zwei Stahlhelme vervollständigten den Fund, der Rest war von den Kräften der Natur gefressen, von irgend jemandem vergraben worden oder einfach verrottet.

Er schaute auf die gebeugten Rücken der Seeleute, dann blickte er starr in das ihn verspottende Antlitz des Dschungels. Seltsam, dachte er, daß ich nach all den Jahren immer noch das Gefühl habe, in dieser grünen Hölle zu Hause zu sein. Seine Hand strich über den polierten Kolben des Gewehrs. Für einen kurzen Augenblick konnte er das Rattern der automatischen Waffen von früher hören, das verstohlene Schleichen von Freund und Feind und über allem die verrückten Schreie der Japse: »Komm raus, Tommy! Ergib dich, Tommy! Wir geben dir eine gute Behandlung!« Er sah auch wieder die flachen gleichgültigen Gesichter der burmesischen Dorfbewohner, die ihn verraten hatten, sogar der Geruch des Dorfes schien ihm in die Nase zu steigen.

Fraser drehte einen Bootshaken mit dem Fuß um. »Das ist es, na schön.« Er schaute Blair mißgelaunt an. »Und jetzt?«

Blair starrte in die Schatten. »Wir müssen Hogan holen.«

Fraser öffnete seinen Mund, besann sich aber eines Besseren. Er zuckte mit den Schultern. »In Ordnung. Wir holen Jim. Wir werden spätestens übermorgen wieder hier sein. Dann sollten wir mit einem der Dorfhäuptlinge palavern.« Als er wegging, fügte er hinzu: »Dann können wir hier abhauen, dieser von Gott verdammte Ort macht mich ganz krank!«

Watute hob einen der Helme vorsichtig auf und setzte ihn sich auf sein krauses Haar. Yalla lachte und hieb einem dicken Kaktus die Spitze ab.

»Was ist los, Rupert?« Gillians Stimme klang ängstlich. Vielleicht hatte Blair wieder vergessen, was er ihr vorhin gesagt hatte.

Blair atmete tief durch und lächelte sie traurig an. »Entschuldige, aber ich habe mich gerade an ein paar Dinge erinnert.«

Sein Auge blieb an Watute hängen, und der Junge reichte ihm den Helm wie ein Geschenk. Blair nahm ihn und drehte den verrosteten und verbeulten Rand in seinen Fingern. »Von einem meiner Männer«, murmelte er halblaut, nur für sich selbst bestimmt, vor sich hin. »Was für ein Ort, um zu sterben!«

Sie gingen von der Lichtung fort und standen nebeneinander im Sand.

Ihre Augen blickten ängstlich hinter den dunklen Gläsern der Sonnenbrille. »Paß auf dich auf!«

Er studierte intensiv ihr Gesicht. »Ich möchte dir noch sagen ...«, begann er, aber sie hob die Hand.

»Ich weiß schon«, sagte sie.

Fraser ging langsam den Strand hinauf, auf seinem Gesicht lag ein resignierter Ausdruck. »Na, denn mal los, Major. Ich mag es nie, lange von der *Pearl* weg zu sein.« Er ließ seinen Blick über den eleganten Schwung der verlassenen Bucht streifen. »Wir nehmen den Weg über diese Hügelkette dort. Das geht schneller, und wir können dem größten Teil des Urwalds ausweichen. Paßt Ihnen das?«

Blair lächelte gequält. »Auf geht es! Ich denke, daß wir kurz vor dem Ende der Suche stehen.«

Fraser warf noch einen Blick auf den verankerten Schoner. »Ja. Das ist zu hoffen.«

Blair schlüpfte mit dem Arm durch den Gurt einer

kleinen Packtasche und zündete sich eine Zigarette an. »Behalten Sie die Dinge im Auge, Myers. Bleiben Sie auf dem Schiff oder zumindest in der Nähe davon.«

»Keine Angst, Sir. Ich bin auf diesen Abfallhaufen nicht scharf.«

»Und dir habe ich noch viel zu sagen, wenn ich zurück bin, Gillian.« Er stockte, als ihm klar wurde, daß ihn alle beobachteten. »Ich bin nicht sehr geübt, meine Gedanken auszusprechen, aber ich hoffe, daß du mich verstehst«, brachte er den Satz lahm zu Ende.

»Sicher. Jetzt haut aber ab, bevor ich meine Meinung ändere und mitkomme.« Sie lächelte, aber ihre Augen glänzten feucht.

Sie stand in Myers Schatten und sah zu, wie die Linien der Fußspuren im Sand immer länger wurden. Als die Männer den nackten felsigen Abhang, der aus dem Dschungel herausragte und praktisch bis zur See hinunter verlief, erreicht hatten, hielten sie an und sahen zurück. Blair winkte ihr zu, aber Frasers Gesicht war grimmig, und er schaute nur auf sein Schiff. Dann wandten sie sich in Richtung zum Inland um, kletterten den Abhang hoch und verschwanden.

Sie gab sich den Anschein, ihre Kamera einzustellen. Myers wischte sich unbehaglich das Gesicht ab.

»Wir sollten zurückfahren, Miss. Ich bin sicher, daß es an Bord etwas kühler ist.«

Ihre Hand zitterte, als sie die Zigarette zum Mund führte und nach ihrem Feuerzeug suchte.

Myers wartete ab, aber sein Gesicht war teilnahmslos. »Haben Sie es verloren, Miss?«

Sie nickte. »Warten Sie einen Moment, ich schaue nach, ob es mir runtergefallen ist.«

Sie stolperte den Abhang hinauf zu dem Platz, an dem sie vorhin in den Dschungel eingedrungen war. Sie suchte den Strand ab, aber ihre Gedanken waren ganz woanders. Du verdammte kleine Närrin, überlegte sie, was hast du vor? Glaubst du, er wird noch eine Sekunde seiner Zeit für einen Gedanken an dich verschwenden, wenn er wieder in der Welt des großen Geldes und der Geschäfte ist? Du wirst nur eine kleine niedliche Episode gewesen sein, über die er reden kann, wenn er mit seinen Freunden zusammenhockt. Sie hielt inne, haßte sich für ihre Gedanken und sich selbst. Das Feuerzeug lag halb begraben im Sand, und sie blieb stehen und hob es auf.

Ihr Mund war plötzlich trocken und bitter vor Übelkeit, sie erstarrte in der gebückten Haltung, ihre Augen waren vor Angst weit aufgerissen. Hinter dem zersplitterten Umriß einer umgestürzten Palme sah sie deutlich eine schwarze Schulter und eine Hand, die etwas umklammert hielt, das wie ein Speer aussah.

Ihre Finger zitterten, mit einem Schluchzen zwang sie sich, das Feuerzeug einzustecken, und dann trat sie den Rückzug an – hinaus in das grelle Sonnenlicht. Heftig atmend lief sie zum Dingi.

Myers winkte mit der Hand, und zuerst wurde das eine, dann auch das andere Dingi ins Wasser geschoben. Erst in diesem Augenblick spürte sie, daß ihre Glieder unkontrollierbar zitterten.

Myers schielte sie ein wenig besorgt an. »Leiden Sie unter der Hitze?«

Sie wandte sich ihm zu, ihr Teint war unter der Bräune blaß, und sie legte ihm eine Hand auf den Arm. Mit unterdrückter Stimme flüsterte sie: »Ein Mann hat mich beobachtet, George!« Sie erschauderte. »Er war so nah, ich hätte ihn berühren können.«

Myers rutschte unbehaglich auf der Ducht hin und her und blickte zum stillen Strand zurück. »Sind Sie sicher, Miss?«

Ihre Finger gruben sich in seinen Ärmel. »Ich nehme alles zurück, was ich über diesen Ort gesagt habe! Er ist böse. Ich wünschte bei Gott, daß ich Vic nicht damit aufgezogen hätte.« Sie schien dem Zusammenbruch nahe, dann nahm sie ihre Sonnenbrille ab und blinzelte über den breiter werdenden Wasserstreifen zu dem kahlen felsigen Abhang hinüber. Leise flüsterte sie: »Bitte, Rupert, paß auf dich auf!«

Myers sah zu den hohen schwarzen Masten des Schoners hin und seufzte. Sie hatte sich höchstwahrscheinlich etwas eingebildet, aber er würde kein Risiko eingehen, das war sicher. Er sah Tarrous fragendes Gesicht vom Bug herunterlugen und fluchte innerlich. Überall verdammte Nigger, dachte er ärgerlich, ganz gleich, wo man hinguckt!

Gillian hatte Tarrous seltsamen Gesichtsausdruck wahrgenommen und schritt schnell zu dem Sonnensegel auf dem Poopdeck. Sie überschattete ihre Augen, um das ansteigende grüne Stück des Vorlands zu studieren, und versuchte, über Spencer und seine Mission nachzudenken. Morgen muß ich dort hinüber, beschloß sie. Sie legte sich in einen Stuhl zurück und schloß die Augen. Da muß ich durch! Wo ist die ruhige und überlegene Journalistin geblieben, die über jeden Aberglauben und alle Gefahren gelacht hatte? Sie seufzte. Hatte es diese Person jemals gegeben?

6

Jim Hogan stand unentschlossen in der Mitte seines Ladens und starrte auf die Ballen mit den billigen Bekleidungsstücken, ohne sie wirklich zu sehen. Automatisch streckte er den Arm nach oben, berührte das unverkleidete Wellblechdach mit einem prüfenden Finger und stöhnte auf. Das Metall war so heiß wie eine Herdplatte, und obwohl diese Handlung pure Gewohnheit war, versäumte er es nie, gebührend von der Kraft der Sonne beeindruckt zu sein und auch von den Unbequemlichkeiten, die sie mit sich brachte. Normalerweise sah er zu dieser Zeit des Nachmittags gerade innerhalb der Doppeltüren, die den Verkaufsraum von seinen Privaträumen trennten, damit er den größten Vorteil aus jedem vereinzelten Lufthauch ziehen konnte, der vielleicht vom Strand herüberfächelte. Dabei brütete er nachdenklich über seine ziemlich unwahrscheinliche Zukunft im fernen Australien oder sann über seine Vergangenheit nach. Gelegentlich lungerten ein oder zwei Dorfbewohner am Fuß der Veranda herum und starrten auf einige seiner Waren, oder einer der Alten oder einer der Häuptlinge trat mißtrauisch in den Schatten des Ladens, um über einen kleinen Handel zu streiten. Heute war alles anders, und er warf einen schnellen Blick nach hinten auf den unordentlichen Tisch und die grüne Flasche mit Gordon's Gin, die halb leer neben seinem Glas stand. Er ging langsam in dem unaufgeräumten Raum herum, berührte die ihm vertrauten Gegenstände und versuchte, seine Unruhe zu analysieren. Vielleicht war es die Stille oder vielleicht die Tatsache, daß das Glas zu fallen begonnen hatte, jedenfalls sorgte er sich wegen der nicht von der Hand zu weisenden Möglichkeit, daß ein ausgewachsener Willy-Willy heraufziehen und die zusammengebastelte Pier in die See reißen könnte. Das würde eine Menge zusätzlicher Arbeit bedeuten, und gerade in letzter Zeit waren die örtlichen Häuptlinge schlauer und habgieriger geworden, besonders was die Entlohnung für Arbeiten dieser Art anging. Das konnte einen üblen Einschnitt in Hogans Profit bedeuten und somit das mögliche Datum für den Beginn seines Ruhestands herauszögern.

Er blickte wieder zu der Flasche hinüber, als ob er halb erwartete, daß sie jetzt verschwunden wäre. Mit einem tiefen Seufzer schlurfte er zu dem verschlissenen Sessel und ließ seinen schweren Körper auf die protestierenden Sprungfedern fallen. Er füllte sein Glas und prüfte betrübt den verbleibenden Flüssigkeitsspiegel des Gins in der Flasche.

Obwohl erst Ende Vierzig, war Hogan ein alter Mann, und jetzt endlich wurde selbst ihm klar, daß er die Lust an dieser Art zu leben – der einzigen, die er kannte – verloren hatte. Seit fünfundzwanzig Jahren hatte er auf den Inseln Handel getrieben, nicht sonderlich erfolgreich und effektiv, denn als er mit seinem Geschäft begann, brauchte man diese strikte kaufmännische Einstellung nicht. Es gab für jeden eine Menge zu holen, der den Mut hatte, es sich zu nehmen. Der Krieg hatte das alles verändert, und anstelle des erwarteten Wohlstands hatte Hogan sich dem harten Wettbewerb mit kapitalkräftigeren Händlern stellen müssen.

Kaufleuten von der Sorte, die niemals ihre fernen Kontore verließen, aber einen »Kleinen« nach dem anderen niedermachten. Er schüttete den puren Schnaps hinunter und hustete, während er sich besorgt in dem Raum umsah. »Fünfundzwanzig Jahre für das hier!« sagte er laut. Auch so eine Angewohnheit, die aus der Einsamkeit geboren war.

Er starrte auf die kahle Wand, von der sich die Farbe ablöste, und auf das angesplitterte Waschbecken in der Ecke. Der Geruch alter Planken und Balken, nach Schimmel und Termiten war ihm so vertraut wie der veraltete Kalender mit seinem verführerischen Mädchen auf dem verschmutzten Deckblatt. Er leckte sich die Lippen und mußte wieder an das amerikanische Mädchen, diese Gillian Bligh, denken. Die war schon ein echter Hammer! Besser als alle diese schwarzen Huren, überlegte er wütend. Alles war anders gewesen, als er noch ständig ein paar Lubras um sich hatte. Schlanke kleine Mädchen, so um die sechzehn Jahre alt, hatten den Aufenthalt an diesem verdammten Ort erträglich gemacht. Aber diese Yankee war etwas anderes. Er griff zitternd nach der Flasche. Was war das nur für ein verdammtes Affentheater mit der Geschichte, daß sie nach dem Wrack der *Sigli* suchten. Er blickte auf die leere Flasche und versuchte, eine Entscheidung zu treffen. Es konnte einen Monat dauern, bevor der Schoner wieder hier anlegte, aber zum Teufel, ein kräftiger Schluck würde ihn wieder auf die Beine bringen. Er öffnete die schwarze Blechkiste und blickte beinahe zärtlich auf die sauber aufgereihten Ginflaschen. Er griff eine heraus und verschloß die Kiste wieder. Dann begann er leise zu summen, sein dickes rotes Gesicht war ganz konzentriert, als er die Metallfolie abriß und nach seinem Glas griff.

Dieser komische Bursche Blair war auch ein wenig verrückt, entschied er für sich. Vic Fraser hatte ihm oft von diesen stocksteifen Tommies erzählt, die er während des Krieges kennengelernt hatte, und dieser Blair mochte gut und gerne einer von dieser Sorte sein. Hogan fiel in seinen Sessel zurück und riß sich das verschmutzte Hemd auf, nur um zu spüren, wie sich der Schweiß in seinen dicken Speckfalten sammelte.

Ich muß den Jungs wirklich mal sagen, daß sie mir die Dusche aufriggen sollen, dachte er. Er grinste dümmlich über diese Idee, die er seit fünfundzwanzig Jahren hin und wieder gehabt hatte. Dafür ist es jetzt zu spät, Jim, sagte er sich dann, und goß sich schnell einen weiteren Gin ein, als wollte er damit das Selbstmitleid eindämmen, das heute gefährlich nahe zu lauern schien.

Seine rotgeränderten Augen fielen auf das staubige Grammophon. Ein japanischer Perlenfischer hatte es ihm vor dem Krieg im Tausch gegen eine kecke, kleine Lubra angeboten. Er seufzte wieder. Das waren noch Zeiten gewesen. Ich könnte ein wenig Musik gebrauchen, um mich aufzuheitern, dachte er. Er schlug mit der Faust auf den wackeligen Tisch und schloß die Augen, weil es ihn anstrengte zu schreien.

»Komm her, Junge! Hopp, hopp! Schmeiß die verdammte Musikbox an!«

Er seufzte und lehnte sich erwartungsvoll zurück. Seit sein Radioapparat während einer besonders ungestümen Orgie kaputt gegangen war, war ihm nur noch das Grammophon als letztes Verbindungsglied zu den

Kulturgütern geblieben, die ein Kerl seiner Sorte benötigte, wenn er nicht verrückt werden wollte. Er fragte sich, wie Vic wohl mit dem verrückten Missionar klarkam. Sein Körper wurde von einem unterdrückten Gelächter geschüttelt. »Ich hätte zu gerne das Gesicht von diesem bescheuerten Kerl gesehen, als diese Truppe über ihn hereingebrochen ist!« murmelte er.

Er runzelte die Stirn und reckte den Kopf, um zu lauschen. Nichts bewegte sich, und die Mißbilligung ging in einen mürrischen Gesichtsausdruck über. »Diese verdammten Abos, sie haben ihre verdammten Köpfe wieder auf der Matte ausgestreckt!« Er kam mühsam auf die Füße und taumelte hinaus auf die Veranda, dabei achtete er sorgfältig darauf, daß er seinen Kopf nicht der Sonne aussetzte, die direkt über der kleinen Bucht stand. Er packte das Geländer und schaute ausdruckslos zu den Hütten der Eingeborenen und seinen eigenen Nebengebäuden hinüber. »Hallo, Junge!« röhrte er. »Wo zum Teufel treibst du dich rum?«

Kleine Vögel erschraken bei seiner Stimme und flogen auf, um sich in den Bäumen zu verteilen. Sonst veränderte sich nichts. Er wartete, sein Mund hing offen nach unten. Was zum Teufel geht hier vor, fragte er sich. Da hörte er leise Schritte hinter sich, er wirbelte herum und erblickte die kleine Chinesin, die, nachdem ihre ursprüngliche Funktion durch eine im Laufe der Jahre eintretende tropische Gleichgültigkeit ersetzt worden war, seine Köchin und Aufpasserin geworden war.

Er blickte in ihr faltiges Gesicht. »Wo sind die Leute geblieben?« Er schüttelte verdrossen sein Glas. »Zum Teufel, ich will wissen, was hier los ist!«

Sie trippelte an seine Seite, ihr Miene war ausdruckslos. »Sie sind weg«, sagte sie leise, »sie sind alle fortgegangen, mit Ausnahme von Jo-Jo.«

Hogan blinzelte ungläubig. Jo-Jo war ein junger, etwas schwachsinniger Eingeborener, dem man vertrauen konnte, weil er nicht stahl, und der in den Schuppen alle möglichen Arbeiten erledigte. Er mußte gegenüber Hogan ehrlich sein, weil ihn seine eigenen Leute ausgestoßen hätten. Sie hatten für geistig Behinderte nicht viel Zeit übrig.

»Was meinst du damit, daß sie alle weg sind?«

Ruhig studierte sie sein Gesicht. »Sie sind im Busch verschwunden. Weggerannt. Ich komme gerade vom Dorf zurück.« Sie machte eine kurze Handbewegung. »Die Feuer in den Kochstellen sind alle kalt.«

Die Stille legte sich wie eine schwere dunkle Wolke über sie, und Hogan trat schnell in den Raum zurück, sein rotes Trinkergesicht zeigte eine plötzliche Unsicherheit. Er schüttelte den Kopf, um wieder klar denken zu können, aber die Worte der Frau schienen ihn hypnotisiert zu haben. »Alle sind weg«, murmelte er leise, »es sieht schlecht aus, verdammt schlecht!«

Er ließ sein Glas achtlos auf den Boden fallen und ging zur Wand, an der seine beiden schweren Schrotbüchsen geputzt und gut geölt standen. Er klappte die Läufe der einen auf, dabei wurde ihm bewußt, daß die Augen der Chinesin noch immer auf seinen Rücken gerichtet waren.

Er zog ein Schubfach des alten Tisches auf, riß ein Päckchen mit Patronen auf und steckte zwei in die Läufe, dann wiederholte er den Vorgang mit der anderen Büchse, bevor er sich wieder zu sprechen getraute.

»Hol Jo-Jo. Sag ihm, er soll auf den Wassertank klettern und seine Augen gut aufhalten!« Er blickte über den lächerlichen Streifen Stacheldraht und schwang die Mündung der Flinte in Richtung des Dschungels. Er stellte fest, daß ihm die Stille furchtbar auf die Nerven ging. »Dann gehst du zum Kutter hinunter und überprüfst die Vorräte.«

»Gehen wir weg von hier?« In ihrer Stimme war nicht das kleinste Zittern zu hören.

Er blickte sie mit einer plötzlichen, ungewohnten Gefühlsregung an und erinnerte sich daran, wie sie früher gewesen war, als ein Schoner sie auf der Insel abgesetzt hatte. Ein kleines, schlitzäugiges Mädchen in einem zerlumpten Cheong-sam. Er starrte auf die kleine verwelkte Kreatur, die ihn so demütig beobachtete, und zwang sich zu einem Grinsen.

»Ja, wir hauen ab. Sobald ich sicher bin, daß wir das Richtige tun, legen wir ab. Für immer!«

Er sah ihr nach, als sie ging, dann ließ er sich auf die Kante seiner Truhe fallen und starrte zum Dschungel hinüber.

Er hatte schon früher in Schwierigkeiten gesteckt, aber diesmal war es anders, überlegte er. Es war schwer vorstellbar, wie sich das Leben auf den Inseln entwickelt hätte, wenn die Behörden früher tätig geworden wären und mehr »Weiße« in die Handelsniederlassungen und einsamen Vorposten eingewiesen hätten. Niemand hatte viel Interesse für diese Insel gezeigt, das lag zum Teil an den kriegerischen, feindseligen Eingeborenen und zum anderen am Mangel an sicheren Ankerplätzen. Das Riff machte die Ansteuerung zur südliche Reede dicht, und die steilen Klippen hielten auch den tollkühnsten Skipper davon ab, an den anderen Küsten herumzuschnüffeln. Hogans Handelsposten in der Resolution Bay war alles, was während der unruhigen Zeiten der gemeinsamen Verwaltung der Inselgruppe durch die Franzosen und Briten an vorzeigbarem Fortschritt entstanden war. Überall dasselbe: kein Geld und allgemeines Desinteresse. Er gähnte ärgerlich und wischte sich den Schweiß aus den tränenden Augen.

Er konnte es immer noch nicht glauben, daß der morgige Tag anders sein sollte als all die anderen zuvor. Es hatte schon früher Versuche gegeben, ihn einzuschüchtern, und es hatten in den vergangenen Jahren auch ein paar kleine Scharmützel im Busch stattgefunden. Er hatte die Alten oft über die Feste der Kannibalen schwatzen hören und über ihre schrecklichen Initiationsriten, die sich im geheimen hinter diesen grünen Wällen abspielten, aber im großen und ganzen hatte er es immer geschafft, von den Auseinandersetzungen der kriegerischen Stämme unbehelligt zu bleiben. Das Beste daran war gewesen, daß er weiter mit beiden Seiten Handel getrieben hatte.

Er hörte das gleichmäßige Donnern der Brandung am Strand und versuchte die Stärke einzuschätzen, denn für gewöhnlich verriet ihm das Geräusch besser als das Barometer, wie sich das Wetter entwickeln würde. Er zitterte, als ein feuchter Luftzug unruhig durch das Zimmer strich und ein paar Papiere vom Schreibtisch flattern ließ. Sekunden später sah er, daß ein Windstoß die Palmenwedel am Rande der Lichtung zur Seite fegte und sie wie etwas Lebendiges glänzen ließ.

Er hörte das Klatschen der nackten Frauenfüße hinter sich und sah, daß seine letzte Gefährtin einen großen Becher Kaffee neben ihn stellte.

Er versuchte ihre Gedanken zu erraten. »Nun?«

»Alles ruhig«, antwortete sie.

Er schlürfte lautstark und plierte über den Rand der Mug zu den Bäumen hinüber. »Behalte hier alles im Auge. Ich werde mich mal da drüben umsehen.«

Er packte eins der Gewehre und stopfte ein paar Patronen in die Taschen seiner Hose. Er ging rasch, und damit wuchs auch seine Unruhe. Er hatte niemals geglaubt, daß jemals so ein Ernstfall wirklich eintreten würde, und erst jetzt, ohne die vertrauten begleitenden Geräusche und das beruhigende Gewusel der Dorfbewohner im Hintergrund, wurde ihm wirklich bewußt, wie gefährlich seine Lage geworden war. Er hatte die Türen offen zurückgelassen, und die leichte Rahmenbauweise des Gebäudes mit den großen Fenstern und den schwachen Befestigungen schien ihn bei jedem Blick zurück necken zu wollen. Er dachte an die bevorstehende Nacht und schauderte. Er mußte eine Entscheidung treffen und das verdammt schnell, überlegte er besorgt. Aber angenommen, die Dorfbewohner kamen zurückgekrochen? Er blieb wie angewurzelt stehen, viele Gedanken schossen ihm blitzschnell durch den Kopf. Seine gesamten Vorräte lagen dann offen zum Plündern bereit, er konnte sich bildhaft vorstellen, was dann passieren würde. Er trat auf die trockene Erde hinter dem Laden hinaus und blickte flüchtig zum Wassertank hinauf, der von den starken Hauptbalken des Dachs getragen wurde.

Jo-Jo schaute zu ihm herunter und zuckte dann unsicher mit den Schultern. Er war eigentlich ein hübscher Bursche, abgesehen von seinem herabhängenden Unterkiefer, der ihm einen Ausdruck verlieh, als ob er permanent dümmlich grinste.

»Kein einer Bursche kommen, Boss!« rief er.

Hogan grunzte: »Vielleicht. Aber schlage mit der Faust aufs Dach, wenn du irgend etwas siehst!«

Wie als Antwort erklang plötzlich vom Dschungel her ein dumpfes Dröhnen. Es begann mit einer Reihe von dumpfen Schlägen, die erst unzusammenhängend waren, sich dann aber langsam zu einem rascher werdenden Rhythmus steigerten.

Hogan knirschte mit den Zähnen und ließ seinen Blick von einem Ende der Lichtung zum anderen wandern. Trommeln aus ausgehöhlten Baumstämmen! Er hatte sie schon früher gehört, aber noch niemals so nahe und niemals mit einer derartigen Wildheit. Er fühlte sich plötzlich ohne Schutz und hilflos. Mit einem schnellen Nicken in die Richtung von Jo-Jo rannte er beinahe stolpernd zur Veranda zurück.

Den ganzen Nachmittag über sprachen und antworteten die Trommeln, fragend und drohend zugleich. Die ganze Zeit über saß Hogan wartend da, das Gewehr auf den Knien. Er sah der Sonne zu, die wie ein Feuerball über den Himmel wanderte und schließlich die Spitzen der Bäume zu berühren schien. Danach wurden die Schatten länger, und es hatte den Anschein, als ob die Bäume mit langen gierigen Fingern, die wie große Klauen geformt waren, in die Lichtung hinauslangten.

Er starrte so lange und so angestrengt hinüber, daß ihm seine Augen Streiche spielten. In der Vergangenheit war er damit zufrieden gewesen, seinen Laden zu schmeißen und sich um alles andere nur insoweit zu kümmern, wie das zur Erhaltung seines Lebens notwendig war. Der plötzliche ungewohnte Streß zerrte an seinen gereizten Nerven.

Sein Kopf rollte zur Seite, ärgerlich riß er sich zusammen, dabei schüttelte er den Kopf wie ein alter Hund. Einen Augenblick lang verschlug es ihm den Atem, und er packte die Schrotflinte so fest, daß seine Knöchel in seinen roten Händen weiß hervortraten. Entlang der Lichtung stand eine lange Reihe schweigender dunkler Gestalten. Im selben Augenblick schwiegen die Trommeln.

Hogans Mund bewegte sich lautlos, er hörte, wie Jo-Jo heftig mit dem Fuß auf das Blechdach trampelte.

Halb zu sich selbst murmelte er: »So, da seid ihr also! Bei Gott, es muß der ganze Stamm der Mota sein.«

Er versuchte die schweigenden Gestalten zu zählen, aber sein malträtierter Verstand rebellierte, also konnte er nur hinüberstarren und seine Augen überanstrengen, wenn die Sonne auf einen blinkenden Speer fiel oder über ein bemaltes Gesicht huschte.

Die Chinesin war wieder an seiner Seite, und er konnte spüren, wie ihr ausgemergelter Körper zitterte.

»Worauf, zum Teufel, warten die?« stieß er zwischen zusammengebissenen Zähnen hervor.

Die Minuten zogen sich hin. Hogan verließ vorsichtig seine Kiste und kroch mühsam auf Knien durch den Raum auf der Suche nach einer Position, von der er freies Schußfeld über die ganze Lichtung hatte. Ohne sich umzusehen, befahl er grimmig: »Hol die gesamte Munition aus dem Schreibtisch und bring sie hier herüber!«

Die Brise wurde stärker, und ihr heißer Atem wehte beharrlich durch den Laden und kühlte den Schweiß in Hogans Hemd und auf seinen knienden Beinen. Seine Nasenlöcher weiteten sich, für ein paar Sekunden schweiften seine Augen von der Lichtung ab.

»Rauch? Ist das Rauch?«

Er lauschte mit zunehmender Ungeduld, als die Chinesin aus dem Raum lief, und versuchte sich auf die bewegungslosen Gestalten zu konzentrieren. Standen sie wirklich still? Hatte sich der Kerl, der neben der alten Sägemühle stand, nicht ein wenig bewegt? Er leckte sich seine ausgetrockneten Lippen und bewegte das Gewehr leicht hin und her.

Sie kam zurückgerannt und kauerte sich neben ihn, ihre Augen blickten hinter seinen Rücken.

»Nun? Was ist los?«

Sie begann unkontrolliert zu schluchzen, das war etwas, was noch nie vorgekommen war. »Das Boot! Das Boot brennt!«

Hogan sprang auf die Füße, seine Augen traten aus den Höhlen. »Diese Hunde!« Seine Stimme zitterte. »Sie wußten, daß ich sie beobachten würde! Irgend jemand hat sich zum Strand hinuntergeschlichen und das Boot angezündet, während ich ein verdammter Narr war und … und …« Er verschluckte sich und schaute sich mit wachsender Wut im Raum um. »Hier, paß auf das Fenster auf!« Er rannte zur Rückseite des Ladens und blickte wie versteinert auf die schwarzen Rauchwolken, die aus dem Kutter aufstiegen, der schon deutlich Schlagseite bekam. Die Brise nahm den Qualm mit und trieb ihn in Richtung der stocksteifen Beobachter am Rand der Lichtung. Als er über ihre Köpfe hinwegzog, schienen sie mit dem Busch zu verschmelzen und waren verschwunden.

Jo-Jo gab diese Information an Hogan weiter, aber der drehte sich nicht einmal um. Hogan wußte, daß der Angriff später erfolgen würde. Er war jetzt unvermeidlich geworden. Seine Augen huschten zum Ende des Strandes hinüber. Dort sah er eine Gestalt, die tropfend aus der Brandung sprang und nackt in Richtung des schützenden Busches rannte. Er blinzelte, dann sprang er mit einem Brüllen hinaus auf die Lichtung. Das Donnern der Flinte rollte über die Lichtung und wurde als Echo vielfach zurückgeworfen. Er kam stolpernd zum Stehen, seine Schulter schmerzte von dem zweifachen Rückstoß. Die braune Gestalt stürzte in den Sand, rappelte sich wieder auf und stolperte zwischen den Bäumen in den Busch.

Hogan fummelte mit den Patronen herum und zog sich in den Laden zurück. »Komm jetzt herunter, Jo-Jo. Es hat keinen Sinn mehr, daß du da oben bleibst.«

Er zog seine Füße über den schmutzigen Fußboden und setzte sich schwer auf die Kiste, sein Gesicht sah eingefallen aus. Der Kutter war immer dagewesen. Er war seine Fluchtmöglichkeit, und die hatte er jetzt wie ein verdammter Narr verspielt.

Er zog seine dicken Knie bis an sein Kinn heran und begann lautstark zu schluchzen. Die Chinesin kroch an seine Seite, und er spürte, wie ihre abgearbeiteten Hände seinen Nacken massierten. Jo-Jo blickte von einem zum anderen und begann dann mit einem schiefen Grinsen, das Grammophon anzukurbeln.

Die Sonne schlich sich schuldbewußt davon, und die fahlen Sterne fingen an zu glitzern. Die immer stärker werdende Brise ließ die Brandung wild um den verkohlten Kutter tosen, die Klänge des *Anniversary Waltz* fluteten krächzend über die leere Lichtung.

Als der Angriff erfolgte, war es wie eine große Lärmwelle, die über Hogan und die beiden anderen hereinbrach. Ein lang anhaltender Schrei erklang rund um die Bucht, im gleichen Augenblick hörte man das Klatschen nackter Füße auf dem festgestampften Boden des Hofes. Hogan konnte noch immer nichts sehen, aber er feuerte, zitternd wie ein erschöpfter Langstreckenläufer, aus beiden Läufen über die Veranda, dann rannte er mit dem zweiten Gewehr zum Fenster auf der anderen Seite und schoß wieder, während die Frau mit schnellen, sicheren Griffen die erste Waffe nachlud.

Ein Speer klapperte auf den Fußboden, und Hogan vernahm das Zischen und Winseln der kurzen Pfeile, die durch die Seitenfenster geflitzt kamen. Jo-Jo schrie auf und fiel rücklings auf den Boden. Seine Kehle war von einem dünnen schwarzen Pfeil durchbohrt, und man sah nur noch das Weiße in seinen Augen, als er versuchte, ihn herauszuziehen.

Ein nacktes Bein schwang sich auf die Veranda, den Stacheldraht mißachtend. Hogans entsetzte Augen sahen einen dünnen Arm, der mit Armreifen verziert war und eine roh gefertigte Streitaxt gegen ihn schwang. Das Gewehr brüllte wieder auf, und das Gesicht des Mannes schien wie eine große rote Blume aufzublühen. Hogan hörte einen Schrei, wirbelte herum und sah, daß die Frau von einem sich krümmenden braunen Körper zu Boden gedrückt wurde, gleichzeitig sah er auf der anderen Seite des Wohnraums eine schattenhafte Gestalt schnell an der Wand entlanggleiten.

Herrgott, sie waren im Haus! Sie waren überall um ihn herum! Hogan schluchzte krampfhaft und feuerte auf den Schatten an der Wand. Der kippte, als ob er sich verbeugte, nach vorne, dabei sah Hogan die gefletschten Zähne, die denen eines wilden Tieres ähnelten, und die fürchterliche Bemalung vermischte sich mit dem Blut auf seiner Brust.

Hogan schlug den Kolben des Gewehrs dem anderen Wilden auf den Kopf, aber als er ihn zur Seite rollte, erhob sich die Frau nicht wieder. Ihre schwarzen Augen blickten ihn voller Trauer und vorwurfsvoll an. Ihr Blut floß auf den alten Kalender, der von der Wand abgerissen worden war.

Hogan wandte sich von ihr ab, die Flinte wieder feuerbereit. Die Läufe faßten sich in seiner Faust heiß an. Er war allein, nur die Leichen warfen unheimliche Schatten im abnehmenden Licht. Er taumelte gegen den Türrahmen, in seinem Kopf drehte sich alles. »Kommt her, ihr Hunde!« Seine Stimme überschlug sich, und er fuhr trotzig wimmernd fort: »Kommt her und macht mich auch fertig!«

Er schwang das Gewehr herum und trat auf die Veranda. Einer der Schatten auf den Stufen bewegte sich und stöhnte. Mit wilder Entschlossenheit schlug ihm Hogan den Kolben über den mit Lehm verzierten Kopf, bis jede Bewegung aufhörte. Er fühlte, wie warmes Blut an seinem Arm herunterlief, aber er achtete kaum darauf. Er hob den Kopf wie ein Jagdhund, der eine Witterung auffängt. Da war es wieder. Ein Schuß. Und weit entfernt klang es auch nicht.

Er murmelte und knurrte in sich hinein, dann rannte er zurück ins Haus. Ungeachtet des süßlichen Geruchs des Todes schloß er die Kiste auf und riß mit den Zähnen den Korken aus einer Flasche, dann warf er den Kopf in den Nacken. Der Gin schoß brennend durch seine Kehle, so daß er sich übergeben mußte und sich schwach gegen eine Kante der Kiste lehnte. Ich bin am Leben, dachte er unbestimmt und spürte, wie seine Glieder unkontrolliert zitterten, so daß das Gewehr in seiner Hand hin und her schwankte. Schritte knirschten auf der Lichtung, und Hogan bewegte sich seitwärts im Krebsgang zum Fenster, seine Augen waren zu schmalen Schlitzen zusammengezogen.

Zwei fahle Gestalten bewegten sich vorsichtig auf ihn zu, und Hogan konnte sich nur hinknien und fassungslos starren.

Er hörte Fraser rufen. Die Stimme klang rauh, ja, verzweifelt. »Bist du da, Jim?«

Hogan kniete immer noch, aber er schaffte es, mit seinem Gewehr ein Winken zustande zu bringen. Er konnte noch immer nicht sprechen, als die beiden Männer zu ihm herübergerannt kamen. Er war dankbar dafür, daß er etwas Zeit zum Nachdenken hatte.

Fraser beendete den provisorischen Verband um Hogans dicken Arm und hockte sich schwer atmend hin. »Fühlst du dich jetzt besser?«

Er sah, daß Hogans Schultern eine Bewegung machten, die Zustimmung, aber auch nur Gleichgültigkeit ausdrücken konnte. Er war lediglich ein grauer konturloser Fleck, der sich gegen das schwarze Rechteck der Veranda abzeichnete. Und erst jetzt, nachdem sich Frasers Augen besser an die Dunkelheit gewöhnt hatten, konnte er richtig erkennen, was Hogan so schrecklich verändert hatte. Er schluckte schwer und versuchte den dicken süßlichen Geruch zu verdrängen, der den Laden erfüllte, ebenso ignorierte er die beiden weißen Augäpfel, die ihn aus der Ecke des verwüsteten Raums anstarrten. Er konnte hören, wie Blair ruhelos im Nebenraum herumging, und vernahm auch das ungeduldige Donnern der fernen Brandung.

Frasers Herz schlug immer noch wie eine Trommel, aber langsam begann er seine durcheinandergeratenen Gedanken wieder zu sortieren und versuchte herauszufinden, was hier los war. Ein scharfer Knall hallte durch den Laden, und Hogan stöhnte.

»Jo-Jo?« Die Stimme war nur ein rauhes Krächzen. »War das Jo-Jo?« Dann, als Hogan die fürchterliche Erinnerung wieder einholte, kam er schmerzerfüllt und strauchelnd wieder auf die Füße und blickte auf Fraser hinab. »Das hatte ich vergessen«, fügte er geistesabwesend hinzu.

Der Knall wiederholte sich, und Fraser packte das Handgelenk des Mannes. »Was war das?«

»Das Dach.« Hogan machte eine wegwerfende Handbewegung. »Es kommt Sturm auf.«

Fraser bleckte die Zähne, als ob er die Luft abschmecken wollte. »Das ist genau das, was wir jetzt brauchen, verdammt«, fluchte er wild. »Und du sagst, daß dein Boot hinüber ist?«

Die dicken Schultern sackten sogar noch mehr zusammen. »Ja. Verloren! Weg für immer. Wie alles andere hier auch.«

Fraser versuchte, seine Stimme beruhigend klingen zu lassen. »Aber du hast doch sicher Geld auf der Bank, oder etwa nicht?«

Hogan wanderte durch den Raum und stolperte über den zusammengekrümmten Körper an der Wand. »Geld? Wozu soll das jetzt von Nutzen sein?« Er trat plötzlich auf den Leichnam ein, und der bewegte sich, als ob noch Leben in ihm wäre. »Diese Hunde!«

»Hör zu, Jim, ich muß vernünftig mit dir reden.« Frasers Stimme war drängend. »Uns bleibt nicht viel Zeit.«

»Ich weiß.«

»Das Wetter verschlechtert sich, Jim. Wir müssen zurück zum Schiff. Sofort!«

Vor seinem inneren Auge sah Fraser die *Queensland Pearl* schon in Richtung des Riffs treiben. Verzweifelt schloß er die Augen. Er war verrückt gewesen, sich von Blair in diese Sache hineinziehen zu lassen. Tarrou würde niemals in der Lage sein, eine ernsthafte Krise ohne ihn zu meistern.

Ein seltsamer Schrei erklang aus der sie umgebenden Dunkelheit, dann folgte wieder Stille. Hogan griff nach seiner Schrotflinte. Fraser hörte, wie er die Patronen in die Kammern schob.

»Kannst du uns zurückführen, Jim?« Er versuchte, ruhig zu sprechen, aber die Dringlichkeit der Situation ließ seine Stimme barsch klingen. »Wir müssen hier umgehend verschwinden!«

Hogan lief im Zimmer umher, und Frasers Herz sank. Der Schock über diese Ereignisse ist für Hogan zu groß gewesen, dachte er bitter, jetzt sitze ich hier mit den beiden Schwachköpfen fest.

Aber nach einer Weile antwortete Hogan mit völlig emotionsloser, müder Stimme: »Über den Hügelkamm können wir nicht zurück, da wimmelt es nur so von den Kerlen. Wir müssen dem Strand bis zum Ende der

Bucht folgen und von dort den Aufstieg versuchen. Das könnte klappen.«

»Ja, das ist es, Jim.« Fraser dämpfte seine Stimme. »Hör zu, Junge, ich weiß, die Dinge stehen schlecht, aber sie könnten noch schlechter sein.« Er blickte auf die unförmige Gestalt vor sich. »Jetzt müssen wir zuerst an uns denken, verstanden?«

Hogan überlegte. »Was ist mit ihm?« Er machte eine Handbewegung in Richtung des anderen Zimmers.

Fraser fluchte obszön. »Es ist alles seine Schuld! Ich könnte ihn eigenhändig mit bloßen Händen umbringen!«

Hogan beugte sich über die Chinesin und erschauderte. Er richtete sich auf, ohne sie berührt zu haben, und schüttelte sich. »Nein, sie haben angegriffen, bevor ihr hier aufgetaucht seid.« Er schüttelte die Flinte in seinen Händen. »Was hat sie dazu veranlaßt, Vic?«

Fraser beobachtete Blairs verschwommenen Umriß über die Veranda hinweg. Alles ist seine Schuld, wiederholte er für sich selbst. Es war, als ob seine pure Anwesenheit auf der Insel alles sofort in Flammen hatte aufgehen lassen. Es war fast unheimlich.

Dann stand Blair vor ihnen. »Ist er wieder in Ordnung?«

Hogan seufzte. »Ja. Wir sollten sehen, daß wir in Bewegung kommen.«

Fraser stand auf und durchquerte den Raum, so daß sein Körper Fraser fast berührte.

»Und dieses Mal, Major, werde ich die Sache in die Hand nehmen. Fangen Sie nichts auf eigene Faust an, verstanden?«

Seine Stimme zitterte vor unterdrückter Wut, aber das schien Blair nicht zu beeindrucken.

»Machen Sie keinen größeren Narren aus sich, als Sie es ohnehin sind, Fraser! Bewahren Sie Augenmaß für die Proportionen!« Er konnte Frasers heißen Atem in seinem Gesicht spüren.

»Versuchen Sie nicht, mich zu beeinflussen, Major! Ich bin vielleicht ein einfacher Mann, aber um Sie ist irgend etwas, was gefährlich ist!« Er bewegte seinen Arm leicht. »Die Kanaken wissen es! Wir alle wissen es!«

Hogan scharrte mit den Füßen. »Reg dich ab, Vic, er hat doch nichts gemacht.«

»Und er wird auch nichts mehr machen!« Frasers Stimme war eine einzige Drohung.

Blair zuckte mit den Schultern. »Wir sollten mit dem Streiten aufhören. Jetzt ist es dafür ohnehin zu spät.« Er packte sein Gewehr und ging zur Hintertür, ganz offensichtlich hatte er die beiden Männer aus seinem Kopf verbannt.

Der Wind ließ nach, und als die Böen ausblieben, hörte man auf dem Blechdach eine Serie kurzer harter Klopftöne, und der Staub auf der Veranda wurde in kleinen Spritzern emporgewirbelt, als die ersten schweren Regentropfen zu fallen begannen. Dann begann es einen Augenblick später unvermittelt brausend und ohrenbetäubend zu schütten, so daß man die Hand vor Augen nicht mehr erkennen konnte. So als ob die Erde von allen Sünden gereinigt werden sollte.

Fraser traf eine Entscheidung. »Jetzt, Jim!« Er schüttelte ihn am Arm. »Bevor sich die Bastarde wieder anschleichen!«

Hogan blieb immer noch stehen. Seine Sinne waren durch den Sturm betäubt worden, jetzt starrte er mit plötzlicher Verzweiflung um sich, auf all das, was er zurücklassen mußte, was sein Leben gewesen war. »Ich kann das nicht so zurücklassen. Ich muß das Haus anzünden.«

Frasers Stimme wurde hart. »Wem würde das etwas nützen? Die Flammen würden uns verraten, und außerdem würde der verdammte Regen die Flammen wieder löschen, bevor sie sich richtig ausgebreitet hätten. Laß sie so zurück, Mann, du kannst ihr nicht mehr helfen.«

Blair mischte sich ruhig ein, so daß seine Stimme fast von dem tropischen Regenguß verschluckt wurde: »Machen Sie es so, wie er es vorschlägt, Hogan. Merken Sie nicht, daß er die Hosen voll hat?«

Fraser stand zitternd wie ein tollwütiger Hund da. Was versuchte dieser Blair? Es schien fast, als ob er Fraser dazu bringen wollte, seine Drohung wahrzumachen. »Ich warne Sie ...«, begann er, aber Blair drehte ihm den Rücken zu.

Über die Schulter zurückgewandt sagte er: »Benutzen Sie Ihren Verstand, wenn Sie welchen haben sollten. Hinter dieser Sache steckt mehr als ein lokaler Aufstand!«

Hogan polterte an ihnen vorbei und ging mit schweren Schritten über die Veranda. »Auf geht's dann!«

»Nimmst du denn nichts mit?« Fraser blickte sich schnell um. Er war wütend auf sich selbst und auf Hogan, weil der ihn so gefühllos klingen ließ.

»Ich habe meine Gewehre und meine Brieftasche. Was braucht ein Mann mehr?« Ohne einen weiteren Blick drückte er sich seinen alten Hut fest auf den Kopf und beugte seinen Oberkörper gegen den Regen, der auf die Haut wie kleine eiserne Kugeln aufklatschte, nach vorne.

Die harte Erde, die ausgetrocknet und voller Risse gewesen war, war bereits schlammig und fühlte sich ungewohnt unter ihren Füßen an. Fraser blieb einen Augenblick zurück, als ihn die beiden anderen zum Strand hinunterführten. Der Regen konnte ein paar Stunden anhalten oder auch nicht. Dann würde der Wind zurückkommen. Fraser starrte wie verzaubert auf die donnernde Brandung und schmeckte das Salz trotz des Regens auf seinen Lippen. Wenn diese Insel verrückt spielte, konnte alles passieren. Und falls der Schoner von seinem Ankerplatz vertrieben wurde, bevor er wieder zurück war … Er preßte seine Kinnladen zusammen und starrte auf Blairs Rücken, seine großen Hände umklammerten das Gewehr. Ich werde diesen Bastard umbringen, soviel ist sicher, dachte er verzweifelt.

7

Hoch oben am Großmast des Schoners fing plötzlich ein Block an, aufgeregt ratternd zu schlagen, und ein nachlässig aufgetuchtes Stück des Segels füllte sich mit einem dumpfen Knall und flatterte, als die Bö ohne Vorwarnung über das Riff hereinwehte und die geschützteren Teile der Bucht erkundete. Das Wasser, das bis dahin bewegungslos gewesen war und nur lustlos am scharfen Vorsteven des Schoners geleckt hatte, verlor seine ölige Oberfläche und wurde in lange Reihen weißer tanzender Katzenpfoten aufgewühlt. Das Schiff schien aus seinen Träumen zu erwachen, denn es begann plötzlich schwer rollend an seiner Ankerkette zu zerren, und die sengendheiße Luft heulte drohend in den Wanten, um die Drähte des stehenden Gutes und auch die Leinen des laufenden Gutes zu prüfen.

Gillian lauschte auf das gedämpfte drängende Dröhnen der fernen Trommeln und blickte sich mit plötzlichem Ärger auf dem verlassenen Deck um. Blair und Fraser waren erst seit ungefähr einer Stunde fort, und das durchdringende Stechen der Sonne war nur ein Versprechen auf das, was noch kommen würde. Trotzdem hatte der Aufbruch der beiden ein Gefühl in ihr ausgelöst, das sich aus der plötzlichen Untätigkeit und der Bitterkeit zusammensetzte, dazu kam noch diese Apathie, die schwer über der Bucht lastete. Alles zusammen ließ sie enttäuscht von der einen Seite der schaukelnden Poop zur anderen hin und her laufen.

Dinkila, der fette malaiische Koch, dessen unförmiger Körper halb verborgen hinter dem Süll der Luke zu erkennen war, schaute interessiert von seinen Bemühungen auf, einen Kochtopf zu schrubben, und betrachtete die schlanke Gestalt, die auf dem Deck herumwanderte. Er sah, wie sie schmerzlich zusammenzuckte, kaum daß sie in die Sonne trat. Sobald sie wieder in die Sicherheit des sich blähenden Sonnensegels gelangte, schien sich ihr Haar dunkel zu verfärben, und sie fuhr mit den Fingern hindurch, als ob sie sich so von der drückenden Hitze befreien könnte. Schließlich ermüdeten seine geschlitzten Augen, auch der Topf sank in seinen Schoß, und bald flutete sein sanftes Schnarchen nach oben, wo es sich mit den Geräuschen des unruhigen Riggs vermischte.

Gillian warf ihre Zigarette über die Reling und zog dumpf grübelnd an ihrer feuchten Bluse. Unter zusammengezogenen Augenlidern blickte sie zu dem blauen Kap hinüber, über dem der feuchte Dunst wie Rauch hing. Die steilen Abhänge des Kliffs lagen noch im Schatten.

»Warum bis morgen warten?« überlegte sie laut.

Die Dingis hüpften auf den Wellen und quietschten an der Bordwand längsseits. Sie hatte schon bemerkt, daß das kleinere zum Segeln ausgerüstet war. Die heiße Brise spielte einladend um Gillians Hüfte und strich über ihre nackte Haut unter der weiten Bluse. Sie fühlte sich plötzlich geneigt, diese lächerlichen Kleidungsstücke abzustreifen und in das einladende Wasser zu tauchen. Sie seufzte, als sie nach einem kurzen suchenden Blick in die Runde eines der immer präsenten dunklen Dreiecke einer Rückenflosse ausmachte, das mit unendlicher Geduld das verankerte Schiff umkreiste.

Ein Luke klappte auf, und Watute kletterte heraus. Er schüttete etwas Abfall in Lee über Bord, dann blieb er stehen und schaute zur grünen Küste hinüber, seine schwarzen Augen zeigten keinerlei Ausdruck von Interesse oder Verständnis.

Gillian lockerte den Gürtel ihrer korallenroten Hose, um ihren Mund lag ein entschlossener Zug. »Sag mal, wie weit sind wir von dem Vorland dort drüben entfernt? Was meinst du?«

Watute blickte ausdruckslos in die Richtung, die ihm ihr Finger vorgab, dann grinste er breit. »Weiter Weg.« Er verbeugte sich wenig hilfsbereit.

Sie versuchte es nochmals. »Kannst du das Boot segeln?«

Er wandte seinen Blick von dem Kap dem Dingi zu. »Klare Sache, Missy! Käpt'n Fraser zeigen mir viele Male!«

Sie lächelte. »Gut. Dann ist das ja geklärt. Können wir heute da hinübersegeln – und auch wieder zurück?«

Er schien lange intensiv nachzudenken, obwohl Gillian den Verdacht nicht los wurde, daß er nur eine Show für sie abzog.

»Wir machen gute Trip, Missy«, sagte er dann mit plötzlicher Ernsthaftigkeit. »Wir seien vor Dunkelheit wieder zurück.«

Sie seufzte erleichtert auf. »Gut. Du bringst mich also rüber. Ich hole nur schnell meine Kameras.«

»Ich fragen, ob wir fahren dürfen«, fügte Watute hartnäckig hinzu. »Kapitän sagen, nicht gehen, bevor nicht erlaubt.«

Sie blies sich eine locker hängende Strähne von den

Augen fort. »Um Gottes willen! Der Kapitän ist nicht da, also worauf warten wir noch?«

Er blieb beharrlich. »Müssen fragen.«

Sie lachte, um ihre Enttäuschung zu verdrängen. Schließlich tat er nur seine Pflicht, vermutete sie. »Okay, Watute! Du machst das Boot klar. Ich hole die Erlaubnis ein.«

Er warf ihr ein breites strahlendes Grinsen zu und kletterte über die Reling, seine Zehen tasteten schon nach dem Dollbord des Dingis. Jetzt, da ihm die Last der Verantwortung abgenommen war, dachte er nur daran, der Frau mit dem goldenen Haar, die weder dem Kapitän noch dem reichen Engländer mit der scharfen Zunge gehörte, seine Fähigkeiten zu beweisen.

Gillian kletterte schnell in das Halbdunkel des Wohndecks hinunter. Sie bemerkte, daß Myers in einem Segeltuchstuhl saß. Er war bis auf ein ziemlich schmuddliges Handtuch nackt, aber sein Gesicht war völlig ernsthaft und konzentriert, während er die Scheibe seiner Tauchmaske polierte.

Gillians Blick nahm das grelle Durcheinander in Tarrous Kabine zur Kenntnis und blieb am Farbdruck General de Gaulles über den Kojen hängen. Ihr Herz wurde weich, so wie es ihr meist erging, wenn sie an Tarrou dachte. Vielleicht hatte Fraser recht. Tarrou hatte seine Träume, und es schien unfair zu sein, ihn da herauszureißen.

»Ich mache einen kleinen Segelausflug mit dem Jungen«, sagte sie. »Wir werden vor Einbruch der Dunkelheit wieder zurück sein oder so, hat er gesagt!«

Myers blickte erschrocken auf und wurde puterrot. Er griff mit einer hastigen Bewegung nach einem

Hemd, er hatte nur halb mitbekommen, was sie gesagt hatte.

»Keine Panik, Kumpel! Ich gehe schon wieder!«

Ihr helles Lachen flutete durch den Gang, und Myers hörte ihren leichten Schritt über seinem Kopf, bevor er sich von seiner Überraschung erholt hatte.

»Verdammt, was für eine Frau!« Er starrte auf den leeren Türrahmen, und ein verlorenes Lächeln erschien langsam auf seinem runden Gesicht.

Das Dingi hatte ein hellrotes Großsegel, und als Watute ungeduldig an den Schoten zog, klatschte es laut gegen den kurzen Mast. Es bildete einen fröhlichen Farbflecken in der dunstigen blauen Linie des Horizonts.

Gillian rückte sich bequem im Boot zurecht und zog einen weichen Sonnenhut über ihren Nacken. »In Ordnung, Sindbad! Leg los, laß laufen!«

Er grinste und nickte mit seinem Krauskopf. Er hatte zwar die Hälfte der Zeit nicht verstanden, was sie gesagt hatte, aber aus dem Tonfall hatte er entnommen, daß auch sie froh war, der lähmenden Langeweile auf dem Schoner entkommen zu sein.

Er löste die Vorleine und schob das Boot vom weißen Rumpf mit Hilfe seines Fußes ab. Er tauchte unter dem schwingenden Baum hindurch. Sein Fuß war jetzt an der Pinne, mit den Händen war er damit beschäftigt, das rebellierende Segel zu klarieren. Das kleine Boot schoß von dem rollenden Schoner weg und hielt auf das Kap zu.

Gillian lachte, als der plumpe Steven in die ersten kleinen Wellen tauchte und sie den Kuß des Spritzwassers auf ihrem Mund fühlte. Die *Queensland Pearl* hinter ihnen schien schon kleiner zu werden, so wie an dem Tag, als sie mit Grainger in der Barkasse gesessen hatte. Das war hier eher nach ihrem Geschmack, entschied sie, auch dann, falls sich ihr Besuch am Kap als Zeitverschwendung herausstellen und Ivor Spencer in seinem eisigen ablehnenden Schweigen verharren sollte oder den Fluch des Himmels auf ihren Kopf herabbeschwor. Der kleine Segeltörn würde ihr guttun. Die ungestümen lebhaften Bewegungen des Dingis ließen die Schwäche und die quälende Apathie von Gillian abfallen, die so lange von ihr Besitz ergriffen hatte. Als Tarrous dunkles ärgerliches Gesicht auf der Back des Schoners erschien, winkte sie ihm nur einen fröhlichen Abschiedsgruß zu. Sie versuchte nicht einmal zu verstehen, was er rief. Er schien ihr nur noch ein fremder Zuschauer zu sein, dessen Gesichtszüge sie nicht erkennen konnte und die ihr auch nichts bedeuteten.

Sie runzelte bei diesem Gedanken nachdenklich die Stirn. Mal angenommen, sie machte in Blairs Augen einen kompletten Narren aus sich? Sie wandte dem Schiff den Rücken zu und rückte ihre Sonnenbrille zurecht. Auch diese Möglichkeit bewegte sie in ihren Gedanken. Aber es ist an der Zeit, daß etwas passiert, dachte sie. Sie verdrängte diese Gedanken und versuchte, keine Phantasien an Blair als Mann zu verschwenden. Es war so schwer, sich irgendein klares Bild von irgendeiner Form der Zukunft zu machen, ganz zu schweigen von den monströsen Verwicklungen, die sich ergeben würden, falls Blair bereitwillig und gleichgültig seine Frau aufgeben und in Gillian Bligh den einzigen Weg zur Seligkeit entdecken sollte. Diese lächerliche Vorstellung erzielte bei ihr nicht den erwünschten Erfolg. Statt dessen stellte sie fest, daß da immer noch dieser alte Schmerz war, und irgendwie wurde ihr mit verzweifelter Deutlichkeit bewußt, daß sie ihr Leben ändern mußte, bevor es zu spät dafür war.

»Sie folgen!« Watute deutete aufgeregt auf die Haie, die den Schoner jetzt verließen und in respektvollem Abstand dem Dingi folgten.

»Ja. Nun, sie werden noch etwas länger auf ihr Mittagessen warten müssen!« Sie sah die kindliche Freude auf seinem Gesicht. »Ich hoffe doch, daß du ein guter Seemann bist, Sindbad!«

Er drückte seine knochige Brust heraus und tippte auf das kurze Messer, das gefährlich in seinem Gürtel steckte. »Sie sicher sein mit mir, Missy!«

Nach einer Stunde waren die Umrisse des Schoners im Dunst verschwommen, und nach einer weiteren war er nur noch ein kleiner weißer Fleck, der sich vom Grün am anderen Ende der Bucht abzeichnete.

Die Insel sah so unberührt aus, als ob es auf ihr keinerlei Leben geben würde, so wie sie gewesen war, als der erste unerschrockene Seemann sie entdeckt hatte. Die weißen Strände, mal breit und mal schmal, wirkten kühl und schattig unter den nickenden Palmen, und das üppige Grün des stillen Dschungels sah einladend aus. Wieder zwei Lügen der Natur, dachte sie.

Sie versuchte die Stelle des Strandes auszumachen, an dem sie Spencer zum erstenmal getroffen hatten, aber gegen den dunklen Hintergrund des steil abfallenden Kliffs sahen jeder Felsen und jeder Baum anders aus.

Watute jedoch zeigte keinerlei Anzeichen von Unsicherheit. Mit zielsicherer Leichtigkeit steuerte er das Boot um einen isoliert liegenden Felsen, der aus dem klaren Wasser wie ein alter Zahn herausragte. An den zerklüfteten Rändern hing Seegras und spielten Schwärme kleiner Fische. Watute legte die Pinne hart über, so daß das Boot in noch durchsichtigeres Wasser schoß, wo der fahlgrüne Sandgrund bis hinauf in das Spritzwasser zu reichen schien. Das Zischen und Grollen der Brandung wurde von den Klippen zurückgeworfen und ließ das Land lebendig erscheinen.

Wie schon damals kam eine kleine Gruppe von Eingeborenen aufgeregt in die Brandung gerannt, um das Boot zu packen und es auf den flachen Strand zu ziehen. Der Kiel knirschte, befreite sich nochmals und kam dann zur Ruhe, als das Wasser zurücklief. Plötzlich herrschte Stille, und Gillian sprang auf den glänzenden Sand. Watute war damit beschäftigt, das Segel zu bergen, und beobachtete alles mit wachsamen Augen.

»Du wartest hier, Watute. Ich werde gehen und nachsehen, ob der alte Knabe heute für Besucher besser zu sprechen ist.«

Eine kleine Frau, deren Haut mit dunklen Zeichen überdeckt war, grinste zu ihr empor und zog unsicher an Gillians Hosen. Ein Murmeln erhob sich unter den anderen, als ein grimmig dreinblickender Mann – seine Zähne waren vor Konzentration gebleckt – die Hand ausstreckte, um die Kameratasche zu berühren.

Gillian blickte sich nach dem Weg um, der vom Strand hinaufführte, und erblickte Spencer. Er stand stocksteif wie ein Denkmal dort, seine Augen fixierten die kleine Gruppe, die unten am Strand stand. Er hob den Arm, aber bevor er etwas rufen konnte, lief Gillian energisch den Strand hinauf zu ihm.

»Sie sind also zurückgekommen. Ich hätte gedacht, daß ich mich doch wohl sehr deutlich ausgedrückt hatte!« Er zitterte vor unterdrückter Erregung, und die Menge um ihn herum verfiel in Schweigen.

Er war sogar noch größer, als Gillian ihn in Erinnerung hatte, und erheblich älter. Seine Kleidung war geflickt und verwaschen, und die altertümliche Halbperücke war an ein Dutzend Stellen sorgfältig ausgebessert worden. Trotz oder auch vielleicht gerade wegen seiner Armut sah er gebieterisch, sogar vornehm aus. Seine Augen blickten an seiner Hakennase entlang. Sie schienen Gillian völlig nackt auszuziehen, so wie die Augen der Dorfbewohner es auch taten.

»Sie haben es gewagt, alleine zu kommen? Das war ziemlich töricht.«

Gillian faßte sich ein Herz. Es wäre besser gewesen, wenn ihr Vorhaben auf die weiche Tour laufen würde, aber unter den gegebenen Umständen schien ein wenig Härte von ihrer Seite angezeigt und notwendig. Es fiel ihr nicht schwer. Sie hatte während ihrer Karriere mit viel zu vielen sonderbaren Typen zu tun gehabt, um sich von Feindseligkeiten abschrecken zu lassen.

»Vielen Dank für das herzliche Willkommen. Mein Name ist Gillian Bligh, und ich bin hier im Auftrag des *American Forecast*, wie Sie ja wahrscheinlich schon wissen. Ich möchte ein wenig mit Ihnen plaudern. Okay?« Sie zog ihre Augenbrauen in die Höhe und wartete ab. Überlege dir die Antwort gut, alter Freund, dachte sie bei sich.

Seine tiefliegenden Augen blinzelten, aber sonst

blieb sein Gesicht völlig ausdruckslos und verriet seine Gedanken nicht.

»Ich kann Sie wieder auf das Boot setzen lassen, damit Sie wieder zu Ihren Freunden auf dem Schoner zurückgelangen.« Er machte mit seinen dünnen Händen eine eindrucksvolle Gebärde. »Oder ich kann diesen einfachen Menschen sagen, daß Sie hier unerwünscht sind! Sie würden dann gewiß weniger großmütig sein, als ich es bin!« Seine Augen glimmten mißgünstig.

Gillian zog ihren Sonnenhut vom Kopf und löste mit der anderen Hand langsam ihr Haar. Diese Bewegung schien Spencer seltsam zu irritieren.

Langsam und ruhig antwortete sie: »Ja, ich glaube schon, daß Sie die Macht haben, all das zu veranlassen. Aber ich möchte Sie darauf hinweisen, daß ich eine Genehmigung des Commissioner von Großbritannien für den Besuch dieser Insel habe. Darüber hinaus erfreue ich mich des Schutzes der Regierung der Vereinigten Staaten. Keine der erwähnten beiden Parteien wäre über die Handlungen, die Sie angedeutet haben, erfreut.« Sie gab vor, ihren Handrücken zu studieren, obwohl sie innerlich vor Erregung zitterte. »Um ehrlich zu sein, Mr. Spencer, könnte ich mir sehr gut vorstellen, daß Sie es sein könnten, der von dieser Insel verbannt wird.«

Sein Mund mahlte in schnellen, nervösen Bewegungen, so als wäre er unwillig, sich dem Willen des dazugehörigen Menschen zu fügen. Als er sprach, zitterte seine Stimme: »Was wollen Sie? Warum können Sie mich nicht einfach in Frieden leben lassen?«

Sie lächelte kalt. Das Eis taute, nicht gerade rasch, aber die ersten Anzeichen waren da.

»Das hört sich schon besser an, mein Freund! Jetzt wollen wir mal ernsthaft über die Angelegenheit reden. Alles, was ich von Ihnen möchte, ist, daß wir uns etwas ausführlicher unterhalten und daß ich mich etwas umsehen darf. Es tut mir leid, daß ich Ihnen meinen Besuch nicht ankündigen konnte, aber ich hatte wohl keine Möglichkeit, nicht wahr?«

»Ich wußte, daß Sie kommen würden.« Es war nur ein leises Flüstern.

»Ich lasse meine Begleitung am Boot. Ist das in Ordnung?«

Er wandte sich um, um vor ihr den Pfad hinaufzugehen, dabei zuckte er ärgerlich mit den Schultern. »Diese Menschen sind keine Wilden! Das Boot ist völlig sicher.«

Sie winkte Watute zu und folgte Spencer, der mit eingesunkenen Schultern über den engen Sandweg voranging. Sie sah eine Handvoll roh zusammengezimmerter Kanus, die man bis unter die Palmen hinaufgezogen hatte, darüber trockneten ein paar Netze in den Zweigen. Weiter oben am Ende des Pfades konnte sie die Dächer einer kleinen Ansammlung von Hütten und den Rauch der Kochfeuer wahrnehmen. Die gesamte Ansiedlung erweckte den Anschein, als ob sie oben über den Rand der Klippe gerutscht wäre und jetzt verstreut zwischen der Vegetation hing, die den Fuß des Kaps säumte.

Gillian schwatzte munter drauf los, ihre Augen bohrte sie in seinen Rücken. »Wir werden die Insel bald wieder verlassen, und ich möchte nur noch ein paar Unklarheiten ausräumen. Es gibt so viele Dinge, die ich über die Insel wissen möchte.« Sein Kopf drehte sich nicht um, und so fuhr sie schnell fort: »Über die Arbeit, die Sie hier leisten, zum Beispiel. Die meisten Menschen wissen gar nicht, daß es solche Orte gibt.«

Seine Stimme klang gepreßt und doch irgendwie gedankenverloren. »Das ist ein wahres Glück für uns. Wir wollen nur ungestört leben. Auf die Sympathie oder die Scheinheiligkeit der sogenannten zivilisierten Welt können wir gut verzichten!«

Sie erreichten die Spitze der Anhöhe, und Gillian spürte die Hitze des Bodens wie glühendes Eisen durch die dünnen Sohlen ihrer Sandalen.

Spencer hielt an und stand zögernd an einer Biegung des Pfades.

»Was hat dieser Blair gefunden? Ist er zufrieden?« Er stellte die Fragen in derselben hochnäsigen Manier aus dem Stegreif, wie er immer sprach, aber sie war zu erfahren, um nicht die Spannung zu bemerken, die in seinen tiefliegenden Augen lauerte.

Sie hielt ihm ihre Zigaretten hin, aber er schüttelte ungeduldig den Kopf. Sie studierte sein Gesicht sorgfältig im Schutz der dunklen Gläser ihrer Sonnenbrille, als sie sich die Zigarette anzündete. »Er hat das Wrack gefunden.«

»Das war doch sicherlich das, wofür er hergekommen ist.«

Ein kleines Schwein mit bösartigen Augen kam aus dem Busch gestürmt und starrte sie überrascht an, dann rannte es mit einem Grunzen wieder in die Deckung zurück. Sie konnte hören, wie es durch das Unterholz in Richtung des Dorfes brach.

Sie lächelte Spencer warmherzig an. »Sehen Sie«, begann sie wieder, »lassen Sie uns unser Plauderstündchen halten. Dann sind Sie mich los. Ehrlich, es gibt nichts, worüber Sie sich aufregen müßten!«

Er blickte sie mißtrauisch an. »Hier entlang.«

Er trottete den Pfad weiter, und bald standen sie vor einem kleinen, weiß getünchten Bungalow, dessen Wellblechdach in der brütenden Hitze glänzte. Das Häuschen hatte ein großes Fenster, und eine Messingglocke hing an einem schön geschwungenen Halter neben der offenen Tür.

Er wartete.

An den Seiten des Hauses konnte sie dunkle, beobachtende Gesichter erkennen, hier und dort rannte ein aufgeregtes Kind zurück in die sicheren Arme seiner Eltern.

»Ich habe dieses Haus vor einiger Zeit selbst gebaut.« Er berührte die abblätternde Farbe, als ob er sie das erste Mal sehen würde. »Das war alles, was ich benötigte.« Er zog sich das alte Toupet vom Kopf und machte eine einladende Handbewegung in Richtung des schattigen Innenraums. »Schauen Sie sich gut um, ich bin sicher, daß Ihre Leser ganz gespannt darauf sein werden zu erfahren, wie ich lebe.«

Sie ignorierte den beißenden Sarkasmus und trat dankbar in den Schatten. Der Raum war klein. Der aus Holzplanken bestehende Fußboden war mit kompliziert gewebten Binsenmatten ausgelegt, die aber nur den Eindruck der Leere und Einsamkeit verstärkten. Darüber hinaus gab es ein paar Bänke aus schön geschnitztem Holz, dabei handelte es sich wahrscheinlich um Sandelholz, und an einer der Wände hing ein Kruzifix aus Messing.

Sie konnte spüren, wie seine Blicke ihr folgten, als

sie langsam in dem Raum herumging. Sie blieb in der Ecke neben einer kleinen transportablen Orgel stehen.

»Können Sie das Instrument spielen?«

»Die Leute mögen es.«

Er klang nervös, entschied sie. »Seit wann sind Sie auf den Inseln?«

Er schien sich voller Mühe den Kopf zu zerbrechen, um ihre Antwort beantworten zu können. Es kam ihr so vor, als ob er eine Falle witterte.

»Vierzig Jahre, so ungefähr.«

Sie blickte auf die zerfetzten, häufig genutzten Bücher, die nach Schimmel rochen, aber ordentlich an einer der Wände aufgereiht waren. Sie runzelte die Stirn. Es war alles zu sauber. Irgend etwas stimmte nicht, aber sie konnte nicht herausfinden, was es war.

Eine weitere Tür führte in einen kleinen Flur. Gillian konnte eine winzige Küche und zwei kleinere, einfache Räume erkennen.

Er folgte ihrem Blick. »Nun denn, Miss Bligh, ich werde Ihnen Kaffee zubereiten lassen.«

Er klatschte in die Hände und rief etwas in die Küche. Gillian bemerkte eine kleine Eingeborene, die mit einem wallenden weißen Gewand bekleidet war und den Gang entlangeilte. Gleich anschließend hörte sie das Klappern von Tassen. Vielleicht lebte er mit einer Eingeborenen zusammen? Aber dann blickte sie in die tiefliegenden Augen, die nicht blinzelten, und verwarf den Gedanken. Das konnte nicht sein, entschied sie.

»Erzählen Sie mir, wie Sie es schaffen, so gut mit diesen Menschen auszukommen?« begann sie vorsichtig. »Man hat mir erzählt, daß sie ziemlich …, nun, sagen wir mal, schwierig sind.«

Eine Sekunde lang ließ er die Maske fallen. »Das kann ich mir vorstellen! Diese Leute, die Ihnen das erzählt haben, werden es niemals verstehen!«

Er begann in dem Zimmer auf und ab zu gehen, und sie konnte sich vorstellen, daß ihm das zur lieben Gewohnheit geworden war.

»Diese Männer, mit denen Sie unterwegs sind – sie verstehen gar nichts. Diese Laus Fraser ist nicht besser als der Rest. Er hat sein ganzes Leben hier verbracht, trotzdem weiß er so wenig von den Inseln und ihren Bewohnern wie … wie Sie, vielleicht sogar noch weniger!« Er hielt inne, wie um Munition nachzuladen. »Er ist sein ganzes Leben lang hier draußen gewesen, trotzdem hat er niemals auch nur einen Gedanken daran verschwendet, die Menschen verstehen zu wollen, die er so erfolgreich ausbeutet!«

Seine Augen folgten der kleinen Eingeborenen, die vorsichtig ein Tablett auf einer Kiste unter dem Fenster absetzte. Sie sah Gillian an und grinste, dabei zeigte sie eine große Zahnlücke. Spencers hartes Gesicht wurde weicher, und er sprach in einem warmen Tonfall mit ihr. Die Frau nickte und kehrte in die Küche zurück.

Der Kaffee war gut, und Gillian stellte diese Tatsache fest.

»Kaffee ist mein einziges Laster«, erwiderte er kurzangebunden darauf.

»Haben Sie hier dem Fortschritt den Weg bereitet?« Sie beobachtete ihn über den Rand der Tasse hinweg.

»Fortschritt? Das hängt ganz davon ab, was man darunter versteht. Falls Sie damit meinen sollten, ob die Leute Souvenirs für Touristen herstellen können oder Kopra billig gegen den Müll der Händler eintauschen, dann ist die Antwort zum Glück ein klares Nein!« Seine Augen funkelten, und es bereitete ihm offensichtlich Mühe, sich zu beherrschen und ruhig zu bleiben. »Die Menschen hier sind einfach, von der Zivilisation noch unberührt. Können Sie verstehen, was ich meine? Über all die Jahre hinweg habe ich sie gelehrt, mir zu vertrauen.« Er starrte düster durch das Fenster. »Für sie bin ich ein Freund. Das hat sehr viel Zeit in Anspruch genommen.«

»Aber irgendwann werden sie doch auch in Verbindung mit den anderen – etwas zivilisierteren – Inseln kommen?«

»Niemals!« Die Worte wurden durch zusammengepreßte Lippen herausgestoßen.

»Die Behörden haben mir versichert …«, begann sie, aber er brachte sie mit einer heftigen Handbewegung zum Schweigen.

»Was wissen die schon? Meine Leute hier schulden ihnen überhaupt nichts. Sie haben nichts, was den Einsatz des weißen Mannes herausfordert, nichts außer Armut, Krankheiten und Elend.«

Sie konnte die gewalttätige Leidenschaft spüren, die seit vielen Jahren in seinem hageren Körper brannte. Er machte auf sie den Eindruck eines Mann, der von einer schrecklichen Kraft angetrieben wurde, die ihn am Ende umbringen würde.

»Vor der Jahrhundertwende lebten über eine Million Menschen auf diesen Inseln, Miss Bligh. Jetzt sind es nur noch weniger als achtundvierzigtausend!« Er bleckte seine gelben Zähne zu einem bitteren Lächeln. »Dafür haben die Segnungen unserer Zivilisation gesorgt: der Hakenwurm, die Himbeerpocken, die Scherpilzflechte und nicht zu vergessen die Geschlechtskrankheiten«, er spie die Liste mit grausamer Befriedigung hervor. »Die Menschen hier waren auf eine derartige Invasion natürlich nicht vorbereitet. Aber damit war man nicht zufrieden, die Händler raubten ihnen und rauben ihnen auch noch heute die hart erarbeiteten Früchte ihrer Arbeit und geben ihnen dafür Schund.« Er fuchtelte mit seinem knochigen Zeigefinger vor ihrem Gesicht herum. »Die Kopra wird in Port Vila für fünfzig Pfund die Tonne gehandelt. Gehen Sie hin und schauen Sie sich an, was die Eingeborenen dafür bekommen!« Er ließ sich entkräftet auf die Bank fallen, seine magere Brust hob und senkte sich heftig.

»Sie scheinen für jemanden, der so isoliert lebt, gut informiert zu sein.«

»Ich höre vieles. Aber ich beschütze die Menschen hier vor allem.«

Sie saßen schweigend da, seine Augen klebten finster an ihrem Gesicht.

»Kennen die Behörden Ihre Einstellung?«

Er hob die Schultern. »Warum sollten sie sich darum kümmern? Für sie gehöre ich zur selben Kategorie wie Hogan.« Das schien ihn zu amüsieren. »Stellen Sie sich das vor! Für sie ist jeder winzige Außenposten auf den Inseln besser als keiner. Aber eines Tages werden sie eine Überraschung erleben.«

»Wie das?« Sie wagte kaum zu atmen, damit der Bann nicht gebrochen wurde.

»Sie werden herausfinden, daß ich sie besiegt habe. Eine reine Gemeinschaft, die in Frieden und Harmonie lebt und niemanden von draußen benötigt, kann ich vor den Einflüssen der Außenwelt beschützen, die verderblich und schlecht sind, wie ich nur zu gut weiß. Das ist ein Vorteil, den die Landsleute meiner Gemeindekinder auf den besser zugänglichen Inseln nicht hatten.« Er machte mit seinen langen Fingern eine eindrucksvolle Geste, so wie ein Töpfer, der etwas sehr Schönes herstellt. »In dieser verrückten Welt – Ihrer Welt – werden meine Freunde hier ihren Weg gehen als Beispiel für die ganze Christenheit!« Plötzlich gingen die Klappen vor seinen Augen herunter, und er fummelte nervös an seiner losen Manschette.

»Ich glaube, Sie sollten jetzt gehen, Miss Bligh. Ich habe nichts und weiß nichts, was Sie noch interessieren könnte.«

»Sie interessieren mich sehr«, erwiderte sie ruhig, »ich kann Ihre Hingabe für diese Menschen verstehen. Und auch was das alles für Sie bedeutet. Glauben Sie mir, es gibt in allen Teilen der Welt Menschen wie Sie, allerdings nicht viele, die unter so besonderen Umständen leben. Was ich allerdings nicht verstehe, ist: Wie haben Sie es geschafft, daß sie Ihnen vertrauen?« Sein Gesicht war wachsam, und sie fügte hinzu: »Es erscheint mir fast so, als ob Sie etwas gegen sie in der Hand hätten.«

»Ich glaube wirklich, daß Sie jetzt besser gehen. Sie haben nichts verstanden.«

Sie lächelte, aber ihre Augen waren kalt. »Warum haben Sie Major Blair gesagt, daß Sie nichts von dem Wrack wüßten?« Ihre Worte fielen in die Stille wie Kieselsteine in einen ruhigen See. Es war beinahe so, als ob sie ihn körperlich geschlagen hätte. »Könnte es sein, daß Sie die Stammeskrieger der Mota beobachtet haben, als sie die Überlebenden an Land ermordet haben?

Haben die Mota Ihnen erlaubt, hier in Frieden zu arbeiten, solange Sie Ihren Mund halten? Das wäre doch ein vielversprechender Ansatzpunkt.«

Er kaum taumelnd auf die Füße, sein Gesicht war grau vor Wut. »Verschwinden Sie! Verbreiten Sie hier nicht Ihre dreckigen Lügen! Verschwinden Sie, bevor ich Sie durchprügeln lasse, wie es Betrüger wie Sie verdienen!«

Sie erhob sich. »Beruhigen Sie sich! Ich lasse mich nicht so rasch einschüchtern, wie ich Ihnen schon klargemacht habe. Überlegen Sie sich nur, was ich gesagt habe, das ist alles.«

Spencer sah aus, als ob er gleich einen Herzanfall bekommen würde. »Lügen! Bezahlte, dreckige Lügen! Kann man mich denn nie in Frieden lassen!«

Sie ging zur Tür. »Ich gehe jetzt.« Sie konnte den auffrischenden Wind unter dem Fußboden des Bungalows seufzen hören. »Aber etwas an dieser ganzen Sache ist verrückt, und das meine ich nicht persönlich.«

Sie ging schnell den Pfad zwischen zwei Reihen schweigender Eingeborener hinunter zum Strand. Ohne jeden Zweifel hatten alle sein Gebrüll gehört. Er wird noch mehr zum Schreien haben, wenn ich mit der Sache fertig bin, dachte sie grimmig.

Watute grinste deutlich erleichtert, als sie am Strand erschien, und deutete zum Himmel. Sie stellte fest, daß es noch dunstiger geworden war und daß der Horizont in einem dunklen Grün schimmerte, das die See wie poliertes Metall erscheinen ließ. Allerdings nicht in der Bucht, wo das Wasser in fortlaufenden kurzen steilen weißen Rollern brandete.

»Verdammt! Können wir unter diesen Bedingungen

überhaupt zurücksegeln?« Sie fühlte sich jetzt etwas unbehaglich.

Watute grinste wieder. »Klare Sache! Wir uns halten dicht unter Ufer.«

Sie watete zum Boot. Niemand kam ihnen diesmal zur Hilfe, also stieg sie mit ihren staubigen Füßen in die zischende Brandung und schob am Dollbord. Der Junge half ihr, und schon bald rutschte das Boot in tiefes Wasser. Plötzlich runzelte er die Stirn und deutete hinter sie. Ein kleines schwarzes Mädchen, dessen Augen angsterfüllt waren, stand am Rande des Wassers. Es wollte offensichtlich fortlaufen, aber irgendeine Kraft zwang es, wie gebannt darauf zu warten, daß das amerikanische Mädchen zu ihm durch die Brandung gewatet kam.

»Was ist denn los, meine Kleine?«

Das Kind zuckte zurück. Dann, mit einem Schluchzer, warf es eine Halskette in den Sand und flüchtete.

Watute hielt das Boot bereit. »Geschenk, Missy. Sie machen Geschenk für Sie.«

Das Dingi drehte vom Strand ab, und Watute blickte kurz durch den Schleier aus Spritzwasser, um nach versteckten Felsen Ausschau zu halten. Das kleine Boot flog mit fröhlicher Leichtigkeit über die Wogen, und das rote Segel huschte wie eine Vogelschwinge über das lärmende, sich brechende Wasser.

Das Halsband fühlte sich naß und sandig in Gillians Hand an, und sie mußte lächeln, als sie sich an das kleine schwarze Gesicht erinnerte. Das Schmuckstück war nur ein roh behauenes Stück Koralle mit einem Messingseil am Ende.

Das Lächeln gefror ihr auf dem Gesicht.

Das Schmuckstück war wie ein stolzierender Hirsch

geformt – genau wie der auf der Zigarettendose von Rupert Blair.

George Myers stöhnte und rollte sich auf die Seite, sein nackter Bauch glänzte vom Schweiß. Er blinzelte ziellos in der Kabine herum und leckte sich die Lippen, dabei schmeckte er die abgestandene feuchte Luft, die seine Glieder wie ein Mantel einhüllte. Er konnte, gedämpft durch das Teakdeck über seinem Kopf, Tarrous Stimme ärgerlich schreien hören. Und dann auch die antwortenden Rufe der Matrosen. Er schluckte schwer, den schalen Geschmack des Bieres hatte er noch immer im Mund. Es schien dunkler in der kleinen Kabine geworden zu sein, und er warf einen Blick auf die wasserdichte Uhr an seinem dicken Handgelenk. Er setzte sich langsam mit unsicheren Bewegungen auf, in sein glattes Gesicht gruben sich tiefe nachdenkliche Falten ein. Dann stellte er fest, daß sich der Schoner wesentlich heftiger bewegte, als das noch zur Zeit des Abendessens der Fall gewesen war. Sein schlaftrunkenes Hirn begann wieder klar zu denken, die protestierenden Geräusche des Schiffes krochen in seine Ohren. Er hielt inne, seine Hinterbacken drückten sich auf die scharfe Kante der Koje, sein Körper war wie der eines Schweins zusammengesunken, sein Mund hing weit offen.

Der Boden der Kabine legte sich plötzlich auf die Seite, und er hatte das Gefühl, daß sein Körper von der weichen Matratze zu rutschen drohte, aber als er seine Hände benutzte, um sich festzuhalten, schien es, als ob sich das Schiff mit einer einzigen heftigen Bewegung wieder aufrichtete. Er öffnete die Kabinentür und lauschte, seine Zehen hatte er in den Teppich verkrallt, um sich zusätzlichen Halt gegen die unberechenbaren Bewegungen des Schoners zu geben. Ein Schwall warmer Luft strömte über seine schwitzenden Schultern, so daß er zu zittern begann. Er hörte das Knirschen und Knarren der hölzernen Verbände, vermischt mit dem durchdringenden, summenden Vibrieren des straff gespannten Riggs.

Das Wetter wurde schlechter, stellte er fest. Er begann anhaltend und konzentriert zu fluchen, während er in seine Hose schlüpfte und auf der unordentlichen Koje nach einem Hemd suchte. Während er noch in der Kabine schwankte und herumtorkelte, mußte er an Tarrous Gesicht denken, als er mit ihm früher an diesem Tag zusammengetroffen war. Es mußte kurz nachdem Gillian Bligh mit dem Dingi losgesegelt war, gewesen sein. Er hatte gerade ein kleines Nickerchen gemacht, als er roh von Tarrou geweckt worden war, der an seinem Arm gerüttelt hatte und zusammenhanglos gebrüllt hatte, das dunkle Gesicht vor Besorgnis verzerrt.

»Sie ist weg! Hat das Schiff verlassen!« hatte er gebrüllt und die ganze Zeit über an Myers Arm gerissen. »Sie hatte kein Recht dazu! Sie durfte nicht ohne Erlaubnis weggehen!« In seinen wild rollenden Augen standen Tränen der Wut. »Vic hat mir gesagt, daß ich darauf achten soll, daß sie hierbleibt, bei mir!« Er klopfte sich an die Brust, so als wäre er erstaunt darüber, daß irgend jemand seine Autorität anzweifeln konnte.

Myers lächelte schwach, als er sich an seine Antwort erinnerte. »Sie hat *mir* gesagt, daß Sie gehen wolle«, hatte er gereizt gesagt, »was haben Sie denn erwartet?«

Tarrou war ohne ein weiteres Wort aus der Tür geschossen, aber sein Gesicht hatte Bände gesprochen. Seine herablassende Ruhe und unerträgliche Selbstsicherheit waren verschwunden gewesen. Er hatte auf Myers den Eindruck eines Besessenen gemacht.

Um ihm bei den Mahlzeiten aus dem Weg zu gehen, hatte sich Myers mit ein paar Büchsen Dosenobst und australischem Bier in die Kabine zurückgezogen. Nach seiner Armbanduhr war jetzt später Nachmittag, aber es war viel dunkler, als er erwartet hatte. Als er die Tür ganz öffnete und den schmalen schwankenden Gang entlangstolperte, spürte er, wie in ihm nagende Unruhe aufstieg.

Die Szene, die ihn auf der Poop begrüßte, trug nicht dazu bei, seine Besorgnis zu zerstreuen. Einen Augenblick lang klammerte er sich in der Luke des Niedergangs fest und versuchte, krampfhaft Luft zu bekommen. Die spiegelglatte, ruhige Oberfläche der Bucht war verschwunden, statt dessen rollte die See in langen wütenden, weißen Wogen auf die Küste zu. Er konnte das gefährliche Donnern der Brandung an den steilen sandigen Abhängen in der Ferne vernehmen. Ihm wurde klar, daß er davon geweckt worden war. Der Wind, der beständig von der offenen See herüberwehte, traf das verankerte Schiff mit wilder Wucht. Er war heiß und brannte in seinem Gesicht wie Wüstensand, so daß seine Augen zu tränen begannen. Er hielt die Hände an die Stirn, um den Himmel zu betrachten, und der zeigte die größte und überraschendste Veränderung.

Myers war irgendwann zu der festen Überzeugung gekommen, daß das Firmament immer blau und klar sein müsse, das war ihm so selbstverständlich erschienen wie die ruhige See und die gnadenlose Hitze. Aber als er jetzt auf die ersten schnellziehenden schwarzen Wolkengebirge blickte, sah er, daß der ganze Himmel in ein bedrohlich glänzendes Kupferrot verschiedener Abstufungen getaucht war, als ob ein Künstler plötzlich verrückt geworden oder die Sonne über dem Horizont explodiert wäre.

Während er noch um sich blickte wie ein in der Falle sitzendes Tier, begann es zu regnen. Langsam zuerst, die schweren Tropfen klatschten auf das trockene Deck wie Kugeln, dann ging der Regen in einen gleichmäßigen, heißen, andauernden Wolkenbruch über. Myers beobachtete, wie die dichter werdende graue Regenwand heranwanderte und zuerst das Ende der Bucht, dann auch den Strand den Blicken entzog.

Die eingeborenen Seeleute rannten auf dem Deck hierhin und dorthin, anscheinend waren sie sich seiner Anwesenheit nicht bewußt, ihre Gesichter waren angespannt, und sie waren in ihre Arbeit vertieft. Tarrou, dessen Uniformjacke vom Regen und dem Spritzwasser völlig durchnäßt war, rannte über die ganze Länge des Schiffs vor und zurück, die Worte seiner schrillen Stimme wurden ihm vom Munde fortgerissen und vom Winde verweht. Er kam rutschend vor Myers zum Stehen, seine Augen waren blutunterlaufen und blickten wild.

Myers formte mit seinen Händen einen Trichter und brüllte: »Was zum Teufel ist hier los? Ist das ein Hurrikan oder so etwas?« Er rang nach Luft, als das Schiff wieder heftig erzitterte und schwer in den Wogen rollte.

Tarrou packte das Ruder, um sich festzuhalten. »Ich dachte mir, daß das passieren würde! Das ist ein Willy-

Willy, ein tropischer Wirbelsturm!« Er blinzelte über das schräge Deck, sein Gesicht war von tiefen Gemütsbewegungen aufgewühlt. »Jedenfalls glaube ich, daß es einer ist. Wir liegen hier an einem ungünstigen Platz. Die Flut läuft auf, und der Wind nimmt ständig zu!«

Er sprang vor Schreck in die Luft, als das kleine Sonnensegel über der Poop mit lautem Knall wie von einem Kanonenschuß riß und innerhalb weniger Sekunden in tausend kleine Fetzen zerrissen wurde. Frasers Liegestuhl bewegte sich wie von Geisterhand geschoben, hob vom Deck ab und verschwand über der Reling.

»Mein Gott!« Myers blickte sich ungläubig auf dem Schiff um, seine Unruhe wuchs. Hier zumindest hatte er sich sicher gefühlt. Er hatte die Unverwundbarkeit des Schoners schon fast als Naturgesetz angesehen, aber als er jetzt wahrnahm, wie der Rumpf ächzte und stöhnte und wie sich das Rigg im Sturm bog und schlug, fühlte er sich betrogen und fürchtete sich.

»Nun, was hast du vor, was willst du dagegen unternehmen, Kumpel? Wenn ich mich recht erinnere, hast du das Kommando über diesen verdammten Prahm, oder nicht? Tu um Himmels willen etwas dagegen, anstatt hier wie eine gerupfte Ente herumzustehen!«

Tarrou hatte nicht mal gehört, daß Myers etwas gesagt hatte. Er blickte sich um, als ob er das Schiff zum erstenmal in seinem Leben sehen würde. Zu viele Dinge passierten auf einmal, aber trotzdem war er unfähig, zu reagieren. Wie sollte er Myers erklären, was er fühlte, selbst wenn er die Zeit dafür gehabt hätte? Früher, wenn er in einem Sturm abwettern mußte, hatte er Angst genug gehabt, aber mit Fraser am Ruder war das etwas ganz anderes gewesen.

Er legte die Hand über die tränenden Augen, um zum fernen Riff hinüberzublicken, aber der strömende Regen verdeckte es. Das Wasser donnerte auf das Deck herunter, bildete Strudel und gurgelte im Wassergang entlang, bis es schließlich in einem stetig dicker werdenden Strahl aus den Speigatten schoß. Er versuchte, logisch zu denken. Gillian war dort draußen in diesem Unwetter. Es sei denn, sie war in der Mission geblieben. Dieser Narr Watute! Es war alles sein Fehler! Und der von diesem fetten Schwein Myers! Er biß sich auf seine dicke Lippe, bis er den Schmerz nicht mehr aushalten konnte. Dieser Myers hatte Gillian gehen lassen, ohne daß Tarrou mit ihr hatte sprechen können! Das Deck wurde unter seinen gespreizten Beinen wieder von einer heftigen Welle erschüttert. Ich muß unverzüglich etwas mit der Ankerkette unternehmen, überlegte er krampfhaft, sonst wird sie den Anker in den nächsten Minuten aus dem Grund brechen. In seinen wüsten Phantastereien sah er das hilflose Schiff, wie es von tosenden Brechern getrieben und schließlich an den Strand geworfen wurde. Vielleicht vertrieben sie bereits! Aufstöhnend rannte er nach vorne, sein Gang ähnelte dem eines Betrunkenen, als sich das Deck wieder unter ihm auf die Seite legte.

Old Buka kauerte neben dem Bugspriet, seine knotige Haut sah durch den Regen kohlrabenschwarz aus. Sein einziges Auge glühte Tarrou an, als ob er ihn abscheulich fände.

»Was willst du tun? Du läßt Schiff fertig machen auf Sand?«

Die rauhe Stimme hämmerte auf Tarrous gequältes Hirn ein, und er entdeckte entsetzt, daß jeglicher Respekt aus den Zügen des alten Mannes verschwunden war. Er hatte sich wieder in einen Wilden verwandelt. Tarrou suchte verzweifelt nach Worten, aber die ganze Zeit beobachtete ihn das schreckliche Auge, ohne zu blinzeln, so wie ein schwarzer Knopf, der in Blut schwamm.

Der Bug schlug wieder hart ins Wasser, und Tarrou packte das Vorstag mit beiden Händen. Er stand kurz davor durchzudrehen, aber der Abscheu in Old Bukas Auge ließ auch etwas anderes in ihm wachsen. Die ganze Anspannung und Enttäuschung der letzten Zeit überschwemmten ihn wie eine unkontrollierbare Flutwelle, bis er sich ihrer Kraft völlig überließ. Einen Moment lang starrte er den Mann an, ohne zu bemerken, daß der Sturm ihm seine geliebte Offiziersmütze vom Kopf riß und in das gierige Wasser segeln ließ.

»Alle Mann an Deck! Klar zum Ausbringen des zweiten Ankers!«

Er sah zu, wie der Mann wie eine schwarze Krabbe das Deck entlangtaumelte, dann beugte er sich unsicher über die Bugverschanzung. Er konnte sehen, daß sich die Kette stramm gegen die weißen Brecher abhob, die sich an beiden Seiten des Bugs entlangwälzten. Während er die Ankerkette beobachtete, konnte er die enorme Kraft spüren, die auf die tropfenden Kettenglieder ausgeübt wurde. Die Kette war so stramm gespannt wie eine Violinensaite, denn das gesamte Gewicht des vom Sturm bedrängten Schiffes lastete darauf und riß daran. Er bemerkte nur im Unterbewußtsein, daß sich Männer um ihn drängten und daß Old Bukas barsche Stimme Befehle bellte. Der zweite Anker wurde über die Back gemannt und an seiner Kette angeschäkelt.

Ein splitterndes Geräusch polterte kratzend an der Bordwand entlang, zu spät fiel Torrou das außenbords liegende Dingi wieder ein. Er kam gerade rechtzeitig, um zu sehen, wie es sich mit dem Kiel nach oben drehte, bevor sich die gesplitterten Planken losrissen und die Überreste des Dingis schnell acheraus drifteten und in dem dichten Regenvorhang verschwanden.

Endlich war der Anker verkattet und hing frei schwingend am hohen Steven. Torrou stellte fest, daß sich das Schiff jetzt stärker hob und senkte, der Seegang nahm jede Minute zu, als die Wogen über das Unterwasserriff in die ehemals geschützte Bucht eindrangen.

Mit der auflaufenden Flut und dem tosenden, wild aufgewühlten Seegang würde der einzelne Felsen, den Fraser als Markierung für die Durchfahrt des Riffs benutzte, bald überspült sein, wenn er das nicht jetzt schon war. Die Matrosen drängten sich um den Anker und beobachteten ihn. Tarrou würde sich bald entscheiden müssen, ob er die Bucht verlassen und in die freie See ausbrechen wollte oder nicht. Sobald er klar vom Riff war, konnte er die Insel umrunden und den Sturm in Lee der hohen Nordküste abwettern. Das genau war es, was Fraser gemacht haben würde. Das war es auch, was Fraser erwartete, daß Tarrou tun würde. Er erinnerte sich an sein Gesicht, als er sich umgedreht hatte, um Blair den Strand hinauf zu folgen.

»Lauf auf die offene See hinaus, Michel. Wir werden an Land schon klarkommen, aber kümmere dich um mein Schiff!«

Er zitterte in zunehmender Wut. *Mein* Schiff. Niemand gab ihm etwas anderes als Befehle! Wo waren alle, wenn er Hilfe benötigte? Myers versteckte sich auf der Poop, die Crew murmelte wie ein meuternder Haufen Buschmänner, und Gillian ... Bei dem Gedanken an das Mädchen hielt er inne und stöhnte vor Selbstmitleid auf. Sie war ohne ein Wort gegangen.

Old Buka rief ärgerlich: »Worauf warten?«

Alle verachteten ihn. Tarrou rannte nach vorne zu der Gruppe glänzender schwarzer Gestalten. »Ihr wartet, bis ich das Kommando gebe, verdammt sollt ihr sein! *Ich* habe jetzt das Kommando!«

Sie starrten in sein verzerrtes Gesicht und schwiegen. Um sie herum seufzte und klapperte das Schiff, während von unten das Krachen zerbrochenen Geschirrs und splitternder Gläser heraufklang.

Old Buka stand auf, sein gebeugter Körper schwankte. »Wir alle sterben, während du sein wie ein kleines Kind!« Seine Stimme war voller Verachtung.

Die beiden Taucher, Wabu und Yalla, grunzten zustimmend, ihre Gesichter wirkten hart im kupferfarbenen Licht des Himmels.

Tarrou wich zurück. »Wir gehen in See, jetzt! Wir werden die Maschine benutzen, um freizukommen! Wir werden nicht den zweiten Anker werfen!«

Kari, der Seemann mit den vielen Narben, schüttelte seinen grauen Kopf. »Nein, nein! Nicht gut!«

»Wir werden Kapitän Fraser nicht im Stich lassen«, sagte Old Buka mit ruhiger Autorität.

Sie denken, daß ich wegrenne. Sie verstehen nichts. Tarrou steckte seine Hand in die Tasche und zog den schweren Revolver heraus.

Seine Stimme war kurz davor, sich zu überschlagen. »Klar zum Hieven des Ankers!« Er hatte sich entschlossen. »Hier können wir nicht bleiben! Versteht ihr mich, ihr blöden Wilden?«

Sie blickten starr und fasziniert auf den Revolver. Myers, der nach vorne gerannt war, als das Dingi forttrieb, rief in plötzlicher Verzweiflung: »Was zum Teufel machst du da?«

Tarrou drehte sich nicht um. »Wissen Sie, wie man die Maschine startet?«

Myers machte mit den Händen eine abwinkende Bewegung. »Ja, na klar kann ich das. Aber warum, in drei Gottes Namen?«

»Dann schmeiß sie an. Und zwar schnell, ich werde hierbleiben!«

Myers riß seine Augen von Tarrous wildem Gesicht und der Gruppe angespannter Seeleute los, dann rannte er keuchend zur Maschinenraumluke. Seine Ohren waren vom zunehmenden Heulen des Sturms betäubt, und sein Kopf brummte vom Klatschen des auf ihn herabprasselnden Regens. Er stürzte fast die Luke hinunter und jaulte auf, als er sich das Knie an dem glänzenden Stahl des riesigen Schwungrades stieß. »Ich werde sterben. Der ganze verdammte Haufen wird absaufen. Was für ein gottverdammter Ort zum Sterben!« Die endlose Kette der obszönen Flüche, die folgte, wurde vom bulligen Aufröhren des Diesels verschluckt, der nach einem kurzen Husten unter seinen herumtastenden Händen losdonnerte.

Das vertraute Dröhnen der alten Maschine, das sogar durch das Toben des Sturms zu hören war, verschaffte Tarrou ein gewisses Maß an Befriedigung, und er zog sich langsam von den ihn beobachtenden Seeleuten zurück. Auch sie schienen sich zu entspannen, so als ob ihnen klar wurde, daß die Entscheidung jetzt gefallen war.

Tarrou fletschte die Zähne, sein Gesicht leuchtete in dem überirdischen Licht. »Jetzt slippt die Kette!« Er gestikulierte mit dem Revolver, der so etwas wie ein Symbol seiner neuen Macht war. »Ich kann keine Zeit mit dem Hieven des Ankers vergeuden!«

Old Buka grunzte und spie auf das Deck. Ein Blick auf die sich um sie herum aufbauenden Wellen war jedoch ausreichend, um ihn einsehen zu lassen, daß sie es nie schaffen würden, das Spill zu drehen. Seine Blicke trafen sich mit denen von Kari, und er nickte. Es war nur eine winzige Bewegung, aber lang genug, um anzuzeigen, daß Old Buka nicht geschlagen war. Doch zuerst mußten sie das Schiff in Sicherheit bringen.

Tarrou steckte die Waffe in die Hose und spürte das nasse Metall an seinem Bein. Diese Narren hatten keine Ahnung von seiner Macht. Er würde es ihnen zeigen.

Myers plierte über das Süll der Maschinenraumluke, auf seinen kahlen Schädel pladderte der Regen. Er sah aus, als würde er darin ertrinken.

Tarrou stampfte mit dem Fuß auf, genau wie es Fraser so oft gemacht hatte, und brüllte über das Getöse: »Laß sie vorwärts laufen!« Nach vorne zu den anderen gewandt setzte er hinzu: »Los die Kette!«

Zuerst war nur ein kurzes metallisches Klappern zu hören, als der Kenterschäkel aufgeschlagen wurde, aber dann rasselte die von der Last befreite Kette mit erleichtertem Aufkreischen durch die Ankerklüse und verschwand im Wasser.

Der Effekt trat unverzüglich ein. Der Bug des Schoners wurde von der wilden Gewalt der sich weiß überschlagenden Brecher gepackt und fiel vom Wind ab. Die Masten stöhnten in den Stahldrähten, und jeder Block und jede Planke in dem alten Schiff knarrten und quietschten protestierend.

Der Regen wurde immer stärker, und die Windgeschwindigkeit schien mit jeder atemlosen Sekunde, die verging, zuzunehmen. Mit ständig wachsender Besorgnis starrte Tarrou über das Ruderrad nach vorne und versuchte, die Geschwindigkeit des herumwandernden Klüverbaums einzuschätzen, der im dichten Regen eine Meile weit entfernt zu sein schien. Er drückte den Gashebel aus Messing an seiner Seite viel zu hart herunter, sein Herz schien stillzustehen, als der Motor sich verschluckte, aussetzte, dann aber wieder losdröhnte. Das Deck erzitterte, als die Umdrehungen zunahmen. Der Propeller hörte sich an, als ob er abreißen oder sich krachend durch das Poopdeck bohren wollte.

Obwohl er völlig vom Regen und dem salzigen Spritzwasser durchnäßt war, wurde Tarrou der Mund trocken. Das Ruder lag hart über, trotzdem fiel der Bug immer noch weiter ab, und die Schlagseite des Decks nahm zu.

Myers starrte mit leerem Blick aus seiner Luke, sein Magen war angstvoll zusammengekrampft. Wir lassen die anderen zurück, dachte er benommen. Dann, mit plötzlicher Verzweiflung, brüllte er voll gegen den Sturm an: »Verdammt sollen sie sein! Verdammt sollen sie alle sein!«

Tarrou merkte nur, daß das Schiff anfing, sich weit überzulegen, als es schwer in ein tiefes Wellental rutschte. Die Maschine schien lauter zu werden, oder war es das Donnern der Brecher am Strand? Er stemmte sich mit aller Kraft in das Ruder, als ob sein zusätzliches Körpergewicht den Ausschlag zu seinen Gunsten geben könnte. Dann sah er ganz plötzlich, wie sich das Glühen des kupferfarbenen Himmels mit majestätisch gelassener Grausamkeit über den wie wild stampfenden Klüverbaum schob.

»Er kommt herum!« Sein Gesicht wurde von einem verrückten Grinsen verzerrt, als der Schoner langsam herumzuschwingen begann.

Myers hörte Torrou schreien und dachte, daß das Schiff kurz davor stand aufzulaufen. Er verbarg sein Gesicht mit den Händen und begann zu schluchzen.

Jetzt kämpfte sich die *Queensland Pearl* genau gegen den Wind voran. Die Besatzung hatte sich hingekauert, um den sich aufbäumenden Wogen zu entgehen, die über den hohen Steven kletterten und in gleißenden Kaskaden über die ganze Schiffslänge entlangdonnerten, um sich an der Poop zu brechen und schließlich zu einem Teil in die leckenden Luken zu versickern.

Tarrou drückte sich gegen das Ruderrad und versuchte, über die Reling zu schauen. Sobald sie die Lükke im Riff passiert hatten, konnte er abfallen und vor dem Sturm ablaufen. So glaubte er jedenfalls.

Old Buka rief etwas und bewegte seinen Arm in einer ruckartigen Bewegung auf und ab. Tarrou atmete tief durch und begann das Ruder hart nach Backbord überzulegen. Er konnte nichts erkennen, aber er wußte, daß der alte Mann den Ansteuerungsfelsen gefunden und deshalb signalisiert hatte. Über die gesamte Schiffslänge hinweg blickten sich die beiden Männer an. Durch den strömenden Regen und die verzerrenden Umrisse des Riggs waren sie nur schwach erkennbare menschliche Gestalten, aber in diesem Augenblick sah jeder der beiden den anderen plötzlich mit völliger Klarheit und neu erwachtem Haß.

Hinter dem Riff war die See höher, und die Wogen rollten in unendlicher Abfolge donnernd gegen die verborgene Barriere. Jede Welle, die von den Korallen zertrümmert und vom Wind verweht wurde, schien die frustrierte Wut der hohen Wellenberge nur zu erhöhen, daher hatte es den Anschein, als sich der schlanke Rumpf des Schoners wie durch ein Wunder durch die schmale Lücke in den Zinnen des Riffs zwängte, daß die See ihre ganze Wut auf ihn vereinigte.

Ein verzweifelter Gedanke nach dem anderen raste durch Tarrous Kopf. »Ich muß ein Segel setzen lassen! Muß! Muß!«

Er fummelte nach der Pfeife, die um seinen Hals hing, blies hinein und entlockte ihr kurze scharfe Töne. Sie waren kümmerlich gegen das Heulen des Sturms, aber die Männer hörten das Signal. Er sah, wie sie an den durchweichten Leinen rissen, strauchelten und fielen, als Welle nach Welle über sie hereinbrach. Schließlich kroch ein kleines dunkles Dreieck mit schmerzlicher Langsamkeit vom Klüverbaum in die Höhe, nachdem der Klüver unter Lebensgefahr draußen auf dem nassen, stampfenden Baum gelöst worden war. Schließlich blähte es sich steif und hart auf, als würde es aus einem festen Material bestehen. Einen Moment lang sammelte das Schiff durch seine Unterstützung neue Kräfte, dann, als es peitschend zerriß und die kleinen Fetzen fortgerissen wurden, stampfte der Bug stärker denn je. Wieder schrillte die Pfeife ihr Kommando, und der Außenklüver folgte seinem Kameraden am summenden Vorstag. Alle hielten den Atem an, und Tarrou beobachtete es mit faszinierten Blicken.

Die steilen Wogen donnerten gegen den Spiegel, aber dann blieben sie achteraus zurück. Jetzt waren die Wellenberge viel weiter auseinander, die Täler waren tiefer und weiter ausgedehnt. Tarrou kümmerte es nicht mehr. Sie hatten das Riff passiert, und er blies wieder in seine Pfeife und begann die Speichen langsam durch die Hände gleiten zu lassen, um abzufallen. Er wußte, daß sie das Schlimmste überstanden hatten.

Ein Chor aus ängstlichen Schreien erklang von vorne, als die Großmaststenge krachend zersplitterte und wie ein Speer von oben kam. Nur Zentimeter über dem Deck wurde sie von einem Gewirr aus vertörnten Leinen des Riggs aufgefangen.

Tarrou brüllte und schüttelte seine Faust, seine Stimme krächzte heiser: »Äxte! Hackt alles ab, ihr menschlicher Abschaum!«

Das Kap zeigte seine kurvige Flanke durch eine Lükke im Regen, dann war es wieder verschwunden. Er blickte auf die sich drehende Kompaßrose und drehte das schwer arbeitende Schiff in den Schutz der Küste. Das tiefe Wasser und das hohe Kliff begannen ihre Wirkung zu zeigen, die verrückten Bewegungen der Masten schienen langsam nachzulassen.

Die Äxte blinkten wie Feuer im glänzenden Licht des Sonnenuntergangs, als die Männer fieberhaft arbeiteten, um die Bruchstücke der Spiere zu beseitigen. Mit einem Ruck kam die Toppstenge frei und fiel über die Kante. Tarrou stöhnte, als das gesplitterte Teil an der Bordwand entlangschabte, wobei es die runde Bilge des Schoners mit kurzen wilden Stößen malträtierte. Die

Männer hatten mit dem Hacken aufgehört und drängten sich um das Gewühl aus unnützem Tauwerk, welches die Bedrohung längsseits am stampfenden Schoner festhielt.

Kari kam in Richtung des Ruders gerannt, und taub für seine aufgeregten, sich überschlagenden Worte zog Tarrou ihn an die herumwirbelnden Ruderspeichen und rannte los, um festzustellen, was diese Verzögerung hervorgerufen hatte. Es konnte nicht sein, daß er um den Erfolg betrogen wurde, jetzt, da sie es fast geschafft hatten. Er schüttelte den Kopf, als ob er schmerzen würde, dann bahnte er sich einen Weg durch die schweigenden Männer. Ein drei Zoll dickes Stag – seine gebrochenen Kardeele ragten steif wie Stacheldraht auseinander – war in einem großen vertörnten Bündel über das Schandeck gefallen und hatte Old Buka unter sich begraben. Dessen Körper hing halb außenbords, das gesamte Gewicht der gebrochenen Toppstenge zog an diesem Körper. Während er ihn betrachtete, konnte Tarrou sehen, wie sich die Stahldrähte in die knotigen Muskeln von Old Bukas Bauch hineinsägten, so wie ein Draht in einen Käse schneidet.

Rums! Die Spiere dröhnte gegen den Rumpf. Tarrou wußte auf den Zoll genau, wie stark die Planken unter der Wasserlinie waren. Dieser Beanspruchung konnten sie nicht lange standhalten.

Yalla riß mit seinen nackten Händen an dem Draht, aber der alte Mann war festgenagelt. Sein einziges Auge blitzte voller Feuer, als ob er versuchte, mit der sinkenden Sonne in einen Wettstreit zu treten. Er blinzelte nicht einmal, als sich Tarrou eine Axt griff und mit schnellen Schlägen auf den Draht dort einschlug, wo er an einen Ringbolzen an Deck eingespleißt war. Es gab einen dumpfen Knall, als der Draht brach und das ganze Durcheinander in Richtung Reling rutschte. Der Toppmast nahm die gesamte Kraft auf und kam frei vom Schiff.

Wie ein Tier, das sich in einem riesigen Spinnennetz verfangen hatte, wurde Old Buka rückwärts über die Verschanzung gezogen, seine spitz gefeilten Zähne waren zu einem wilden Grinsen gebleckt. Nach einem letzten Zucken seiner dünnen Beine war er verschwunden.

Die Männer starrten auf das beschädigte Holz der Verschanzung und die Flecken des verschmierten dunklen Blutes, die aber schon bald vom Spritzwasser abgewaschen wurden. Tarrou schwankte und warf die Axt mit einer wilden Bewegung über Bord.

»Ich *mußte* es tun! Seht ihr das nicht ein?«

Aber sie vermieden es, ihn anzusehen, rückten langsam von ihm ab und zogen sich in Richtung der Back zurück. Ohne zu sprechen, fingen sie an, eine neue Fock anzuschlagen und zu setzen.

Tarrou ging zurück ans Ruder und stellte sich hinter Kari. Mit einem Auge beobachtete er die Hände des Mannes an den Speichen, mit dem anderen schien er auf das weiße brodelnde Wasser zu blicken, so als ob er jeden Augenblick damit rechnete, daß ihn Old Bukas Auge auch noch im Tode verspottete.

8

Blair stolperte über die in die Höhe ragenden Wurzeln eines umgestürzten Baumes und fiel unbeholfen in einen Haufen aufgewühlter Erde. Um ihn herum und über ihm verstärkte sich das Heulen des Windes zu einem infernalischen Kreischen, und in der hereinbrechenden Dunkelheit konnte er das berserkerhafte Donnern der Brandung an den schmalen Strand hören, den sie gerade hinter sich gelassen hatten. Er war durch den wie aus Kübeln herunterströmenden Regen fast blind, der auf seine schmerzende Schulter prasselte oder von dem Sturm parallel zum Boden vorwärtsgepeitscht wurde. Sand, kleine Steine und Stücke verrotteten Holzes fetzten und schlugen in sein Gesicht. Er konnte spüren, daß sich der Gewehrgurt wie ein heißer Draht in seinen müden Arm brannte. Es hatte den Anschein, als ob sie schon seit Stunden durch den Sturm stolperten, dessen Gewalt ihn fast nichts mehr erkennen ließ, obwohl er seine Augen mit der Hand schützte, um nach den wankenden Schatten von Fraser und Hogan zu schauen.

Wie durch ein stilles Übereinkommen geeint, drängten sich die beiden unter einer Ansammlung sich biegender Palmen zusammen. Sie waren außer Atem und vor Erschöpfung halb tot.

Blair stützte sich schwer auf sein Gewehr und bewegte den verkrüppelten Fuß in langsamen, vorsichtigen Bewegungen. Das war alles nicht gut für ihn. Der Schmerz wurde stärker, und der letzte Sturz hatte ihn laut aufschreien lassen. Er blickte zurück auf den Strand und sah, wie sich der lange fahle Kamm einer Monsterwelle aufsteilte, sich einen Augenblick fast unbeweglich von der schwarzen See abzeichnete und dann mit Donnergepolter auf den nassen Sand herabstürzte. Diesmal lief die Welle aber nicht zurück, sondern röhrte mit plötzlicher Wut auf den Rand des Gehölzes zu, ihre nachlassende Kraft reichte bis zu den wie verrückt schwankenden Wedeln, und Spritzwasserwolken erreichten sogar noch die Männer.

Fraser stöhnte. »Es hat keinen Zweck. Wir müssen weiter den Hang hinauf. Der Strand hört hier ohnehin auf, also je eher wir gehen, desto besser ist es.«

Er blickte starr in Blairs Richtung, aber es war Hogan, der mit erstickter Stimme antwortete.

»Das ist schon in Ordnung, Vic. Geh hier nur hoch, dann sind wir auf der Seite des Kaps. So wie die See tobt, wird die ganze verdammte Insel überschwemmt werden!« Er stolperte gegen einen Baum, als eine plötzliche Bö seinen tropfenden Körper packte. »Ich fühle mich ein wenig schwach, Kumpel«, fügte er mit leiser Stimme hinzu.

Fraser betastete die durchnäßte Bandage am Arm des Mannes und schüttelte den Kopf. »Du hast ein wenig Lebenssaft verloren, Jim. Aber wir kriegen dich schon auf das Schiff.« Er blickte wieder zu Blair hinüber. »Falls es noch da ist.«

Blair hob ruckartig den Kopf. »Übernehmen Sie die Spitze. Zumindest scheinen Ihre Freunde, die Mota, sich jetzt ruhig zu verhalten.«

Hogan fummelte nach einer Zigarette, dann schleuderte er das durchgeweichte Päckchen voller Verzweiflung weg. »Nee. Die mögen diese Art Kapriolen genausowenig wie wir.«

Blair nahm eines von Hogans Gewehren und hängte es sich über den Rücken. Sein Gewehr als Stütze benutzend, folgte er den anderen den steilen Abhang hinauf, der, wie Hogan gesagt hatte, auf die Nordseite des Kaps führte. Das Regenwasser strömte ihnen wie Bergbäche entgegen, dabei riß es vertrocknete Büsche und sogar ziemlich große Felsen mit sich. Dadurch waren sie ständig gezwungen, zur Seite auszuweichen, und so stolperten sie mühsam über den schwammigen Boden. Für Blair war jeder Schritt ein einziger Alptraum, und er blieb weiter und weiter zurück.

Auch Hogan wurde schwächer. Als er halt machte, um wieder zu Atem zu kommen, schlug er seine Flinte gegen einen Baum, so daß der Kolben vom Lauf abbrach. Grunzend warf er die zerstörte Waffe in den Sand, alle Kraft verließ ihn.

»Ich will nicht, daß diese Hundesöhne sie in ihre Finger bekommen!« keuchte er.

Fraser legte einen Arm um die Hüfte des Mannes, und wie zwei Betrunkene stolperten sie den rutschigen Abhang weiter hinauf.

Blair bemerkte undeutlich, daß Hogans Gesicht dem prasselnden Regens zugewandt war. Sein Atem ging rasselnd, als ob er gleich ersticken würde. Seine dicken Beine schienen sich automatisch zu bewegen, fast so, als ob sie nicht mehr zu seinem Körper gehörten.

Als sie eine kleine windgepeitschte Lichtung überquerten, blickte Blair zum Himmel und sah dicke, jagende Wolkenballen. Dieser Anblick ließ ihn schwindlig werden. Es hatte den Anschein, als ob die Insel wie ein Pendel zwischen seinen Füßen schwingen würde. Er versuchte, wieder Ordnung in seine verwirrten Gedanken zu bringen, konnte sich aber nur ein paar verwirrte Bilder in Erinnerung rufen. Immer wieder erschien Gillians Bild vor seinen Augen, und er stellte fest, daß er darum betete, daß sie sich sicher an Bord des Schoners befand. Es war schon seltsam, wie sie alle das Schiff als ihre sichere Zuflucht betrachteten. Fraser dachte offensichtlich an nichts anderes. Ohne sein Schiff schien er verloren zu sein. War er von ihm getrennt, dann wirkte er wie ein Mann, dem man seine Stärke und seinen Lebenswillen geraubt hatte.

Blair schüttelte das Wasser aus seinem am Kopf klebenden Haar und rieb sich die Augen. Sie fühlten sich entzündet an und schmerzten. Er konnte den hingewehten Sand heiß unter den Lidern fühlen. »Ich kann nicht mehr sehr lange weiter. Das kann ich nicht mehr lange durchhalten. Ich muß eine kleine Rast machen«, murmelte er vor sich hin. Er knirschte mit den Zähnen und stieß den Gewehrkolben tief in den nachgebenden Morast, der in ihm schwelende Ärger gesellte sich zu den Gefühlen, etwas verloren zu haben, und der Ernüchterung. »Diese verdammte Insel bringt uns alle um. Und ich bringe mich selbst um.« Die Schrotflinte rutschte von seiner Schulter und fiel in den Modder. Er beugte sich hinab, um sie aufzuheben, dabei fiel er vornüber auf sein Gesicht.

Er würgte und spuckte den Schmutz aus, der sich wie ein kleines Feld aus Treibsand über seine vorgestreckten Hände schob. Jede Muskelfaser und jede Sehne schrien protestierend auf, als er versuchte wieder aufzustehen. Er konnte fühlen, wie der Regen auf die ganze

Länge seines flach ausgebreiteten Körpers prallte. Jeder Tropfen erschien ihm wie ein Schlag. Sein Fuß fühlte sich wie abgestorben an, und Blair hätte nicht sagen können, in welche Richtung er zeigte. Mit einem plötzlichem Erschrecken versuchte er sich zusammenzureißen, sein Herz hämmerte laut gegen die schmerzenden Rippen.

Sein Hemd war aufgerissen, und er verspürte das unangenehme Gefühl, als der Mudd über seine Bauchmuskeln rutschte und seine Buschjacke schwer machte. Grunzend rollte er sich auf die Seite, und mit langsamen schmerzhaften Bewegungen zog er sich auf die Füße, dann stützte er sich erschöpft und verzweifelt an einer kleinen Palme ab. Er lehnte seine Stirn gegen die nasse Borke und lauschte dem Geräusch des Regens. Das war alles, was er hören konnte. Er fürchtete, den Halt durch den Baum zu verlieren und sich wieder dem Sturm stellen zu müssen. Er wußte, wenn er wieder stürzen würde, würde er nie wieder aufstehen können. Er wußte auch, daß er alleine war. Es war dasselbe Gefühl, an das er sich jahrelang seit jenem bewußten Tag in Burma erinnert hatte. Die plötzliche Gewißheit, daß er seine Männer verloren hatte, daß er allein in einem feindlichen Land war! Es war genau dieses Gefühl gewesen.

Er preßte seinen Kopf noch fester an den Baum. War er deshalb hierher gekommen? Um sich endgültig für etwas zu opfern, das nicht seine Schuld gewesen war, das ihn aber trotzdem während der ganzen Zeit nicht losgelassen hatte? Er hörte das Knacken von Zweigen und erwartete, Frasers Rufen zu hören, aber es war nur ein verrotteter Zweig, der wie ein schlecht geformter Speer durch die Luft sauste.

Ein großer aufrecht stehender Felsen ragte aus den Büschen wie ein gigantischer Grabstein. Mit zielgerichteter Anstrengung zog Blair sich in dessen Richtung voran. Ungeachtet des Schmutzes ließ er sich auf dem kleinen geschützten Flecken nieder, den der sich überneigende Felsen bot, und ließ seine Schultern dagegen sinken. Er starrte auf seine Beine, die in die Dunkelheit hinausragten, und spürte, wie der Regen auf sie herunterpeitschte. Er hatte keinerlei Gefühl mehr in seinem Fuß.

Die Auswirkungen seiner heiklen Lage durchfuhren ihn wie ein eiskalter Windstoß, und er zog das Gewehr aus dem Schlamm, und fast ohne nachzudenken begann er lustlos mit automatischen Bewegungen durch Hin- und Herziehen des Verschlußbolzens das Magazin zu leeren. Er säuberte jede Patrone vom Schmutz, indem er die spitzen, kühlen Projektile an seiner zerrissenen Buschjacke rieb. Er versuchte sich vorzustellen, was die anderen wohl machen würden, wenn sie feststellten, daß er verlorengegangen war. Die Tatsache, daß Fraser nicht zurückkam, um nach ihm zu suchen, schien ihm Antwort genug auf diese Frage zu sein. Die völlige Gewißheit, wie sehr ihn der Mann haßte, überfiel ihn wie ein harter, unerwarteter Schlag in den Magen.

Er dachte wieder an Gillian. Sie jedenfalls hatte ihre Geschichte bekommen. Er mußte in bitterer Verzweiflung fast auflachen. Nur deshalb war sie mitgekommen. Er schloß die Augen. Vielleicht sollte ich einfach sterben, dachte er. Er preßte seine Zähne mit plötzlichem Ärger zusammen. »Was ist denn in dich gefahren? Was zum Teufel wolltest du beweisen, als du auf diese verdammte Insel gekommen bist?« schrie er sich selbst an.

Dann wurde er sich der ungewohnten Stille um sich herum bewußt. Außer den schweren Tropfen, die von den Bäumen fielen, und dem sanften Gurgeln des Wassers am Hang herrschte Ruhe. Als er aufblickte, sah er die stecknadelgroßen Lichter der fernen Sterne zwischen den aufgetürmten Wolken. Ohne den Sturm und den peitschenden Regen hatte es den Anschein, als ob die Insel vor sich hin brütete. So als würde sie auf ihn warten.

Das Donnern der Brandung und das Toben der windgepeitschten Wellen klang noch immer in Gillians Ohren nach, obwohl sich alles viel gedämpfter anhörte, vergleichbar dem Rauschen des Meeres in einer großen Muschel, die man sich an das Ohr drückt. Als es abebbte, kehrte der Schmerz in ihrem Kopf zurück, so daß ein dichter roter Vorhang vor ihren dicht geschlossenen Augen waberte. Als ihr Bewußtsein wiederkehrte, stellte sie auch fest, daß die verrückten Bewegungen des Dingis aufgehört hatten, und als sie ihre Hände schwach an ihrem Körper entlanggleiten ließ, spürte sie den rauhen Stoff einer Decke.

Ganz langsam öffnete sie die Augen, obwohl der stechende Schmerz in ihrem Kopf das Gefühl vermittelte, daß sie gleich wieder ohnmächtig werden und in tiefe Bewußtlosigkeit stürzen würde. Sie blickte auf das niedrige Dach mit den stützenden Holzbalken über ihrem Kopf und war einen Moment lang nahe daran, in Panik zu verfallen. Dann, als ihre Kraft langsam wieder in ihren Körper zurückkehrte, kam auch ein ungeordnetes Durcheinander aus Erinnerungsfetzen in ihren schmerzenden Kopf zurück. Sie sah mit plötzlicher

Klarheit wieder das kleine Boot mit den zerrissenen Segeln, das von riesigen Seen gepackt und in Richtung des Strandes geworfen wurde. Sie sah auch Watute. Sein Mund war von lautlosen Schreien weit aufgerissen, und seine verkrampften dunklen Hände versuchten, ihren Körper vor der Gewalt des Aufpralls zu schützen. Dann war da ein krachender ohrenbetäubender Aufprall gewesen. Im selben Moment, in dem das Boot strandete, hatte sie die turmhohe Woge über sich aufbäumen sehen. Dann hatte sich Gillians Welt um die eigene Achse gedreht, und sie konnte sich an nichts mehr erinnern.

Sie versuchte, sich zu bewegen, aber die Pein brannte in ihrem Kopf wie Feuer, und ihre Kehle war mit Galle gefüllt. Vorsichtig bewegte sie ihren Kopf zur Seite und sah sich in dem Raum um, der ihr bekannt vorkam. Sie lag auf einer schmalen Couch, eine rauhe Decke war bis unter ihr Kinn heraufgezogen worden, und sie bemerkte, daß auf der gegenüberliegenden Wand ein Kruzifix matt im Licht der Petroleumlampe glänzte.

Ihr Gehör, das durch das ohrenbetäubende Dröhnen der Brandung betäubt worden war, kam mit unerwarteter Plötzlichkeit zurück, und das gesamte Gebäude war sofort von den hohen klagenden Tönen einer Orgel erfüllt, die anschwollen und abebbten, verstärkt und verzerrt von dem stählernen Wellblechdach über ihrem Kopf.

Sie stöhnte und versuchte, ihren verkrampften Körper zu entspannen. Also war sie wieder in Ivor Spencers Mission! Watute mußte hierhergelaufen sein, um Hilfe zu holen, nachdem er Gillian aus der See gezogen hatte. Sie versuchte, die Bruchstücke zusammenzusetzen, aber sie kam zu keinem Ergebnis. Ihre Verletzungen und das ohrenbetäubende durchdringende Klagen der Orgel machten alle ihre Bemühungen zunichte.

Mit einem letzten dröhnenden Akkord hörte die Musik auf, und ein großer Schatten ging zögernd vor der Laterne vorbei. Ivor Spencer stand da und blickte auf sie hinunter, sein Gesicht blieb dabei im Schatten. Er hatte die Arme vor der Brust gekreuzt.

Gillians Stimme klang müde und verzagt und schien von weit her zu kommen. »Hallo, da drüben! Wie lange bin ich schon hier?«

Sie konnte Spencers ungleichmäßiges Atmen hören und konnte spüren, wie seine Augen sie genauestens musterten.

Er nickte langsam. »›Näher mein Gott zu Dir‹, ein wunderbares Musikstück, meine Tochter.« Seine Stimme klang leise, fast liebevoll. »Wenn ich des Nachts auf der Veranda spiele, dann scheint es den Dschungel zu besiegen und ihn fernzuhalten.« Er kicherte unmotiviert. »Sie würden das natürlich zweifellos als Symbol begreifen.«

Gillian versuchte, sich mühsam auf ihren Ellenbogen zu stützen, aber Spencer drückte ihren Kopf auf das Kissen zurück. Seine Hand fühlte sich trocken und heiß an.

»Es ist besser, Sie bleiben so, wie Sie sind. Ich fürchte, daß Sie keine Kleider anhaben.« Er trat zurück, wie um ihre Reaktion zu studieren.

Sie lag ganz still, plötzlich wurde ihr klar, daß sie die Decken auf ihrer nackten Haut spürte.

»Meine Dienerinnen haben sich um Sie gekümmert, also ist Ihr guter Ruf nicht in Gefahr.« Sein Tonfall war völlig ausdruckslos, fast sachlich. »Wie es scheint, haben wir Sie gerade noch rechtzeitig gefunden.«

Sie schluckte schwer. »Ich vermute, daß ich mich bei Ihnen bedanken muß«, sie stockte, »aber was ist mit dem Jungen, der mich begleitet hat?«

Spencer ging langsam zum Fenster hinüber und spielte unentschlossen mit den Knöpfen seines Hemdes. »Ich fürchte, daß der Allmächtige ihn zu sich gerufen hat. Es war Sein Wille.«

Sie schloß die Augen. Armer Watute. Er war so glücklich gewesen, so zuversichtlich, daß er sie würde beschützen können. Ihre Gedanken schienen sich zu verselbständigen. In ihrem Hinterkopf nisteten sich die ersten kleinen Anzeichen von Angst ein, aber mit fester Stimme sagte sie: »Haben Sie meinen Freunden mitgeteilt, daß ich mich hier befinde?«

Eine ganze lange Zeitspanne antwortete Spencer nicht. »Freunde? Ich fürchte, daß die fort sind.« Er drehte sich schnell um, damit er in ihr Gesicht und die überraschten Augen blicken konnte. »Das Schiff ist ausgelaufen. Wie es scheint, war man dort der Meinung, daß Sie ertrunken sind!« Seine gesamte Persönlichkeit schien sich zu verändern, auf seinem langen Gesicht breitete sich ein breites Grinsen aus. »Es war Sein Wille, daß Sie überlebt haben, um mir zu helfen!«

Sie konnte ihr eigenes Herz laut schlagen hören, denn schlagartig wurde ihr klar, in welcher Totenstille das ganze Haus lag. Wie es schien, war das Zischen der Petroleumdrucklampe das einzige Geräusch, das das Unheil zurückhielt.

Sie versuchte, scharf zu antworten: »Nun machen Sie aber einen Punkt, Mr. Spencer, es hat doch keinen

Zweck, wenn Sie versuchen, mich einzuschüchtern. Ich habe an diesem Tag schon mehr mitgemacht, als mir guttut.«

Das Grinsen verschwand, seine Augen verwandelten sich in schmale, funkelnde Schlitze, als er seine Gefühle unter Kontrolle zu bringen versuchte. »Schweigen Sie! Sie können mich dafür nicht verantwortlich machen! Ich hatte Sie davor gewarnt, hierher zu kommen!«

Sie lag verschreckt in der entstandenen Stille, ihre Augen verfolgten seinen hageren Schatten, als er auf und ab zu gehen begann. Hin und zurück folgte ihr ängstlicher Blick dem langen Bild, das an der kahlen weißen Wand verzerrt und verbogen wurde. Ihr Magen fühlte sich wie Pudding an, und sie spürte, wie sie ihre Hände in die Matratze vergrub, um sich unter Kontrolle zu halten. Während der ganzen Zeit, in der er herumwanderte, hob und senkte sich seine Stimme, wie es vorher die Töne der Orgel getan hatten. Manchmal sprach er so leise, daß sie nur mutmaßen konnte, was er sagte, aber gelegentlich unterbrach er seinen Lauf und brüllte mit einer lauten, exaltierten Stimme, als ob er vor einer großen Gemeinde sprechen würde.

»Ich habe im Laufe der Jahre die Früchte meiner Arbeit wachsen und gedeihen sehen! Können Sie sich vorstellen, daß ich das um Ihretwillen verkümmern und verderben lassen werde? Glauben Sie das?« Es war fast ein Schrei. »Das ist jetzt *Ihre* Chance! Verstehen Sie das nicht?« Er blieb neben der Couch stehen und strich sich mit einer Hand über die Stirn. »Das verstehen Sie doch, nicht wahr?« Seine Augen flackerten einen Augenblick lang wie die offenen Türen eines Ofens, und als sie nicht antwortete, fügte er bedeutsam hinzu: »Die da oben in den Bergen denken, daß ich sie betrogen habe, verstehen Sie? Das müssen sie auch annehmen, nicht wahr?«

Sie beobachtete ihn, ihre Stimme war heiser. »Bitte, erklären Sie mir, was Sie meinen. Ich verstehe gar nichts …« Sie schreckte zurück, als er mit beiden Händen ungeduldig in der Luft herumfuchtelte.

»Ich habe Ihnen gesagt, sich nicht in ihre Angelegenheiten einzumischen. Jetzt denken sie, daß Sie gekommen sind, um sie für ihre Sünden zu bestrafen.« Er runzelte die Stirn. »Und das wiederum ist alleine mein Vorrecht. Ich allein bin Gottes Werkzeug – und das wissen sie inzwischen auch.« Er trat mit einem solchen Schwung zurück, daß er beinahe die Lampe umgestoßen hätte. Seine Kiefer mahlten vor übertriebener Wut. »Versuchen Sie nicht, mich zu täuschen! Ihre sanften Worte sind eine Versuchung! Aber Sie haben hier keine Macht!« Er lächelte sie listig an. »Ich habe alles mit angesehen, müssen Sie wissen. Ich befand mich hier auf der Insel, als damals das Schiff verlorenging.« Die Worte flossen aus ihm heraus wie ein Strom, der lange aufgestaut war. Er sprach über das Geheimnis, das er jetzt nicht länger für sich behalten konnte. »Ich sah diese dummen Kreaturen, die mit ihren Gewehren und ihrem Geschrei den Strand heraufgetaumelt kamen!«

Gillian fühlte den kalten Schweiß auf ihrem Gesicht, aber sie konnte ihre Augen nicht von ihm losreißen. Sie fühlte sich fasziniert, sogar betroffen von dieser angsteinflößenden Gestalt.

Die Stimme erzählte weiter: »Die Mota kamen aus dem Dschungel und griffen sie sofort an. Sie begannen zu töten, bevor die begriffen, was mit ihnen geschah, verstehen Sie? Der verwundete Offizier, der Vater dieses Ignoranten in Ihrer kleinen Expedition, starb, während er versuchte, sein Kind zu verteidigen.« Er blickte hart auf den zitternden Mund des Mädchens. »Das war der Augenblick, als ich zur Tat schritt! Das Kind war mein Handelsobjekt.« Seine Finger verkrampften sich zu einem festen, aber unruhigen Griff. »Jahrelang hatte ich zu erreichen versucht, daß die Mota wie die anderen Dorfbewohner zu mir kommen sollten. Aber sie widersetzten sich mir. Sie stellten die größte Bürde dar, die ich zu tragen hatte. Aber in diesem Moment nahm ich das Kind und bat darum, daß ich es behalten dürfte. Ihr Häuptling kannte mich und war der Überzeugung, daß er einen guten Handel abgeschlossen hätte. Er wußte, wenn ich das Kind behielt und vor unseren nichtsnutzigen Behörden schwieg, dann waren die Mota auf der sicheren Seite. Das Kind stellte die erste wirkliche Verbindung mit ihnen her. Sie begannen mir sehr langsam zu vertrauen. Bis …«, seine Stimme zitterte vor Erregung, »bis Sie hierherkamen.«

»Was ist mit dem Kind geschehen?« Gillians Stimme war nur ein schwaches Flüstern.

»Es war blind. Es war bei dem Kampf auf dem Strand verwundet worden.« Seine Stimme klang sehr weich. »Es starb vor zehn Jahren.«

Es folgte eine lange Pause, und Gillian hatte das Gefühl, daß sie ohnmächtig werden würde.

»Es war eine Herausforderung für mich. Aber ich habe das perfekte Kind aus ihr geformt. Das Mädchen kannte nur Liebe und Glück, und jede lebende Kreatur war sein Bruder.«

»Sie wissen nicht, was Sie sagen!« Gillian starrte ihn

voller Entsetzen an. »Sie haben ein Kind an diesem Ort festgehalten, nur ...« Sie schrie auf, als er ihr mit aller Kraft ins Gesicht schlug.

»Ruhe! Wie können Sie die Bedeutung von Vollkommenheit auch nur erahnen? Für Sie bedeutet sie Geld oder Wollust! Sie personifizieren alle die Dinge, vor denen ich das Mädchen bewahrt habe!« Er schlug die Augen nieder. »Das Fieber hat mir das Kind genommen. Ganz plötzlich. Ich habe es an dem Abhang begraben, auf dem es mit mir zu sitzen pflegte, wenn wir gebetet haben. Aber die Mota haben davon niemals etwas erfahren. Sie dachten, daß ich die Kleine hier bei mir habe. Deshalb haben sie mich die ganze Zeit in Frieden meine Arbeit machen lassen.« Die tiefliegenden Augen wanderten unruhig zu der Couch hinüber. »Nachdem der Schoner abgesegelt war, wußte ich, was geschehen würde. Ich werde die Mota beruhigen müssen. Sie werden eine weitere Rückversicherung von mir verlangen. Ein Zeichen meines guten Willens.« Er faltete die Arme. »Stimmen Sie mir nicht zu, daß meine Arbeit, einen Ort der Einfachheit und der Rechtschaffenheit zu errichten, von überragender Bedeutung ist? Sicherlich können selbst Sie das einsehen!« Als sie nicht antwortete, nickte er langsam, das Lampenlicht glänzte auf seinem spitzen Kahlkopf. »Ganz recht! Sie werden kommen, um sich das Kind zu holen!«

»Aber das Kind ist tot!«

Seine langen Finger packten die Decke und rissen sie bis zu ihren Brüsten herab. Um ihren Hals hing das Halsband mit dem Messinganhänger.

»Sie werden das Kind ersetzen«, antwortete er gemessen.

Fraser arbeitete sich mühsam auf seine Knie hoch, mit auf die Seite gelegtem Kopf lauschte er aufmerksam, und zur selben Zeit versuchte er mit seinen überanstrengten Augen den schwarzen Schatten unter den Bäumen zu durchdringen. Er stellte fest, daß der unscharfe Umriß von Hogan deutlicher zu erkennen war, und er blickte besorgt hinaus in Richtung der offenen See und suchte nach einer Lücke in den tiefhängenden Wolken, die sich Welle auf Welle auf die Insel zuschoben und dann darüber hinwegzogen. Seine Finger fuhren über die Bartstoppeln an seinem unrasierten Kinn, unter seinen tastenden Fingern konnte er auch den Schmutz und den Flugsand fühlen, der sein dichtes Haar in eine verfilzte Perücke verwandelte. Er fluchte, als sich Hogan wieder zu bewegen begann und zusammenhangloses Zeug im Schutz seines Erschöpfungsschlafes murmelte. Fraser hatte fast die ganze Nacht über in derselben Position gesessen und an seinem Gewehr herumgefingert. Bei jedem Geräusch, das er in dem dichten Wald am Abhang des Kaps gehört hatte, war ihm der Schweiß ausgebrochen. Nachdem der Regen aufgehört hatte, hatte er seine Schritte etwas beschleunigt. Hogan, der sich im Delirium befand, hatte er halb gezogen und halb getragen, bis sie die relative Sicherheit einer steilen Klippe erreicht hatten, die in eine kleine Bucht hinabführte. In der Dunkelheit war in der Nähe dieses Abhangs kein Weiterkommen mehr möglich gewesen. Er packte Hogans Schulter und schüttelte sie heftig. »Komm hoch, Jim. Es wird Zeit, daß wir uns wieder auf den Weg machen.« Er runzelte die Stirn, als sich Hogan auf den Rücken rollte und blicklos in die Wolken starrte. Er konnte erkennen, daß die Augen wie Austernschalen leuchteten, und erzitterte, als er an das Gemetzel am Handelsposten dachte. Bei Gott, war das alles erst gestern geschehen? Er schüttelte den Mann wieder, seine Stimme klang barsch. »Denkst du, daß du aufstehen kannst? Wir sollten besser versuchen, das Schiff zu finden, bevor jemand uns findet!«

Hogan stieß ein langes Stöhnen aus und brachte seinen Körper in eine sitzende Position. Fraser hatte den Eindruck, daß er nicht bereit war, die Gefahren ihrer Lage einzusehen. Es hatte den Anschein, als ob er gehofft hätte, aus einem Alptraum zu erwachen. Aber der Alptraum war Wirklichkeit, und seine dicken Finger fummelten vorsichtig an der Bandage an seinem Arm herum. »Mein Gott, wo sind wir?«

»Du solltest doch die Insel kennen, nicht wahr?« Frasers Stimme war gefühllos. »Das Meer ist dort drunten, und ich vermute, daß das Kap in diese Richtung da weiter verläuft.« Er wartete mit wachsender Ungeduld ab. »Nun? Warum starrst du mich so blöd an? Du siehst aus, als ob du annehmen würdest, daß du hier der einzige wärst, der in der Scheiße steckt!«

Hogan leckte sich die Lippen. »Wo ist er?«

Fraser bleckte die Zähne. »Von wem sprichst du? Wer ist wer?«

Hogans Lippen kamen näher, so daß er den ungleichmäßigen Atem auf seinem Hals spüren konnte. »Der Major. Was ist mit ihm passiert?« Er strich mit einer Hand über sein Gesicht, wie ein Mann, der Spinnweben entfernt. »Ich versuche mich zu erinnern«, fügte er unsicher erläuternd hinzu.

Fraser zwang sich dazu, ruhiger zu atmen. Die ganze

Nacht über hatte er versucht, seinen Ärger auf Blair wieder aufleben zu lassen, ihn völlig aus seinem Denken zu verbannen, als ob er bereits tot wäre. Als er festgestellt hatte, daß Blair zurückgefallen war, hätte er fast klein beigegeben. Hogans schweres Gewicht, die Wut des Sturmes und die quälenden Vorstellungen in seinem Kopf, wenn er sich vorstellte, was mit dem Schoner passieren konnte, das alles hatte einen hohen Preis von seinen begrenzten Reserven gefordert. Als er sich umgedreht hatte, um nach Blair zu schauen, lag schon ein Fluch auf seinen Lippen. Doch dann hatte er mit weit aufgerissenen Augen auf die unbewegliche Wand des Dschungels gestarrt, es war ihm unmöglich gewesen, einfach zu akzeptieren, daß Blair verschwunden war. Die gesamte aufgestaute Wut und Enttäuschung waren in diesem Augenblick aus ihm herausgebrochen, und mit plötzlicher wiedererwachter Stärke stürmte er blindlings den Hang hinauf. Er bewegte sich rein instinktmäßig, er war für alles um sich herum blind und taub, sogar für Hogans ständiges Zappeln und Stöhnen.

Jetzt war alles anders. Ein schwacher Lichtschein trennte die See vom Himmel, und die ersten fernen Anzeichen der Morgendämmerung schienen seine überbordenden Gefühle aus Schuld und Scham nur noch zu verstärken.

»Sieh doch mal«, begann er scharf, »ich habe dir erzählt, was in der Nacht passiert ist. Wir haben ihn verloren. Irgendwo da hinten.« Er deutete über seine Schulter nach hinten. »Jedenfalls ist er weg, und das war es dann.« Seine Schultern sackten nach vorn, plötzlich fühlte er sich unglaublich müde.

Hogan rückte unbehaglich hin und her. »Ich kann mich an nichts erinnern. Armer Hund! Er muß in eine der Schluchten gestürzt sein.« Er blickte unsicher den knienden Mann an. »Sollten wir nicht zurückgehen, Vic? Ich meine, er könnte verwundet sein oder so ...«

Er zuckte zurück, als Fraser auf die Füße sprang. »Das fehlt uns noch, verdammt! Mach kein verdammtes Heldendrama daraus! Wessen Schuld ist das alles, wenn nicht seine eigene?« Er ballte seine großen Fäuste und schüttelte sie in der Luft. »Wenn er nicht gewesen wäre, dann könnten wir schon auf dem Rückweg zu dem verdammten Port Vila sein, sicher und gesund, verstehst du? Du bist ganz genauso«, fügte er bitter hinzu. »Du verstehst einfach nicht, was dieser Mann uns allen angetan hat. Für ihn war es nur ein Spiel. Chartert sich ein verdammtes Schiff und fährt hin, um alte Geschichten wieder aufzuwärmen, nach Wracks zu suchen und nach was für Sachen noch, weiß nur der Himmel! Es spielte keine Rolle für ihn, wem er auf die Füße treten muß, um sein Ziel zu erreichen!«

Hogan bewegte sich ungemütlich. »Nun, jedenfalls läuft es jetzt nicht nach seinem Willen.«

»Das ist seine Schuld. Wie in drei Teufels Namen sollen wir ihn finden?« Er deutete auf Hogans Schulter. »Und du siehst auch nicht gerade wie das blühende Leben aus. Sieh dich an! Du bist selbst verdammt hilflos!«

Hogan blickte an seinem fetten Körper hinunter, was ihm bei dem zunehmenden Licht nur weiteres Unbehagen bereitete. Er war dick mit Schlamm und Dreck überzogen, sein Hemd hing in Fetzen an seinem Körper herunter. Bei Frasers harten Worten ließ er den Kopf sinken.

»Okay, Vic, es tut mit leid. Ich weiß, daß ich dir mein Leben verdanke.«

Fraser blickte sich um, seine verkrampften Beine zitterten. »Komm, gib mir deine Hand, alter Knabe. Wir müssen weiter.«

Sie hielten sich so dicht an der Kante des brüchigen Kliffs, wie sie meinten, es sich zutrauen zu dürfen. So begannen sie oben um die Bucht in Richtung des Kaps herumzulaufen. Jede schmerzhafte Sekunde, die verstrich, ließ den Himmel heller werden und brachte mehr Wärme in die feuchte Luft.

Fraser schnüffelte und schüttelte seinen Kopf. Er hatte gehofft, daß mit der Morgendämmerung diese frische, kühle Brise aufkommen würde, die normalerweise einem Sturm folgte und die Rückkehr der Sonne ankündigte. Aber es war windstill, und als das erste Licht auf dem bewegten Wasser glitzerte, konnte er die ölige Oberfläche ohne Brecher erkennen. Sie sah grau und furchteinflößend aus. Es muß sich um den Rand des Willy-Willy gehandelt haben, dachte er. Er könnte zurückkommen, aber auf jeden Fall ist noch mehr schlechtes Wetter im Anzug …

Hogan lehnte sich gegen ihn, keuchend rang er nach Atem.

»Ich brauch' 'ne Pause. Bin fix und fertig!« Er schnappte nach Luft wie ein Ertrinkender, während Fraser mit glühenden Augen über ihn hinweg auf die See hinausstarrte.

Ein dünner goldener Streifen Sonnenlicht fiel wie eine Lanze durch die Bäume und tanzte auf ihren Gesichtern. Von den Palmenwedeln und ineinander verschlungenen Luftwurzeln tropfte noch immer das Regenwasser, und über allem hing dieser süßliche, schwere Geruch nach durchweichter Vegetation und verrottendem Holz.

Fraser hob wieder seine Nase prüfend empor und saugte die Luft lautstark ein, als ob er die See zu dem Platz hinaufziehen wollte, an dem sie standen. Er legte dem anderen Mann einen Arm um die Hüfte. »Auf geht's jetzt! Paß bloß auf, wo du deine großen Hufe hinstellst.«

Ihre Gesichter wurden von dem fahlen Licht erwärmt, und sie wurden sich ihrer Lumpen bewußt, die feucht an ihren zerkratzten Körpern hingen.

Ein Fregattvogel erhob sich wie ein grauer Geist vom Kliff und entfernte sich ärgerlich mit klatschenden Flügelschlägen von den beiden Eindringlingen. Er tauchte zur Meeresoberfläche hinab, sein Spiegelbild schien ihm entgegenzukommen, um sich mit ihm auf dem unruhigen Wasserspiegel zu treffen.

Für Hogan war jeder Schritt eine Qual. Die Jahre in den Tropen hatten seine Widerstandskraft gegen jede Art physischer Beanspruchung geschwächt, dazu kam der Blutverlust, der durch seine Wunde verursacht wurde, an die er sich aber seltsamerweise nicht mal mehr erinnern konnte, denn er litt noch immer unter einem Schock. Er konnte sich abmühen, soviel er wollte, es war ihm nicht möglich, sich die Vorgänge in der richtigen Reihenfolge ins Gedächtnis zu rufen. Und in seinem schmerzenden Kopf spukte auch noch der Gedanke an Blair weiter herum und verwirrte ihn zusätzlich.

Er blickte zur Seite auf Frasers nach vorne geschobenes Kinn und dessen harte, suchende Augen. Komisch, daß Vic sich so verhält, dachte er besorgt. Es war falsch, den Burschen in diesem Zustand zurückzulassen. Er erzitterte, als er sich an die bemalten Gesichter erinnerte, die ihn über die Veranda hinweg angebrüllt hatten. Er wäre beinahe gestürzt, als ihn Fraser unsanft über einen unordentlichen Haufen Gesteinsstücke zog.

»Sieh nur!« Fraser deutete wild in eine Richtung. »Da ist die *Pearl*! Sieh nur, Jim, verdammt sollen deine Augen sein!«

Hogan preßte die rotgeränderten Augen gegen die zunehmende gleißende Helle des Meeresspiegels zusammen. Genau hinter dem Überhang der nächsten Klippe konnte er den auf und ab stampfenden weißen Spiegel des Schoners erkennen. Er sah sehr klein aus, dabei aber auch sehr nah unter der Küste.

Fraser leckte sich die Lippen und spürte einen Schmerz hinter seinen Augen. »Die gute alte *Pearl*! Also hat sie doch alles gut überstanden!« Ungläubig starrte er auf das weiße Gebilde. »Sie haben sie also tatsächlich durch das Riff gebracht!«

»Ja! Da ist sie!« Auch Hogan konnte es gar nicht fassen. Während Fraser in plötzlicher Erregung zu schnattern begann, wuchs in Hogan ein seltsames Gefühl des Widerwillens. Ich habe alles verloren und bin zu alt, um nochmals von vorn anzufangen, aber alles, worum er sich kümmert, ist sein ... Seine Gedanken wurden unterbrochen, weil ihn Fraser wieder am Arm zog.

»Laß uns runtersteigen.« Fraser blickte sich um, weil er nach einem Fußpfad suchte.

Hogan seufzte. Das Pochen in seinem Arm wurde stärker, aber gehorsam stieß er sich von dem Baum ab und folgte Fraser über die Felsbrocken. Als mehr vom Schiff in Sicht kam, begann Fraser zu fluchen.

»Die Vormaststenge ist weg«, murmelte er böse. »Und es scheinen auch keine Boote mehr dazusein.«

Ziemlich schnell wurden die Bäume lichter, und Hogan und Fraser erreichten einen steil abfallenden Hang, der direkt zum Wasser hinabzuführen schien. Frasers Gummisohlen rutschten und glitten auf dem mit Wasser durchtränkten Boden aus, aber er stolperte nicht ein einziges Mal, wenn er Hogan eine stützende Hand reichte. So führte er sie beide den Weg den Abhang hinab.

Hogan zog an seiner Hand, und Fraser drehte sich um, sein Gesicht war voller Ungeduld. »Komm schon, Kumpel, es ist nicht mehr weit.« Er brach ab, als er den starren Ausdruck auf dem fetten Gesicht bemerkte.

Hogan rang nach Luft. »Dort drüben! Zwei von den Kerlen versuchen, uns den Weg abzuschneiden!«

»Was? Wo?« Unglauben verbunden mit plötzlicher Vorsicht ließen seine Stimme hart klingen.

»Dort, bei den Steinen.« Mit verzweifelter Bitterkeit fügte er hinzu: »Du hättest die Augen offen halten sollen, Vic!«

Fraser trat von dem Mann weg, seine Augen waren in voller Konzentration zusammengekniffen. »Halt die Klappe! Vielleicht hast du es dir nur eingebildet.«

Er drehte sich um, als er selbst eine Bewegung zwischen der nicht mehr so dichten Bewaldung sah. Eine braune Gestalt rannte über die von der Sonne beschienene Fläche und verschwand im dichten Unterholz etwas weiter unten am Abhang. Hogan hatte recht. Er war zu sehr mit sich beschäftigt gewesen, um Vorsicht walten zu lassen. Blair hätte gewußt, was zu tun war.

Hogan keuchte aufgeregt. »Einer ist genau hinter dir, Vic. Beweg dich nicht, bis ich dir etwas anderes sage.«

Fraser blieb ganz ruhig stehen, seine Augen ruhten auf den hervorquellenden Augen Hogans. Er spürte ein schmerzhaftes Ziehen zwischen seinen Schulterblättern, und er wollte sich umdrehen und schießen und schießen und weiterfeuern, bis das Magazin leer war. Nichts passierte. Er sah, wie der Schweiß auf Hogans Gesicht hinunterlief, und spürte, wie sich Übelkeit in seinem Magen ausbreitete.

Sekunden dehnten sich zu Minuten. Das Gewehr wurde schwerer und schwerer, und das Holz des Kolbens wurde von seinem Schweiß glitschig.

Hogans Lippen bewegten sich. »Hau ab, Vic. Laß mich zurück, bitte. Ich halte dich nur auf.« Seine Augen zwinkerten vor Anstrengung. »Gib mir nur zuerst eine Kugel. Ich will nicht, daß mich die Hundesöhne lebend in die Hände bekommen!«

Irgend etwas in Fraser rastete aus. »Halt um Gottes willen die Klappe! Niemand wird uns aufhalten, verstehst du!« Mit einem Schluchzen wirbelte er auf dem Absatz herum und zog den Abzug. Er hatte den Verschluß gespannt und geschossen, bevor ihm klar wurde, daß sich nichts hinter ihm bewegte. Nur das Echo des Schusses und das Kreischen der aufgestörten Vögel gellten in seinen überanstrengten Ohren. Er faßte einen Entschluß. »Komm schon, Mann! Lauf einfach weiter, und ich decke dich!«

Er blinzelte, um den Schweiß aus den Augen zu bekommen, dabei drückte er sich vorsichtig durch die stillen Bäume, das Gewehr schwang schußbereit von einer Seite zur anderen. Hinter sich hörte er Hogans schlurfende Schritte und wie sein Körper durch die widerstrebenden Büsche brach. Er konnte kaum atmen, und obwohl er schlucken wollte, war er sogar zu verängstigt, seine Lippen zu lecken.

Kommt raus! Zeigt euch! Wo zum Teufel seid ihr? Die grüne Wand tanzte und schwankte zitternd vor seinen überanstregten Augen.

Ein erstickter gurgelnder Ausruf ließ ihn herumfahren. Hogan war über eine Wurzel gefallen, denn seine Augen klebten an der großen Gestalt, die vor ihm aus dem Boden emporzuwachsen schien.

Mit dem Meer im Rücken ähnelte die Gestalt mehr einem Schattenriß als einer lebenden Kreatur, das schwache Sonnenlicht zauberte einen leuchtenden Heiligenschein um die unnatürliche Haartracht mit rotem Lehm und spielte über die gebogene Spitze des breiten Blattes des Speers, der – während Fraser den schweren Karabiner schon an die Schulter riß und feuerte – mit fast spielerischer Leichtigkeit in Richtung des wimmernden Mannes flog, der am Boden lag.

Die beiden Körper lagen umschlungen und unbeweglich da, als Fraser schwer den Abhang heruntergepoltert kam. Mit einem erschrockenen Blick auf die gefletschten Zähne des Wilden stieß er den Mota mit dem Fuß von Hogans Rücken, dann zog er mit zitternden Händen den Speer aus den dicken Fleischfalten im Rücken des Händlers. Hogans Augen blickten verwirrt zu den Bäumen empor, sein Mund öffnete und schloß sich lautlos, während Fraser neben ihm kniete, nicht einmal mehr auf die Bewegungen auf dem Abhang und dem Schiff, das so nahe am Strand lag, achtend.

Blair hatte gewußt, daß Hogan sterben würde. Er hatte es gesagt. Und als Fraser nach unten in das runde, plötzlich faltenlose Gesicht blickte, hatte er die Vision, in sein eigenes zu schauen.

»Ich werde Cairns nie wiedersehen, Vic.« Die Stimme klang überraschend gefaßt. »Hatte daran gedacht, mir eine kleine Farm etwas außerhalb des alten Orts zuzulegen.« Er schüttelte sich, und Fraser wußte, daß die Zeit für sie beide zu Ende ging. »Hübscher kleiner Flecken. Erinnere mich gut daran. Rote Gummibäume säumen das Flußufer und den ganzen Tag nichts zu tun außer ...« Seine Stimme verklang, und einen Augenblick lang dachte Fraser, daß Hogan hinüber wäre. Aber eine der fetten Hände bewegte sich. »War reine Zeitvergeudung wegzulaufen. Hätte mit der Chinesin dort bleiben sollen. Zu spät jetzt. Zu spät für alles.« Hogans Augen flatterten mit plötzlichem Erschrecken. »Laß mich nicht hier liegen, Vic! Das wirst du nicht tun, nicht wahr?«

Er schüttelte den Kopf. »Nein, Jim. Ich nehme dich mit, alter Kumpel.«

Hogan seufzte. »Schade um den Major. War ein feiner Bursche.« Er seufzte noch einmal und starb.

Fraser lud sich den Körper auf die Schultern und trug das Gewehr wie eine Pistole in seiner freien Hand. So stieg er langsam den Abhang hinunter. Nichts bewegte sich, und ihm wurde bewußt, daß hoch über seinem Kopf die Vögel sangen.

Dann spürte er den Sand unter seinen Schuhen und sah, daß der Schoner genau gegenüber der Stelle lag, wo er stand, nur knapp hundert Meter vom Strand entfernt.

Als er langsam in das Wasser watete, konnte er erkennen, daß mehrere Köpfe auf dem Deck in seine

Richtung blickten, und während er weiter mühsam durch das lauwarme Wasser taumelte, bekam er undeutlich mit, daß Wabu und Yalla, die beiden Taucher, über die Reling sprangen und auf ihn zuschwammen.

Sein Kopf war völlig leer, und die Anstrengung, Hogans Leichnam und den schweren Karabiner hochzuhalten war fast zuviel für ihn. Er sagte nichts, als ihn die beiden Taucher von seiner Last befreiten, aber er blieb stehen, um Wasser zu treten und sich dann zu dem verlassenen Ufer umzudrehen. Es sah so aus, als ob dort noch niemals ein Mensch an Land gegangen wäre und als ob hinter dem undurchdringlichen grünen Verhau keine Kreatur leben würde.

Man mußte ihn buchstäblich über die vielfach angekratzte Bordwand des Schoners nach oben hieven. Dort setzte er sich schweigend auf die Verschanzung und blickte auf die Pfütze, die sich zu seinen Füßen bildete. Mit betont langsamer Entschlossenheit drehte er dem Strand den Rücken zu und fühlte, wie die Sonne nach und nach seinen Körper durch das zerrissene Hemd erwärmte. Alle blickten in sein Gesicht. Wabu und Yalla, an deren schlanken Körpern und schwarzen Haaren das Wasser zu trocknen begann, standen da wie zwei geschnitzte Statuen, ihre Gesichter waren ruhig und ernst. Kari kniete neben Hogans wassertriefender Leiche, seine faltigen Gesichtszüge waren voller Traurigkeit, und seine knotigen Hände strichen nervös über das warme Deck. Dinkila, der Koch, dessen einfältiges Gesicht vor Schreck wie eingefroren wirkte, war dicht vor einem hysterischen Zusammenbruch. Sogar Myers, der auf Grund des Whiskys, den er während des Sturmes verkonsumiert hatte, kaum ansprechbar war, schien durch Frasers Gesichtsausdruck etwas nüchterner zu werden.

Er blickte langsam auf Tarrou, der anders als die anderen den Eindruck von Hektik, von nervöser Lebendigkeit vermittelte.

»Nun?« Die Frage fiel wie ein tonnenschwerer Stein in einen Dorfteich. »Was hast du zu sagen?« Fraser ließ seinen Blick über die versammelte Gruppe gleiten. »Und wo ist unsere hochverehrte Miss Bligh? Ich habe fest angenommen, daß sie für diese einmalige Gelegenheit ihre Kamera schußbereit hält.«

Tarrous Stimme zitterte. »Ein Sturm ist aufgekommen. Ich habe das Schiff hierher gebracht. Ich dachte, daß es hier sicher wäre. Die anderen waren dumm und haben deine Wünsche nicht verstanden, Vic.« Er machte eine Handbewegung in Richtung der anderen, und Wabu ließ seine schlanke Hand auf sein Tauchermesser sinken. »Es war schrecklich.« Er schluckte schwer. »Wo ist der Rest? Ich habe angenommen ...« Seine Stimme erstarb.

Durch den Nebel des Schocks und der Erschöpfung wurde Fraser zum erstenmal klar, daß er noch mehr ertragen mußte. Er hob einen Arm, der ihm bleischwer erschien, und deutete auf Hogans Körper. »Da ist Jim. Blair ist vermißt. Ich vermute, daß ihr euch das schon gedacht habt. Aber was ist hier sonst noch schiefgelaufen? Und wo ist diese Amerikanerin, diese Bligh?«

Tarrou zerknüllte sein zerknittertes Jackett zwischen seinen braunen Händen. »Es ist nicht meine Schuld. Sie hat das Schiff ohne meine Erlaubnis verlassen. Watute ist mit ihr weggefahren, und dann kam der Sturm, ich ...«

Er taumelte zurück, als Fraser vorschoß und ihn an der Kehle packte. »Sie ist *was*? Sag das noch mal, du froschfressender Hundesohn!«

Tarrou wand sich, seine Augen hatten den Ausdruck eines Verrückten. »Gib mir nicht die Schuld!« schrie er und war sich bewußt, daß alle Augen auf ihn gerichtet waren. »Ich konnte sie nicht aufhalten. Ich glaube, daß sie zur Mission gefahren ist.«

»Das ist nicht alles, Käpt'n.« Wabus Stimme war voller Geringschätzung. »Er uns auf eine Sandbank setzen. Maschine und alles kaputt!«

Fraser schüttelte Tarrous Körper sehr langsam, so als ob er seine Worte unterstreichen wollte. »Warum hast du die *Pearl* so weit unter Land gebracht? Ich vermute, das war auch die Schuld von jemand anderem?« Er ließ seinen Kopf zurücksinken, um den unwiderstehlichen Drang, Tarrou mit seinen bloßen Händen umzubringen, zu bezähmen. So wie er den Stammeskrieger der Mota getötet hatte. »Jesus Christus! Weißt du, was du angerichtet hast?«

Der Schweiß lief in breiten Bächen über Tarrous Gesicht, seine Augen waren schwarz vor Angst und verletztem Stolz. Daß Vic ihn vor allen so fertig machte, und das auch noch, nachdem er so viel für ihn durchgemacht hatte! Das war mehr als ein Todesstoß. Irgend etwas zerbrach in ihm, und obwohl er immer noch von den scharfen Anwürfen des Australiers wie benommen war, interessierte ihn das alles nicht länger. Es erreichte ihn nur noch als fernes Gemurmel, das sich auf seltsame Weise mit seinem wachsenden Groll auf das Mädchen zu vermischen drohte. Sie hatte ihn getäuscht und ihn letztlich auch vernichtet. Sie und Blair hatten seine heile Welt einstürzen lassen, und für Tarrou blieb nichts anderes mehr zu tun, als Rache zu nehmen.

Fraser drehte den Kopf. »Noch weitere Schäden? Bringt Old Buka her. Er soll mir berichten.«

Yalla schlug die Augen nieder. »Er tot. Steuermann sein schuld an seinem Tod.«

Tarrou merkte, daß seine Finger ihren Halt verloren, und er trat an die Reling zurück. »Das ist nicht wahr! Alle haben sich gegen mich verschworen! Ich habe das Schiff für dich gerettet, Vic, und sie ärgern sich darüber, merkst du das nicht?« Auf seinen dicken Lippen platzten kleine weiße Speichelbläschen.

Kari tippte sich an die Stirn. »Er völlig balla-balla geworden.«

Tarrous Stimme wurde noch um eine Oktave höher. »Ich werde es euch allen zeigen! Ich werde die Maschine wieder zum Laufen bringen, und dann werdet ihr schon sehen!«

Niemand hörte ihm zu, alle blickten auf Fraser.

Der setzte sich auf die Verschanzung, sein stoppelbärtiges Gesicht war ausdruckslos. »Ihr nehmt an, daß die Frau ertrunken ist?« Die Frage richtete sich an niemand Bestimmten.

Myers sprach von seinem Platz an der Luke aus, seine Stimme war schwerfällig und undeutlich. »Wir haben gesehen, wie sie vom Strand ablegten, anscheinend um zum Schiff zurückzukommen, aber dann fiel der Sturm ein. Wabu ist später an Land geschwommen und hat einen Dorfbewohner von der Mission befragt. Dieser komische Heilige, Spencer, behauptet, daß das Boot gekentert sei.« Er zuckte leicht mit den Schultern. »Und das war das!«

Fraser seufzte. »In Ordnung. Jetzt hört mir alle gut zu. Wir liegen hier an einem ungeeigneten Platz, falls der Sturm zurückkommen sollte. Wie haben in Lee eine Küste, und die Maschine ist kaputt! Also müssen wir wie Teufel arbeiten, um in See gehen zu können, kapiert?«

Sie nickten ernsthaft.

»Und was Sie angeht, *Mister* Tarrou, säubern Sie die Maschine, die Pumpe oder was immer defekt ist, und lassen Sie sich ja nicht bei mir sehen, bevor Sie damit nicht vollständig fertig sind!« Er wandte sich zu Myers um. »Sie können den Tauchern helfen, nach Schäden am Unterwasserschiff zu suchen. Wenn Sie damit fertig sind, helfen Sie Kari. Ich möchte ein paar neue Segel angeschlagen haben, nur für den Fall der Fälle.«

Myers hob die Schultern. »Sie sind der Boss.«

Yalla stand immer noch vor Fraser, seine schmalen Augen blitzen. »Wir keine Befehle von Steuermann mehr annehmen!«

Die Worte ließen Tarrou förmlich auf der Stelle festfrieren, der schon auf dem Weg in den Maschinenraum gewesen war.

»Das paßt mir gut.« Fraser spreizte seine Hände auf der warmen Reling. »Ich habe mich ganz offensichtlich in Tarrou geirrt.«

Einen Moment lang zitterte Tarrou wie ein Mann, der vom Fieber geschüttelt wird, dann hob er den Kopf und stieß einen unnatürlichen Schrei aus. Als ihn alle mit weit aufgerissenen Augen anstarrten, sprang er an die Reling, sein Gesicht war vom Wahnsinn gezeichnet. Dann war er verschwunden, und alle sahen ihm nach, wie er mit kraftvollen Stößen in Richtung Strand schwamm. Ohne etwas zu sagen, blickten sie ihm nach, als er sich durch die Brandung kämpfte und dann zwischen den Bäumen verschwand.

Fraser drehte dem Strand wieder den Rücken zu. Ihn konnte nichts mehr schockieren.

»In Ordnung, Myers«, sagte er ruhig, »Sie können sich jetzt um die Maschine kümmern.« Er beobachtete das Wasser, das um das Kap brandete, es sah im Sonnenlicht der Abenddämmerung gelb aus. »Wir kehren nach Hause zurück«, fügte er leise hinzu, als sein Blick auf den Leichnam von Hogan fiel. »Oder zumindest doch das von uns, was noch übrig ist.«

9

Tarrou konnte sich nicht erinnern, wie lange er gerannt war, aber als der Abhang unter seinen Füßen steiler und die glitzernden Sträucher und Wurzeln dichter und trügerischer wurden, kam er atemlos zum Stehen. Sein Kopf sank nach unten auf seine sich heftig hebende Brust, und seine rollende Zunge hing über die ausgedörrte Unterlippe. Obwohl sein Körper nach einer Ruhepause schrie und er fühlte, wie sein Herz wild gegen seine Rippen pochte, war er noch immer von dieser alles andere verdrängenden Verrücktheit besessen, die ihn über die Kante des Schoners hatte springen lassen und die dafür verantwortlich war, daß er durch den Busch gerannt war, allen möglichen Gefahren zum Trotz und auch den Lärm nicht bedenkend, den er auf seinem willkürlich eingeschlagenen Weg hervorrief.

Langsam hob er den Kopf und blinzelte durch die Schweißbäche, die über seine Augen liefen. Zum erstenmal wurde ihm die überwältigende Stille der Insel bewußt. Dort, wo die träge vorwärtskriechende Hitze angefangen hatte, sich zwischen die tropfenden Bäume vorzuschieben, stieg Wasserdampf in dicken, wallenden Dunstwolken auf, die sich vor dem Hintergrund des Buschs grün und rot verfärbten, was dem ganzen stillen Dschungel den Anschein einer alptraumartigen Kulisse verlieh. Ein Vogel kreischte protestierend über Tarrous Kopf, aber sogar das hörte sich so gedämpft an, als wäre es Teil einer anderen Existenz. Er lehnte seinen schmerzenden Rücken gegen einen Baum und versuchte, die ungestümen Gefühle unter Kontrolle zu bekommen, die in ihm tobten und die ihn weiter durch die Dunkelheit des Dschungels hetzten. Ein warmes Blutrinnsal lief feucht seine Wange hinunter, es hatte seinen Ausgangspunkt dort, wo er sich an einem vorstehenden Ast verletzt hatte. Er sah zu, wie ein kleiner roter Tropfen auf sein verschmutztes Jackett fiel, und zuckte zusammen. Er hatte sein Leben lang versucht, sich sauber und adrett zu halten, und sogar in seiner augenblicklichen Lage schmerzte es ihn, den erbärmlichen Zustand seiner Kleidung zu sehen.

Während er durch die Brandung gewatet und über den schmalen Strand hinaufgerannt war, hatte er im Grunde erwartet, von einem Speer niedergestreckt zu werden, noch bevor er die ersten Bäume erreichen konnte. Sein Tod hätte Fraser beschämt. Er hätte allen vor Augen geführt, was sie ihm angetan hatten.

Der Gedanke daran, daß der Schoner ohne ihn auslaufen könnte, ließ ihn kurz zurückblicken, als ob es ihm möglich wäre, den weißen Umriß noch durch die Bäume schimmern sehen zu können. Aber er konnte nicht mal den kleinsten Schimmer des Wassers sehen, und er begann sich zu fragen, wie weit er wohl schon landeinwärts gelaufen war.

Fraser würde bestimmt alles bedauern, sobald er erst wieder in Port Vila war, sinnierte er. Seine schwarzen Augen bewölkten sich, als er sich die Szene auf der Pier vorstellte. Die böse blickenden Gesichter und Fraser, der sich wortreich von einem zum anderen wandte, aber seine Erklärungsversuche würden natürlich überall auf taube Ohren treffen. Tarrou umklammerte seine Kehle mit beiden Händen, als eine neue Gefühlswelle, gespeist aus Wut und Frustration, ihn wie glühende Lava durchströmte. Plötzlich wurde ihm klar, daß er schon wieder dabei war, sich etwas vorzumachen. Natürlich würde es nicht so ablaufen. Niemand würde an den Verbleib von Michel Tarrou auch nur einen Gedanken verschwenden. Der Tod des amerikanischen Mädchens würde Stoff genug für die Leute bieten. Sogar dieses betrunkene Tier Hogan war mehr wert als Tarrou. Sein ganzer Körper flog vor krampfartigen Zuckungen, und zwei Tränen des Selbstmitleids liefen ihm die Wangen hinunter, um sich mit dem Blut auf der Uniformjacke zu vermischen.

Ein paar der alten Händler würden vielleicht sogar lachen. Er preßte seine Augen fest zusammen, so als ob er damit das Bild verdrängen konnte, das er selbst erschaffen hatte. Fraser würde sich im Club betrinken, von eben jenen fetten roten Gesichtern umgeben. »Na sicher«, würde er langgezogen sagen, »habe ich diesen blöden Trottel im Busch verloren!« Und sie würden alle lachen und ihre Drinks hinunterkippen. Dann würde einer hinzufügen: »War eben doch ein verdammter Nigger!«

Und wie war es zu dieser Situation gekommen? Er rollte auf seinen Fußballen vor und zurück und legte die Stirn vor Konzentration in Falten. Von Anfang an war Blair der Verantwortliche. Er war gegen Tarrous Freundschaft mit dem Mädchen gewesen und hatte ihm seine Anziehungskraft auf sie geneidet. Die Tatsache war ihm verhaßt gewesen, daß Michel Tarrou stark und gesund war, während er selbst ein Krüppel und nutzlos war.

Jetzt war das Mädchen tot, und Tarrou hatte seine

Position auf dem Schoner verloren. Er konnte niemals wieder jemandem ins Gesicht sehen, ohne daß dieser sagen würde: »Sind Sie nicht der Mann, der den Schoner auf Grund gesetzt hat?« Oder auch: »Hast du wirklich geglaubt, daß sich ein weißes Mädchen in einen Burschen wie dich verlieben würde?«

Unbarmherzig zerfetzte er eine falsche Vorstellung nach der anderen, bis am Ende sogar die kleinen Wahrheiten, auf denen er sein Leben aufgebaut hatte, ihm keine Sicherheit mehr boten, sondern in den großen, höhnisch kreischenden Chor in seinem Kopf einfielen. Er stellte fest, daß er wieder angefangen hatte, sich vorwärts zu bewegen, und mit leuchtenden Augen blickte er auf seine Füße, die den Hügel aufwärts marschierten. Er fühlte sich wieder stark, und das Gefühl des Selbstmitleids verließ ihn, als ihm beim Gehen eine überwältigende neue und schlaue Idee kam.

Ich werde Blair finden, beschloß er. Und falls er noch lebt, dann werde ich ihn töten. Die Möglichkeit, daß der Mann aber auch bereits tot oder im Busch zu gut versteckt sein könnte, erfüllte ihn mit einem Gefühl der Bestürzung, und er beschleunigte seinen Gang, seine Augen wanderten hin und her, sie suchten nach jeder Spur, jedem kleinen Zeichen, die ihm Blairs Versteck verraten konnten.

Ein Gespür in seinem Inneren sagte ihm, daß er allein war. Er war sicher, nicht beobachtet zu werden. Es war, als ob sich alle lebenden Wesen auf die Weisung eines höheren Wesens hin aus dem Dschungel zurückgezogen hätten. Nur um ihm alle Freiheiten zu geben, den verhaßten Blair zu finden.

Alles um ihn herum war naß und still, und durch die

kleinen Lücken in den Baumkronen über seinem Kopf konnte er einen bleigrauen Himmel erkennen, der schwer und bedrohlich aussah. Er fing wieder an, über den Schoner nachzudenken und über die vernichtende Gewalt des kreischenden Sturms, der ihn wie ein kleines willenloses Spielzeug vor sich her getrieben hatte. Das war ganz sicher seine größte Stunde gewesen. Sie hatte ihr Ende gefunden, als sie über die Sandbank gerutscht und zwei der Segel vom Sturm in Fetzen gerissen worden waren. Das hatten ihm die Jungs der Crew angetan. Er blieb wie angewurzelt stehen, seine Augen blickten starr auf einen Stoffetzen, der von einem gezackten Ast schlaff herunterhing. Er umrundete den Platz, seine weit aufgerissenen Augen registrierten die tiefen Fußspuren, die durch einen Tümpel mit eintrocknendem Schlamm führten und weiter unten am Abhang verschwanden. Zwei verschiedene Fußspuren. Er blickte nach vorne und versuchte sich den Dschungel bei völliger Dunkelheit vorzustellen. Fraser und Hogan taumelten durch den niederströmenden Regen vorwärts. Etwas weiter hinter ihnen war Blair. Warum hatte Fraser ihn zurückgelassen? Tarrou legte seine Stirn in zwei tiefe Falten, als er versuchte, den Grund herauszufinden. Vielleicht hatte Fraser Angst gehabt zurückzugehen? Tarrou spielte einen Augenblick lang mit dieser Idee, dann verwarf er sie mit Entschiedenheit. Etwas anderes mußte geschehen sein. Noch vorsichtiger begann er sich durch das nasse Unterholz weiter vorzutasten. Als die Bäume um ihn herum immer dichter wurden, zog er den schweren Revolver aus der Tasche und hielt ihn ungeschickt in der Hand. Er fragte sich kurz, welche Auswirkungen wohl das Seewasser auf die Funktionstüchtigkeit hatte – und ob Blair wohl bewaffnet war.

Seine Kleidung fühlte sich trocken und steif auf seiner Haut an, und er litt unter der Hitze, die sich unter dem dichten Blätterdach des Dschungels gestaut hatte. Er hatte oft die Kapitäne der Schoner erzählen hören, daß das Auge eines Orkans sehr wohl durch den Kontakt mit einer Insel gebrochen werden konnte, aber daß der Sturm anschließend mit voller Gewalt aus einem anderen Winkel zurückkehren würde. Er fletschte die Zähne, als er sich vorstellte, wie Fraser mit einem zweiten Sturm kämpfen würde, und das auf einem beschädigten Schiff und mit einer unvollständigen Mannschaft. Mal sehen, wie ihm das gefallen wird, dachte er.

Einmal legte er eine Pause ein, aber seine Beine zitterten so vor Erschöpfung, daß er sich fast umgehend entschloß weiterzulaufen. Er trieb seinen müden Körper ohne Gnade vorwärts.

Die Stunden vergingen, und seine Zunge schien ihr Volumen verdoppelt zu haben, während sie sich ruhelos hinter seinen gebleckten Zähnen hin und her bewegte, um nach Feuchtigkeit zu suchen, die seinen brennenden Durst löschen könnte. Einer seiner Schuhe war verlorengegangen, und ein Bein seiner Uniformhose war von der Hüfte bis zum Knöchel aufgerissen, so daß es an jedem kleinen Hindernis hängenblieb. Ich muß ungefähr die Hälfte des Weges zum Handelsposten zurückgelegt haben, überlegte er. Angenommen, ich habe mich verlaufen? Er blickte sich wild um, der Schweiß auf seiner sich schwer hebenden Brust schien plötzlich eiskalt zu sein. Durch den grünen Vorhang vor ihm konnte er den Umriß eines riesigen Felsbrockens ausmachen. Wenn er auf den Stein kletterte, konnte er sich vielleicht ein besseres Bild von seiner Position machen. Schließlich, sagte er sich mit wachsender Besorgnis, konnte die See nicht weit entfernt sein.

Ein Äderchen pulsierte plötzlich mit kräftigem Pochen in seinem Kopf, und es fiel ihm schwer zu atmen. Er wagte nicht, seine verkrampften Füße zu bewegen, denn er hatte Angst, daß er das Geräusch überhören könnte, falls es denn wieder zu hören wäre. Dann schnellte er förmlich in die Höhe. Da war es wieder! Es klang, als ob etwas über den Boden scharrte. Es schien aus der Richtung des Felsens zu kommen.

Dann war da noch ein anderes Geräusch. Es war ein langes, tiefes Ächzen. Tarrous Nerven waren angespannt – so begann er auf seinen Knien in Richtung des dichten Klumpens aus Seebeeren zu kriechen. Sein Gesicht fühlte sich wie eine Ledermaske an. Ganz langsam stützte er sich auf die Hände und plierte durch eine kleine Öffnung in der Vegetation, seine Erschöpfung hatte er vollständig vergessen.

Er sah, wie sich Blairs Füße lustlos in dem trocknenden Schlamm bewegten, die zerrissenen Schuhe zuckten in kurzen, uneffektiven Versuchen, in dem gelben Mudd einen Halt zu finden, der an der Seite des großen Felsens herumgeflossen war und den Rest von Blairs Körper dem Blick von Tarrou entzog.

Er lebte. Tarrou wischte sich langsam den Schweiß aus den Augen und begann um die Seite des großen Felsbrockens herumzurobben.

Er hielt inne, als Blair mit plötzlicher Klarheit sagte: »Es ist zu verdammt ruhig!« Dann stöhnte Blair auf, als seine körperlosen Füße im Schlamm herumzurutschen begannen. »Das ist schon in Ordnung! Laßt mich ruhig wieder im Stich, verdammt sollt ihr sein!« Er klang, als ob er durch die zusammengepreßten Zähne sprach.

Tarrou begann vor Erregung zu zittern, und seine Hand, die den Revolvergriff hielt, zitterte so stark, daß ihm die Waffe fast entglitten wäre. Er arbeitete sich sehr vorsichtig die letzten Zentimeter um das Hindernis herum und stellte fest, daß er jetzt freien Blick auf Blair hatte.

Er war überrascht, welche Veränderung der Mann durchgemacht hatte. Aus dem schneidigen, überheblichen Boss war eine graugesichtige, verschlissene Kreatur geworden. Seine Kleidung hing in Fetzen an ihm herunter, und sein verschmutztes Gesicht war nach oben zu den dahinrasenden Wolken gewandt, der Mund verzog sich schmerzvoll, während er immer wieder versuchte, seine Beine zu bewegen. Dann fiel Tarrous Blick auf den schlammigen Karabiner. Er lag neben dem anderen Mann und in seiner Reichweite.

Tarrou hob den schweren Revolver, so daß Blairs Mund im Visier in zwei Hälften geteilt wurde. Er würde jetzt alle Erniedrigungen und das ganze Elend ein für alle Mal beenden. Blair würde keine Zeit mehr haben, um nach dem Gewehr zu greifen, er würde nicht mal wissen, warum er starb.

Tarrous Finger krümmte sich, und er spürte, daß sich der Abzug spannte. Doch sollte Blair wirklich das Zeitliche segnen, ohne zu erfahren, wer ihn ausgelöscht hatte? Ohne eine weitere Sekunde nachzudenken, senkte er den Revolver und erhob sich, sein Schatten ragte über Blairs hingestreckten Körper wie ein Baldachin auf.

Dann öffnete Blair die Augen und starrte ihn an.

Tarrou kämpfte darum, seine zitternden Glieder unter Kontrolle zu bekommen. Sein Gesicht lag im Schatten und war bar jeder Gefühlsregung. Er spürte das Verlangen zu schreien: »Was haben Sie jetzt zu sagen, Major Blair? Wollen Sie Ihr letztes Gebet sprechen?« Aber er konnte nur auf den Mann hinunterblicken, und er fühlte schwer das Gewicht der Waffe in seiner Hand.

Blair lächelte ihn schwach an. »Nun, Gott sei Dank hatte jemand den Mut zurückzukommen.« Er hustete und lachte seltsam. »Sie haben sich wirklich das Sahnestück ausgesucht, das muß ich sagen!«

Er schloß wieder die Augen, und Tarrou machte einen kleinen Schritt nach vorne. »Major Blair«, begann er, seine Stimme klang belegt und unsicher, »ich bin gekommen...«

Mit einer Hand salutierte der Major müde. »Sie sind ein guter Bursche, Tarrou. Ich fürchte, daß ich es hier nicht viel länger ausgehalten hätte. Mein Bein ist irgendwie verdreht und der verdammte Fuß ...« Seine Stimme verlöschte langsam.

Tarrou stellte fest, daß es ihm unmöglich war, die richtigen Worte zu finden. Blairs Begrüßung hatte ihn völlig entnervt, aber trotzdem wollte er sich nicht eingestehen, daß er sich vor dieser hilflosen Kreatur vor seinen Füßen fürchtete.

Blair sprach weiter. »Sie sind alleine? Wie geht es Gillian?« Er wiederholte ihren Namen noch einmal, diesmal etwas langsamer. »Gillian?«

Tarrou hatte Schwierigkeiten zu atmen. »Sie ist tot. Ertrunken.«

Blairs Kopf sank gegen den Felsen zurück, sein Gesicht schien unter dem angetrockneten Schlamm einzufallen. »Oh, mein Gott!« sagte er mit einer leisen gebrochenen Stimme. »Nicht sie.«

Tarrou zitterte unkontrolliert. »Es ist Ihre Schuld! Alles ist Ihre Schuld!«

Blair nickte nachdrücklich. »Ja. Sie haben so recht, mein Freund. Und ich hatte gedacht ...« Er beendete den Satz nicht, sondern legte sich wieder zurück, wie um sich ganz dem Fieber hinzugeben, das man am unnatürlichen Glühen seiner Augen erkennen konnte.

Tarrou blickte sich voller Verzweiflung auf der kleinen Lichtung um. »Sie wollte zu der Mission. Sie ist ertrunken. Es war nicht meine Schuld! Sie tragen dafür die Verantwortung!«

Blair seufzte. »Diese verdammte Mission.« Seine Stimme schien von weit her zu kommen. »Sie wollte wohl nochmals mit Spencer reden.« Er stöhnte laut auf und ließ seine Beine tiefer rutschen. »Und nun ist sie tot. Gerade als ich dachte ...« Tarrou bemerkte, daß er sich auf die Unterlippe biß und daß seine fiebrigen Augen vor Feuchtigkeit verschwommen waren. »Und jetzt sind Sie hier, Tarrou. Nun, Sie könnten mit verdammt gutem Recht zum Schiff zurückgehen und erzählen, daß Sie mich nicht gefunden haben, nicht wahr?«

Tarrou fuhr sich mit den Fingern durch sein öliges Haar. Das lief alles völlig falsch. Alles entglitt wieder seiner Kontrolle. Er hörte sich mit einer ihm fremden Stimme fragen: »Haben Sie sie wirklich gemocht?«

Blairs Mund zitterte. »Ob ich sie mochte? Ja, das kann man sagen. Ich vermute, daß Ihnen das seltsam vorkommt?« Da Tarrou nicht antwortete, fuhr er fort:

»Sie war das Beste, was mir je widerfahren ist.« Sein Blick fiel auf den Revolver. »Was hatten Sie damit vor? Wollten Sie mich erschießen oder so etwas?« Seine Brust hob sich schwach, als er humorlos lachte. »Gar keine so schlechte Idee, das muß ich schon sagen.«

Selbstbewußt steckte Tarrou die Waffe in die Tasche. »Sie dürfen mich nicht verspotten! Ich habe zu viel durchgemacht!« Er wußte, daß er ihn jetzt nicht erschießen konnte. Wenn Blair ihn doch nur verflucht oder sich über ihn lustig gemacht hätte! Dann wäre es leichtgefallen.

Blairs Stimme war sehr leise. »Zur Mission, haben Sie gesagt? Ich frage mich, was Spencer weiß!« Wieder machte er eine Pause. »Ich habe dich enttäuscht, Gillian. Genau wie all die anderen.«

Tarrou bewegte sich unbehaglich. »Welche anderen?«

»Meine Familie. Meine kleine Schwester hatte Haare wie Gillian. Blond wie ein…« Sein erschöpfter Verstand schien verzweifelt nach dem richtigen Wort zu suchen, aber dann seufzte Blair nur. »Aber jetzt ist auch Gillian von mir gegangen.«

Tarrou nickte ernsthaft. »Solches Haar habe ich noch nie vorher gesehen. Die Jungs an Bord sagten, daß es hell wie die Sonne wäre.« Er hielt inne, als er sah, daß Blair abrupt versuchte, in eine sitzende Position zu gelangen und dabei aufgeregt nach der zerfetzten Ecke seiner Hose griff.

»Bei Gott, das ist es! Ich *wußte*, daß da etwas seltsam war!« Er hustete und bemühte sich noch mehr. »Sehen Sie denn nicht? Das ist es, Mann.«

Tarrou blickte ihn besorgt an. Dieser englische Major war entweder im Delirium oder verrückt. Aber Tarrou war sich nicht sicher, was er tun sollte, daher schüttelte er einfach nur den Kopf.

Blair schlug schwächlich mit der Hand in den Schlamm. »Warum ist mir das nicht sofort aufgefallen? Ich hätte es gleich merken müssen, als wir zum erstenmal bei der Mission gelandet sind«, seine Augen zeigten plötzlich einen verzweifelten Ausdruck. »Keiner der Dorfbewohner hat sich um ihr Haar gekümmert! Sonst haben alle Eingeborenen, sei es auf dem Schoner oder wo auch immer, sie genau deshalb wie eine Erscheinung angestarrt!« Er rüttelte an Tarrous Bein, um seine Worte zu unterstreichen. »Die Leute in der Mission indes haben es nicht getan, weil sie solche Haare schon vorher gesehen hatten.«

Tarrous Mund stand offen. »Ihre Schwester?«

Blair bemühte sich schon, auf die Füße zu kommen, er zog sich dabei an Tarrous Körper in die Höhe wie ein Affe an einem Baum. »Ich muß zu Spencer. Sie müssen mir helfen!«

Tarrou legte einen Arm um Blairs Hüfte, und zusammen standen sie schwankend auf der kleinen Lichtung, während Blair das Gesicht seines Begleiters mit wacher Aufmerksamkeit studierte. »Sie werden mir doch helfen, oder?«

Tarrou schluckte und leckte sich die trockenen Lippen. Er war jetzt vollständig aufgeschmissen, aber er war sich der neuen Kraft bewußt, die Blairs Schwäche ihm vermittelt hatte. »Ich werde Ihnen helfen.« Er zögerte. »Aber was hoffen Sie dort zu finden?«

Blair schüttelte nur den Kopf. »Das weiß ich noch nicht. Ich weiß es nicht.«

Sie gingen zusammen los. Blair hüpfte ungeschickt auf seinem gesunden Fuß und stützte sich auf Tarrou.

Während sie sich durch den Busch vorwärtsarbeiteten, sagte Blair plötzlich: »Ich bin sehr froh, daß Sie mich nicht erschossen haben.«

Tarrou zitterte, aber er konnte nicht antworten.

»Ich habe gesehen, wie Sie mich beobachtet haben, und habe mich gefragt, ob Sie in der Lage wären, mich kaltblütig zu erledigen.«

Tarrou ließ den Kopf hängen, aber Blair fügte weich hinzu: »Es erfordert viel mehr Mut, das zu tun, was Sie dann gemacht haben. Und das sollten Sie niemals wieder vergessen!«

Tarrou seufzte. Was für ein Mann war das? Er hatte die ganze Zeit gewußt, daß er da war, und trotzdem ... Er erbebte. Ein Mann, der so um sein Leben pokern konnte, war ein hervorragender Mann. Er schob sein Kinn vor und folgte Blair ohne zu zögern in den sich verdichtenden Busch.

Blair hatte eine Zeitlang der Länge nach auf dem steinigen Boden gelegen, seine Brust ruhte auf der Kante einer kleinen felsigen Aushöhlung, und jetzt starrte er auf sein Spiegelbild in dem kleinen Tümpel aus aufgefangenem Regenwasser. Das dunkle, bewegungslose Naß zeigte ihm sein strähniges Haar und die dünne zusammengepreßte Linie seines Mundes. Schmerzerfüllt löschte er mit seinen Händen das Bild aus, anschließend versuchte er ein gewisses Wohlbefinden aus dem lauen Wasser des Beckens zu ziehen, in dem er das Naß über sein Gesicht tröpfeln ließ. Ohne sich umzusehen, wußte er, daß Tarrou noch immer linkisch zu seinen Füßen stand, die beiden Waffen hielt und ängstlich auf die stillen Bäume starrte. Gelegentlich wurde die Ruhe scharf und kurz durch den Ruf eines Vogels unterbrochen oder auch durch das sanfte Rauschen der Blätter in einer leichten Bö. Blair überkam ein Gefühl, als ob sie die beiden letzten überlebenden Menschen wären.

Er hätte fast laut aufgelacht, während er aus zusammengekniffenen Augen Tarrous ungeschickten Versuch beobachtet hatte, sich durch den Busch anzuschleichen, und er hatte die innere Zerrissenheit in den Augen des Burschen gesehen, als er den Revolver von der anderen Seite der Lichtung aus, die Blair als Versteck gedient hatte, auf ihn angelegt hatte.

Blair sah zu, wie sich das Regenwasser in der kleinen felsigen Schüssel wieder beruhigte. Wild blickende Augen begannen sich darin zu formen und starrten zu ihm auf. Warum hatte er Tarrou nicht sofort angerufen? Angenommen, Tarrou hätte den Abzug wirklich durchgezogen? Er spürte den Druck der Steine gegen seine Brust, aber es war ihm unmöglich, sich von dem kleinen Tümpel loszureißen. Er wußte, daß es ihm im Grunde gleichgültig gewesen war, ob Tarrou schoß oder nicht. Er stöhnte und merkte sofort, daß Tarrou näher kam. Und jetzt war Gillian tot. Er bewegte seinen Kopf müde langsam von einer Seite zur anderen, seine Augen waren wieder auf sein Spiegelbild fixiert. Gillian hatte Spencer also gleich durchschaut und war zurückgefahren, um von ihm die vollständige Geschichte zu bekommen. Natürlich hatte Spencer über das Wrack genau Bescheid gewußt. Blair spritzte noch etwas mehr Wasser über seine glühenden Wangen und strich das Haar aus seinen Augen.

»Was werden wir jetzt tun, Major?« Tarrous Stimme schien aus großer Entfernung zu kommen.

Blair versuchte, klar zu denken. Es war schon lächerlich, in so einem Zustand so förmlich angeredet zu werden, und er wollte das dem Mann auch erst sagen, aber statt dessen äußerte er dann: »Das weiß Gott allein. Ich nehme an, daß wir verloren sind.« Pause. Dann sagte Tarrou: »Ich denke, daß der Schoner ohne uns absegeln wird.«

Mit einer schrecklichen Anstrengung rollte sich Blair auf den Rücken und blickte fasziniert in die tiefen Wolken. »Natürlich wird er absegeln! Was haben Sie erwartet, Mann?« Er blickte mit plötzlicher Verärgerung in Tarrous glattes Gesicht. »Denken Sie nicht mehr darüber nach! Wir müssen die verdammte Mission finden, dann können wir dort eine Zeitlang warten!«

Tarrous Augen bewölkten sich, als er versuchte, aus diesen Worten etwas Trost zu ziehen.

Langsam zog sich Blair auf die Füße und blickte mit Erstaunen an sich herunter. Der verkrüppelte, schmerzende Fuß war unter einem ordentlichen Verband verborgen, der Linderung verschaffte. »Wo zum Teufel kommt denn das her?«

»Ich habe den Verband gerade angelegt.«

Blair stieß einen leisen Pfiff aus. Er hatte nichts bemerkt. »Ich muß geschlafen haben«, log er.

»Sie hatten einen Fieberanfall.« Tarrou klang unterwürfiger denn je. »Sie brauchen eine richtige Behandlung, Major.«

Blair zuckte mit den Achseln und stieß die Hände in die zerrissenen Taschen. Er konnte spüren, daß sie unkontrollierbar zitterten, und versuchte, Tarrou nicht anzublicken. Fieber. Das war genau das, was er jetzt noch brauchte. Es war besser, sie gingen los, bevor etwas Unvorhergesehenes passierte.

»In Ordnung«, sagte er gelassen, »lassen Sie uns diesem Hügelkamm folgen. Er könnte uns um den größten Teil des dichten Buschs herumführen.« Ohne auf eine Antwort zu warten, schwankte er unsicher von dem Tümpel weg. Wenn ich sagen würde, lassen Sie uns hoch auf den quittegelben Mond fliegen, würde er mir auch folgen, dachte er geistesabwesend.

Es wird noch einen weiteren Sturm geben, entschied er bei sich, als eine Lücke in den Bäumen ihm einen Ausblick auf die schnell ziehenden Wolkenmassen gestattete. »Ich hoffe, daß sich der Schoner genau in seiner Zugbahn befindet!« Er vernahm ein scharfes unerwartetes Geräusch und prüfte sich mit plötzlicher Besorgnis. Es war der Klang seiner eigenen Stimme gewesen. Der Schweiß lief ihm über das Gesicht und blendete ihn, aber er lief schneller, als ob er dem ansteigenden Fieber fortlaufen wollte.

Tarrou schwatzte auch los. Seine Stimme schien in demselben stetigen, gedämpften Tonfall dahinzuplätschern wie das Gespräch unter Schuljungen in der Klasse. Blair hatte keine Ahnung, was der Mann erzählte, er hörte nur das gleichmäßige Dahinplätschern der Worte. Eifrig, verängstigt, vertrauensselig und zutraulich, ganz nach Gutdünken wurde nach jedem dritten oder vierten Wort ein »Major« eingestreut.

Blair stolperte gegen einen Baum und schüttelte die schwarze Hand ab, die vorschnellte, um ihn zu stützen. Er mußte an den anderen Dschungel denken, den er früher gekannt hatte. Es war immer dieselbe grüne Umgebung gewesen. Er blickte schnell zur Seite, als ob er erwartete, dort die massigen Umrisse von Sergeant Robinson und der anderen Männer im ausgeblichenen Grün zu sehen, die sich wie Geister zwischen den zerborstenen Bäumen bewegten. Der arme Robinson mit seinen endlosen Geschichten über Blackpool ... Und dann war da auch noch der kleine Eldergill, der, als seine BREN* zum letzten Mal Ladehemmung hatte, aus dem engen Schützengraben gesprungen war und mit geballten Fäusten wie ein Boxer in die gefällten gnadenlosen Bajonette stürmte.

Er blieb ruckartig stehen, seine Brust hob und senkte sich heftig. Ich bin in den Dschungel zurückgekehrt, dachte er wild. Er streckte seinen Arm mit plötzlicher Kraft aus und packte Tarrou am Arm.

»Runter, Mann!« Er schlug ihm auf die Schulter. »Und halten Sie um Himmels willen den Mund!«

Dicht aneinandergedrängt lagen sie zwischen verrottenden, stinkenden Zweigen und versuchten, die undurchdringliche grüne Mauer mit ihren Augen zu durchbohren. Blair blinzelte den Schweiß weg und unternahm nochmals einen Versuch, klar zu denken. Litt er unter Einbildungen? Befand er sich vielleicht schon fest in den Klauen des Fiebers, und Tarrou war nur nicht gewitzt genug, um das zu bemerken? Er starrte konzentriert auf die Bäume, bis die satinweichen Stäm-

* BREN: Akronym aus den beiden Städtenamen, in denen das MG entwickelt und gefertigt wurde, nämlich BRno (ČSSR) und ENfield (UK). Es handelt sich um ein leichtes Maschinengewehr, das im II. Weltkrieg und auch noch lange danach nach Umrüstung auf das NATO-Kaliber 7,65 mm in den britischen Streitkräften und auch bei anderen Armeen weit verbreitet war. (Anm. d. Ü.)

me wie betrunken durch sein verschleiertes Bewußtsein tanzten. Er unterdrückte das Verlangen, laut aufzulachen und dann nicht mehr mit dem Lachen aufzuhören. In einer Sekunde oder so, dachte er mit plötzlicher Ernsthaftigkeit, wird eine japanische Patrouille direkt auf uns zukommen, und dann werde ich endlich Gewißheit haben, daß ich tatsächlich verrückt geworden bin. Er blickte auf Tarrou, der seinerseits mit weit aufgerissenen Augen um sich blickte, ohne etwas zu verstehen, sein Unterkiefer hing schlaff herunter. Blair zog den Karabiner unter seinem Bein hervor und postierte ihn auf dem verfaulenden Geäst. Er leckte sich die Lippen und blies sorgfältig etwas Sand vom Visier ab. Dann hörten sie es: Das dumpfe gleichförmige Dröhnen einer Trommel, zuerst gedämpft durch die Bäume, dann mit langsamer, zäher Beharrlichkeit wurde es jede nervenzerfetzende Minute lauter und intensiver.

Tarrou begann zu zittern, sein Knie vibrierte an Blairs Bein. Blair konnte die Angst Tarrous riechen, und er fragte sich kurz, welche Macht den Mann wohl dazu getrieben hatte, den Schoner zu verlassen.

Blairs Stimme war ganz gleichmütig. »Halte deine Augen nach links hin offen.«

Tarrou nickte und starrte hilflos in die bezeichnete Richtung. »Was geschieht hier, Major?«

In seinem Flüstern schwang so etwas wie ein Schluchzen mit, und eine Sekunde lang sah ihn Blair voller Mitleid an.

»Ich nehme an, daß wir Gesellschaft bekommen werden.« Er griff hinüber, um seine Hand um das dünne braune Handgelenk zu legen. »Ich hatte so ein Gefühl.« Er schüttelte unbestimmt den Kopf. »Ich wußte, daß irgend jemand oder irgend etwas kommen würde. Ich verstehe es selbst auch nicht wirklich.« Er brach ab, seine Finger ließen Tarrou los, als etwas matt durch die Bäume aufleuchtete.

Die Trommel wurde lauter, sie klang hohl und dumpf, aber gleichzeitig hatte sie eine so durchdringende Intensität, daß sie im Gleichtakt mit ihren Herzen zu schlagen schien.

Blair bewegte sich leicht, als die kleinen dunklen Figuren zu zweit oder zu dritt über die Lichtung liefen. Ihre Füße huschten lautlos durch das Unterholz, die Männer trugen ihre breitblättrigen Speere mit lässiger Leichtigkeit, an deren blanken Spitzen gelegentliche Sonnenstrahlen aufblitzten, die wie aus der Kuppel eines großen Domes herabzufallen schienen.

Ein Muskel hüpfte in Blairs Nacken, als er seinen Körper tiefer an den Boden preßte und mit gelassener Ruhe das Gewehr an die Schulter zog. Das sind überhaupt keine Menschen, dachte er, während er die wippenden Köpfe mit den roten Perücken und die roh gefertigten Waffen beobachtete. Alles in allem vermittelten die Krieger ein Bild völliger Wildheit. Er zählte langsam. Es schienen ungefähr hundert zu sein, und sie bewegten sich mit der wachsamen Sicherheit von Eroberern. Das waren die berühmten Mota, daran gab es keinen Zweifel. Kein Wunder, daß dieser Narr Grainger gesagt hatte, es wäre am besten, wenn man sie in Ruhe ließe.

Sie waren bis auf die schmalen Gürtel aus Borke völlig nackt, in denen sie Messer oder kleine Pfeilbündel trugen. Eine kleine Gruppe älterer Krieger blieb zusammen, und Blair konnte erkennen, daß ihre abgezehrten

Körper besonders mit bemaltem Lehm verziert waren, außerdem waren ihre Arme und Nacken mit rohen Ornamenten aus Zähnen und Kaurimuscheln überladen. Da und dort huschte das Licht über eine alte Feuerwaffe, er sah einen Mann, der eine Winchester trug, die über fünfzig Jahre alt sein mußte. Die Trommel dröhnte jetzt ohrenbetäubend. Zwei kleine Jungen tauchten aus dem Wald auf, die eine lange dünne Buschtrommel trugen, welche aus einem ausgehöhlten Baumstamm gefertigt war. Sie erzitterte unter den langsamen regelmäßigen Schlägen einer gebogenen Keule, die von einem untersetzten Wilden geschwungen wurde, dessen Körper vor Schweiß glänzte und sich bei jedem kraftvollen Schlag schüttelte.

Langsam legte Blair den Sicherungshebel um. Er hatte sich ausgerechnet, daß die Männer am Ende des Zuges dicht an ihrem dürftigen Versteck vorbeikommen würden, falls sie ihre Richtung beibehielten.

Die Mota waren jetzt so nahe, daß er sie als einzelne Individuen unterscheiden konnte. Er sah die grausamen Gesichter mit den dicken aufgeworfenen Lippen und den tiefliegenden Augen. Einige hatten ihre breiten Nasen mit langen Federn durchbohrt oder mit etwas, das wie Haizähne aussah. Andere trugen große Narben als Erkennungszeichen ihres Stammes auf der Brust und dem Bauch. Sie liefen in einem gleichmäßigen hüpfenden Trott und ließen sich von dem Gestrüpp nicht beirren, das ihre nackten Körper peitschte. Ihre Augen waren starr nach vorne gerichtet, als ob die Männer in Trance wären.

Blair drückte sich tief in die faulige Mulde, er merkte, daß Insekten unter seinem Kinn krabbelten. Eine besondere Welt innerhalb der Welt, dachte er gelassen. Die Mota, so wie die Insekten auch, waren zweifellos davon überzeugt, daß ihre Art zu leben die einzig richtige war, während er … Er verdrängte die aus dem Fieber geborenen Gedanken und bewegte das Gewehr sehr langsam.

Er konnte das gleichmäßige Trampeln der Füße im Unterholz spüren, sie bewegten sich im Takt mit der Trommel. Der nächste Wilde war nur noch knapp zehn Meter entfernt, und Blair konnte die Schweißbäche über den muskulösen flachen Bauch und dann die staubbedeckten Beine hinunterlaufen sehen. An seinem linken Schienbein hatte der Mann eine lange offene, glänzende Wunde, die ihm aber offensichtlich nichts ausmachte. Blair beobachtete fasziniert, wie mit jedem Schlag der Trommel der Wilde näher kam und größer wurde. Komm her, mein Lieber, geh diesen Weg noch ein wenig weiter! Er hätte sich gerne die Augen gewischt, aber er wußte, daß auch die kleinste Bewegung fatale Folgen haben konnte. Der schwarze Bauch zitterte im schwarzen V des Visiers, und Blair hielt den Atem an, als er mit dem Finger den Druckpunkt nahm.

Was das für ein Durcheinander geben würde, überlegte er bitter. Ein plötzliches scharfes Krachen des Gewehrs, dann würde die Schlacht ausbrechen. Zehn Kugeln im Gewehr und zwei weitere in meiner Tasche. Es würde keine sehr lange Schlacht werden. Armer Tarrou. Für ihn war es schlimmer. Es war sehr wahrscheinlich, daß er jeden Moment zusammenbrechen und dann entweder durch den Busch davonrennen oder mit seinem nutzlosen Revolver blind um sich schießen würde.

»Ich wollte, ich hätte die Schrotflinte behalten, das wäre genau die richtige Waffe für eine Party wie diese gewesen«, dachte Blair laut. Zwei Extraschläge auf der Trommel, und mit der Präzision der königlichen Garde drehte sich die ganze Horde der Krieger von dem Gewehr fort und begann, den langen grünen Hügelkamm hinter der Lichtung hinaufzutrotten.

Blair starrte unbewegt hinter den zielstrebigen Gestalten her, bis sein Sichtfeld völlig verschmiert war und er den Schweiß wieder wegblinzeln mußte. Als er wieder etwas sehen konnte, war da nichts mehr außer den nickenden Palmen, und nichts erinnerte an die schweigenden Krieger außer dem fernen Dröhnen der Trommel.

Er drehte sich um und sah nach Tarrou. Der Mann lag an seiner Seite und hatte die Augen fest geschlossen, er hatte beide Hände tief in den weichen Boden verkrallt. Blair stieß ihn an, und die dunklen Hände zuckten.

»Hoch!« befahl er scharf. »Ich will hier nicht unnötig lange herumhängen!«

Tarrou blinzelte und sah Blairs Schatten in die Höhe wachsen, da dieser aufstand und nach einem kurzen Blick auf die noch immer zusammengekrümmte Gestalt neben sich begann, in Richtung des Hügelrückens wegzuhumpeln.

Tarrou kam hinter ihm her gestolpert, sein Mund war schlaff und feucht. »Wohin? Wohin nur?«

Er wiederholte diese Frage wieder und wieder, aber Blair antwortete nicht. Er schwankte, biß die Zähne gegen die Schmerzen in seinem Fuß und gegen den stärker werdenden Ekel in seinem Kopf zusammen.

Als ob er Tarrou damit zum Schweigen bringen wollte, fragte er barsch: »Also, das waren die Mota, oder? Warum unternimmt die Regierung nichts gegen sie?«

»Die Häuptlinge waren auch dabei.« In der Aussage schwang Ehrfurcht mit. »Das waren die Krieger mit den Gewehren.«

»Gewehre! Museumsstücke meinen Sie! Ich vermute, dafür haben die Burschen ein paar arme Schweine ermorden müssen!«

In Tarrous Antwort blitzte so etwas wie Trotz auf. »Weiße Männer haben sie den Mota vor Jahren gegeben. Im Tausch gegen Sklaven!«

Der Funke erlosch schnell, als Blair stehenblieb und ihn mit seinen kalten blauen Augen anblickte.

»*Weiße* Männer, äh? Wieder mal die Seite gewechselt, nicht wahr?« Er lachte bitter auf und humpelte dann hastig weiter.

»Bitte, ich wollte nicht…« Tarrou mußte schon fast rennen, um mit der gekrümmten, humpelnden Gestalt Schritt halten zu können.

»Es ist mir verdammt egal, was Sie glauben!« Blairs Stimme ging in ein Murmeln über. »Aber wenn ich eine Handvoll guter Männer zur Verfügung hätte, würde ich diesen Wilden schon beibringen, wie man sich anständig zu betragen hat!«

»Wir können gar nichts ausrichten, Major Blair! Lassen Sie uns an den Strand hinuntergehen. Vielleicht schickt man uns Hilfe!«

»Hilfe? Ich brauche keine Hilfe von wem auch immer!« Er machte eine unbestimmte Handbewegung in Richtung des Hügelrückens. »Irgendwo dahinter ist die

Missionsstation.« Er lachte wieder. »Mission! Die Bezeichnung gefällt mir! Ich werde sie finden, und wenn ich dafür jeden verdammten Baum auf dieser verdammten Insel ausreißen muß! Und wenn ich sie gefunden habe, werde ich diesem Mr. Spencer ein paar sehr unangenehme Fragen stellen, das können Sie mir glauben!« Der bandagierte Fuß stieß im Gleichtakt mit der fernen Trommel auf den Boden auf. »Es hat sich zuviel ereignet, um jetzt damit aufhören zu können!« Müde legte er eine kleine Pause ein, sein Gesicht war aschgrau. »Sie können hingehen, wohin Sie wollen, Tarrou, aber ich verfolge mein Ziel weiter!«

Die Wolken hatten sich derartig verdichtet, daß es im Dschungel finster wie in tiefer Nacht war, so daß die Männer, als sie stolpernd den Kamm überquert hatten und das Meer schon riechen konnten, stoppen mußten und ungläubig auf das Panorama blickten. Grandios! Das vorspringende Kap leuchtete jetzt purpurfarben unter den dahinfliegenden Wolken, die leere See war nicht länger blau, sondern schien bis zum Horizont aus einer sich träge auf und ab bewegenden geschmolzenen Zinnmasse zu bestehen. Es herrschte Hochwasser. Als sie auf die donnernd heranrollende Brandung hinabblickten, war der schmale Strand, an dem sie bei ihrer ersten Landung auf Spencer getroffen waren, völlig überflutet. Am äußersten Ende des schmalen Sandstreifens entdeckte Blair ein zerschlagenes Kanu, das wie ein aufgespießter Käfer auf den schaumigen Brechern tanzte. In der Ferne konnte er in dem winzigen Dorf, das sich um die Mission drängte, das Dach einer kleinen Hütte ausmachen. Nichts bewegte sich, nur das immerwährende Donnern der Brecher erhöhte das unwirkliche Gefühl von Angst und Bedrohung, das über dem Ort zu lasten schien.

»Kein Schoner!« stöhnte Tarrou mit ersterbender Stimme. »Sie sind ohne mich ausgelaufen!« Dabei konnte er nicht glauben, was er sah.

Die Missionsstation hob sich gegen den dunklen Himmel sehr weiß ab. In dem harten Licht hatte sie etwas von ihrem Zauber verloren und offenbarte nur die offensichtlichen schweren Verwüstungen, die das tropische Klima verursacht hatte. Das verrostete Wellblechdach, die hölzernen Bohlen, in denen der Schwamm hauste, und die großen Spinnweben, die wie Stacheldrahtverhaue von jedem Balken gespannt waren. Die offene Tür sah aus wie ein zu einem unhörbaren Schrei weit aufgerissener Mund. Blair ließ seinen Blick schnell über den Busch gleiten, bevor er sich wieder ganz dem Haus zuwandte.

»Die Eingeborenen scheinen alles verlassen zu haben«, stellte er ruhig fest. »Kein Rauch im Dorf und niemand, um uns zu begrüßen.«

Tarrous Augen traten erneut voller Angst aus den Höhlen. »Das ist schlecht! Sehr schlecht!« Er hockte auf den Knien, und seine Finger wühlten wieder im Dreck.

Blair schüttelte den Kopf, um die Benommenheit aus seinem Gehirn zu vertreiben. »Sie bleiben hier, Tarrou!« Er unterband jede Widerrede mit einer energischen Handbewegung. »Ich werde einen Blick in das Haus werfen.« Er riß seine Augen von dem Gebäude los und sah den zitternden Mischling an. »Und falls etwas schiefläuft«, fuhr er leichthin fort, »dann verduften Sie in den Busch und warten dort, bis Hilfe eintrifft. Es wird eine polizeiliche Untersuchung der Vorfälle geben, und Sie werden dann der Held sein!«

Die schwarzen Augen Tarrous starrten ihn verständnislos an. Ohne jeden Mut und Hoffnung.

Blair stand auf, reichte Tarrou den Karabiner und nahm sich dafür den Revolver. Er kroch schnell auf die Hausseite zu, seine Augen huschten über den festgestampften Boden des Grundstücks.

Vorsichtig kletterte er auf das Ende der Veranda und stöhnte, als eine Bohle unter seinen Füßen knarrte. Er war sich der erdrückenden Hitze bewußt, die ihn zu erdrosseln drohte, und auch des süßlichen Geruchs von Kopra. Seine Gedanken wanderten zurück in sein kühles Büro mit dem Schreibtisch, dessen Oberfläche mit Leder bezogen war und der immer leer zu sein schien. Ohne Zweifel würde sich Miss Cousin, seine Sekretärin, darüber Gedanken machen, wie es ihm ging und ob er das Wrack mit dem Schatz gefunden hatte. Er erstarrte zur Salzsäule, als etwas hinter der sperrangelweit geöffneten Tür raschelte.

Er schluckte schwer und trat langsam neben den Eingang. Er erwartete jeden Augenblick das Krachen einer Salve oder einen fürchterlichen Schlag auf den Kopf. Doch diese schwer lastende Stille war noch viel schlimmer. Mit zwei schnellen Schritten trat er durch die Tür und preßte dann seinen Rücken sofort gegen die rauhe Wand. Seine Augen suchten das in gedämpftem Licht liegende Innere von Spencers Mission ab.

Ivor Spencer lag gekreuzigt auf den Bohlen des Fußbodens, seine Arme waren ausgebreitet, wie um das Messingkruzifix zu verhöhnen, das an der Wand hing. Zwei große Nägel aus Metall waren durch seine Hände geschlagen worden und hielten ihn am Boden fest. Als Blair auf den Elenden hinunterstarrte, war sein Mund vor Entsetzen völlig ausgetrocknet. Plötzlich sah er, daß sich die langen Finger wie kleine gefangene Tiere bewegten. Der buschige graue Halo von Spencers Haaren war mit hellroten Streifen durchsetzt, und als Blair einen zögernden Schritt nähertrat, bemerkte er, daß frisches Blut über Spencers Wangen aus den leeren Höhlen lief, wo die Augen gewesen waren. Blair schwankte und übergab sich voller Ekel und Entsetzen. Als er die zerfetzte, blutige Masse zwischen den dünnen verrenkten Beinen sah, konnte er nicht begreifen, wie es dieses sich krümmende Etwas geschafft hatte, am Leben zu bleiben.

Der zerschlagene Mund bewegte sich in grotesker Verzerrung. Verschwunden war der wohltönende Klang, die Stimme war schwach, so wie die eines Kindes. »Wer ist da?«

Blair kniete sich neben den Missionar und blickte über den gefolterten Körper zum Kruzifix hinüber. Er mußte an die Worte des Marineoffiziers in Singapur denken: »Ich fürchte, Gott hat uns alle vergessen.« Leise sagte er: »Ich bin es. Rupert Blair.« Er ließ seine Augen zu dem anderen Raum hinüberwandern. »Ist hier noch jemand am Leben?«

»Tot. Alle sind tot.« Auf Spencers Lippen zeigten sich kleine Bläschen. »Alle, mit Ausnahme von ihr...«

Blairs Augen zuckten sofort zu ihm herunter. »Ihr? Wen meinen Sie?«

»Das amerikanische Mädchen.« Die Augenhöhlen schienen ihn anzublicken, als ob Spencer sein Gesicht sehen könnte. »Sie haben sie mitgenommen.« Die

Stimme wurde schwächer. »Ich hatte geglaubt, daß sie den Sinn einsehen würden…«

Blair ließ sich auf seine Schenkel zurückfallen. Gillian hatte überlebt, aber nur, um von den Mota verschleppt zu werden. Er biß die Zähne zusammen. »Erzählen Sie mir schnell: Was ist mit dem anderen Mädchen passiert? Es hat doch früher noch ein anderes gegeben, nicht wahr?«

Spencers Kopf fiel nach hinten. »Ihre Schwester, glaube ich?« Ein schreckliches Kluckern begann tief in seiner Kehle zu rasseln. »Sie ist vor vielen Jahren gestorben. Die Mota glauben, daß Gillian die herangewachsene Frau ist …«

Die Stimme verklang langsam, aber Blair packte die knochige Schulter mit plötzlicher Verzweiflung. »Wohin sind die Mota gezogen?«

»Kleine Bucht … zwei Meilen von hier … sie nennen sie das *Haus der Geister* … heidnischer Opferplatz …« Etwas von ihrer früheren Stärke kehrte in die Stimme zurück. »Wären Sie mir nicht dazwischengekommen, hätte ich sie alle, alle bekehrt! Ich …«

Blair erhob sich und starrte durch das Fenster auf den schimmernden Dschungel. Er übergab sich nochmals. Seine Erschöpfung ließ ihn über die zuckenden Finger stolpern. Er spürte die Waffe in seiner Hand und würgte die aufsteigende Galle wieder hinunter, während ihn ein starkes Gefühl von Verzweiflung und Eile quälte. Es war jetzt fast unwichtig, wie seine Schwester hier gelebt hatte und wie sie gestorben war. Vielleicht würde er später, wenn er Zeit hatte, darüber nachdenken, aber jetzt … Er drehte sich um, die Waffe lag fest in seiner Hand. Aber er konnte den Mann nicht so zurücklassen. Doch der Gnadenschuß war nicht mehr nötig, und die fetten, blauen Fliegen untersuchten schon die verstümmelten Überreste von Ivor Spencer.

Ohne auch nur einen Blick in den anderen Raum geworfen zu haben, stakste er steifbeinig hinaus in die Helligkeit und die Hitze. Tarrou kam angelaufen, der Ausdruck von Erleichterung erstarb abrupt auf seinem Gesicht, als er Blairs verstörtes Gesicht sah. Er schreckte zurück, als ihn Blairs harte Hände an den Schultern packten, und nur zögerlich schaffte er es, den harten blauen Augen standzuhalten.

»Kennen Sie hier in der Nähe eine kleine Bucht? Zwei Meilen entfernt?« Die Dringlichkeit ließ Blairs Worte barsch klingen.

Tarrou schüttelte den Kopf. »Nein, nein! Ich kenne mich hier überhaupt nicht aus! Bitte, was war in der Mission?«

Blair schüttelte ihn wild. »Denken Sie nach, Mann! Versuchen Sie sich die Seekarte vorzustellen! In welcher Richtung könnte diese Bucht liegen?« Er brüllte jetzt und machte sich über den Lärm, den er verursachte, keine Gedanken mehr. Als Tarrou weiter nur wimmerte, fügte er hinzu: »Sie mochten doch auch Miss Bligh, nicht wahr? Nun, sie ist am Leben, aber die Mota haben sie in diese Bucht verschleppt! Können Sie sich jetzt erinnern?«

Tarrous Hand bewegte sich schwach in die Höhe und deutete zu zwei buckelförmigen Hügeln hinüber. Der alte Vulkan dräute unversöhnlich und mit plötzlicher Deutlichkeit in weiter Ferne.

»Dort! Dort!« Tarrou deutete mit seinen Augen zurück in Richtung des Hauses. »Mr. Spencer?«

Blair schüttelte den Kopf und setzte dann hinzu, als ob er mit sich selbst sprechen würde: »Bekehrt haben würde er sie, hat er gesagt! Wie eine Maus, die im Dschungel quiekt!« Dann, während Blairs Augen bereits fiebrig strahlten, zog er Tarrou von dem Platz weg. Das Ende der langen Reise war nahe. Er mußte an das schweigende Messingkruzifix denken. »Bitte, Gott, laß uns rechtzeitig ankommen, nur dieses eine Mal.«

10

Vic Fraser lag lang ausgestreckt auf seiner Koje und starrte unverwandt zur niedrigen Decke empor. Dreißig Fuß entfernt beendeten die beiden Taucher ihre Inspektion des Rumpfs von außen und die provisorischen Reparaturen, wobei sie eine roh zugeschnittene Planke, die auf der einen Seite dick eingefettet worden war, über einen Plankenstoß genagelt hatten, der durch den Aufprall des Schoners auf die Sandbank leckgesprungen war. Jeder gedämpfte Schlag an den alten Hölzern ließ Frasers schlaffe Hände erzittern, und es schien ihn eine äußerste Kraftanstrengung zu kosten, sich selbst davon zurückzuhalten, an Deck zu stürzen und die Crew anzuschreien, sich gefälligst mit den Arbeiten zu beeilen.

Die Hitze in der winzigen Kabine war so übermächtig und atemberaubend, daß ihm das Luftholen Schmerzen bereitete. Aber er war so erledigt vom Warten und Lauschen, daß er es kaum bemerkte. Er trug noch immer das zerrissene Hemd und die Hose, die beide in verschwitzten Falten an seinen Gliedern klebten und den Gestank des Dschungels und Frasers Angst ausdünsteten.

Unlustig drehte er seinen mächtigen Kopf zur Seite und blickte wieder auf die herumliegende Kleidung und die teuren Lederkoffer, die die Kabine mit Erinnerungen an Blair, ja, irgendwie sogar mit seiner Gegenwart zu erfüllen schienen. Er preßte die Augen zusammen, um zu versuchen, das Bild von Blairs nachschleppendem Fuß und seinen harten, unbarmherzigen Augen zu verdrängen.

Mit einem Stöhnen rollte er sich schwerfällig über die Seite der Koje und riß sein Hemd auf. Er entblößte seine Brust, als wollte er damit die quälenden Phantasien abstreifen. Sein Blick fiel auf das Barometer, und er fuhr sich mit den Fingern so kraftvoll durch sein Haar, bis ihn der Schmerz einhalten ließ. Das Glas war den ganzen Morgen über stetig gefallen, und der Wind hatte sowohl seine Richtung als auch seine Stärke geändert. Anstelle der bisher herrschenden trockenen Hochofenhitze war der Wind jetzt feucht und klebrig, der direkt über die Insel hinwegheulte und das Wasser in dunkle unruhige Wellen versetzte. Die Taucher hatten Fraser ihre Beobachtung mitgeteilt, daß das Wasser voller seltsamer Strömungen war. Erst kam eine warme Schicht, die nur wenig später dem kalten Atem der Tiefsee wich, der sie keuchend und zitternd an die Oberfläche getrieben hatte. Fraser war mit diesen Vorzeichen seit langem vertraut. Das deutete auf keinen gewöhnlichen Sturm hin, sondern hier stand eine größere meteorologische Veranstaltung bevor.

Er rief sich selbst zur Ordnung, als er die Kabine verlassen wollte. Wozu sollte das gut sein? Die Männer taten, was sie konnten, und sogar Dinkila, der Koch, war mit Nadel und Faden damit beschäftigt, eines der Segel zu reparieren. Auch Old Kari beugte sich über seine Arbeit, seine Augen waren zwar trübe und verweigerten fast den Dienst, aber seine Finger glitten mit der durch jahrzehntelange Erfahrung erworbenen Leichtigkeit über das rauhe Segeltuch.

Fraser starrte auf sein eigenes ungepflegtes Spiegelbild. Myers hatte sich dagegen offensichtlich von seinem Alkoholexzeß erholt, saß jetzt vor sich hin brütend neben der Verschanzung und suchte das Wasser um die beiden Taucher herum nach den verräterischen Rükkenflossen ab. Er hielt Frasers Karabiner in seinen geröteten Händen. Fraser hätte beinahe vor Wut laut aufgeschrien, als er an Myers störrische und verärgerte Mimik dachte. Genau jetzt hätte die *Pearl* sich ihren Weg fort von der Insel bahnen sollen, der alte Diesel hätte einen guten Vorsprung vor dem heranziehenden Sturm herausfahren sollen. Aber Myers hatte nur den Kopf geschüttelt und ein kleines blankes Stück Metall in die Höhe gehalten.

»Die Wasserpumpe ist abgeschoren!« hatte er aus der Maschinenraumluke gerufen. »Die verdammte Maschine können wir völlig abschreiben, es sei denn, Sie haben hierfür ein Ersatzteil. Wie sieht es damit aus?«

Als Fraser ihn wild beschimpfte, war plötzlich Myers' harte Seite zum Tragen gekommen. Gleichzeitig hatte sich auf seinem runden Gesicht verächtliche Geringschätzung breit gemacht.

»Wen, zum Teufel, glauben Sie, anbrüllen zu können? Was kann *ich* daran ändern?« Er gestikulierte in einer weit ausholenden Bewegung mit seinen ölverschmierten Händen über das Schiff hinweg. »Schauen Sie sich das doch hier an! Keine verdammte Radiostation! Also wissen wir nicht einmal, ob wir es mit einem tropischen Orkan oder mit einem verfluchten Schneesturm zu tun bekommen werden! Und jetzt, da auch noch diese verdammte Pumpe vom Motor abgeschoren ist, erzählen Sie mir, daß Sie nicht einmal Ersatz mitführen!« Er hing über die Kante des Sülls der Maschinenraumluke, sein Gesicht zeigte eine gefährliche Kälte. »Bei Gott, Sie haben uns alle hier verdammt sauber in die Scheiße geritten!«

Fraser hatte auf ihn hinuntergeblickt und hatte plötzlich ein unbändiges Verlangen gespürt, den Mann ins Gesicht zu treten, um dieses blöde Gewinsel ein für alle Mal zu beenden. Er hatte aber gesehen, daß Kari sie beobachtete, und seine Stimme zu einem barschen Flüstern gesenkt.

»Was, zum Teufel, meinen Sie damit?«

»Können Sie nicht eins und eins zusammenzählen, Kumpel? Der arme alte Major Blair wurde zurückgelassen, Jim Hogan ist hin für gut, und das Mädchen ist ertrunken. Das ist etwas ganz anderes, als während einer Reise ein paar Männer der Crew zu verlieren!« Seine Stimme zitterte. »Was erwarten Sie, daß ich aussagen werde? Daß Sie einen dicken Orden verdient hätten?«

Wenn Myers bereit gewesen wäre zuzuhören, dann hätte Fraser ihm vielleicht alles erklären können. Er dachte so intensiv nach, daß die tiefen Falten um seinen Mund wie schwarze Gräben wirkten. Er konnte das aber nicht mal sich selbst erklären. Er blickte auf die verschmierte Karte auf dem Tisch, ohne sie wahrzunehmen, und wußte nur, daß er von der Insel verschwunden sein mußte, bevor der Sturm losbrach. Bevor die Lebewesen ausradiert wurden und die *Queensland Pearl* zerstört wurde. Er blickte verzweifelt in der winzigen Kabine um sich, aber auch die vertraute Umgebung verschaffte ihm keine neue Zuversicht mehr. Der Himmel über dem kleinen Skylight war nicht länger blau. Die rollenden grauen Wolkenmassen hatten braune schmutzige Ränder, so daß sie wie feste Gegenstände aussahen.

Myers hatte natürlich recht. Fraser hatte immer vorgehabt, ein Radio einzubauen, auch eine neue Maschine und eine Menge anderer feiner Sachen, aber immer war etwas dazwischengekommen, das ihn daran gehindert hatte. Die Kabine rollte und knarrte jetzt in langsamen unregelmäßigen Bocksprüngen, und er mußte die Beine weit spreizen, um das Gleichgewicht zu halten.

Durch das Skylight erhaschte er einen kurzen Blick auf den verkürzten Großmast, der sich schwarz gegen den erzürnten Himmel abzeichnete. Da die Toppstenge fehlte, hatte der Schoner das Aussehen eines Sprinters, der sich in den Startlöchern nach vorne kauerte, um auf den Schuß zu warten. Das Schiff will auch von hier weg, dachte er geistesabwesend. Oder was sonst? War er vielleicht der einzige, der die *Pearl* im Stich gelassen hatte? Er schoß in die Höhe, als es an der Tür klopfte.

Kari stand im Türrahmen, das diffuse Licht, das durch die Luke des Niedergangs fiel, spielte auf seinen vernarbten Schultern.

»Nun? Seid ihr fertig?« Frasers Stimme war heiser.

Kari nickte. »Fertig, ja.« Er vermied es, in Frasers Augen zu schauen. »Das sein schlechte Reise, Käpt'n. Buka sein tot. Watute sein tot. Steuermann verrückt geworden!« Er schüttelte sein graues Haupt. »Ich denken, wir werden verlieren noch mehr.«

»Sprich nicht wie ein alter Narr!« Fraser sah ihn mit wachsender Beunruhigung an. »Was willst du mir eigentlich sagen?«

Kari berührte die Messingtafel neben der Kabinentür, deren Inschrift vom Putzen schon fast unleserlich geworden war: »Gebaut – Sydney – 1914«. Er konnte natürlich nicht lesen, aber die glatte Oberfläche schien ihn zu einer Entscheidung zu bringen. »Ich segeln mit deinem Vater, Käpt'n. Viele Jahre ich tauchen nach Muscheln, und ich machen Dienst, und ich weiß, mein Boss ist guter Mann.« Er ließ den Kopf hängen und scharrte mit seinen schwarzen Füßen auf dem Deck. »Jetzt ich kennen Schande, Käpt'n. Weil du rennen weg!« Er blickte plötzlich auf und seine erfahrenen Augen funkelten. »Ich sein Torress-Insulaner, Käpt'n! Meine Vater waren Häuptlinge! Wir nicht rennen weg!«

Fraser trat einen Schritt vor, seine Fäuste waren geballt. »Verdammt, du alter schwarzer Bastard! Wer hat dich aus dem Wasser gezogen, als die Tigerhaie über dich gekommen waren? Wer hat dir die ganzen Jahre über einen Job gegeben?«

Kari sah ihn voller Traurigkeit an. »Ich wissen, Käpt'n. Aber ich denken, daß dir Geister deine Stärke genommen haben ...«

Sein Kopf flog zurück, als Frasers Handfläche ihm über den Mund klatschte.

»Geh an Deck, verdammt! Scheuche diese faulen Nigger an das Ankerspill! Wir hieven ihn jetzt und laufen aus, hast du das verstanden?« Frasers Stimme dröhnte in der feuchten Kabine wie diese fürchterliche Trommel. Er starrte auf den schmalen Faden aus Blut und Speichel, der über das Kinn des alten Mannes lief. »Es gibt nichts mehr, was ich tun kann. Sie sind alle tot, und Tarrou ist selbst in sein Unglück gelaufen!«

Kari ging rückwärts zur Leiter. »Die Trommel sagen, du lügen!« Seine Stimme war nur ein Zischen.

»Sie nicht seien tot. Du sie haben zurückgelassen – zusammen mit deiner Stärke!«

Fraser hob den Arm. »Verschwinde! Verdammt sollst du sein! Tu, was ich dir befohlen habe, oder ich …«

Er merkte, daß er in die leere Luft brüllte, und dann hörte er Karis harte Fußsohlen über die Planken an Deck watscheln.

Mit einem Fluch nahm er das Teleskop und kletterte schwerfällig die Leiter empor an Deck, auf dem man sich nun wie im Inneren eines Backofens fühlte. Er ging an das Ruderrad, einen Augenblick lang ruhte sein Auge auf dem jetzt nutzlosen Gashebel des Motors. »Hievt den Anker! Brecht ihn aus dem Grund!« brüllte er, und seine Stimme kehrte als Flüstern wieder zu ihm zurück, gebrochen von der stillen Küste und den glänzenden Palmen.

Die Kette kam scheppernd Glied für Glied durch die Ankerklüse herein, und er sah den krummen Rücken von Myers, der zusammen mit den anderen schuftete, als ob auch er nicht länger etwas mit ihm zu tun haben wollte.

Fraser beobachtete die langen Wellentäler in dem bewegten Wasser und versuchte, die Stärke des schwülfeuchten und durch seine Hitze verrückt machenden Windes einzuschätzen. Kari hob den Kopf und rief etwas. Fraser konnte sogar über die ganze Länge des Schiffes hinweg noch immer das verschmierte Blut an seinem Kinn erkennen. Er riß seine Augen davon los, als er spürte, daß das Schiff, von seinem Anker befreit, seitwärts wegzutreiben begann.

»Setzt das Schonersegel und den Flieger!« Er wartete ungeduldig, als die Männer lustlos an die Fallen gingen.

Die *Queensland Pearl* setzte ihre ausgeblichenen Segel über ihren nackten Spieren wie eine alte Lady, die sich zum letzten Mal zum Ausgehen herausputzt. Das große Schonersegel, gefolgt vom Großsegel, schwang an dem langen Baum aus, während an dem eleganten Klüverbaum die kleineren dreieckigen Vorsegel wie Flaggen auswehten, als sie mit schmerzhafter Langsamkeit in die Höhe stiegen, um den Wind einzufangen. Langsam erwachte der Schoner zum Leben und kam plötzlich von der Sandbank frei. Fraser fühlte unter seinen harten Händen, wie das Ruder ruckte, und hinter seiner Schulter hörte er das Kielwasser gurgeln und zischen, als das Ruderblatt in das Wasser biß. In einem weiten schäumenden Bogen drehte das Schiff, bis der Klüverbaum auf den freien Horizont wies.

Als sie sich gemessen am Vorland entlangbewegten, fielen die ersten Böen von der offenen ungeschützten See ein und trafen den weißen Rumpf mit spielerischer Wucht.

Die Segel füllten sich und wurden hart wie Bretter, der Wind umströmte die abgenutzte Leinwand mit der Wut eines gefangenen Tieres, während es überall im Rigg quietschte und klapperte, um der Herausforderung Paroli zu bieten. Spritzwasser flog über den hohen Vorsteven, hinterließ auf der Back dunkle Muster und duschte die Haut der Männer, die damit beschäftigt waren, den Anker an seinem Platz zu befestigen.

Fraser konzentrierte sich auf den Kompaß und die Segelstellung, so daß er alles andere aus seinen Gedanken verdrängen konnte. Er griff automatisch nach oben, um seine Mütze wie gewohnt über den Augen zurechtzurücken, doch da überfiel ihn schlagartig wieder ein beklemmendes Schuldgefühl, als ihm bewußt wurde, daß sie irgendwo da drüben im fernen Dschungel lag. Er versuchte, aus den lebendigen Bewegungen des Schoners unter seinen Füßen das Gefühl der Freude zu ziehen, das ihn sonst dabei überkam und das seine Stimmung bisher immer wieder aufgerichtet hatte. Niemand konnte ihn für das, was geschehen war, zur Verantwortung ziehen. Grainger hatte ihm geraten – und in der Tat war es mehr so etwas wie ein Befehl gewesen –, sich nicht in die Nähe der Mota zu begeben oder irgend etwas zu unternehmen, was zu Ärger führen könnte. Es war von Anfang an allein Blairs Handeln gewesen, er hatte alles zu verantworten. Es würde wahrscheinlich ein großes Aufhebens wegen des toten Mädchens geben, aber dagegen konnte er nichts machen. Das hätte überall geschehen können. Seine Kehle fühlte sich trocken an. Gillian war ein tolles Mädchen gewesen. Was hatte der alte Narr Kari von den Nachrichten der Trommeln berichtet? Wieder fühlte er eine Welle der Beschämung, als er daran dachte, daß er den alten Mann geschlagen hatte, aber dann streckte er das Kinn vor, blickte düster über das glänzende Deck hinweg, und seine braunen Augen waren hart. Der Narr hatte es herausgefordert, dachte er wütend. Er hatte die Jungs immer für schlichte menschliche Wesen gehalten, aber in ihrem Innersten blieben sie immer Wilde. Er erlaubte seinen Gedanken freien Lauf. Sogar Michel! Auch er hatte versagt. Fraser blickte über die Luvreling des Poopdecks und voller Überraschung auf den grünen Umriß von Hog Island. Das Eiland sah schon wieder so klein und unbedeutend aus wie viele andere Inseln der Gruppe. Winzige geschlossene Welten, die, wie Gillian Bligh es ausgedrückt hatte, einem Außenstehenden nichts bedeuteten.

Fraser konnte spüren, daß die Geschwindigkeit des Schoners zunahm, als er den Wind voll in seinen Segeln einfing und über die Wellenkämme in die tiefen Täler hinabschoß, deren Oberfläche nun wie poliertes Glas aussah. Fraser mußte sich mit ganzer Kraft in die Speichen stemmen, damit das alte Schiff den nächsten Wellenberg wieder richtig emporkletterte. Er seufzte, als der schlanke Klüverbaum in die Höhe stieg und der glänzende feuchte Rumpf in stolzer Nichtachtung die saugenden Wogen teilte.

Jetzt wurde das Vortoppsegel gesetzt. Er schloß wegen des grellen Lichtes die Augen so weit wie möglich, um dabei noch beobachten zu können, wie sich Wabus Muskeln wie Schlangen unter der Haut bewegten, während er die Schot dichtholte, und dann zurücktrat, um wieder Atem zu schöpfen. Auch sein Gesicht war finster und mürrisch. Die Männer sangen und lachten nicht wie sonst üblich, und als Dinkila wie eine Krabbe über das sich heftig bewegende Deck zu seiner winzigen Kombüse schlidderte, vermied er es, Fraser anzusehen. Sein Gesicht war ernst.

Myers hielt sich an der Kompaßsäule fest, seine Augen blickten ausdruckslos. »Wohin fahren wir?« fragte er schließlich.

»Zuerst ein wenig nach Westen, dann werde ich nach Süden ablaufen. Dort könnten wir ein wenig Schutz finden.« Er fluchte, als die Kompaßrose in ihrem Gehäuse herumtanzte, und drehte an den Speichen, bis sie sich wieder beruhigt hatte.

Myers beobachtete die Hände am Ruder und zuckte zusammen. In einer Minute, dachte er verzweifelt, werde ich aufwachen, und die Insel wird wieder so aussehen, wie es bisher immer war. Über der blauen Bucht würde eine strahlende Sonne am klaren wolkenlosen Himmel scheinen, und die Eingeborenen würden lachen, während sie ihm zusahen, wie er in seinen Taucheranzug kletterte. Er dachte auch an Gillian Bligh und daran, wie sie ausgesehen hatte, als sie in seine Kabine hereingeplatzt war. Mit kühlen grauen Augen und einem großen verlockenden Mund. Genauso wie auf den Bildern in der Zeitung. Das Ganze war keine Phantasie, besonders nicht, soweit es Major Blair anging. Bei allen Schwierigkeiten von Myers und seinem schwierigen Aufstieg in der Firma war Blair der einzige gewesen, der ihn immer anständig behandelt hatte. Myers begann zu zittern, als er intensiver darüber nachdachte. Wenn ihn seine Frau wegen seiner Arbeit schalt oder wegen der Nachbarn herunterputzte oder wegen der hundert anderen Dinge, über die sie meinte, sich beschweren zu müssen, dann war es stets Blair gewesen, der ihm sein Selbstwertgefühl wiedergegeben hatte. Als er einmal versucht hatte, ihn seiner Frau zu beschreiben, hatten ihm für einen Augenblick die Worte gefehlt. Schließlich war er auf das größte Kompliment verfallen, das er zu vergeben hatte: »Er ist einfach ein Gentleman, verstehst du…«

Aber natürlich hatte sie ihn nur ausgelacht.

Er blickte düster in Frasers angespanntes Gesicht, zu dem Gefühl der Hoffnungslosigkeit kam nun noch das der Verzweiflung.

Die Jungs hatten sich im Schutz der Verschanzung

zusammengedrängt und starrten in das protestierende Rigg und die geblähten Segel hinauf. Schweigend standen Fraser und Myers da, schwankten, und jeder war in seine eigenen Gedanken versunken.

»Sie schinden den Schoner ganz schön, nicht wahr?« fragte Myers nach einiger Zeit. »Befinden wir uns denn jetzt in Gefahr?«

Fraser machte eine ruckartige Kopfbewegung. »Gucken Sie sich die Insel an.« Er wußte tief in seinem Inneren, daß Myers, genau wie er selbst, seinen Worten nicht recht traute. »Ich weiß nicht, wie hart der Sturm werden wird, aber wir kommen gut klar, solange wir die *Pearl* einfach so laufen lassen.«

Myers überschattete mit der Hand seine Augen und blickte über die schwankende Reling. Hog Island lag jetzt recht achteraus. Es hat fast den Anschein, dachte er, als ob die Insel genau im Weg von irgend etwas Fürchterlichem liegt. Etwas, das den Himmel in ein wütendes Kupferrot getaucht hat, so daß es den Anschein hatte, als ob die Insel einen riesigen Heiligenschein aus Feuer hätte.

Die Sicht war schlechter geworden, und der Umriß begann schon zu verschwimmen. Die vielen kleinen Inseln, die vorher anscheinend so nahe gewesen waren, hatten sich jetzt in Nichts aufgelöst, als hätte man Kreidezeichnungen von einer Schultafel mit einem Schwamm abgewischt. Der Schoner war allein auf dem endlosen Ozean, und während Myers noch hinüberblickte, verschwand die Insel im Dunst aus Wasserdampf und Spritzwasser.

Frasers Stimme drang durch seine Gedanken. »Wollen Sie immer noch, daß ich zurücksegle? Wie lange, glauben Sie, könnten wir in dem Aufruhr da hinten überleben?« Er sprach schnell weiter, dabei ließ er keine Sekunde das Schiff aus den Augen. »Sie haben doch Ihr Leben bekommen, um es zu erhalten, oder?« Er atmete tief durch. »Gut. Und dasselbe gilt für mich!«

Myers blinzelte, als ihm eine Gischtfahne Salzwasser in die Augen sprühte. »Was nützt es, darüber zu sprechen? Sie haben sich schon längst entschieden, nicht wahr?«

»Ja, ich habe mich entschlossen.« Er sprach weiter, wie zu sich selbst. »Ich kenne kein anderes Leben. Da geht es mir genauso wie dem armen alten Jim Hogan unten im Laderaum. Ich kann es mir nicht leisten, noch einmal ganz von vorne anzufangen.«

Myers schüttelte den Kopf. »Was wird passieren, wenn Sie zurückkehren?«

Fraser zuckte unbestimmt die Achseln. »Ich vermute, daß die Behörden, die Briten oder die Franzosen, ein paar Polizisten losschicken werden, um ein paar Erkundigungen einzuziehen. Ich weiß es nicht. In ein paar Monaten – vielleicht – wird alles wieder seinen normalen Gang gehen. Hier verändert sich nie etwas. Nur wenn sich Fremde in unsere Angelegenheiten einmischen, gibt es Ärger.«

Myers fröstelte trotz der Hitze und hörte sich selbst in einer seltsam fremden Stimme sagen: »Bringen Sie mich zurück, Vic. Nur mich allein.« Die Worte strömten förmlich aus ihm heraus, er konnte nicht mehr aufhören. »Sie können sich dann immer noch raushalten, und ich werde nach dem Major suchen. Werden Sie das für mich tun, Vic?«

Frasers Hände zitterten am Ruder. »Lassen Sie mich

um Himmels willen damit in Ruhe! Wem sollte das nützen? Während des letzten Sturms sind Sie in die Flasche gefallen, das ist doch richtig? Das ist doch richtig, oder nicht?« Er brüllte lauter, als sich nichts an Myers verletztem Gesichtsausdruck änderte. »Das sind doch nur verdammte heroische Gesten! Ich werde Ihnen etwas sagen: Solche überflüssigen Heldentaten sind etwas für Burschen, die sie sich leisten können! Und wir beide können uns so etwas ganz sicher nicht leisten!«

Myers trat von ihm zurück. »Sie glauben, daß Sie Ihren eigenen Kopf aus der Schlinge gezogen haben, indem Sie mich beschimpfen, nicht wahr? Aber Sie irren sich, Kumpel. Sie haben alles verloren!« Er stieß mit seinem runden Gesicht in Richtung des anderen Mannes nach vorne. »Bei Gott, ich wünschte, ich hätte heute morgen den Mut gehabt abzuhauen! Aber ich hätte es nie für möglich gehalten, daß Sie ein derartiger Abschaum sind und so etwas fertigbringen!«

Er sah das mörderische Funkeln in Frasers Augen, drehte ihm den Rücken zu und torkelte zum Niedergang, dann schwankte er unsicher zu seiner winzigen Kabine, die er mit Tarrou geteilt hatte. Er ließ sich auf die Koje fallen, lag ganz still da und lauschte auf sein pochendes Herz. »Angenommen, Fraser hätte dich zurückgebracht? Was dann?« sagte er leise zu sich selbst und war überrascht, als er feststellte, daß ihn der Gedanke an das Geschehen nicht mehr ängstigte. Mit einem Stöhnen griff er unter seinem Kopfkissen nach der Flasche.

Fraser stand verlassen an Deck, er war jetzt ein Gefangener seines Schiffes und der See. Seine Hände waren an die Spaken des Ruderrades geschweißt, die sich schwer und schlecht ausbalanciert anfühlten. Myers' Worte hallten noch immer in seinem Kopf nach, und er wollte nach unten gehen und den Mann mit Gewalt zur Vernunft beibringen. Er blickte sich auf dem klatschnassen Deck um, doch niemand war da, der das Ruder hätte übernehmen können.

Alle hatten ihn mit seinem Schiff allein gelassen und mit seinem Triumph. Beides war ihm kein Trost.

Die Brandung donnerte mit zeitlosem, unaufhörlichen Zorn gegen den Fuß des grünen Kaps und warf ihre Gischtfahnen wie Pfeile über die sich biegenden Palmen. Sie zischte voller Wut, wenn sie sich über den harten Sand und durch die kleinen Ausspülungen aus Fels und Korallen wieder zurückziehen mußte, nur um sich mit dem nächsten heranrollenden, sich weiß überschlagenden Wellenzug zu vereinigen.

Der Umriß der *Queensland Pearl* wurde unschärfer und verschwamm, als sie unter vollen Segeln von der Küste abhielt und vor dem Wind ablief, ihr weißer Rumpf glitzerte im harten Sonnenlicht.

Eine einsame Gestalt stand bewegungslos auf einem Felsenvorsprung über dem Strand. Die schwarzen Augen blickten starr auf den Schoner, während die Hände lässig auf dem Kolben eines alten Vorderladers ruhten. Koata war der jüngste Sohn von Naareau, dem Häuptling der Mota. Er konnte den feinen Sprühnebel fühlen, den der Wind sogar hier oben über diesen Vorsprung wehte, aber sein untersetzter muskulöser Körper zitterte nicht trotz der Nässe und der daraus entstehenden Kälte, sondern wegen der Erregung und dem starken

Lustgefühl, die beide noch immer in seinem Inneren tobten, die er aber als Sohn eines Häuptlings unter Kontrolle halten mußte.

Er war knapp achtzehn Jahre alt, aber sein Körper war trotzdem schon voll entwickelt, und sein Gesicht wies schon die rohen, plumpen Züge auf, die ein Merkmal seines Stammes waren: die flachen, breiten Nasenlöcher und die vorstehenden Augen. Es schien das Gesicht eines älteren Mannes zu sein, und seine dicken Lippen, die jetzt trocken und aufgeplatzt waren, ergänzten den Eindruck zeitloser primitiver Wildheit.

Der Schoner verschwand im Dunst, und mit einem leisen Grunzen begann der Mann den steilen Pfad in Richtung der stillen Mission hinunterzuklettern. Seine kurzen Beine hatten beim Laufen mit dem tückischen Untergrund keine Probleme, seine kleinen runden Augen wanderten ruhelos und hungrig über den Busch, seine Hände hielten das Gewehr fest gepackt, während er nach einer möglichen Gefahr Ausschau hielt.

Er blieb am Rand des verlassenen Vorhofs stehen und betrachtete die Missionsstation voller Zufriedenheit. Es war alles so leicht gewesen, genau wie Tauhu es vorausgesagt hatte. Der heiße Wind heulte durch die Bäume und raschelte in den Federn, die aus seiner roten Lehmperücke in die Höhe ragten. Die tiefen offenen Geschwüre unter seiner Achselhöhle pochten schmerzhaft, aber er ignorierte sie, so wie er es auch mit den harten unangenehmen Narben tat, die er seit seiner Aufnahme in die Gemeinschaft der Krieger auf seiner Haut trug. Er fletschte seine großen Zähne, um zu zeigen, daß niemand und nichts aus ihm etwas anderes machen konnten, als das, was er von Geburt war. In letzter Zeit hatte es bei den Mota übles Gerede gegeben, daß sein Vater alt und schwach wäre, daß er nicht länger auf die Stimme von Tauhu hören würde, dem obersten Diener ihrer Gottheit, und statt dessen die Drohungen des Priesters fürchten würde, der an diesem einsamen Ort lebte und in der Nacht fremdartige Musik machte.

Er watschelte über die festgetrampelte Erde und stampfte geräuschvoll über die durchhängende Veranda. Einen langen Augenblick lang blickte er auf den gekreuzigten Mann zu seinen Füßen hinab, und einen Moment lang vergaß er die Aufgabe, die man ihm übertragen hatte. Sein bemaltes Gesicht war völlig ausdruckslos, als er sein Bambusmesser aus dem Gürtel zog und langsam begann, Spencers dünnen Hals methodisch abzusägen. Mit einem zufriedenen Grunzen legte er die scheußliche Trophäe auf die Türschwelle und ging dann schnell in den dunklen Flur am anderen Ende des Zimmers. In der Küche brannte noch immer ein offenes Feuer, und den Schmerz genießend packte Kata ein brennendes Scheit und trug es an die Trennwand des Raums, die trocken wie Zunder war. Er ignorierte die verstümmelten Leichen der beiden jungen Eingeborenen, die hier als Hausdiener gelebt hatten. Er hielt das brennende Scheit an das Holz, bis eifrige Flammen über sein Handgelenk emporleckten. Mit einer Grimasse trat er zurück und sah zu, wie sich das Feuer wie ein Vorhang über die ganze Wand ausbreitete. Der Rauch würde vom Wind fortgeweht werden, aber er würde von den Mota trotzdem gesehen werden, die hinter dem Haus der Geister warteten, das für diese Gelegenheit extra erbaut worden war. Er packte den abgetrennten Kopf und ging schnell zum Dschungel hinüber, die Erregung in seinen Lenden machte ihn halb verrückt, und der Geschmack des Kava in seiner Kehle waren ein Vorgeschmack auf die Feste und Zeremonien, die jetzt folgen würden.

Das große Schiff war fortgesegelt und würde nie zurückkommen. Wieder hatte Tauhu recht gehabt. Die Gottheit war über die Mota erzürnt gewesen, aber jetzt, da sie die weißen Fremdlinge vertrieben hatten, drohte ihnen keine Gefahr mehr, und das Mädchen mit dem Haar einer Sonnengöttin würde Gott vollends besänftigen. Eine kleine nachdenkliche Falte bildete sich auf seiner mit Ocker gefärbten Stirn. Es war so seltsam, daß der weiße Priester ihnen entgegengelaufen war, um mit ihnen zu sprechen, denn viele Jahre lang hatte niemand von den Mota, abgesehen von ein paar Alten, mit ihm gesprochen. Tauhu hatte mit großer Autorität gesagt, daß der Priester der Ungläubigen über keinerlei Macht verfügte. Warum sonst hätte er es zugelassen, daß das weiße Mädchen blind blieb?

Die junge Frau hatte geschrien, als man sie gepackt hatte, und Tauhu hatte befohlen, sie nicht zu verletzen. Er hatte gesagt, daß sie ein Geschenk für Pato war und nur für ihn allein. Koatas dicke Lippen zitterten bei dem Gedanken. Es war fast schon gefährlich, nur an den Namen zu denken: Pato, der große Gott der Fruchtbarkeit und Stärke, der an dem heiligen Ort neben dem Teich wohnte. Dort hatte man das neue Haus der Geister errichtet, und dort würden die Mota mit ihm ihren Frieden machen.

Er begann zu rennen, sein Füße fanden ihr Ziel so sicher wie die einer Bergziege. Er wußte, daß ihm hier keine Gefahr mehr drohte. Das Land gehörte wieder den Mota. Und die Menschen in den kleinen Dörfern entlang der Küste würden es auch bald wieder wissen.

Es gab aber auch ein großes Dorf, und es lag gut versteckt in einer Bergfalte zwischen zwei runden Hügeln. Die Hütten waren niedrig und mit Palmenblättern gedeckt, sie standen dicht beieinander, um den Angriffen von außen zu widerstehen, falls jemand verrückt genug sein sollte, etwas derartiges zu versuchen. Denn vor vielen Jahren, so erzählten es die Alten, waren Krieger von anderen Inseln gekommen, und es hatte viele Kämpfe gegeben.

In der Mitte des Dorfes brannte ein großes Feuer, und trotz der Mittagssonne drängten sich die Krieger der Mota darum zusammen, ihre Füße stampften manchmal in den Ausläufern der Glut, während sie mit völliger Konzentration zu den sich miteinander vermischenden Schlägen eines halben Dutzends geschnitzter Baumtrommeln tanzten. Im Augenblick war der Takt langsam, und sie durchlebten nochmals die Erregung ihres Angriffs auf die Mission. Die breitblättrigen Speere stießen in die Luft, und die wild blickenden Männer sangen, schluchzten und knurrten mit zunehmender Ekstase, als das Tempo der Schläge mit gnadenloser Intensität zunahm und die Trommler vor ihren Instrumenten hüpften und schwankten. Ihre Gesichter waren vom Rhythmus des Tanzes völlig absorbiert.

Große Kalebassen voller Kava wurden von den kleinwüchsigen Weibern des Stammes den Tänzern dargeboten, und gelegentlich hielt einer der Krieger ein, um sich das brennende Gesöff durch die Kehle zu jagen, bevor er mit neuer Kraft davonstampfte.

An einem Ende der Lichtung saß Naareau. Er war klein und verschrumpelt wie eine alte Nuß. Seine trokkene pergamentähnliche Haut hing lose um seinen ausgezehrten Körper, seine schmalen Finger, die wie Spinnenbeine aussahen, lagen zuckend in seinem Schoß. Nur seine wachsamen Raubvogelaugen verrieten seine Emotionen und sein Gefühl für Macht. Als sein jüngster Sohn Koata sich, noch atemlos vom Laufen, an seine Seite begab, lächelte er bedächtig, dabei zeigte er seine abgebrochenen schwarzen Zähne und die entstellenden dicken Narben, die über seine eingefallenen Wangen verliefen.

Naareau war unermeßlich reich. Das Land, das sich um das Dorf erstreckte, wurde von seinen mit Hauern bewehrten Schweinen bevölkert. Sie bildeten sein Vermögen und gaben ihm die Macht, Geschäfte abzuschließen oder Feinde auf seine Seite zu ziehen, die er nicht besiegen konnte.

Jetzt, da das Töten vorbei war, konnte er nicht mehr verstehen, warum er so lange gezögert hatte, gegen die Eindringlinge vorzugehen. Er hatte zugesehen, wie die demütigen Fischer aus den anderen Dörfern weich geworden waren, während sie sich vor dem Handelsposten drängten oder vor dem weißen Gott niederknieten. Und er hatte auf ein Zeichen gewartet. Er wußte, daß man ihm sein Abwarten als Zeichen der Schwäche ausgelegt hatte, aber er hatte sichergehen wollen. Er leckte sich seine alten Lippen und gab einem kleinen Mädchen, das Kava herumtrug, ein Zeichen. An den heutigen Tag würde man sich lange erinnern, und seine Feinde, die hinter seinem Rücken flüsterten, würden schweigen müssen. Er spürte das Feuer der Flüssigkeit in seinem Magen und rülpste glücklich. Das Mädchen beobachtete ihn ehrfurchtsvoll, aber erzitterte, als er mit gichtigen Fingern ihren Körper untersuchte. Koata fragte sich im geheimen, ob sein Vater für derartige Freuden nicht doch schon zu alt war. Aber vielleicht würde es ihm auch in dieser Beziehung wieder gutgehen, sobald er den großen Pato besänftigt hatte.

Die Trommeln dröhnten lauter, und die Luft wurde vom Gestank des Körperschweißes und des Kava immer dicker, darin mischte sich der Geruch von halbgegartem Fleisch. In den großen Erdöfen, um die sich aufmerksame Frauen des Stammes kümmerten, war das saftige Fleisch fast gar. Das Feuer wärmte den Körper des alten Häuptlings von innen heraus, und er fühlte sich wieder jung wie sein Lieblingssohn. Sein Vater, der vor ihm Häuptling gewesen war, hatte ihn viele Dinge gelehrt, aber in der letzten Zeit hatten die weißen Männer, die von außerhalb des Riffs kamen, diese Lehren verboten und den regelmäßigen zeremoniellen Verzehr von Menschenfleisch bei Festen unterbunden. Doch jetzt bestand keine Notwendigkeit mehr für Heimlichkeiten. Die Mota waren aus Schwäche fast von ihren Traditionen abgefallen. Bald würde das Mädchen mit dem Haar, das wie die Sonne glänzte, und den Augen wie Perlen ihm die letzte Genugtuung gewähren.

Gillian Bligh saß fast bewegungslos auf der Kante der langen Bambusbank, ihre Finger ähnelten Krallen, die sich an den runden Stäben festhielten, die ihren Sitz bildeten. Ihr Kopf hing so weit herunter, daß der Druck ihres Kinns auf dem Brustbein einen dumpfen, pochenden Schmerz verursachte, der, wie sie wußte, ihre letzte Verbindung zur Vernunft und Selbstbeherrschung war. Vor dem dunklen Innenraum der Hütte, in die sie von den bemalten Kriegern der Mota gebracht worden war, dröhnte das durchdringende Trommeln und die markerschütternden Schreie der Männer, die um das Feuer tanzten. Sie war kurz davor, den Verstand zu verlieren, nur ihre eiserne Disziplin ermöglichte es ihr, die Lage zu analysieren und gleichzeitig zu verhindern, daß sie vor Entsetzen laut aufschrie.

Sie erinnerte sich an Spencers wildes aufmunterndes Gesicht, als er morgens in die Mission geplatzt war. Sie stöhnte auf. Es war wie ein Stück aus einem fürchterlichen Alptraum, der sich von dem Lärm und Toben um sie herum nicht vertreiben ließ. Spencer hatte vor ihr gestanden und sie fast mit einer Art Mitleid aus seinen wahnsinnigen Augen betrachtet.

»Die Mota kommen, meine Tochter«, hatte er gesagt. »Es wird bald vorüber sein. Wenn sie ein menschliches Leben als Ausgleich für ihre Sünden haben wollen, dann muß man es ihnen geben. In ihren Augen ist das gerecht.« Er hatte mit plötzlicher Ernsthaftigkeit genickt. »Es ist meine Aufgabe, ihnen zu beweisen, daß mein Weg der richtige ist.«

Da war Gillian zusammengebrochen. Sie war wieder mit ihren zerrissenen und salzigen korallenroten Hosen und der dünnen Bluse bekleidet gewesen. So hatte sie sich ihm zu Füßen geworfen. Sie hatte nur noch an die schreckliche Gefahr gedacht, die von der sich langsam nähernden Trommel auszugehen schien und die sich in den tiefliegenden Augen des Mannes ankündigte. Er hatte über ihr unbewegt wie ein Fels gestanden, ungerührt von ihren Schreien und dem Druck ihrer sich um seine Beine schlingenden Arme. Er hatte abgewartet, bis ihre Angst sie bis zur völligen Erschöpfung entkräftet hatte, dann hatte er den beiden Jungen in der Mission ein Zeichen gegeben, sie auf die Füße zu ziehen.

Danach war alles so schnell gegangen, daß sich die Abfolge in ihrem schmerzenden Hirn verwischte. Spencer hatte den Raum verlassen, nur um sofort wieder zurückzukehren. Aus seiner Schulter schoß das Blut. In der Mitte des Zimmers war er auf die Knie gefallen, seine langen Finger waren fest ineinander verkrampft gewesen, und seine starren Augen hatten sie fixiert, während sie zwischen den beiden Eingeborenen geschwankt hatte.

»Das Mädchen war blind!« stieß er in kurzen, verzweifelten Worten hervor. »Sie dürfen nicht erkennen lassen, daß Sie es nicht sind.« Dann folgte ein lauter Schrei: »Ich habe euch betrogen? Nein, nein! Ihr seid es, die mein Vertrauen mißbraucht habt!«

Dann hatte sich der Raum mit zuckenden, nackten Gestalten gefüllt, deren entstellte Gesichter wild und bemalt waren. Sie waren vor Gillians erschreckten Augen hin und her geflutet. Später hatte sie die erbarmungslose Folterung des Mannes miterlebt, der sie diesen Menschen ausgeliefert hatte. Was danach kam? Sie konnte sich nicht mehr an die Einzelheiten erinnern. Die Mota hatten sie aufgeregt durch den Busch gezerrt, das war ihr wie eine Ewigkeit vorgekommen. Gelegentlich waren weitere Männer zu der triumphalen Prozession gestoßen, auch sie hatten in ihre Augen geblickt, hatten ihre Hände über ihren Körper streichen lassen und hatten mit offensichtlichem Entzücken an ihren Haaren gezogen.

Nur der große Eingeborene, der einen glitzernden Helm aus Haizähnen trug, hatte eine schlimmere Behandlung verhindert, wie sie wußte. Er war es auch, der sie in die Hütte gebracht und mit etwas, was man wohl unter diesen Umständen als Vornehmheit bezeichnen mußte, dafür gesorgt hatte, daß sich zwei ältere Frauen um sie kümmerten. Sie erzitterte, ein heftiger Brechreiz würgte ihr in der Kehle. Der Mann war derjenige gewesen, der Spencers Kreuzigung überwacht hatte.

Gillian blickte auf ihre nackten, zerkratzten Füße hinab. Wie konnte sie sich gegen das wappnen, was kommen würde? Sie bewegte ihren Oberkörper auf ihrem Sitz vor und zurück. Das Gefühl des Schocks ließ es in der Hütte eiskalt werden, und die Übelkeit stieg erneut in ihr auf.

In Afrika war sie oft eingeladen worden, sich die primitiven Stammesrituale und Tänze anzuschauen. Aber niemals hatte sie daran teilgenommen, ohne dabei die feste Gewißheit zu haben, daß die alten Bräuche wegen der ständigen Wachsamkeit der Behörden und der offiziellen Überwachung im Rahmen einer milden Wiederbelebung alter Traditionen blieben. Ein Commissioner in Kenia hatte ihr allerdings einmal erklärt, daß jeder Fortschritt, den man hier draußen erzielen konnte, immer erzwungen war. »Nur strenge Kontrollen und keine moralischen Werte beeindrucken diese Menschen hier!« Er hatte gelacht, als sie sich geweigert hatte, dieses einfache Denkschema zu akzeptieren. »Lassen Sie die Kontrollen wegfallen, und Sie erleben Ihr blaues Wunder!«

Der Lärm vor der Hütte schwoll an, und durch das helle Rechteck des Eingangs konnte sie die stampfenden Gestalten erkennen, die schweißüberströmt waren, die Gesichter zeigten jetzt einen Ausdruck, den sie noch nie zuvor gesehen hatte. Der kleine Mann auf dem Podium war der Häuptling der Mota. Sie hatte gesehen, wie er einigen von seinen Männern befohlen hatte, die Mission nach Überlebenden zu durchkämmen. Aber sogar er stand offensichtlich unter dem Einfluß des großen Mannes, der sie in die Hütte gebracht hatte. Bei diesem schien es sich um eine Art Priester zu handeln. Ohne Zweifel war er der Mann, gegen den Spencer unwissentlich all die Jahre mit seinem fehlgeleiteten fanatischen Eifer gekämpft hatte.

Sie spürte, wie sich ihre Fingernägel in den Bambus gruben. Wenn ich mich doch nur selbst umbringen könnte, dachte sie. Sie blickte sich in der kahlen Hütte wie ein Tier um, das in der Falle saß, aber da gab es kein Entrinnen. Die beiden alten Frauen waren vor kurzem gegangen, aber es war unwahrscheinlich, daß sie lange wegbleiben würden.

Langsam stand Gillian auf und spürte, wie die Schwäche durch ihren Körper kroch. Mit einem letzten Funken ihrer früheren Entschlossenheit ging sie schwankend in der Hütte herum. Die Wände waren mit getrocknetem Schlamm beschmiert, waren aber trotzdem sehr massiv. Sie blickte zu der Bambusbank hinüber, als ob sie erwartete, sich selbst bei ihren vergeblichen Anstrengungen zusehen zu können. Es hatte alles keinen Sinn. Der einzige Weg nach draußen führte durch diese eine Tür. Aber selbst falls es ihr gelingen sollte, irgendwie ins Freie zu gelangen, was dann?

Ganz ohne Zweifel hatte man sie nur deshalb so leichtsinnig allein gelassen, weil das Schiff abgesegelt war. Alle waren fort. Sogar Hogan suchte vermutlich bereits beim ersten Anzeichen von Gefahr mit seinem Kutter das Weite, so wie er es angekündigt hatte. Außerdem würde sie in ihrem jetzigen Zustand den Handelsposten ohnehin nicht finden.

Sie drückte ihre Schultern gegen die rauhe Wand. Der zusammengeschrumpfte Häuptling der Mota stellte hier die einzige Autorität dar und war es wahrscheinlich auch immer gewesen. Sie war nur ein Amüsement, das ihnen über den Weg gelaufen war, eine Unterbrechung des Alltags, die sie mit derselben entschlossenen Wildheit genießen würden, die sie bei der Missionsstation an den Tag gelegt hatten. Nur daß es diesmal noch viel schrecklicher ablaufen konnte.

Sie versuchte, nicht an Blair zu denken. Ohne jeden Zweifel würde nur er ihr Schicksal wirklich bedauern. Sie weinte laut, ihre Stimme wurde vom Dröhnen der Trommeln übertönt. »Ich wünschte, bei Gott, daß ich ertrunken wäre!« Sie stellte sich die machtvolle Umarmung der Wellen vor. Dann hätte sie alles überstanden gehabt und wäre in Sicherheit gewesen. Wer würde sie schon vermissen? Ihre Leser? Sie begann bei dem Gedanken hysterisch zu lachen. Ganz ohne Zweifel würde das Magazin aus ihrem Nachruf ein tolle Geschichte machen.

Ein kleines Rinnsal aus kaltem Schweiß floß ihren Rücken hinunter. Was immer geschehen wird, ich muß den Mut haben, mich in einen Speer zu werfen oder sonst irgendwie dafür zu sorgen, daß sie mich schnell töten, nahm sie sich vor. Die krankhafte Unwirklichkeit ihrer sich überschlagenden Gedanken raubte ihr die letzte Kraft, so daß sie sich plötzlich auf der Bank sitzend wiederfand.

Das Sonnenlicht verschwand für einen Augenblick, und sie zwang sich, wie blind vor sich hinzustarren, als die beiden Frauen wieder in die Hütte traten. Sie wurden von drei Kindern begleitet, die mit steifen Umhängen aus Palmenblättern bekleidet und die mit farbigen Bändern und kleinen Muscheln verziert waren. Ihre Gesichter und Körper waren völlig darin verborgen, aber in ihren Armen trugen sie Gefäße mit frischem Lehm und einen kleinen Korb mit Früchten.

Eine der Frauen, ein runzliges, grauhaariges Geschöpf, dessen schlaffe Brüste praktisch bis zum Bauchnabel herunterhingen, hielt bei ihren Anweisungen inne, um Gillians blondes Haar in offensichtlicher Bewunderung zu streicheln. Dann flüsterte sie den wartenden Kindern etwas zu, die sofort ihre Lasten auf den Erdboden legten und schweigend an die Wand zurücktraten. Die zweite Frau, die etwa gleich alt sein mochte, deren dünner Körper aber von tiefen Geschwüren bedeckt war, nickte wie ein zahnloser Affe, und nach einer kurzen gemurmelten Unterhaltung begann sie, die zerfetzte Kleidung von Gillians Körper zu reißen.

Diese wehrte sich sofort, aber die beiden drückten sie mit überraschender Kraft auf die Bank, während zuerst die eine und dann die andere ihr das letzte Verbindungsglied zu ihrem früheren Leben abrissen.

Gillians Glieder schienen frei von jedem Lebenswillen zu sein, und ohne weiteren Protest ließ sie sich völlig entkleiden. Sie erzitterte nur ein wenig, als die Frauen ihr Arme und Beine mit einer öligen Flüssigkeit aus einem der Gefäße wuschen.

Die Kinder hatten sich nicht bewegt, daher vermutete Gillian, daß sie durch ihre Blattumhänge irgendwie geblendet waren, wahrscheinlich aber lag der tiefere Grund darin, daß ihnen die heilige Zeremonie ein Mysterium bleiben sollte.

Sie schwankte nach vorne und wäre ohne den Halt der krallenförmigen Finger an ihren Armen gestürzt. Der langsame Prozeß des Einölens nahm seinen Lauf, bis ihr gebräunter Körper sich im schwachen Dämmerlicht der Hütte von den beiden krummen Schatten der alten Frauen wie eine Statue abhob. Sie schloß fest beide Augen. Sie verdrängte das Donnern der Trommeln, das Flimmern des Sonnenlichts, das durch die von Rauch geschwärzte Eingangsöffnung fiel, und auch die Erinnerung an die ausdruckslosen, sabbernden Gesichter der Frauen. Sogar der Gestank der Körper und die Ausrichtung auf den unangenehmen Verlauf ihres Schicksals verschwanden aus Gillians Sinnen. Ein paar Sekunden lang hielt diese Stärke an, bevor ihr klar wurde, daß Gillian Bligh nicht mehr existierte. Die hartnäkkig untersuchenden Finger an ihrem Körper entfachten den Schrecken aufs neue, dann sank sie endlich bewußtlos zu Boden.

Die Sonne wanderte über die Insel, und der Himmel verdunkelte sich. Das lag nicht daran, daß sich etwa die Nacht ankündigte, sondern an den majestätischen bedeutungsschweren Wolkenballen, die sich übereinander auftürmten, so daß sogar die See Ehrfurcht zu zeigen schien. Hinter den Buchten und der kleinen Krümmung, an der das Haus der Geister das Opfer seiner

Diener erwartete, und sogar draußen am großen Riff, wo die See nie ruhig war, türmten sich die Wogen zu immer höheren Bergzügen auf, als ob eine gewaltige Kraftquelle dicht unter der Oberfläche lauerte und nur auf ein bestimmtes Signal wartete, um sich dann auf die Welt zu stürzen und alles zu vernichten, was sich ihr in den Weg stellte.

11

Blair entspannte seinen verkrampften Körper etwas zwischen zwei von der Sonne durchwärmten Felsbrokken, dann stützte er sich auf seine schmerzenden Ellenbogen, um zum wiederholten Mal in die kleine verwaiste Bucht hinunterzublicken. Es war erstaunlich, wie unterschiedlich die Küstenstreifen und Strände dieser kleinen Insel aussahen. Das ließ ihn ein wenig mehr an die sehr populäre Theorie glauben, daß dieser Archipel in Urzeiten einmal eine einzige zusammenhängende fruchtbare Landmasse gewesen war, bis Vulkanausbrüche und über die Jahrtausende hinweg die ständig nagende Kraft der See ihren Tribut gefordert hatten. Er strich sich mit einer Hand verwirrt über die Augen und spürte den Sand auf seiner von der Sonne ausgetrockneten Haut. Anders als die übrigen Teile der Küste, die er bisher gesehen hatte, erweckte diese kleine Einbuchtung den Anschein, als ob sie von einer alles versengenden Flamme herausgebrannt worden wäre, welche die gesamte Vegetation und alle Feuchtigkeit verschlungen hätte. Zurück war nur der feste harte Sand auf dem verlassenen Strand geblieben, eine hochaufragende Wand aus losem Fels und große, wie Platten geformte Steinbrocken, die einen natürlichen Wellenbrecher bildeten und den grünen Dschungel und die Hügel verbargen, über die er und Tarrou gerade eben gekommen waren.

Er stöhnte innerlich auf und kniff die Augen gegen das grelle Sonnenlicht zusammen, das von der See fiel und von den Felsen rötlich reflektiert wurde. Das hier war die gesuchte Bucht, hatte Tarrou behauptet. Auf Blair machte sie den Eindruck, als wäre das lediglich ein kleiner Einschnitt in die Küstenlinie, ein Spielplatz zum Austoben der gelegentlichen Launen des Ozeans. Vielleicht hatte Tarrou ihn aber auch nur zu dem ersten besten Platz geführt und war dann geflohen. Blair hatte ihn eigentlich mit dem Auftrag fortgeschickt, sich einen Weg um den Felsen herum zu suchen und nach einem Zeichen Ausschau zu halten, wohin die Mota verschwunden sein könnten und was sie im Schilde führten. Unwillkürlich blickte Blair auf den weißen Hautstreifen an seinem Handgelenk, den seine Armbanduhr hinterlassen hatte. Es schien Stunden her zu sein, seit er den aufgeregt sich entfernenden Tarrou aus den Augen verloren hatte und jetzt, nachdem der Gedanke an einen möglichen Verrat in seinem Kopf geboren worden war, wuchs Blairs Verdacht schnell weiter, außerdem machte sich wieder der starke, stechende Schmerz in seinem Fuß bemerkbar.

Ich hätte Tarrou hier zurücklassen und selbst gehen sollen, dachte er. Er leckte sich über seine ausgedörrten Lippen, ihre pergamentartige Oberfläche erinnerte ihn rechtzeitig an seinen Durst und wie dicht er vor dem körperlichen Zusammenbruch stand.

Seine Augen verengten sich, und ohne weiter zu überlegen, preßte er seine Wange gegen den heißen Kolben des Karabiners, als eine Bewegung nahe der schäumenden Brandung seine Aufmerksamkeit erregte. Er fluchte, richtete sich auf, bedauerte den unnützen Aufwand und den folgenden Kräfteverlust in seinen Gliedern. Ein gemischter Schwarm Seevögel bewegte sich stelzbeinig und arbeitsam an der Wasserlinie entlang, ihre Augen und Schnäbel waren mit der unsichtbaren Beute beschäftigt, die sich überschlagende Brecher am Strand zurückließen. Blair sah dem Treiben hoffnungslos zu. Es war schon zuviel Zeit vergangen und für Gillian gab es keine Hoffnung mehr. Er spürte, wie sich seine Kehle zusammenschnürte, als er an die gemeinsame Zeit an Bord des Schoners zurückdachte. All die kurzen Augenblicke mit ihr standen ihm mit plötzlicher Klarheit wieder vor Augen, sie erschienen wie Bilder aus einem alten Fotoalbum, das man unerwartet wiederfindet. Ihr Lächeln und die flüchtige Berührung ihres Beins an seinem, als sie nebeneinander im Dingi saßen; das Rascheln des Kammes in ihrem Haar, als er sie unerwartet allein auf dem Poopdeck überrascht hatte, wo sie das Aufblitzen der ersten Sterne beobachtet hatte; sie hatte seinem Blick standgehalten; ihre ehrlichen Augen hatten fragend geschaut – vielleicht auch ein wenig einladend. Er packte verzweifelt das Gewehr. Wie anders hätte alles kommen können, wenn er sich nicht als dummer egozentrischer Narr aufgeführt hätte.

Plötzlich wurde er durch die Seevögel alarmiert, die aufgehört hatten zu jagen und unruhig im Sand scharrten. Ihre Schnäbel ragten aufgeschreckt in die Luft. Dann sah er Tarrou, der eilig am steinigen Rand des Strandes entlanglief. Trotzdem schien er vorsichtig darauf bedacht, Blairs Anweisung zu befolgen und keine verräterischen Fußspuren zu hinterlassen.

Blair zwang sich, still liegenzubleiben, bis der keuchende, schweißüberströmte Mischling sich neben ihn auf den Boden warf. Er atmete gierig die vor Hitze stehende Luft ein, die Augenlider hatte er in der Anstrengung zusammengepreßt. Er wartete auf die schlechte Nachricht von Tarrou, der ihm mitteilen würde, daß auch das wieder ein Fehlschlag gewesen war.

»Ich finden Ort.« Tarrou vergaß seine sorgfältig gepflegte Grammatik, er vergaß alles andere über dem Triumph, daß er eine Aufgabe alleine ausgeführt hatte, und zwar eine, von der er angenommen hatte, daß sie sein Ende nur beschleunigen würde.

Blairs Hand krampfte sich um seinen Arm wie eine stählerne Klammer. »Wo?« In seinen kalten Augen spiegelte sich deutlich Ungläubigkeit wider. »Sogar bei diesem verdammten Dunst kann ich das Ende der Bucht erkennen. Und da gibt es nichts zu sehen.«

In langsamen, stockenden Sätzen – sein Atem ging immer noch hektisch, aber er wurde von der Qual in Blairs Gesicht vorangetrieben – erklärte Tarrou, wie er zweimal um die ganze Bucht herumgekrochen war, bevor er eine tiefe Felsspalte in der Mitte der Felswand entdeckt hatte. Dieser Platz war von den Sonnenstrahlen geschützt, er wies Spuren von Feuchtigkeit auf, als ob die See durch diese Spalte geströmt sei und dadurch die Verteidigungslinie der Insel geschwächt hätte. Ganz langsam hatte er seinen Körper durch die Spalte gedrückt, seine Beine waren in dem Sand, der fast die Eigenschaften von Morast hatte, eingesunken. Er hatte sich an den langen grünen Bärten aus Seegras vorbeigeschoben, die reichlich an beiden Seiten der natürlichen Flutrinne hingen. Er war an hoch aufragenden Felsbrocken vorbeigekommen, und langsam waren die Geräusche der See leiser geworden, und sogar das ungeduldige Donnern der Brandung draußen am Riff war verstummt. Er hatte dann schließlich in eine große kreisrunde Senke hinabgeblickt, die einen Durchmesser von ungefähr einhundert Meter aufwies. Sie war mit feuchtem Sand angefüllt, nur am tiefsten Punkt in der Mitte glänzte noch ein kleiner See, der aus Meerwasser gebildet wurde. Der Teich hatte kühl und einladend gewirkt, seine Oberfläche hatte völlig ruhig dagelegen, nur ein einzelner kleiner schwarzer Felsen erhob sich ein paar Fuß hoch, seine verwitterten Spalten waren bereits trocken und stumpf. Die Senke wurde von allen Seiten vom Dschungel eingefaßt, bis zu den Punkten, wo er auf die steile Felswand stieß, welche eine Barriere gegen die See bildete.

Blair lauschte aufmerksam dem Bericht. »Sie meinen also, daß sich dieser See bei Hochwasser mit Meerwasser füllt? Ist es das?«

Tarrou nickte. »Auf der anderen Seite des Tümpels befindet sich ein Gebäude. Ich habe ein paar Männer gesehen, die es bewachten.« Er sah, daß sich Blairs Blick verhärtete. »Das ist der Ort, nach dem wir gesucht haben«, beendete er schnell seinen Bericht.

»Noch etwas?« Blair starrte schon wieder den Strand entlang.

»Ich denke nicht, Major.« Er schloß seine blutunterlaufenen Augen und erinnerte sich wieder an die schreckliche Stille des Ortes und die feuchte, bewegungslose Luft, die über dem stillen Teich hing. Bei Hochwasser schoß die See vermutlich durch die Lücke, und aus dem kleinen Teich wurde dann ein großer See, der den kleinen Felsen überflutete. Er stellte sich vor, daß irgendwann, eines fernen Tages vielleicht, die See weiter vordringen und schließlich die Insel in zwei Teile reißen würde. Das wäre eine gute Sache. Er sprang förmlich in die Luft, als Blair ihn am Arm packte und abrupt aus seinen Träumen riß.

Er deutete zu einer langen Reihe vom Wetter geglätteter Felsen hinauf. »Könnten wir nicht dort hinkommen? Und könnten wir von dort aus den Ort überblikken, an dem sich der Teich befindet?« Er registrierte, daß sein Arm einen Schatten über die Steine neben seiner Seite geworfen hatte, aber noch während er hinblickte, verblaßte der Schatten und verschwand.

Tarrou schaute zu den dicken Wolken hinauf, deren schwere Umrisse mit seltsamen braunen Säumen verziert waren, ihre wassergefüllten Bäuche hingen tief über dem glitzernden Wasser. Sie sahen aus, als ob sie jeden Augenblick bersten und flüssiges Feuer in die sich auftürmende Brandung unter ihnen gießen würden. Das Dröhnen am Riff wurde lauter. Als er seinen Kopf drehte, sah er eine dünne schwarze Linie, die sich für einen kurzen Augenblick über die leere See erstreckte, als ob sich bei ablaufendem Wasser die verborgene Barriere des Korallenriffs aus dem Wasser geschoben hätte, um den Himmel und die Brandung herauszufordern. Dann war es wieder verschwunden, bis der nächste schwere Pazifikroller zum nächsten erfolglosen Angriff ansetzte.

»Das könnten wir, Major.« In Tarrous Stimme klangen Zweifel mit. »Aber können Sie klettern?«

Blair zog sich auf die Füße, er hatte die Zähne gegen den Schmerz fest zusammengepreßt. »Geben Sie mir Ihre Hand, verdammt noch mal! Ich muß da hinauf!«

Während sie über die runden heißen Steine aufstiegen, stolperte Blair plötzlich und stürzte mehrere Fuß tief in eine Spalte. Sein Kopf zuckte in schmerzhafter

Qual zurück, als ein Felsvorsprung seinen Fall aufhielt. Er vermied Tarrous Blick, befreite sich und schob sich wieder hoch. Als sie die Spitze des Abhangs erreichten und erschöpft in das niedrige Unterholz und zwischen die stinkenden Hinterlassenschaften der Seevögel fielen, gönnte sich Blair nur eine kurze Ruhepause, bevor er sich wieder auf die Füße zog und stolpernd, rutschend und über die scharfen steinigen Zacken fallend, die den Hügelrücken krönten, in Richtung des höchsten Punktes torkelte. Tarrou hatte berichtet, daß sich dort die beiden überhängenden Felsbänder kreuzten, unter denen die See in den Teich einströmen konnte. Wäre nicht Tarrous helfende Hand gewesen, wäre Blair gestürzt. Dann hätten ihn wohl die beiden Eingeborenen gesehen, die wie zwei aus Stein gemeißelte Statuen am Rand des Teiches standen. Ihre bemalten Gesichter waren gegen den grünen Dschungel deutlich erkennbar, genauso wie die kleine Hütte, die sich in dem stillen unbewegten Wasser spiegelte.

Blair blinzelte, um den Schweiß aus seinen Augen zu vertreiben, und ließ sich neben einem kleinen vertrockneten Strauch nieder. Um ihn herum flimmerte und verschwamm der heiße Felsenboden. Was jetzt? Er versuchte, klar zu denken. Wie hatte Spencer sich so sicher darüber sein können, was sich ereignen würde? Es war dieses enervierende Abwarten und die Suche mit verbundenen Augen in einem Heuhafen nach einer Stecknadel, die Blair jetzt fertigmachten. In Tarrous staubbedecktem Gesicht sah er keine Hoffnung. Vielleicht wartete er, wie Spencer, auf ein Wunder.

Tarrou beobachtete Blair und zwang sich zum Sprechen, als ob er den Fluch der Einsamkeit durchbrechen wollte, den der flammende Felsen auszustrahlen schien. Er hatte die ganze Zeit über seine flatternden Nerven mit letzter Kraft unter Kontrolle gehalten, aber der Anblick der beiden schweigenden Krieger und der trügerischen Ruhe des Sees war mehr, als er ertragen konnte.

»Was werden Sie unternehmen, Major?« Seine Stimme zitterte leicht.

»Warten. Ganz einfach abwarten.« Blairs Tonfall klang so gleichmütig flach, als ob er nur halb bei Bewußtsein war.

Tarrou wollte nichts mehr sagen, aber er konnte seine Stimme nicht unter Kontrolle halten. »Was können wir denn machen, Major?« Er starrte fest auf Blairs vom Schweiß schwarz gefärbten Hemdrücken, seine Augen wurden feucht, als er daran dachte, wieviel Angst und Ungerechtigkeit dieser Mann verbreitet hatte. Sogar im Augenblick der Niederlage war Blair immer noch abweisend und verschlossen.

Tarrou wollte ihn herausfordern, ihn zwingen, seine Nöte zu verstehen. »Wir werden hier oben sterben!«

Blair bewegte seine Beine, und Tarrou sah das rohe, entzündete Fleisch des verkrüppelten Fußes unter dem Verband.

»In Ordnung, gehen Sie, und verstecken Sie sich, wenn Sie möchten.« Er justierte das Visier des Gewehrs und schätzte prüfend mit den Augen die Breite des Teiches ab. »Sie haben Ihr Wort gehalten und mich hier hinaufgebracht. Also hauen Sie ab, wenn Sie wollen!«

Tarrou rutschte auf seinen Knien herum wie ein körperbehinderter Bettler. »Warum reden Sie so mit mir?« Er konnte sich jetzt nicht mehr beherrschen. »Die ganze Zeit behandeln Sie mich wie Dreck. Ich helfe Ihnen, und trotzdem demütigen Sie mich. Sie sind draußen in der Welt ein großer Mann.« Er machte mit seinen geballten Fäusten eine vage Bewegung in Richtung der See. »Aber hier machen Sie nur Ärger! Sie können hier nichts tun. Die Mota sind verkommene Menschen. Es gibt nichts, was Sie tun können!«

Blair drehte ihm sein Gesicht zu und lächelte ohne jede Wärme. »Fühlen Sie sich jetzt besser? Dann halten Sie jetzt die Klappe, und verpissen Sie sich!«

Tarrou lag noch immer unbequem auf seinen Knien und weinte. »Das ist nicht fair! Sie haben alles, was Sie sich vom Leben wünschen können. Ich hatte nichts außer meinem Job. Jetzt habe ich gar nichts mehr.« Er wartete ab, aber Blair bewegte sich nicht. »Aber Ihnen ist das natürlich gleichgültig!« Seine Stimme steigerte sich zu einem Schrei.

Blair zischte ihn mit plötzlichem Ärger an. »Reden Sie leiser!« Dann fuhr er etwas freundlicher fort: »Wenn ich mein Scheckbuch bei mir hätte, würde ich Ihnen einen Scheck über jeden Betrag ausstellen, den Sie wünschen. Würde Ihnen das helfen?« Er bekam keine Antwort. »Jetzt hören Sie mir mal zu, denn ich werde Ihnen etwas sagen. Ich brauche Sie! Haben Sie das verstanden? Ich *brauche* Sie!« Er sah den Schmerz in den schwarzen Augen. »Falls Sie abhauen wollen, dann ist das Ihre Sache, aber wenn Sie bleiben wollen, dann müssen Sie die Sache auch durchstehen.« Er sah ihn prüfend an. »Und ich meine, was ich gesagt habe. Ich werde das Mädchen da rausholen, und wenn es mein Leben kosten sollte – und das Ihre dazu!« Er blickte auf, sein Gesicht war verhärmt.

Tarrou blickte ihn verwundert an. Er wunderte sich

nicht im geringsten. Bevor er wieder auf den Teich starrte, hatte Blair zu lächeln versucht. Und Tarrou hatte Tränen der Verzweiflung in den Augen des Mannes gesehen.

Er saß still hinter Blair und begann, sich das Gesicht mit einem Fetzen seines Hemdes abzuwischen. Blair hatte gewußt, daß er allein absolut nichts ausrichten konnte, trotzdem hatte er wie ein Spieler auf Tarrous Stolz gesetzt. Dieser fühlte nur noch Mitleid mit diesem seltsamen einsamen Mann und war auf seine einfache Art froh darüber, daß er sich entschieden hatte, mit Blair bis zum Ende auszuhalten.

Frei von der Küste lief der Schoner mit Steuerbordschoten und machte gute Fahrt. Der schlanke Rumpf schnitt durch die Wasserfläche, die aussah wie weiße Spitze. Er erzitterte bei jedem Anprall der hohen Wogen, die dem Ozean das Aussehen einer riesigen, sich bewegenden Wüste vermittelten. Einige der Wellentäler waren so tief, daß es den Anschein hatte, als ob das Schiff in einem Tal vor Anker lag. Die hohen Wellenkämme raubten den Segeln den Wind und ließen das Schiff wie betrunken torkeln, bis sich der Bugspriet wieder in die Höhe schob und die Segel sich mit einem triumphierenden Knall wieder stabilisierend füllten.

Fraser schlidderte die letzten paar Stufen des Niedergangs hinunter und ertastete sich blind seinen Weg durch den engen Gang. Über ihm und um ihm herum knarrten und quietschten jedes Brett und jeder Balken protestierend, und als das Heck für einen Augenblick über einem tiefen Trog hing, mußte er sich mit beiden Händen an den Handläufen festhalten, um zu verhindern, daß sein Körper der Länge nach auf das Deck schlug. Dann rutschte das Heck in die Tiefe, und er hielt den Atem an, bis er wieder das Rauschen des schäumenden Wassers hörte, das an der Bordwand entlanggurgelte und über das Deck zischte.

Wabu hatte ihn schließlich am Ruder abgelöst. Er hatte stoisch seine Hände um die Speichen geklammert, während Fraser ihm den Kurs übergab.

»Halte auf West zu Süd!« hatte er über das Heulen des Sturms im Rigg gebrüllt. »Paß gut auf! Nicht zu weit abfallen!« Er hatte abgewartet und gehofft, daß er einen Funken des üblichen schelmischen Witzes in den Augen des Eingeborenen entdecken würde, aber es war nichts davon zu sehen gewesen.

Fraser rollte in seine Kabine und starrte sorgenvoll auf die herumliegende Kleidung und die Kisten, die unbeachtet durch die Kabine rutschten. Die Petroleumlampe schwang in Kreisen über seinem Kopf. Als er einen metallischen Knall in einer der anderen Kabinen vernahm, zuckte er zusammen.

Verwundert stolperte er zur Kabinentür des Mädchens hinüber. Unentschlossen machte er davor halt, er hatte den Kopf vorgebeugt, als ob er erwartete, daß sie ihn hereinrufen würde. Mit einem Fluch stieß er dann die Tür auf und trat schnell ein. Seine Füße traten gegen die kleine Reiseschreibmaschine, die vom Tisch gerutscht und aus ihrem Kasten gesprungen war. Er hob sie auf und blickte düster auf die wenigen weiblichen Kleidungsstücke auf der Koje und die abgenutzten Reisetaschen. Gillians Parfum schien sogar über den scharfen Geruch nach Salz und nassen Tampen zu triumphieren.

»Ich kann doch nichts machen!« stöhnte er in die leere Kabine. »Ich glaube, ich werde verrückt!«

Mit einem Ohr lauschte er auf die Geräusche des schwer arbeitenden Schoners und war sich der zitternden Vibrationen des Rumpfes bewußt, als das Schiff seine hundertdreißig Tonnen über die Welle in Sicherheit schob. Dieser verdammte Narr Myers, dachte er wütend, der war in keiner schwierigen Situation von Nutzen, aber er wird schwören, daß alles meine Schuld gewesen ist, sobald wir zurück sind. Er konnte sich gut Graingers ernstes vorwurfsvolles Gesicht vorstellen und die endlosen Verhöre. Der Schoner legte sich weit auf die Seite und verharrte so ein paar unangenehme Sekunden. Armes altes Mädchen. Die *Pearl* war auch bald am Ende ihrer Tage. Er schlug hart mit der Faust auf den Tisch. »Warum versteht mich denn niemand!« Er brüllte verzweifelt das Kabinenschott an, und in seiner kleinen Kabine am anderen Ende des Ganges wurde Myers vor Schreck stocksteif. »Ich rette ihnen ihre verdammten unnützen Leben, und das ist der Dank dafür!« Die Worte kamen dumpf als Echo zurück.

Wabu lehnte sich mit seinem geringen Gewicht gegen das Ruderrad, dann drehte er sich kurz um und nickte Yalla zu, der hinzusprang, um ihm zu helfen. Sie standen Seite an Seite und kämpften gegen jede der unregelmäßig einfallenden Böen, dabei ließen sie die schwingende Kompaßrose nicht aus den Augen.

Old Kari hockte zusammengekrümmt im Schutz der Luvreling und beobachtete sie, sein Kopf nickte im selben Rhythmus wie das Schiff.

Mit einem lauten Krachen flog die Klappe des Niedergangs auf, und Fraser hievte seinen Körper über das

Süll, seine Augen blinzelten nach oben zu den wippenden Masten. Drei Augenpaare beobachteten ihn mit plötzlichem Interesse, aber Fraser ignorierte sie, während er seinen Gürtel fester schnallte und einen alten gelben Südwester über sein zerzaustes Haar zog. Sein Gesicht war gerötet, und er spürte, wie der Wahnsinn in ihm wie ein Sturm aufstieg.

Yallas Augen waren dunkel, als er zusah, wie Fraser einen langen Zug aus einer Flasche nahm, bevor er sie über Bord warf. Sie war leer, und Fraser grinste ihn an, seine Zähne blitzten weiß über seinem Stoppelkinn.

»Nun denn, ihr verdammten Heiden! Wen, zum Teufel, starrt ihr an, um aller Heiligen willen!« Er schwankte und schüttelte seinen Kopf mit gekünstelter Heiterkeit. »Klar zur Wende!« Er sah den ungläubigen Ausdruck auf ihren glatten Gesichtern. »Habe drüber nachgedacht. Es ist zwar alles verkehrt, aber ...«, er zuckte mit den Achseln, plötzlich froh darüber, daß es jetzt für ihn kein Zurück mehr gab, »... es ist die einzige Möglichkeit.«

Er übernahm das Ruder und lehnte sich locker darüber und erfreute sich an der Reaktion, die vom Ruderblatt tief unter ihm nach oben floß und auch aus den Segeln kam, die sich nach oben streckten, als ob sie den ärgerlichen Himmel umarmen wollten. Wie im Traum sah er zu, wie die Jungs an die Schoten rutschten, ihre Füße klatschten auf den nassen Planken, ihre Augen waren gegen die nadelfeinen Spritzer der Gischt zu Schlitzen zusammengepreßt. Kari und Dinkila kamen ihnen zu Hilfe, und von irgendwoher erschien auch Myers. Er rief den Jungs zu, Myers einzuweisen.

Fraser wartete den richtigen Augenblick sorgfältig

ab und beobachtete die Segel und die See mit geübtem Auge. Als die *Queensland Pearl* auf den Druck des Ruders ansprach und das Segeltuch protestierend klatschte und flatterte, spürte er, wie das Schiff herumschwang und die beiden Bäume an den Schoten rissen, so daß jeder Block und jeder Draht wie ein lebendes Wesen kreischten. Er sah zu, wie das schmale blaue Band des Himmels auf der einen Seite verblaßte, und als das Schiff die Drehung vollendet hatte, sah er vor sich die mächtige Sturmwolke, die über dem Horizont hing wie der Qualm eines Waldbrandes. Er brachte sein Schiff genau auf Gegenkurs und spürte mehr, als daß er es sah, wie die Boys die Segel mit wiedererwachter Stärke trimmten. Das plötzliche Dröhnen des Segeltuchs über seinem Kopf ließ ihn hellwach werden. Er packte die Speichen fester.

»So ist es richtig, altes Mädchen! Wir werden es allen zeigen!« Auf seinem Gesicht zeigte sich ein verrücktes Grinsen, und er rief den herumflitzenden Gestalten vor sich zu: »Seht ihr, wie sie rennt, Jungs? Blickt nach vorne! Es könnte das letzte Mal sein, daß ihr Hundesöhne dazu die Gelegenheit habt!« Er warf den Kopf zurück und lachte in die Segel und die zitternden Masten hinauf.

Später, als er mit seinen Händen gegen die See ankämpfte, fragte er sich, was ihn wohl bewogen hatte, seine Meinung zu ändern. Vielleicht war es der Whisky gewesen. Er kicherte freudlos. Vielleicht bin ich nur ein verdammter dußliger Aussie, aber ich mag es nicht, wenn man mich herumschubst!

Er dachte an Hogans Leichnam, der unten im leeren Laderaum festgelascht lag. Hogan zumindest hatte keine Sorgen mehr. Fraser beobachtete die großen tobenden Wogen und knirschte mit den Zähnen. Was würde passieren, wenn der Sturm die *Pearl* besiegte? Wenn aus diesen langen Wellenzügen gewaltige Brecher wurden und der Wind wirklich Orkanstärke erreichte? Dann würde wenig Zeit bleiben, die Richtigkeit der Entscheidung zu überdenken. Sein ganzes Leben lang hatte Fraser den alten Schoner gehätschelt und hatte versucht, durch vorsichtiges Manövrieren die Schwächen des Alters zu mindern. Aber das alles war jetzt Vergangenheit. Er fühlte sich wie ein Mann, der sein altes vertrautes Pferd treibt, bis es unter ihm zusammenbricht.

»Dinkila! Bring mir eine neue Flasche aus meiner Kabine!«

Er versuchte, die Geräusche der überbeanspruchten hölzernen Verbände zu verdrängen, und winkte ab, als die Matrosen kamen, um ihn am Ruder abzulösen. Er nahm hastig einen Schluck aus der Flasche und stopfte sie dann in seinen Gürtel. Er wollte diesen Moment mit niemandem teilen. Er und sein Schiff, das war es. Alle hatten gewollt, daß er umkehrte, um nach Blair zu suchen. Pflichtgefühl, Dummheit, Neugierde oder einfach Verrücktheit, wen interessierten jetzt noch die Motive? Nun, er würde sie zurückbringen, weil sie das von ihm erwarteten. Er wußte, daß sie ihn brauchten. Ihm war aber auch bewußt, daß die elende Last seiner Schuldgefühle mit jeder zurückgelegten Kabellänge kleiner wurde. Obwohl es im Augenblick den Anschein hatte, als ob er das Schiff auf dem kürzesten Weg in den Untergang segeln würde.

Verglichen mit der stillen feuchten Luft, die über dem Teich hing, war es im Inneren des Hauses der Geister fast kühl. Das hohe wie ein Zelt geformte Gebäude war im Eilverfahren aus frisch gefällten Palmen erbaut worden. Auf dem Boden waren immer noch die Abdrücke der vielen Füße zu erkennen, wo die Frauen des Stammes den losen Sand festgestampft und die Felsbrocken von seiner Oberfläche fortgerollt hatten. Das Haus zeigte keine Fenster, seine Schmalseite öffnete sich geradewegs zu dem flachen Abhang, der die verbleibenden wenigen Meter bis zum Rand des tellerförmigen Teiches hinabführte, und der Eingang war groß genug, um einen freien Ausblick auf das Wasser und den feuchten Schlamm um die einzelnen Felsen zu gewähren. Die hohe, im Schatten liegende Felsbarriere zur Seeseite wies keine Unterbrechung auf, bis auf den V-förmigen Einschnitt in ihrer Mitte, durch die gelegentlich ein wässeriges Licht einen gebrochenen Lichtstrahl auf den versteckten See warf. Der Dschungel schien den Rest des Gebäudes mit zwei dichten grünen Wällen zu umzäunen. Der Gestank verrottender Bäume mischte sich mit dem Geruch frisch gefällten Bauholzes.

Tauhu, Diener von Pato, der Gottheit, war mit sich äußerst zufrieden. Mit undurchdringlichen Augen sah er zu, wie seine Assistenten ehrfurchtsvoll ihre Lasten auf einer großen Matte aus geflochtenen Palmenblättern niederlegten, ihre ockerfarbenen Gesichter waren zur Seite gewandt, weil sie nur so den Zorn Patos vermeiden konnten. Er hatte den Kopf und den Körper eines Hais, hockte aber auf roh geformten menschlichen Armen und Beinen. Pato wartete mit dem ganz offensichtlichen Anschein schrecklicher Gespanntheit auf den Beginn der Zeremonie.

Tauhu nickte. Seine Diener hatten gut gearbeitet. Er hatte sie geduldig auf ihre Aufgaben vorbereitet, nachdem er sie ausgewählt hatte, als sie noch Kinder gewesen waren. Er hatte sie durch die schmerzhaften Initiationsriten geführt und schließlich als seine persönlichen Assistenten ausgewählt. Ihr Haarschmuck aus Haizähnen zeichnete sie vor allen Männern aus und machte sie nach Tauhu zu den am meisten gefürchteten Männern der Insel.

Tauhu lauschte zufrieden auf die schrillen Schreie und das wilde Gelächter der Krieger, die am Rand des Teiches tranken und tanzten. Der Häuptling Naareau würde mit seinem Lieblingssohn anwesend sein, aber wie alle anderen würde er abwarten müssen, bis Tauhu sich dazu entschloß zu handeln. Ein Schauder froher Erwartung durchlief seinen Körper. Eine gewisse Zeit lang hatte er schon fast daran gezweifelt, ob die Mota auf ihrem von alters her vorbestimmten Pfad weitergehen könnten. Über die Jahre hin waren sie verweichlicht, und er hatte ihre Träume von Stärke und Größe nur mit vereinzelten Taten voller List und Mut am Leben erhalten. Einige wenige Krieger hatten von Zeit zu Zeit Überfälle auf die Küstendörfer ausgeführt und das erbeutete Menschenfleisch im geheimen gegessen. Aber dieselben Krieger hatten sich im Busch versteckt, wenn die weißen Männer auf die Insel gekommen waren, und waren nicht in der Lage gewesen, sich den spöttischen Bemerkungen zu stellen. Aber jetzt war endlich wieder alles anders. Innerhalb kurzer Zeit hatte er ihnen gezeigt, daß sie richtige Männer waren, und hatte ihnen ein für alle Mal bewiesen, daß man die weißen Männer nicht fürchten mußte.

Er fiel auf die Knie und ließ seine Hand sanft über die spitze Schnauze des stummen Pato gleiten. Die Zähne, die gelb vor Alter waren, klafften scharf im halbmondförmigen Maul und verbreiteten immer noch ein Gefühl von Grausamkeit und Macht, so wie sie das schon getan hatten, solange er sich erinnern konnte.

Tauhu war kleiner als seine Stammesangehörigen, und sein eingeölter Körper war nicht bemalt. Keine Verzierung täuschte über die Länge seiner muskulösen Arme hinweg, die jetzt entspannt herunterhingen. Sein Kopf und das Gesicht waren glatt rasiert, sogar die Augenbrauen waren behandelt worden, und unter dem Kopfschmuck aus Haifischzähnen schienen Tauhus vorstehende Augen genausowenig zu blinzeln wie die des leblosen Körpers auf der Matte.

Er bewegte sich nicht, als einer seiner Helfer geräuschlos hinter ihn trat und ihm mit wenigen erprobten Handgriffen seinen Zeremoniengürtel aus Fasern und Borke umlegte. Dann nahm Tauhu das Messer aus Bambus. Als sich seine Finger fest darum schlossen, gönnte er sich einen kleinen Schauder völliger Glückseligkeit.

Es war praktisch völlig dunkel im Haus, und er wußte, daß die tiefen, drohenden Wolken nur ein weiteres Zeichen dafür waren, daß er den Zeitpunkt perfekt gewählt hatte.

Am Ende des Gebäudes entstand plötzlich Bewegung, und er hob seine Augen mit kalkulierter Langsamkeit, wie er es bei derartigen Gelegenheiten immer zu tun pflegte, so daß seine erweiterten Pupillen das einzige zu sein schienen, was in seinem zusammengekauerten Körper lebte.

Eine Matte bewegte sich in der roh zusammengebauten Wand zur Seite, und das Mädchen wurde vorsichtig in seine Richtung getragen. Tauhu nickte den beiden Männern beifällig zu, die Gillian auf einem geheimen Pfad vom Dorf herübergebracht hatten. Sie atmeten schwer und waren schweißüberströmt, und Tauhu wußte, daß seine Befehle exakt ausgeführt worden waren. Gillian hatte während des ganzen Weges nicht den Boden berührt, auch hatten die beiden niemandem erlaubt, einen Blick auf sie zu werfen.

Mit großer Vorsicht ließen sie das Mädchen auf den Boden sinken, sorgten aber dafür, daß die Arme stets an dem Körper anlagen, so daß alles wie ein großes seidenes Bündel aus Schilfrohr wirkte – oder vielleicht auch wie eine exquisit geschnitzte Figur, die von den Göttern selbst hergestellt worden war. Gillian trug einen kurzen Rock aus den geräucherten Blättern von Wasserpflanzen, und um ihren Hals hing eine enge Kette aus bemalten Kaurimuscheln, die ihre vollen Brüste entblößt ließ. Die Muscheln schimmerten auf der gedrehten Schnur, ihr Auf und Ab war das einzige Zeichen dafür, daß Gillian atmete und am Leben war.

Tauhu erhob sich und ging mit langsamen Schritten und ohne jede Eile um das Trio herum und stellte sich dahinter auf. Er betrachtete die schönen Formen des Körpers der Frau, die Art, wie ihre helle Haut unter der dicken Schicht duftenden Öls glänzte. Er streckte eine Hand aus und berührte ihr Haar und wunderte sich wieder über seine seidige Leichtigkeit zwischen seinen Fingern. Gillian erstarrte unter seinen Fingern, und er spürte den sich verstärkenden schmerzhaften Drang in seinen Lenden. Finster tastete er nach seinem Messer. Er schob sein Kinn vor und blickte seine Assistenten drohend an. Eine blinde Frau war gefährlich! Es war allgemein bekannt, daß diejenigen, deren Augen nichts sehen konnten, in sich schreckliche Übel bargen und vernichtet werden mußten …

Dann hob er seine Hände vor ihre hellen Augen. Wieder selbstsicher, war er sich der bewundernden Blicke seiner Männer sehr bewußt. Er lächelte kurz und machte ein Zeichen in Richtung des Ausgangs.

Sofort erklang ein lauter Schlag auf der Baumtrommel, die neben dem See stand, und wie durch ein Wunder verstummten alle Stimmen draußen, so daß die Stille des Dschungels bedrückender wurde als jedes Geräusch. Dann folgte ein tiefes Aufseufzen, als Pato auf seinem Tragegestell aus Bambus aus dem tiefen Schatten auftauchte und seine gelben Zähne in Richtung der schweigenden Zuschauer fletschte.

Langsam lief Tauhu den Abhang hinunter und wandte sein Gesicht den wartenden Stammesangehörigen zu. Mit festem Blick stellte er sich dem alten Häuptling und den Stammesälteren gegenüber auf und hielt ihrem Blick stand, bis sie wegschauen mußten und sich vor dem Diener Patos verbeugten.

Das Grollen eines fernen Gewitters rollte über die See, eine kleine seufzende Bö fand ihren Weg durch den V-förmigen Einschnitt und fuhr raschelnd durch die Federn an den Waffen und dem Kopfschmuck des versammelten Stammes.

Die Flut, die den ganzen Tag über an der Außenseite der Barriere gestiegen war, steckte ihren ersten suchenden Finger in die Spalte, und Tauhu breitete seine Arme aus, als ob er sie begrüßen wollte. Ein dünnes Rinnsal tröpfelte über den Rand der Niederung und versickerte im Strand. Als die Wellen an der Steinwand höher krochen, wurde der Wasserzustrom stärker, so daß der durchsichtige Teich mit dem eingeschlossenen Wasser in der Mitte unruhig wurde und größer zu werden begann, während Tauhu den Zorn Patos auf die Feinde der Mota herabbeschwor. Dabei klang seine Stimme hoch und überraschend schrill.

Es gab eine unvorhergesehene Störung, als ein ausgewachsenes quiekendes und strampelndes Schwein, dessen phantastisch gebogene und unbeschnittene Hauer wieder zurück in die Schnauze des Tieres drückten, an den Rand des Teiches gezogen wurde. Zufrieden sah Tauhu zu, wie seine Assistenten in den feuchten Sand wateten und das unglückliche Tier auf den Rücken warfen. Er erlaubte sich einen schnellen Blick zu der gebeugten Gestalt von Tabanea hinüber, welcher der Berater des Häuptlings war. Ihm vertraute er am meisten. Dieses Schwein war sein Lieblingsbesitz gewesen, und auf einer Insel, auf der Schweine Reichtum und Statussymbole waren, hatte es schon allein durch seine Größe und sein Alter den Neid aller erregt. Tauhu hatte seit langem gewußt, daß der alte Mann, der jetzt jede der Handlungen genau beobachtete und versuchte, die Angst in seinen Augen zu verbergen, das schwache Glied der Mota gewesen war. Er hatte dem Häuptling seine Ratschläge eingeflüstert und die Saat des Mißtrauens gesät, ja sogar an Tauhus Macht gezweifelt. Aber da ertönte der plötzliche Schlag der Trommel und das Ächzen und Stöhnen der Krieger. Alle waren jetzt auf Tauhus Seite, und es gab nichts mehr, was Tabanea oder die anderen gegen ihn tun oder sagen konnten. Sie hatten alle am Mahl aus Menschenfleisch während des rituellen Fests im Dorf teilgenommen. Die Mordlust war noch immer in ihnen lebendig, und die Auswirkungen des Kavagenusses zeigten sich deutlich in ihren herausquellenden Augen. Mit unendlicher Sorgfalt stieß er sein Messer in die Kehle des Tieres – hart und tief. Das Quieken erstarb augenblicklich, und nachdem Tauhu einen Becher mit Blut gefüllt hatte, stand er auf und sah zu, wie sich ein roter Teppich auf dem Wasser verteilte, dessen Oberfläche sich mit jedem Atemzug der See schneller hob.

Flankiert von seinen Assistenten stieg er gemächlich den Abhang wieder hinauf und legte die kleine Opfergabe vor Pato nieder. Der leblose Körper des Schweins rollte langsam in das steigende Wasser, dann rutschte er völlig in den Teich und verbreitete dort eine rosa Wolke um sich.

Die Trommelschläge wurden schneller und lauter, und wie auf ein geheimes Signal begannen sich die Krieger gleichzeitig in dem Rhythmus vor und zurück zu wiegen. Ihre nackten Füße scharrten auf dem groben Sand mit kurzen erregten Schritten, so daß bald eine dünne Staubwolke über ihren Köpfen schwebte, die sich auf ihrem nickenden roten Kopfputz absetzte. Ihre Augen waren glasig. Als Tauhu sie mit seinen vorquellenden starren Augen beobachtete, stellte er fest, daß sie nicht mehr als Individuen handelten, sondern in einer großen pulsierenden Gemeinsamkeit aus Gliedmaßen und glänzenden Waffen aufgingen. Seine Brust war geschwellt, und nur mit höchster Konzentration konnte er sich auf den richtigen Zeitplan der Zeremonie konzentrieren, die jetzt, vor allem anderen, perfekt ablaufen mußte.

Ein lauter Seufzer erklang aus der dicht gedrängten Menge, als ob der ganze Stamm einen kollektiven Schmerz erleiden würde, als das Mädchen aus dem Schatten des Geisterhauses geführt wurde. Eine kurze Bewegung seiner Hand ließ die Trommler das Tempo nochmals erhöhen, ihre vorgebeugten Körper glänzten, und sie hatten Schaum auf ihren schlaffen Lippen. Eine unmerkliche Bewegung mit seinem Messer veranlaßte seine Assistenten, dem Mädchen die Arme hinter dem Rücken zu verdrehen, so daß es vor Pato auf die Knie fiel. Tauhu sah, daß Gillians Körper von Kopf bis Fuß zitterte, als seine Männer sie tiefer und tiefer zwangen, bis ihr helles Haar über das geöffnete Maul strich und ihre Brüste fast den Sand berührten. Wieder bedauerte er, daß sie blind war. Es wäre sonst noch erregender gewesen, jetzt ihr Gesicht zu sehen.

Gillian blickte dumpf auf die graue, grob zusammengenähte Hautmasse und dann in die aufgerissenen Kiefer, die fast den Eindruck erweckten, als ob sie über ihrem Nacken mit einem lauten Knacken zuschnappen würden. Sie konnte sich kein klares Bild mehr von dem machen, was sich um sie herum ereignete, alle ihre Gedanken wurden eingeschränkt von dem wahrhaft ohrenbetäubenden Lärm und dem starken Schmerz in ihren Armen. Sie konnte ihren Schatten über den ausgestreckten Händen des abscheulichen Götzenbildes erkennen, und im Unterbewußtsein war sie sich auch des Wassers hinter ihrem verrenkten Körper bewußt. Sie konnte das Grauen in sich nicht länger kontrollieren, aber es war so groß, daß es gnädig betäubend auf ihre Glieder wirkte, was zur Folge hatte, daß sie schlaff im stählernen Griff ihrer Wächter hing. Wie das Schwein, dachte sie. Nur, daß sie mir mehr Schmerzen bereiten werden. Dann stand sie plötzlich wieder auf ihren Füßen, die Arme hinter dem Rücken gefesselt. Zum ersten Mal sah sie in die große schwankende Masse der faszinierten Zuschauer. Sie versuchte sich zu übergeben, aber ihre Kehle war zugeschnürt. Sie wollte ohnmächtig werden, aber ihre Angst versagte ihr sogar das. Sie merkte, daß ihre Wächter durch Wasser wateten und sie über ihre Schultern gehoben hatten, so daß sie nach hinten überhing und zu den Wolken emporblickte. Dann war da ein anderer Druck, als man sie auf dem kleinen Felsen niederlegte, der bereits halb überspült wurde. Ihre Handgelenke und Knöchel wurden nach außen gezogen und schienen in ausgefeilte Furchen zu passen, wo sie mit Hilfe von Leinen aus Fasern gefesselt wurden.

Bald, bald. Ihre Lippen bewegten sich langsam, als sie die Worte laut aussprach. Aber alles ging in dem großen Durcheinander aus Geräuschen unter, das über den See wogte. Ihr Kopf hing nach hinten über den Rand des glatten Steins, sie spürte, wie die Strähnen ihres losen Haars im klatschenden Wasser spielten. Sie konnte die Wellen auch an ihren Füßen fühlen. Vielleicht wollte man sie im steigenden Wasser ertrinken lassen? Dann wäre ihr Leiden zu Ende, und sie würde in Frieden hinabgleiten in den Schoß der schützenden See.

Ein Schatten fiel auf ihr Gesicht, und sie sah auf den glänzenden Körper des Priesters. Sein hoch aufgereckter Körper sah entstellt aus, und sie bemerkte die kleinen Schweißtropfen, die an seinem Bauch herunterperlten. Als er etwas über das Wasser rief, überschlug sich seine Stimme in einem fistelnden Kreischen. Er schob eine Hand in ihr Gesichtsfeld, und alle Muskeln in ihrem Körper schienen sich in einen festen Knoten zu verschlingen. Aber er hielt keine Waffe in der Hand, nur einen kleinen Becher, den er jetzt hoch wie ein Opfer über seinen Kopf hielt. Sie sah entsetzt, wie sich der Becher neigte und rotes Blut über den Rand tropfte. Es war noch warm, und trotz ihrer angespannten Muskeln begann Gillian sich zu krümmen, als es langsam über die ganze Länge ihres Körpers spritzte. Sie schloß die Augen, verdrängte das verrückte Gesicht und die zukkenden nackten Glieder, die sich über sie beugten. Die Worte Frasers fuhren ihr plötzlich wie ein scharfes Messer ins Gedächtnis. Wenn sich Blut im Wasser befindet, hatte er gesagt, dann sind bald auch Haie in der Nähe. Sogar dicht am Ufer war dann nichts vor ihnen sicher. Die Miniaturhaie oder Becunas, wie sie auch genannt wurden, würden in Scharen heraneilen, denn der Geruch von Blut machte sie wild. Anders als ihre großen Brüder griffen sie mit ungebremster Grausamkeit an, töteten sich sogar auch gegenseitig, um an ihre Beute zu gelangen.

Gillians Haut scheuerte an den Pflöcken, als sie sich mit plötzlicher Verzweiflung wie ein gefangenes Tier wand und drehte. Ihr nackter Körper scheuerte auf dem Felsen, so daß ihr schließlich und endlich der Schmerz erklärte, daß sie sich in ihr Schicksal ergeben sollte, und sie spürte, wie ihre gekreuzigten Glieder schlaff wurden.

Wieder öffnete sie die Augen und starrte auf das verschwommene Bild der Felsbarriere mit seinem schmalen Einschnitt. Durch diese Öffnung mochten sich schon die einander beißenden Becunas drängen, um zu ihr zu gelangen. Unwillkürlich bewegte sie die Finger und Zehen, dabei wurde ihr bewußt, daß das Wasser schon über ihren Schienbeinen stand und unter ihrem Nacken klatschte. Würde es ein scharfer plötzlicher Schmerz sein, oder würde es langsam und quälend ablaufen? Sie konzentrierte sich mit jeder Faser ihres Seins auf die dahinrasenden Wolken über sich.

Also war alles reine Zeitverschwendung gewesen. Wie eitel waren ihre Hoffnungen und Ambitionen geworden. Jetzt war sie keine Person mehr, nicht mal mehr eine Frau. Nur ein beliebiges Objekt für ein Schlachtopfer oder ein Symbol für etwas, was nur die Mota verstanden. Ein Schrei formte sich in ihrer Kehle, als sich etwas an ihrem Kopf bewegte, aber dann sah sie, daß es nur der Priester war, der auf sie starrte.

Tauhu war sich der großen Stille bewußt, die eingetreten war, als er das Zeichen gegeben hatte, daß die Trommeln schweigen sollten. Alle Augen waren jetzt auf ihn gerichtet. Das gurgelnde Wasser hatte fast den Felsen überspült, so daß es den Anschein hatte, als ob der weiße Körper auf der Oberfläche trieb. Tauhu konnte nicht länger warten, denn er wußte, daß bald die Teufelsfische kamen. Er konnte die ausdruckslosen Gesichter seiner Assistenten sehen, die eine eng zusammengedrängte Gruppe hinter Pato bildeten. Das würde eine Lektion sein, die sie niemals vergessen würden.

Er begann durch den Teich zurückzuwaten, merkte,

wie der Sand an seinen Füßen zog und wie eine saugende Kraft um seine Hüfte spülte.

Gillian drehte ihren Kopf und spannte ihren Körper wie einen Bogen, als ob sie auf diese Weise das Wasser von sich fernhalten könnte. Die Sonne war nicht mehr zu sehen, und Gillian hatte das Gefühl, daß sie fror. Bald, bald! O Gott, hilf mir! Sie blickte wieder hinüber auf die schwarze Klippe und fixierte die kleine Gestalt, die aus dem Gipfel emporzusteigen schien. Sie blinzelte, um ein schärferes Bild zu bekommen. Die Gestalt bewegte sich. Sie wagte nicht zu atmen, während sie beobachtete, daß sich der Mann näher an die Kante vorarbeitete. Sogar aus dieser Entfernung konnte sie ein zerrissenes Hemd und einen undeutlichen weißen Fleck als Gesicht ausmachen.

Dann schrie sie. Etwas Hartes und Rauhes schoß über ihre Haut, in dem Augenblick, in dem sie aufschrie, sah sie eine kleine Rauchwolke auf der Klippe aufsteigen und fühlte einen warmen Luftzug über die ganze Länge ihres Körpers hinwegfegen. Das scharfe Krachen des Gewehrs ging halb im erstickten Aufschrei Tauhus unter, der wie betrunken am Rande des Teiches im flachen Wasser schwankte. Das schwere Bleigeschoß hatte seine Schulter mit so mörderischer Wucht zerschmettert, daß er auf die Knie fiel, seine verschreckten Augen starrten in das Wasser, das mit gierigen Fingern nach ihm zu verlangen schien. Was war bloß verkehrt gelaufen? Der Teich verfärbte sich schnell rings um ihn herum rot, und er schrie wieder auf, als er die flinken stromlinienförmigen Fische sah, die auf ihn zuschossen. Ihre rhombusförmigen Mäuler glitzerten weiß unter der Oberfläche.

Sein Körper wurde hoch aus dem Wasser gedrückt, er wurde blitzartig an verschiedenen Stellen aufgeschlitzt und zerrissen. Dann stürzte er auf die Seite und verschwand in dem quirlenden, tobenden Schwarm der Fische. Die Oberfläche des Sees wurde zu weißer Gischt und rotem Schaum gepeitscht.

Gillian wollte aufschreien, aber das Wasser klatschte ihr in den Mund. Schwach bekam sie mit, daß das Gewehr wieder feuerte, der Ton der kurzen peitschenden Abschüsse wurde von der Felswand und dem Dschungel vervielfältigt. Vielleicht versucht er mich zu töten, das wäre besser, als unter den Händen der Eingeborenen zu sterben, dachte sie.

Tarrous nasses Gesicht tauchte neben ihr auf, und sie spürte, wie er ihre Handgelenke und Knöchel befreite. Er sah völlig verängstigt aus, in seinen Augen war nur noch das Weiße zu sehen, und sie standen in seinem in ängstliche Falten gelegtem Gesicht weit aus den Höhlen hervor. Gillian spürte, daß sie frei vom Felsen gleiten konnte, und zappelte kraftlos in der Umarmung des warmen Wassers. Irgend etwas klatschte in ihrer Nähe in das Wasser, und Tarrous keuchende Stimme trieb sie zur Eile an.

Sie ließ es zu, daß er sie über den tiefsten Teil des Sees zog, halb ersäufte, bis hin in den tiefen Schatten, den die Felswand warf. Sie konnte noch immer die herabstürzenden Objekte hinter sich hören und fragte sich vage, was da eigentlich geschah.

Tarrou fühlte die Felsen unter seinen unsicheren Füßen und schwankte aus dem Wasser, das Mädchen zog er hinter sich her. Einen kurzen Augenblick lang starrte er über den See zurück und bestaunte ungläubig, daß wirklich das eingetreten war, was Blair vorausgesagt hatte: Die Mota hatten aufgehört, ihre Pfeile in das Wasser zu schießen und waren in die Sicherheit des Dschungels geflohen. Der Karabiner, den sie nicht entdecken konnten und der nach allem, was sie wußten, auch nicht existieren durfte, hatte in ihnen Panik ausgelöst. Drei dunkle Gestalten lagen in der typischen verdrehten Haltung von Toten herum. Nur Pato hockte noch immer vor dem Haus der Geister, vergessen von einem Stamm, dem er nicht hatte helfen können.

Der See war wieder leer, und der Felsen war völlig verschwunden. Wären da nicht die bedrohlichen, schnellen, hin und her schießenden Bewegungen unter der Oberfläche gewesen, es hätte nichts gegeben, was an die Ereignisse erinnerte.

Tarrou schaffte es gerade noch, das Mädchen zu pakken, als Gillian gegen ihn fiel. Er spürte ihr nasses Haar an seiner Kehle und blickte über ihre weiche Schulter zurück auf die verlassene Lichtung. Laut sagte er: »Ich habe es geschafft! Ich habe sie gerettet!«

Als ihm Blair den Plan auseinadergesetzt hatte, war er beinahe zusammengebrochen. Er konnte sich in seiner Aufregung nicht daran erinnern, wie er den Weg von der Klippe geschafft und dann auf den Schuß gewartet hatte, der das verabredete Signal gewesen war. Es war alles so unglaublich einfach gewesen und trotzdem ... Er zog die Reste seines kostbaren Uniformjacketts aus und wickelte Gillian darin ein. Aber was würden sie jetzt machen? Es überraschte ihn selbst am meisten, daß seine Angst verschwunden war. Blairs Stimme, angestrengt und heiser, erklang durch die Spalte in den Felsen.

»Ist sie in Ordnung? Um Himmels willen, sagen Sie doch endlich etwas!« Es klang, als ob er vor Sorge halb verrückt wäre.

»Es geht ihr gut!« Tarrou suchte nach Worten. »Ich bringe sie jetzt nach oben.«

»Nun, dann machen Sie schnell!« Ein metallisches Klicken war zu hören. »Es könnte sein, daß diese Hundesöhne versuchen werden, uns zu umgehen, um uns in den Rücken zu fallen. Aber dann werde ich ihnen etwas zum Nachdenken geben!«

Blair zwang sich, die grüne Wand des Dschungels weiter zu beobachten, obwohl alles in ihm vor freudiger Erregung zitterte. Er wollte am liebsten das Gewehr wegwerfen und hinunterlaufen, um dem armen, zitternden Tarrou zu helfen. Bis zur letzten Sekunde war er im Zweifel gewesen, ob Tarrou es über den See schaffen würde. Blair hatte Flüche herausgeschleudert, die nur er allein hören konnte, während er über Kimme und Korn den im Wasser planschenden Wilden anvisierte und darauf wartete, daß er die richtige Position erreichte. Dann, als er endlich Tarrous Kopf neben dem festgebundenen Mädchen entdeckt hatte, hatte er vor Erleichterung angefangen zu schluchzen, und die Tränen hatten ihn fast blind gemacht. Genau in diesem Augenblick waren die Mota vorgestürmt und hatten ihre kleinen Pfeile auf die beiden Schwimmer abgeschossen.

Blair drückte die letzte Patrone in das Magazin und strich sich mit den Fingern über die Augen. Gillian war in Sicherheit. Vielleicht nur für eine Stunde, aber sie war sicher, und sie würden zusammensein. Es war seltsam, daß sie beide so viel hatten erdulden müssen, um endlich festzustellen, was sie wirklich wollten …

»Legen Sie sie hierher! Neben mich.«

Blair streckte die Hand aus, um ihr eine Haarsträhne aus dem Gesicht zu streichen. Urplötzlich öffnete sie die Augen. Einen unendlich langen Augenblick starrten sie ihn völlig ausdruckslos an, in der großen grauen Tiefe flackerte noch immer die Angst. Dann strich sie leicht mit ihrer Hand über seine Wange, und er spürte, wie die feuchte Haut über seine Bartstoppeln raspelte.

Tarrou packte das Gewehr und ließ sich am Rand es Kliffs nieder. Er hatte erwartet, daß die beiden miteinander sprechen, sich auf eine besondere Art begrüßen würden, aber sie blickten sich nur an.

Er saß ganz still und wartete darauf, daß das Zittern seiner Beine nachlassen würde. Um seinen Beobachtungsposten herum schien sich der Himmel in einen scharf abgegrenzten Konus aus Feuer zu verwandeln. Der Sturm, wenn er denn kam, würde alles klären. Wenn er nicht losbrach, wie sollten sie dann überleben? Kein Essen, kein Wasser, und es waren auch nicht genügend Patronen vorhanden, um einen ganzen durchgedrehten Stamm verrückter Eingeborener zu bekämpfen. Seine dicken Lippen kräuselten sich vor Bedauern. Es ist wirklich schade, daß mich Fraser jetzt nicht sehen kann, dachte er traurig. Er wäre sowohl stolz als auch beschämt gewesen.

Hinter ihm war alles ruhig. Es schien fast so, als hätten sie einen befristeten Waffenstillstand mit dem Schicksal geschlossen.

12

Als das letzte schwache Tageslicht verschwunden war, legte der Wind ständig an Stärke zu, und unter den dahinrasenden Wolkenbänken verwandelte sich die See, die den ganzen Tag über schon eine erschreckende Vorahnung auf das Kommende gegeben hatte, in eine riesige Masse aus sich auftürmenden und brechenden Wellengebirgen. In der Dunkelheit konnte man den dichten Regenvorhang nicht sehen, aber sein Rauschen übertönte sogar das Heulen des Windes und das Brüllen der See.

Weit draußen auf der offenen See im Südosten der Inseln tobte der Orkan seine volle Kraft in einem wahnsinnigen Rundtanz aus, dabei türmte er eine Welle über die andere, und ohne ihnen ein Ruhepause zu gewähren, schob er ihre vereinigte Masse auf die nächste, was zur Folge hatte, daß jeder nachfolgende Wellenzug höher und furchteinflößender wurde. Die langen, geschwungenen Wände aus schwarzem Glas bewegten sich in geordneten Linien über den weiten Ozean, die weißen Kämme krümmten sich und wuchsen mit jeder weiteren verstreichenden Sekunde.

Am äußeren Rand des Wirbelsturms parierte der alte Schoner jeden Schlag der Wassergebirge und stieß mit seinem scharfen Steven in jeden Wellenkamm, so daß alle Planken und Verbände zitterten, als ob sie einen tödlichen Schlag erhalten hätten.

Kari hatte seinen knochigen Körper am Ruder festgelascht, und neben dem durchnäßten Schatten von

Myers, der seinen schweren Körper gegen die wild rukkenden Speichen stemmte, blickte er ständig auf die schwach beleuchtete Kompaßrose. Seine Ohren waren vom Heulen des Sturmes halb taub, lauschten aber auf die Geräusche der protestierenden Segel.

Außerhalb der Bordwände des Schiffes war schon lange nichts mehr zu erkennen, ihre Welt hatte sich auf das stampfende, rollende Deck reduziert und auf diese Höhle aus Wind und Meer, die sie umgab und auf ihnen lastete.

Myers entlastete das Ruderrad von seinem Gewicht, als Kari mit einem Grunzen das Ruder hart über legte, und während sich das Schiff zurück auf den Kurs arbeitete, half er ihm, die Wucht des anprallenden Wassers rechtzeitig aufzufangen, das versuchte, das Schiff mit Gewalt herumzudrücken, so daß es dann anschließend dem Ansturm der nächsten riesigen Woge schutzlos preisgegeben wäre.

Myers hatte vergeblich versucht, alles, was hier passierte, aus seinem gemarterten Bewußtsein auszuschließen. Er hatte sogar versucht, sich sein hübsches kleines Haus vorzustellen, so wie es gewesen war, als er es vor langer Zeit verlassen hatte. Er dachte an seine Frau, und ein Klumpen formte sich in seiner Kehle. Wenn das hier vorbei war, hoffte er inbrünstig, würde alles ganz anders werden. Alle kleinen Differenzen erschienen ihm unwichtig im Angesicht dieses Alptraums, in dem er jetzt steckte, sogar irreal. Während des Krieges hatte er einmal gesehen, wie ein Truppentransporter in der Biskaya sein Ruder verloren hatte und hilflos wie ein Kinderspielzeug von der Gewalt des Sturmes getrieben worden war, der aber verglichen mit dem, was jetzt auf die *Queensland Pearl* zukam, nur ein sanfte Brise gewesen war. Myers knirschte mit den Zähnen, seine Kehle war zugeschnürt von Übelkeit, als das Poopdeck unter seinen Füßen wegsackte. Er versuchte einen Halt zu finden, um sich gegen den neuen unmöglich schrägen Winkel des Decks zu stemmen. Er hatte jedes Zeitgefühl verloren, und eine neue Angstwelle überflutete ihn, als er nach vorne zu Fraser blickte. Angenommen, der war schon über Bord geschwemmt worden und hatte ihn und den alten Kari dazu verdammt, das Schiff bis in alle Ewigkeit zu steuern – oder in die unvermeidliche Vernichtung? Erleichterung durchströmte ihn, als er den gelben Südwester des Australiers durch den dichten Regenvorhang auf sich zukommen sah. Er sah auch das Aufblitzen von Zähnen, die mehr zu einem Knurren gefletscht waren als zu einem Lächeln.

»Wie hält sie sich?« Die Worte wurden vom Sturm fortgerissen, und Fraser hängte sich über ihre zusammengekrümmten Körper, barg sie schützend in seinen ausgebreiteten Armen. »Ich habe dem alten Mädchen ein paar Reffs gesteckt, aber in ein paar Minuten müssen wir wohl die Segel noch weiter kürzen!«

Myers brüllte durch seine trichterförmig erhobenen Hände: »Wird es noch schlimmer werden?«

»Bei Gott, das hoffe ich doch nicht!« Er machte eine unbestimmte Handbewegung über die Luvreling hinweg. »Das Sturmzentrum wird dort hinten irgendwo im Südosten liegen, schätze ich.« Er machte mit seiner Faust eine kreisförmige Bewegung im Uhrzeigersinn. »Die Orkanmauer wird dort drüben liegen, und die Windstärken an seinem Rand sind der blanke Wahnsinn!« Er duckte sich, als eine dichte Gischtwolke über ihre Körper klatschte und sie keuchen ließ. »Ich werde beidrehen und auf Steuerbordbug beiliegen müssen, bis wir es wieder packen können!«

Myers fragte immer weiter, seine Worte wurden verweht und verstümmelt, aber Fraser hörte nicht länger zu. Er beobachtete jede Beanspruchung der Stagen und Fallen und lauschte mit zunehmender Besorgnis auf das Dröhnen der Segel. Der Schoner kann nicht viel mehr vertragen, dachte er. Ich muß wieder unter den Schutz der Insel kommen. Falls ich sie finden kann. Ich bin ein verdammter Verrückter, ja, genau das bin ich!

Eine Woge, die mächtiger war als alle vorangegangenen, schob sich in die Höhe, um sich wie eine feste Mauer in den Weg des Schoners zu stellen, seine Anwesenheit kündigte sich durch die weißen Schaumstreifen auf dem Kamm an, die sich hoch über dem Klüverbaum erhoben. Das Schiff taumelte, und Myers schrie auf, als die wirbelnden Speichen gegen seine Rippen schlugen. Die Back verschwand unter der großen Welle, die wie ein Wasserfall über das Deck donnerte. Sie bildete am Lukensüll Kaskaden und schäumte um die Masten, bevor sie mit verbitterter Wut durch die Leespeigatten ablief.

Fraser taumelte bereits über das Deck, seine heisere Stimme trieb die Männer wie eine Trompete zur Eile an.

Die dicke Persenning, die fest über der Luke zum tiefen Laderaum gelegen hatte, war wie Papier weggerissen worden. Als Fraser mit seinen Händen die Eichenplanken betastete, die die zehn Fuß große Öffnung abdeckten, stellte er fest, daß die Befestigungen durch die Gewalt des Wassers verbogen worden waren.

Wabu und Yalla waren bei ihm, und während er eine neue Leine um das Lukensüll zog, sah er, wie sich eine neue Woge über dem Vorschiff auftürmte.

Er spürte den Schlag des Wassers gegen seine Schultern, dann wurde er darunter begraben, seine Finger und Füße rutschten und kratzten über die Planken, als er hilflos über das Deck gewaschen wurde. Als er schon dachte, daß seine Lungen platzen würden, fand er sich plötzlich mit einem Fuß im Speigatt verfangen wieder, der durch das ablaufende Wasser nach außenbords gezerrt wurde. Wabu klammerte sich noch immer am Lukensüll fest, und Yalla kroch über das schräge Deck, dabei schüttelte er sein glattes Haar wie ein nasser Hund.

Fraser kam mühsam auf die Beine und ächzte laut auf, als ein stechender Schmerz durch seine Rippen fuhr. »Verdammt!« Seine Finger tasteten zitternd über die schmerzende Stelle an seiner Seite. Jeder Atemzug brannte wie Feuer, aber er zwang sich, zur Luke zu wanken. Man konnte es Verzweiflung nennen, als er in das klaffende Loch blickte, wo sich eben noch die dikken Eichenbohlen befunden hatten. Noch während er trübe hinabstarrte, entdeckte er einen weißen Schatten, der träge unter ihm herumtrieb. Entsetzt zuckte er zurück. Es war Hogans Leichnam, der sich aus seinen Laschings gelöst hatte und jetzt in makabrer Verlassenheit in dem Wasser schwamm, das durch den Laderaum gurgelte und lautstark gegen die Schotte klatschte. Es mußten Tonnen von Wasser sein, die sich dort unten sammelten. Er starrte bestürzt auf die neue Gefahr, sein Kopf war von dem Sturm zu verwirrt, um klar denken zu können. Er wandte sich an die Seeleute.

»Luke dicht. An die Pumpe, Jungs! Und macht schnell!«

Er wäre verzweifelt gerne nach unten gegangen, um in seine Karte zu blicken, aber er wagte nicht, das Deck zu verlassen. Seine erschöpfte Crew war fast am Ende. Er brauchte nur ihre schwerfälligen Bewegungen und verzweifelten Gesten zu beobachten, um zu wissen, daß die Männer nicht mehr lange durchhalten konnten.

Myers begrüßte ihn mit einem gequälten Grinsen. Fraser dachte, daß ihn das eine Menge gekostet hatte.

»Kommen wir klar, Vic? Sicherlich werden wir bald bei der Insel sein?«

»Ja. Vielleicht kann ich das Schiff hinter das Riff bringen!« Er zuckte zusammen, als der Schmerz wieder durch seine Seite fuhr. »Wir könnten es schaffen, den Sturm dort abzureiten. Falls nicht«, er hob die Schultern, »werden wir an Land gehen und darauf warten müssen, daß man uns hilft!« Sein Mund verzog sich bitter. »Ein toller Witz, nicht wahr!«

Der Schoner rollte langsam auf die Seite, die beiden Bäume schleiften durch das kochende Wasser. Wieder krachte ein Brecher gegen seine runde Bilge und schlug mit der Kraft eines großen Felsbrockens gegen die Planken, so daß sich das Schiff noch weiter auf die Seite legte.

Alle schrien plötzlich zugleich auf. Fraser wie ein Wahnsinniger, als er sein ganzes Gewicht gegen die Ruderspeichen warf, ohne an seine gebrochenen Rippen zu denken.

Es klang fast wie ein Gebet, als er dem alten Schoner zurief: »Komm doch, altes Mädchen! Gib nicht auf, halt noch durch!«

Mit offensichtlicher Mühe richtete sich das Schiff wieder auf, die Segel blähten sich sofort wieder unter dem frisch einfallenden Wind.

Es war Dinkila, der verängstigte malaiische Koch, der dann die Insel als erster sichtete; seine furchtsamen Augen und seine flatternde Hand zeigten auf den dunklen Fleck, der sich wie ein Wellenberg aus der Nacht auf sie zuschob.

Myers packte Karis harten muskulösen Arm. »Das Vorland! Wir werden dort Schutz finden, nicht wahr, Vic?« Er hatte den Eindruck, daß er das Land riechen konnte. Es war ihm völlig gleichgültig, was mit dem Schiff oder den Männern geschah. Er wollte nur an Land und gerettet werden, so wie es Vic gesagt hatte. Ungläubig starrte er auf den schwarzen Umriß des Landes, das hinter dem schäumenden Wasser lag. Fraser hatte es die Stimme verschlagen, aber seine offensichtliche Verzweiflung schien alle anderen anzutreiben.

Das Phalarope-Riff war völlig von wilden, sich überschlagenden Wellenkämmen überflutet, aber der einsame Felsen, der als Ansteuerungsmarkierung diente, hob sich deutlich von der schwarzen Landmasse der Insel ab, sein Fuß war in weiße Gischt eingehüllt.

Ihre Finger waren aufgerissen und bluteten, abwechselnd fluchend und betend kämpften die Männer mit dem von Salz gehärteten Segeltuch und rissen verzweifelt an den aufgequollenen Tampen, die entschlossen zu sein schienen, sich jeder Bewegung zu widersetzen, bis – endlich – mit einem lauten protestierenden Quietschen der Blöcke das Schiff herumschwang und mehr auf den Mahlstrom aus kurzen, steilen Seen, die durch die enge Einfahrt rauschten, zuschwankte als segelte.

Fraser ertappte sich dabei, daß er darüber nachdachte, ob er nicht Tarrou wiederfinden könnte. Sogar Blair konnte es geschafft haben, am Leben zu bleiben. Er zuckte vor diesem Gedanken zurück, seine rotgeränderten Augen suchten sorgfältig die tobende weiße Masse vor dem Schiff ab. Vielleicht konnte die *Pearl* den Sturm hinter dem Riff abreiten. Sein Vater hatte immer gesagt, die zweitbeste Möglichkeit – nach ausreichend Seeraum nach Lee natürlich –, um Schutz zu suchen, wäre das Phalarope-Riff.

Myers rief aufgeregt: »Wenn wir gleich ein wenig mehr Licht haben, werde ich einen besseren Eindruck von dem bekommen, was passiert!« Er schmiegte sich am Ruderrad an, sein Gesichtsausdruck war völlig verändert. »Gott, ich hätte nie gedacht, daß ich dieses verdammte Morgengrauen so erleben würde.«

Fraser riß seine Augen vom Riff los und blickte irritiert in die Richtung, in die Myers' Hand deutete. Mit lähmendem Entsetzen starrte er auf die lange dünne Linie, die Myers fälschlicherweise als die ersten Anzeichen der Morgendämmerung interpretiert hatte.

Über Hunderte von Seemeilen über den Pazifik hatte sich diese Woge unaufhaltsam zu einem Wassergebirge aufgebaut, das jetzt vom Sturm und Strom angetrieben mit der Geschwindigkeit eines D-Zugs auf das Riff zudonnerte. Soweit man den Horizont übersehen konnte, erreichte diese Gezeitenwoge unglaubliche Ausmaße.

Mit einem Aufbrüllen wie ein verwundeter Stier warf Fraser sich in das Ruder und schrie gleichzeitig den versteinerten Seeleuten zu, es ihm nachzutun.

Queensland Pearl schien eifrig darauf erpicht zu sein, dem Druck des Ruders zu gehorchen, als ob sie es leid wäre, wegzulaufen. Ihre Bilge war mit Wasser gefüllt, und praktisch jeder Plankenstoß wies eine Leckage auf, daher rollte sie schwerfällig in dem tiefen Wellental. Auf der einen Seite lag das Riff, dahinter glänzte das verhältnismäßig ruhige Wasser mit verführerischer Bosheit, und auf der anderen kam die Monsterwelle herangedonnert. Ihr viele Meilen langer Kamm begann sich schon kurz vor dem Ende ihrer langen Wanderschaft ahnungsvoll aufzusteilen und zu krümmen.

Der Regen, der seit vielen Stunden gleichmäßig gefallen war, rauschte über die Seiten der Felsenkante in tausend kleinen Wasserfällen und gurgelte in den zahllosen Schluchten und Spalten. Das Wasser bedeckte den verwitterten Boden, der zur Seeseite gefährlich abfiel. Am äußersten Ende der Klippe, ein paar hundert Meter von ihrer ursprünglichen Position entfernt, drängten sich drei kleine Gestalten in einer flachen Nische zusammen, die vor langer Zeit von Wind und Wetter aus dem Felsen gehauen worden war. Jetzt bot sie etwas Schutz vor dem schneidenden Sturm, der vom Kliff und seiner unebenen Barriere aus steinernen Zähnen abgelenkt und reflektiert wurde und aus allen Richtungen zugleich zu wehen schien, so daß die drei Menschen mit ihren Abschürfungen fast schutzlos blieben. Sie konnten kaum atmen, und ihr Gehör war schon seit langer Zeit vom schrillen Geheul des Sturmes betäubt worden, der das Meer in eine rasende Masse aus fliegendem Schaum und Brechern aufwühlte und den Regen mit kurzen scharfen Böen in ihren Unterschlupf peitschte.

Blair hatte seinen Rücken gegen den glitschigen Felsen gelehnt und Gillian schützend an seine Schulter gezogen. Die wenige Wärme ihres Körpers spendete ihm Trost und erlaubte es ihm, mit erstaunlicher Klarheit zu denken. Es war eine schmerzvolle Kriecherei entlang der Klippe gewesen, um diesen kleinen Unterschlupf zu erreichen, aber das Gefühl, seinen Arm um ihre Hüfte legen zu können, während sie sich unter dem Ansturm des peitschenden Regens aneinanderklammerten und gegen den zunehmenden Sturm zusammenkrümmten, der sie über den Rand des Kliffs zu wehen drohte, hatte ihn die Schmerzen in seinem Fuß vergessen lassen. Nur die Tatsache zählte, daß sie zusammen waren.

Als sie wieder vernünftig denken konnten, hatte Blair gespürt, wie ihr fester Körper sich an ihn geschmiegt hatte, als ob sie ihre Umgebung erkunden wollte und noch nicht recht fassen konnte, daß sie am Leben war.

Ihr Mund war dicht an seinem Ohr gewesen, als sie versucht hatte, ihm zu erklären, was passiert war, bevor Spencer getötet worden war. Und was Spencer ihr über Blairs Schwester erzählt hatte.

Blair war außerordentlich überrascht gewesen, als er feststellte, daß er keinen Schmerz mehr fühlte, während er an die Ereignisse dachte, die ihn so lange gepeinigt hatten. Er hatte sanft alle ihre Versuche unterbunden, ihn zu trösten, und staunte über das seltsame Gefühl von Glück, das von ihm Besitz ergriffen hatte. Als er hörte, welch schreckliche Behandlung das Mädchen hatte durchmachen müssen, das trotzdem noch die Stärke und Tapferkeit hatte, ihn trösten zu wollen, erfüllte ihn das mit Demut. Er hatte versucht, ihr seine Gedanken zu schildern, als der Sturm um sie heulte und ihre

Körper von dem herabströmenden endlosen Regen glänzten.

Tarrou saß auf der anderen Seite von Blair. Er war seltsam stumm, aber auch er schien entspannter zu sein als vorher, sogar ruhig. Blair fühlte sich von der unerklärlichen Loyalität des Burschen irgendwie angerührt. Er blickte auf seine ausgestreckten Beine und dann weiter auf die weite tobende Masse der See. Von hier oben bot das Meer ein Muster aus weißen und silbernen Streifen, die, vom Riff eingefangen und vom Wind aus allen Richtungen vorangetrieben, wild durcheinanderliefen und sich schließlich am Fuß der Kliffs donnernd brachen. Er konnte das Vibrieren und Beben unter seinem steifen Körper spüren. Er strengte seine Augen an, um über der dunklen rollenden Wüste den fernen Halbkreis aus schäumenden Brechern zu erkennen, der die Lage des Riffs markierte. Irgendwie vermittelte dieser Bogen den Anschein eines klaffenden Unterkiefers eines Hais, der zu einem fürchterlichen Alptraum gehörte. Das Riff hatte ihn dazu gebracht, sich selbst zu erkennen. Sein Griff um die Schulter des Mädchens wurde fester, und er fühlte, daß ihre Augen ihn in der Dunkelheit anblickten.

Gillian bewegte ihren Körper etwas und zog die Überreste des Rocks aus Wasserpflanzen weg. Unter den Resten von Tarrous langer Uniformjacke, die ihr fast bis auf die Knie hing, konnte sie ihre nackte Haut spüren, die immer noch weich und geschmeidig unter dem Film aus duftendem Öl war. Sie wollte die Jacke ausziehen und sich auf den ungeschützten Felsen stellen, damit der Schmutz und die schrecklichen Erinnerungen abgewaschen wurden, die in der Tiefe ihres Gedächtnisses lauerten. Sie warf den Rest des Rocks über den Rand der Klippe und sah zu, wie er vom Wind zerrissen und fortgetragen wurde.

Sie konnte noch immer nicht glauben, was geschehen war, auch wollte sie sich nicht erlauben, über die Zukunft nachzudenken. Sie verspürte plötzlich das Bedürfnis zu weinen, aber statt dessen kuschelte sie sich dichter an Blair, vergaß den Sturm und ignorierte den wütenden Aufruhr der See unter ihr.

Blair bemerkte die Bewegung und hob den Arm etwas an, wie um sie vor dem Sturm zu schützen. Er war sich des wachsenden Schmerzes in seiner Brust bewußt und auch, daß sich sein Atem beschleunigte. Er warf die Zurückhaltung ab, die er in der Vergangenheit aufgebaut hatte, um sich selbst vor Spott und Neid zu schützen, und mit entschlossener Sanftheit schob er seine freie Hand durch den Schlitz ihrer Jacke. Er preßte sie gegen Gillians Brust und ließ sie dort liegen, dabei wagte er kaum zu atmen und spürte das Beben, das in ihrem weichen Körper durch die Berührung ausgelöst wurde.

Gillian stöhnte laut und konnte nicht anders, als sich gegen seine warme sanfte Hand zu pressen, die ihren Körper liebkoste und ihr besser als alle Worte die Botschaft übermittelte, die Blair so lange zurückgehalten hatte.

Als Blair endlich sprach, klang seine Stimme belegt und unsicher. Er redete schnell, als ob er befürchtete, daß Gillian von ihm wegrücken würde.

»Wenn das alles hier vorüber ist, werden wir zusammenbleiben.« Seine Hand glitt sanft über ihre glatte Schulter und blieb einen Augenblick lang unter ihrem

Kinn liegen. »Ich werde die Dinge irgendwie auf die Reihe bekommen. Aber ganz gleich, wie lange es dauern wird, ich möchte, daß du bei mir bleibst.«

Sie nickte nur, da sie nicht sicher war, ob sie ihrer Stimme trauen konnte.

»Was ist das für eine Reise gewesen.« Er seufzte tief. »Eines Tages könnte uns aufgehen, wie winzig die Chance war, daß wir zusammenfinden!«

Sie hob ihr Kinn und rieb ihre Wange an seiner. »Rupert, wir waren beide Narren, daß wir so viel Zeit verplempert haben.« Sie packte sein Handgelenk und zog seine Hand wieder auf ihre Brust. »Wir werden gut zusammenpassen, Liebling.«

Tarrous Stimme unterbrach sie wie ein aufgeschreckter Vogel. »Sehen Sie! Sehen Sie doch, Major!« Der dunkle Arm zeigte in ungläubiger Aufregung in Richtung zur See hinaus. »Ein Schiff! Es ist der Schoner, da bin ich mir ganz sicher!« Er schaukelte wild vor und zurück, seine Arme waren um die Knie gefaltet. »Vic ist zurückgekommen, Major! Er braucht mich *doch*, nicht wahr?« Seine Stimme klang bittend, aber auch erfreut.

Gillian drückte Blairs Arm. »Das tut er sicher, Michel! Und so geht es uns allen!«

Sie beobachteten schweigend und mit Verwunderung, wie der fahle Punkt, der zuerst nur wie ein weiterer Schaumflecken ausgesehen hatte, deutlicher wurde. Ohne die Motive für Frasers Umkehr ergründen zu wollen, verfolgten sie die langsame, aber erfolgreiche Annäherung des Schoners an das Riff.

Blair spürte einen Kloß in seiner Kehle, und er hätte am liebsten dem zerbrechlichen weißen Umriß etwas zugerufen, während dieser über das Chaos der Wellen taumelte und stolperte und sogar den größten Brechern widerstand, die über das Riff tanzten. Blair zwang sich dazu, ruhig nachzudenken. Fraser konnte keinen blassen Schimmer haben, wo sie sich befanden, er konnte noch nicht einmal mit Sicherheit wissen, ob sie überhaupt noch am Leben waren. Er tastete nach dem Revolver, den er zur Seite gelegt hatte, ohne dabei seine Augen von dem Schiff zu lassen. Endlich fand er das nasse Metall und betete, daß die Waffe noch feuern würde. Sanft nahm er seinen Arm von der Schulter des Mädchens, dann kroch er zum Rand der Klippe und blickte in die alles zerschlagende Brandung hinunter. Obwohl die Tide ablief, hatte die Wut des Sturmes noch immer Gewalt über das Wasser und trieb die Wogen gegen den Fuß des Kliffs. Er schüttelte sich den Regen aus seinem am Kopf angeklatschten Haar und schaute nochmals hinunter. Ein Stück eines schmalen Strandes war sichtbar. Dieses Stück war steil abfallend und lag etwas höher als der Rest, deshalb bildete es einen kleinen Vorsprung, der sogar den höchsten Brechern trotzte. Er sagte langsam etwas über die Schulter nach hinten gewandt. Es hatte keinen Sinn, Tarrou noch mehr aufzuregen, und außerdem stand jetzt viel zuviel auf dem Spiel.

»Ich klettere da runter.« Er deutete mit dem Revolver auf den Absatz am Strand. »Sobald Sie der Meinung sind, daß der Schoner sicher durch das Riff gekommen ist, feuern Sie den Karabiner ab. Haben Sie verstanden?« Der schwarze Kopf nickte, und so fuhr er schnell fort: »Es könnte sein, daß ich da unten das Schiff nicht richtig erkennen kann, daher muß ich mich auf Sie verlassen«, seine Zähne blitzten, als er kurz lächelte, »wieder mal!«

Gillian kniete neben ihm, ihre Stimme klang besorgt. »Warum mußt du da runter?«

»Ich werde den Revolver abschießen und damit unsere Position anzeigen. Hier oben würde der Sturm den Knall davontragen, bevor ihn Fraser hören kann, aber auf dem kleinen Strand wird er von der Felswand reflektiert und vervielfältigt.« Er strich ihr grinsend das Haar aus der Stirn. »Logisch, nicht wahr?«

Tarrou deutete aufgeregt hinaus. »Sehen Sie nur, wie die *Pearl* angerauscht kommt! Vic läßt sie wie einen Vogel fliegen!«

Der Schoner bot einen imposanten Anblick, so etwas hatte Blair noch nie vorher gesehen. Klein und zerbrechlich schwebte er auf den schwarzen Wogen und war durch nichts aufzuhalten. Er war jetzt schon viel dichter unter der Küste, daher konnte man deutlich die Lieken der straffen Segel erkennen und den schäumenden weißen Knochen der Bugwelle an ihrem Vorsteven. Fast schien es so, als ob sich das alte Schiff der Insel mit aller Macht entgegenschleudern wollte. Blair stellte sich Frasers unbewegtes Gesicht vor, während er über das Steuerrad blickte und das Schiff bis an die Grenze seiner Belastbarkeit vorantrieb. Es war höchste Zeit aufzubrechen. Der verletzte Fuß würde ihn viel Zeit kosten, aber es war trotzdem besser, daß er ging und nicht Tarrou. Ich bin kein Seemann, dachte er grimmig. Tarrou wird die Absichten des Schiffs viel schneller und viel besser erfassen, als ich das könnte.

Etwas bewegte sich in seiner Tasche, und in seiner Überraschung holte er das Zigarettenetui heraus. Er lachte und gab es dem Mädchen. »Eine erstklassige Journalistin und ein Industriekapitän, und sieh uns an! Das ist alles, was uns geblieben ist!«

Er ließ sich langsam über die Kante der Klippe hinunter, seine Schuhe pendelten in den dicken Regentropfen, als er Halt auf dem glitschigen Untergrund suchte.

Als ihre Gesichter auf gleicher Höhe waren, lehnte sich das Mädchen über die Kante. Ihre Lippen fuhren leicht über seine Lippen, und er konnte ihre Augen sehen, die in ihrem bleichen Gesicht fast zu brennen schienen.

»Du bist alles, was ich will, Liebling!« Sie mußte schreien, um das mörderische Geheul des Sturmes zu übertönen. »Wenn wir beide unser Leben hier zusammen beendet hätten, wäre ich auch zufrieden gewesen!«

Einen kurzen Augenblick lang blieb er noch an der Stelle hängen, ihre Worte und ihre Berührung genießend, dann rutschte und schlidderte er über das glatte Geröll nach unten. Sein verletzter Fuß jagte Schmerzwellen in sein Gehirn, in dem sich die Gedanken überschlugen. Einmal wäre er beinahe abgestürzt, aber irgendwie schaffte er es, seine letzten Kraftreserven zu mobilisieren und sich in eine kleine Felsnische zu drükken, in der er jetzt den Revolver überprüfte, den er aus seinem Gürtel zog. Jetzt war es bald geschafft. Er fühlte den durchweichten Sand unter seinen tastenden Füßen, und nur Sekunden später lehnte er sich gegen den Fuß der Klippe. Er blickte auf die tobende See und wurde sowohl von der Gischt als auch von dem Wasser durchnäßt, das von oben herunterstürzte.

Manchmal meinte er, den Schoner erkennen zu können. Er fragte sich, was wohl Fraser sagen würde, wenn sie sich wiedertrafen. Er lächelte in sich hinein. Keiner hatte vom anderen etwas zu befürchten. Sie hatten beide ihrem Codex in der ihnen eigenen Art und Weise gehorcht. Er dachte an das Mädchen, das er gerade zurückgelassen hatte. Das machte die Wut des Sturmes fast unwichtig und bedeutungslos.

Gillian lag indessen der Länge nach auf dem Boden und versuchte herauszufinden, wo Blair stand. Zuerst konnte sie nur die tosenden Brecher erkennen, dann sah sie seinen schmalen Umriß, der sich fahl von dem glitzernden Stück Strand abhob. Blair sah so einsam und hilflos aus, daß sie wünschte, sie hätte darauf bestanden, mit ihm zusammen hinunterzuklettern.

Tarrou murmelte dem Schoner aufmunternde Beschwörungen zu, so wie eine Mutter es bei ihrem aufgeregten Kind tut. »Nun mach schon! Behalt deinen Kopf oben!«

Sie lächelte. Wie sie sich alle verändert hatten. Blair hatte recht gehabt, als er gesagt hatte, daß man sie aller Vorwände und allen Besitzes beraubt hatte. Sie waren als Individuen zurückgeblieben, zurückgeworfen auf sich selbst, um für sich selbst zu sorgen, als einfache Sterbliche ohne jeden Schutz ihrer weit fernen Gesellschaften.

Tarrous Stimme brach für einen Moment ab, und sie hob die Augen, um nach dem Schoner zu sehen. Sie sah den Umriß länger werden, als er querzuschlagen begann. Dann begann Tarrou zu schreien, seine Stimme überschlug sich vor Qual. Über und hinter dem Schiff erhob sich die riesige Monsterwelle wie ein gigantisches Gebirge. Von ihrem Beobachtungsposten aus sahen sie zur gleichen Zeit diese unbeschreibliche Welle und waren von ihren Ausmaßen und ihrer urtümlichen Wucht bis ins Mark erschüttert.

Wie ein Tier, das in der Falle sitzt, wendete die *Queensland Pearl*, um sich der Herausforderung zu stellen. Ihre Segel flatterten in stillem Protest, während das Wasser an ihren schwankenden Verschanzungen entlangströmte. Die Monsterwelle überragte sie über die gesamte Länge, so daß sich ihre schlanken Masten und gebogenen Bäume mit plötzlicher Deutlichkeit und trauriger Schönheit vor dem dunklen Hintergrund abzeichneten. Die weiße Schaumkrone begann sich unruhig zu kräuseln, und dann brach sie sich, sogar oben auf der Klippe hörten sie das tiefe Grollen, als die Wasserlawine über das ungeschützte Deck herunterbrach. Dann lief die Welle gleichmütig weiter, und sie sahen den Schoner halb untergetaucht auf der Seite liegen. Er war entmastet und schleppte die Segel und das Rigg schmerzvoll längsseits an der Bordwand mit. Er schien bereitwillig dem ziehenden saugenden Sog der ablaufenden Welle folgen zu wollen. Dann schien das Schiff einen letzten heroischen Versuch zu machen, sich wieder aufzurichten, die fein geschwungene Linie des Poopdecks kam hoch, als wolle sie ihrem Zerstörer trotzen, aber in diesem Moment lief der alte Schoner mit einem alles zersplitternden Ruck auf das Riff. Als die nächste schäumende Brandungswelle ablief, war die See leer.

Tarrou riß seine Augen von der Stelle los, an dem das Schiff verschwunden war, und warf sich über den Rükken des Mädchens. Mit seiner ganzen Kraft hielt er ihre Arme an den Seiten fest, während sie laut schrie und bettelte und mit entsetzten Augen auf die siegreiche

Woge starrte, die mit fürchterlicher Gleichmütigkeit ihren Weg zum Fuß der Klippe fortsetzte.

Sie lehnte sich weit über den Rand der Klippe, sie trat und schlug nach Tarrou, dabei versuchte sie wieder, die kleine Gestalt am Fuß der Felswand ausfindig zu machen. Wieder und wieder rief sie Blairs Namen, aber ihre Rufe verhallten im Sturm und im Röhren der anrollenden Woge. Sie vermeinte, sein nach oben gerichtetes Gesicht zu sehen, und versuchte daraufhin nur noch wilder, sich zu befreien.

Die Monsterwelle hatte die offene See überquert und während ihrer langen Reise die Kräfte in sich aufgesogen, die dem Ozean innewohnen. Jetzt hatte sie sich zum Teil an den Felsen und Korallen des Riffs verausgabt, aber als sie den Fuß des Kliffs erreichte, schien die gesamte Insel zu beben, und eine turmhohe Wolke aus Gischt stieg über ihren Köpfen in die Höhe, so daß Tarrou das Mädchen aus seinen Armen schlüpfen ließ. Er hatte bemerkt, daß sie kraftlos in sich zusammengefallen war. Er schüttelte verwirrt seinen Kopf, völlig unfähig, die Größe dieses letzten Desasters zu erfassen.

Als sich die See zischend und grollend von dem leeren Strand zurückzog, brach zwischen den dahinrasenden Wolken eine Lücke auf, und ein Stern leuchtete hindurch. Der Sturm war vorbeigezogen, und innerhalb des Riffs bewegte sich das Wasser unruhig im abflauenden Wind.

Tarrou preßte seine Hände auf die Schultern des Mädchens und fragte sich, wie er helfen konnte. Es war nichts mehr geblieben, und die Morgendämmerung interessierte nicht länger.

Epilog

Die Nachmittagssonne hing bewegungslos über dem blauen Wasser des Hafens und spiegelte sich an den fahlen grauen Bordwänden der australischen Fregatte, die leicht an ihrer Muring schwang. Ihr scharfer, schnörkelloser Umriß wirkte irgendwie geschäftsmäßig und stand in scharfem Kontrast zu denen der nickenden Schoner und dem hoch aufragenden Rumpf des Burns-Philp-Dampfers, dessen spinnenbeinige Ladebäume ächzten und knarrten, während er Versorgungsgüter in die wartenden Leichter entlud.

Von Graingers Bürofenster in der britischen Residenz blickte der Kommandant der Fregatte hinunter auf sein Schiff. Seine übermüdeten Augen wurden bei dem Anblick einen Moment lang etwas weicher und zeigten echte Zuneigung. Die Kriegsflagge hing ziemlich schlaff über dem Schiff, genauso wie die Flagge vor dem Bürofenster. Ein brüllendes Röhren erklang plötzlich über dem stillen Hafen, und Grainger erhob sich schnell hinter seinem Schreibtisch und kam herüber, um sich neben den anderen Mann zu stellen.

Auf der entgegengesetzten Seite des Hafens erzitterte das Flugboot der Quantas Airline unter einer kleinen Wolke dünnen Abgasqualms. Dann, als sich die Motoren auf ein verläßliches Grollen eingepegelt hatten, begannen die kleinen Boote, die sich faul in der Nähe herumgedrückt hatten, sich aus dem Kurs der Maschine zu bewegen. Ihre Besatzungen winkten aufgeregt in der gnadenlosen Hitze.

Grainger sah ihnen zu und zog seine Augenlider zusammen. »Das ist eine verdammte Geschichte«, bemerkte er, mehr zu sich selbst. »Wenn Sie keine Landungsabteilung auf die Insel geschickt hätten, würden wir wohl nie erfahren haben, was passiert ist.«

Der Marineoffizier grunzte. »Ich befürchtete schon, das Mädchen würde uns abkratzen, das kann ich Ihnen flüstern. Gott sei Dank war der Eingeborene schon bald wieder bei Kräften.«

Das Flugboot begann sich langsam durch das Wasser zu bewegen, ein doppelter Streifen weißen Schaums lief cremig an seinem Rumpf entlang.

Unterhalb der Residenz legten ein paar Männer bei ihrer Arbeit eine Pause ein. Sie waren dabei, das Dach eines kleinen Gebäudes mit holzverschalten Wänden zu reparieren. Außer dem fehlenden Stück Wellblech, das fünfzig Meter weit auf die Straße hinaus geschleudert worden war, und der kleinen Barkasse, die jetzt kieloben auf dem Strand lag, war nur aus wenigen Anzeichen sichtbar, welche Verwüstungen der Sturm hier angerichtet hatte, bevor er weitergezogen war.

»Wir haben alles, was in unserer Macht stand, für das Mädchen getan«, fuhr Grainger fort, »aber sie hat die ganze Zeit kaum ein Wort gesagt. Ein Telegramm aus ihrem New Yorker Büro hat hier auf sie gewartet, aber ich glaube, sie hat nicht einen Blick darauf geworfen. Ich denke, es ging wohl um einen neuen Auftrag für sie.« Er schüttelte den Kopf, er war nicht in der Lage, Gillian Blighs Gesicht zu vergessen.

»Wohin ist sie jetzt unterwegs?« Die Stimme des Kapitäns erinnerte Grainger an Fraser, und sein Herz wurde plötzlich schwer.

»Sie hat gesagt, daß sie nach Hause fliegen will«, sagte er schlicht.

Das Flugboot löste sich leicht von der Wasseroberfläche und begann gelassen, in Richtung Westen an Höhe zu gewinnen. Grainger wendete sich vom Fenster ab und starrte müde auf seine Wandkarte. Es würde auf Hog Island wohl eine Menge zu tun geben, bevor er sich hier wieder entspannen konnte. Er versuchte, so etwas wie Begeisterung für seine Aufgabe zu empfinden, aber der Lärm der Motoren des Flugboots schien seine Gedanken zu mißachten.

Am Strand, nur ein paar Fuß vom ruhig plätschernden Wasser entfernt, verfolgte Tarrou das Flugboot mit den Augen, bis das Motorengeräusch verklungen und der funkelnde Umriß verschwunden waren. Langsam, mit äußerster Vorsicht, zog er das goldene Zigarettenetui aus seiner Hosentasche und drehte es zwischen seinen Fingern.

Als er sich von Gillian verabschiedet hatte, nachdem sie in die wartende Barkasse gestiegen war, hatte sie es ihm ohne ein weiteres Wort ausgehändigt.

Ein paar Leute gingen an ihm vorbei, als sie auf ihrem Weg zurück zur Stadt schlenderten. Diejenigen, die ihm einen Blick schenkten, vermuteten, daß er zu lange in die gleißende Sonne hinter dem Flugboot her gestarrt haben mußte. Warum sonst sollten seine Augen so naß sein?

»Die *Herret* ritt auf der Dünung nach oben, krängte wieder abwärts, und beide Kanonen dröhnten. Neun Pfund schleuderten zwei Eisenkugeln auf den Räuber in ihrem Kielwasser. Dalton richtete sein Fernrohr aus. Gischt sprühte auf, und ein gähnendes Loch war im Bug zu sehen ...«

Es war unglaublich, wie schnell ein Schiff unbeabsichtigt mitten in die Hölle geraten konnte! Doch genau das widerfährt dem mehrfach belobigten Ersten Offizier Patrick Dalton, als er während der Auseinandersetzungen der britischen Marine mit den amerikanischen Kolonisten des Hochverrats angeklagt wird. Daß er auf der Flucht auch noch dem Teufel den Schwanz absegeln muß, wird ihm erst klar, als er Jonathan Hart, dem berüchtigten »Prisenmeister«, begegnet.

Dan Parkinson

Landfall in höchster Not
Dalton der Seefuchs in amerikanischen Gewässern

ISBN 3-548-24765-2

Der erste Band einer maritimen Romanserie, deren tollkühne Helden mit allen Wassern des Meeres gewaschen sind.

Econ | Ullstein | List

Mar. 02

»Unter Bramsegeln und mit gerefftem Großsegel glitt die *Paragon* in der Strommitte der Mündung zu, und Kelso verspürte dabei wieder die undefinierbare Erregung, die ihn jedesmal befiel, wenn eine Aktion bevorstand.«

1757: Es herrscht Krieg in Indien, denn noch rivalisieren England und Frankreich um die dortige Vormachtstellung. Das entscheidende Gefecht scheint für die Engländer bereits aussichtslos verloren, als Kapitän Kelso mit seiner Fregatte *Paragon* im letzten Moment am Schauplatz erscheint. Für den kommandierenden Kommodore kommt jede Hilfe zu spät, doch der Sieg gehört den Briten, dank Roger Kelso, der als Seeheld von Kalkutta gefeiert wird und eine Menge neidischer Feinde gewinnt ...

James Dillon White

Kelso wird Kommodore

Die *Paragon* im Gefecht um den Golf von Bengalen

ISBN 3-548-24767-9